Entusiasmo

PABLO d'ORS

Entusiasmo

Trilogía del Entusiasmo - 1

Galaxia Gutenberg

Publicado por
Galaxia Gutenberg, S.L.
Av. Diagonal, 361, 2.º 1.ª
08037-Barcelona
info@galaxiagutenberg.com
www.galaxiagutenberg.com

Primera edición en Galaxia Gutenberg: octubre 2017
Segunda edición: octubre 2017
Tercera edición: noviembre 2017
Cuarta edición (primera en este formato): noviembre de 2020
Quinta edición (segunda en este formato): octubre de 2022

© Pablo d'Ors, 2017
© Galaxia Gutenberg, S.L., 2020

Preimpresión: gama, sl
Impresión y encuadernación: Ulzama digital
Depósito legal: B 732-2020
ISBN: 978-84-18526-03-9

Para Luichi, mi hermano querido

Simplemente partió como un lunático
que sigue un deseo indomable.

JÁNOS SZÉKELY

Dramatis personae

Pedro Pablo Ros, el narrador
Su padre, su madre y la Bisa, su abuela
Salmerón, amigo
Familia De Cartes, padres americanos
Familia De Gregory: Al, Brian, Ted y la madre
Father Martínez, religioso agustino
Sylvester, caballo

Aureliano, párroco
Don Emiliano, sacerdote
Padre Esteban, director espiritual
Gandhi, Ben Kingsley
Pilar, confidente
Adela Valcárcel, compañera de estudios
Rafa, seminarista
Ignacio, hermano
Oscar Wilde, maestro de novicios
Julián, connovicio

Chema, compañero malvado
Josito, el camarero de Vallecas
Pizarro, seminarista homosexual
Merceditas, chica de naranja
Diana, catequista enamorada
Abelardo Leurent, el conde

Fermín, formador
Padre Sánchez Rubio, profesor de marxismo
Padre Estanislao Pita, profesor de psicoanálisis y confesor
Boada, príncipe salido de los cuentos
Bruno y Germán, minusválidos
Padre Faro, profeta

Fausto, delegado de la Palabra
Erlinda, su hermosa mujer
Dunia, Delia y Chavelita, sus hijas
Los Ibarra-Gálvez, clan
Doña Celsa, india
Monseñor Porfirio, obispo de San Pedro Sula
Dalila, prostituta
Chila, viejuca
Sus dos hijos, un tuerto y un cojo
La pequeña Idalia
Carlos Hugo, guardián de la salud
José Cartagena, responsable pastoral
Elsa, adolescente animosa
Doña Jacqueline, maestra de garífuna
Blanca, negra
El chino, voluntario
Pedro Pablo, un recluso retrasado mental
José Omar, agonizante
Reinaldo, encargado de la misión
Un fantasma blanco
Marisela, niña

Y además: un fotógrafo oportunista; hombres semidesnudos bañándose en albercas de aguas amarillas; jóvenes de un grupo de oración en Madrid y de otro en Tela; colegas del conciliábulo: Moxó, Ventero, Andrade y Nuño de la Rosa; candidatos al sacerdocio: Trigueros, Céspedes y Arriola; el portero de un círculo de estudio; un andaluz granujiento y grandullón; un grupo de reclutas; el historietista Hergé y Tintín, su personaje; Nano, un preso; Bruder Jakob, un claretiano; Mauro, joven teleño; René, chico avispado; Marcial, un negro; Fina, una pequeña actriz; y otros niños del asentamiento: Juan Manuel; Josué; Héctor, el albino; Concha; Ricardo; Walter; Bibi, la negrita; campesinos de las montañas de Jutiapa; la madre y las hermanas de Marisela; un hombre enfermo y sus cuatro hijos también con fiebre; una pareja que se casa; don Felicísimo Mallía; Vilma, la loca; la joven Yonoris; un campesino con el brazo en cabestrillo; las religiosas Sor Goretti, sor Panchita y Élida Lemús; los bautizandos Edwin, Alborada, Esmeralda, Alondra, Reina Marina, Gisela, Alba; Salomé y Bill Clinton, todos ellos con sus padres y padrinos; padre Subirana, primer evangelizador de Honduras; muchos campesinos de poblaciones vecinas; joven pareja y su hijo César Antonio; una mujer de tez muy blanca y cabello muy oscuro; su marido, un tipo insulso; dos adolescentes vestidas de blanco; una banda municipal; los niños de la catequesis de El Naranjo; su orgullosa maestra; un conductor de autobús; Astolfo, el de los ojos juntos; doña Corina, dueña de una cadena de radio; las alumnas de la escuelita de corte y confección; un superior religioso; Hélder Cámara, el obispo de los pobres; monseñor Romero, mártir; Ellacuría, jesuita; Casaldáliga, obispo y poeta; monseñor Aquilino, obispo presidente; el reputado Fisichella; el cardenal primado de Toledo; el cardenal Martini; monseñor Scala, autor; Marzinkus, arzobispo estadounidense; Pasquale Pulsoni, secretario del papa; un tal Vittorio Lunadei; Gustavo Gutiérrez y Leonardo Boff, teólogos de la liberación; Garriga Cos, teólogo progresista; san Pablo; san Agustín; Lutero; santa Teresa; san Juan de la Cruz; san Ignacio de Loyola; Pelagio; Tomás Moro; Thomas Merton; Platón; Aristóteles; Anselmo de Canterbury; Marsilio Ficino; Nicolás de Cusa; Pascal; Schopenhauer; Descartes; Nietzsche; Marx; Freud; Ricoeur; Malebranche; Comte; Zubiri; Hegel; Dionisio Areopagita; Rahner; Von Balthasar; Bonhoeffer; Tillich; Congar; De Lubac; Faulkner; Rilke; Dostoievski; Thomas Mann; Goethe; Nietzsche; Chopin; Cortázar; Borges; Lérmontov; Gorki; Gogol; Kafka; Chopin; Mahler; Bach; Van Gogh; Rothko; Borromini; Klee; Hermann Hesse y sus personajes Joseph Knecht, Tugularius, Camenzind, Sinclair, Siddharta, Harry Haller, Demian, Narciso y Goldmundo y los Magister Ludi y Magister Musicae, Törless, personaje de Robert Musil; Uriah Heep, personaje de Dickens...

Escenografías

Praderas neoyorquinas
Rancho de los De Cartes
Iglesia de Poughkeepsie
Arlington High School
Casa de los De Gregory y su gélida caravana
Círculo de estudio de la Obra
Santuario de la Inmaculada
Sierro, pueblo de Almería
Noviciado de Los Negrales
Celda número 23

Seminario claretiano
Campo de fútbol de Colmenar Viejo
Una gran valla
Parroquia de la Asunción en Miraflores de la Sierra
Camino de la Morcuera

Aeropuerto de San Pedro Sula
Aldeas de Jutiapa: Jalán, Entelina y Quebrada Grande
Morenal de Tela
Colonia Alfonso Lacayo
Asentamiento humano de la Rivera Hernández

Y *además*: esquina noroeste de la calle 72 y el Central
Park West; las madrileñas calles de Marqués de Urqui-

jo, Gaztambide, Hilarión Eslava y Juan Álvarez Mendizábal, el paseo del pintor Rosales; facultad de Derecho de la Complutense; pueblos de mala muerte en Castilla la Vieja y la Mancha; las poblaciones de Móstoles, Fuenlabrada y Alcorcón; una residencia de ancianos; un seminario en Navarra; un centro de instrucción militar en Cáceres; una colonia de minusválidos; algunos campamentos de verano para niños sin recursos; un bar en Vallecas; la comunidad ecuménica de Taizé; las fraternidades neogandhianas de El Arca; bosques de Ardèche; Castalia, territorio imaginario; antiguo convento cisterciense de Maulbronn, la vicaría de San Isidro de la Ceiba; la diócesis de Trujillo; el departamento del Yoro; la costa atlántica; la cordillera montañosa Del Nombre de Dios; la Mosquitia; la escuelita de El Naranjo; patio de la escuela de la Milagrosa; las aldeas: Tomalá, Los Jutes, Agua Caliente, El Portillo, La Jigua, La Sirena, Las Delicias, Berlín No.1, Cefalú, El Manchón...

PRIMERA PARTE

Estado de gracia

Mi experiencia vocacional

Capítulo I: Tardes en la caravana. 1. Walt Whitman en las praderas neoyorquinas; 2. Las voces amadas; 3. El precepto dominical; 4. Mi gran crisis norteamericana; 5. Mi amigo Salmerón; 6. Cuaderno de cuadrículas; 7. Devoción mariana; 8. Saberse en un camino; 9. Ese armario no existe.

Capítulo II: El chico que quería ser Gandhi. 10. El padre Aureliano; 11. Puestas en común; 12. El canto del pájaro; 13. Don Emiliano y su scalextric; 14. Charlas acerca de la gracia; 15. Plan de vida; 16. Relato de mi vocación; 17. El entusiasmo; 18. El Cristo de la Piedad; 19. Pilar, mi confidente; 20. Pascua en Sierro; 21. Las homilías de Montini; 22. Modelos sacerdotales; 23. Quiero ser como tú; 24. El peregrino ruso.

Capítulo III: Dejarlo todo. 25. La ruptura familiar; 26. Un nuevo nacimiento; 27. Despedirse del mundo; 28. Entrar en religión; 29. La celda número 23; 30. Primer día de noviciado; 31. Quema de manuscritos.

Capítulo I

Tardes en la caravana

Ningún esfuerzo que hace un alma por acercarse a Dios se pierde. No son nuestros esfuerzos los que nos llevan a Dios, pero sin ellos, por alguna razón, no llegamos a Él.

A lo largo de mi vida como sacerdote me he arriesgado y, como es natural, me he equivocado muchas veces, seguramente demasiadas.

La flexibilidad es una de las condiciones del pensamiento. Un pensamiento rígido no es, en consecuencia, más que doctrina o ideología. Busca un gran pensador que haya sido un fanático, no lo encontrarás.

Poco antes de cumplir dieciocho años viajé a Norteamérica con una organización que se llamaba Spanish
Heritage y que acomodaba a sus estudiantes en familias de clase media. Yo fui una excepción, pues me correspondió una familia que vivía en un ostentoso rancho de Poughkeepsie, una población de origen indio.
Por esta circunstancia, durante el semestre que estuve
con los De Cartes, pude montar a caballo todas las tardes. Durante aquel inolvidable otoño me dirigía cada
atardecer a las cuadras de aquel rancho, ensillaba uno
de los caballos y salía a cabalgar por las mismas praderas y bosques por los que siglos antes habían cabalga-
do, indudablemente con mayor destreza que yo, algunas tribus de indios apaches y cheyeene.

Como casi todos los niños del mundo, durante mi
infancia yo había visto muchas películas de indios y
americanos. No puede extrañar por ello que, no teniendo tan lejos esas películas, para aquellos largos y solita-
rios paseos vespertinos me pusiera un gran sombrero de
cowboy que me había comprado precisamente con este
propósito. Hubo ocasiones en que, sobre mi Sylvester
–que era mi caballo favorito–, llegué a encenderme un
Marlboro; y otras en que, culminada una determinada

cima, mientras avistaba el atardecer, me ponía a silbar alguna melancólica canción. ¿Por qué hacía esto? ¿Acaso había visto tantos wésterns que sentía la necesidad de emular a sus héroes? Me estaba buscando, aún no sabía quién era: necesitaba ensayar algún personaje para averiguar cuál era el que, en el futuro, debía encarnar. En ese momento decidí probar con el de cowboy.

En medio de toda aquella inmensa estupidez adolescente, a veces, después de haber trotado a través de pastos, praderas y tierras de labranzas, me dejaba envolver por el vibrante silencio otoñal –que lo ocupaba todo– y lograba olvidarme de mí mismo y de mis disparatadas búsquedas; entonces, estupefacto, admiraba al fin la belleza del paisaje. Porque debo decir que pocos paisajes hay en el mundo –y he recorrido mucho– tan hermosos y sobrecogedores como los bosques y las praderas del estado de Nueva York. El color de los árboles, en particular en otoño, adquiere ahí las tonalidades más inimaginables. La naturaleza es una buena maestra: su esplendor y majestad sacan en ocasiones al hombre de sí mismo y es así, en este éxtasis o desbordamiento, como a veces nace la experiencia religiosa, que es lo que ahora me dispongo a relatar.

Una de aquellas tardes otoñales me emocioné ante la contemplación de una puesta de sol, con sus árboles a lo lejos y sus nubes rosadas e iridiscentes. De algún modo me identifiqué con aquellos árboles, con aquellas nubes, con aquel sol espectacular que parecía esconderse tras los montes sólo para que yo fuera feliz. Ver bien la realidad –fue entonces cuando lo intuí– es verla como espejo de uno mismo y del mundo. Porque todo reverbera en todo. Y porque en aquellos árboles, como en aquellas nubes o en aquella puesta de sol, estaba yo, aunque entonces, como es natural, no podía expresarlo como ahora. Me había visto a mí mismo y al mundo sea en su frondosidad o en su abandono, en el caso del árbol; en su color o volubilidad, en el de la nube; y en su majestuosidad en el del sol. Y, ¿cómo no emocionarse al comprobar que todo, absolutamente todo, está en cualquier cosa?

El paisaje que me rodeaba era tan vasto y fértil que, fuera por su amplitud o fertilidad, o por la idea que me había hecho de mí como de un jinete solitario, algo me hizo pensar en Walt Whitman, el poeta norteamericano. No sé si fue la belleza de aquel paisaje de película o acaso el propio Whitman lo que me condujo de pronto a la idea de Dios, al sentimiento de Dios. Porque si existía ese paisaje, si existía Whitman, me dije, tenía que existir Dios. Y dije la palabra Dios como si por primera vez lo reconociera, o como si lo viera a Él al admirar aquel paisaje norteamericano que tanto me hacía acordarme del famoso poeta. Tal vez fue como si lo invocara en la naturaleza.

Me gustó mucho cabalgar con la idea de Dios en la cabeza y con el sentimiento de Dios en el corazón.

–Bonito ¿eh? –le dije a Whitman como si estuviera conmigo en otro caballo invisible que cabalgara mansamente junto al mío.

Mi sensación era –y quizá pueda resultar blasfemo– la de cabalgar sobre el cuerpo de Dios, la de estar total e inmerecidamente envuelto y rodeado por Él.

–¡Dios, Dios! –dije entonces dos veces, pero no sé bien a quién se lo decía: lo más seguro es que no a Él, pero tampoco a Whitman o a mí mismo–. ¡Dios, Dios, Dios! –dije poco después, tres veces en esta ocasión.

Luego pronuncié esta palabra muchas veces más, siempre al airoso ritmo de mi querido Sylvester, mientras atardecía en aquel soberbio paisaje norteamericano.

Claro que son muchos los que dicen que es en la naturaleza donde más se encuentran con Dios. Esto es así por la sencilla razón de que, en la naturaleza, sea de ello consciente o no, el hombre recuerda de dónde viene. En la naturaleza el hombre contacta con sus orígenes; también con ese otro Origen que llamamos Dios. Además, en la naturaleza al hombre no se le invita a pensar, sino a contemplar y, en último término, a fundirse con ella. Por eso querría volver a Poughkeepsie. Querría ver esa pradera una vez más y comprobar si Dios sigue ahí, en aquellas nubes rosadas e iridiscentes. De momento, sin embargo, debo conformarme con leer a Whitman, cuyos poemas siempre me llevan a la idea y al sentimiento de la vida. De ahí, de la vida, no creo que sea difícil llegar hasta Dios. En realidad, no hay otro camino. ¿Habré logrado transmitir en esta página, aunque sólo sea en parte, la increíble belleza de aquel atardecer norteamericano?

Volví al rancho de la familia De Cartes en silencio. De un día para otro había empezado a ser, lo supiera o no, un hombre religioso.

No es de extrañar que sean muchos los hombres y las mujeres que, a lo largo de la historia, dicen haberse encontrado con el Creador en la belleza de su Creación. Pues bien, también a mí me habló Dios en medio de los inolvidables bosques neoyorquinos de Poughkeepsie. También a mí me sobrecogió el capricho de las nubes, la azul lejanía de las montañas, el sol filtrándose entre las ramas y la inmensidad del horizonte. Durante algunos minutos –o tal vez fueron sólo segundos– me sentí uno con el caballo, eso fue lo primero; luego uno con el caballo y con la pradera en la que ambos cabalgábamos; al final, uno con el caballo, la pradera y el sol, que empezaba a ponerse en el horizonte. Fue al sentirme al mismo tiempo caballo, pradera y sol cuando experimenté que ahí estaba Dios o, por mejor decirlo, que yo mismo era el propio Dios. Sé muy bien que esto puede sonar irreverente, pero la sensación de que la pradera, el caballo, el sol y yo éramos nada menos que Dios mismo en aquel momento fue para mí muy nítida. Y tal fue la intensidad de todo aquello que me atreví a balbucir una oración. Porque orar no consiste simplemente en recitar las palabras y realizar los gestos propios de una determinada tradición: juntar las manos, arrodillarse, recitar una plegaria, persignarse... No. Orar es hablar con Dios de corazón a corazón y, desde luego, escucharle. Pues con diecisiete años y en los otoñales bosques de Poughkeepsie, aquella tarde yo recé con singular emoción: le conté a Dios cómo me sentía y cuáles eran mis proyectos de futuro y, en la brisa que acariciaba la pradera y que jugueteaba con las hojas de los árboles, me pareció escuchar su contestación.

Otros días, a esa misma hora y en aquellas mismas colinas, volví a salir a cabalgar con Sylvester y, aunque experimenté sensaciones parecidas a las de aquel 5 de septiembre, nunca fueron tan nítidas. A mí me bastó, en cualquier caso, para saber que Dios me esperaría siempre de algún modo en la naturaleza: en las ramas secas y desnudas, entrecruzándose unas con otras y componiendo bellísimos enramados tras los que se veía el cielo, soleado o nublado; o en el permanente hacerse y deshacerse de las nubes, tan hipnótico; o en un rayo naranja filtrándose por entre las hojas y otorgando al mundo su verdadero color.

–¿Eres Tú? –le pregunté a Dios aquella primera tarde.

Había empezado a hablar con Él. Había empezado mi personal aventura en el camino de la oración.

Tenía dieciocho años, acababa de pasar un curso académico en Estados Unidos y nadie en su sano juicio habría presagiado que en pocos meses iba a entrar en un seminario y, concluida la formación, recibir la ordenación sacerdotal. Porque yo nunca había sido un tipo particularmente religioso; antes bien, había preferido dejarme crecer el pelo hasta los hombros, intimar con algunas chicas –no sin cierto afán coleccionista–, leer compulsivamente a Hermann Hesse y probar algunas drogas, para ver cómo era todo aquello de viajar con la mente. Sin embargo, contra todo pronóstico, en Nueva York, sin dejar de leer a Hesse, no me alejé de la fe de la Iglesia. A decir verdad, nunca me he alejado de ella, ni siquiera en los momentos más críticos o alocados. Más aún: la fe cristiana ha sido siempre para mí, aún en las situaciones más difíciles, lo que mejor me ha hecho entender quién era yo y para qué había venido a este mundo.

De aquella experiencia norteamericana conservo muchos recuerdos, tan entrañables como bochornosos. Vayamos con el primero. Durante el día podía caminar por Manhattan, perderme en Harlem, comprar discos en grandes almacenes o quedar absorto ante los escaparates de la esquina noroeste de la calle 72 y el Central Park West, justo donde dispararon a John Lennon un 8 de diciembre de 1981, jornada en la que precisamente me encontraba en la Gran Manzana. Por la noche, sin embargo, ya en casa de la familia norteamericana que me hospedaba, solía ponerme una cinta magnetofónica que me habían enviado mis padres desde España. Tumbado en la cama, mientras la escuchaba con la vista en el techo, bastaban pocos minutos para que se me revolvieran las tripas y me echase a llorar como un chiquillo, víctima de una invencible nostalgia. Lloraba al oír la voz cascada de mi padre, temeroso de que mi adolescencia me gastara alguna broma pesada; lloraba al oír a mi madre, quien conmigo fue siempre más bien escueta y eminentemente práctica; lloraba ante la voz de mis hermanos, en fin, pues cada uno de ellos –los seis– tenía un animoso mensaje para mí. Ningún libro, ninguna carta, ningún amor perdido, ninguna despedida me ha hecho llorar tanto a lo largo de los cincuenta años que acabo de cumplir como aquella grabación doméstica. Pero, si tanto me afligía estar lejos de los míos y de mi país –cabe preguntarse–, si tanto sufría escuchando aquellas voces tan lejanas y queridas, ¿por qué entonces me ponía a escuchar aquella cinta casete una noche tras otra? Hoy conozco la respuesta a esta pregunta: quería sufrir para poder contar un día, con fundamento, cómo era eso del sufrimiento; quería tener experiencias para llegar a ser en el futuro un experto en la única materia que me interesaba: la vida. Ese llanto me hizo entender –de momento sólo con las vísceras, más tarde también con la razón– que para amar la patria hay que estar lejos de ella; que para saber quiénes somos, hemos de confrontarnos con lo ajeno.

Aquél no había sido ni mucho menos mi primer gran viaje, pero en estas memorias ficticias –que empiezo a escribir poco después de haber cumplido medio siglo de vida– quiero comenzar diciendo que el año que pasé en Estados Unidos marcó un antes y un después porque hizo de mí, y para siempre, un creyente entusiasta y un viajero empedernido. No es que me guste viajar, no es eso, pero hay algo en mí que periódicamente me lo pide y que hasta me lo exige si desobedezco su invitación. ¿Que por qué? Pues porque es en el contraste donde mejor me comprendo, como supongo que le pasa a todo el mundo; es en la diferencia, en fin, donde mejor escucho mi conciencia y entiendo quién demonios soy. No es ningún descubrimiento, por supuesto; pero para mí lo fue con dieciocho años.

Todo este asunto de los viajes marcó también mi experiencia religiosa, que tanto de joven como de adulto he leído en clave de aventura. Más aún: de éxodo, de peregrinaje o expedición. Soy un nómada empedernido: siempre he necesitado cambiar de aires, salir de mi agujero y confrontarme con lo diverso. Sin entender bien de dónde nacía todo este afán por los desplazamientos, desde que era un adolescente he necesitado prepararme mediante las aventuras externas a esa otra aventura –más apasionante aún, y más esencial– que es la interior. Hoy no concibo la vida de un cristiano sin búsqueda ni riesgo, de modo que a lo largo de mi vida como sacerdote me he arriesgado y, como es natural, me he equivocado muchas veces, demasiadas. Porque no todas mis búsquedas ni afanes me han conducido al puerto anhelado. Algunas me han llevado a bosques oscuros y a precipicios por los que he caído o, al menos, por los que he estado a punto de caer. Tampoco ocultaré aquí que he llorado mucho mis incontables faltas, errores y pecados, y que siempre, aún de adulto, lo he hecho tan desconsolada y arrebatadamente como ese chico que yo era con diecisiete años y que, víctima de una venenosa melancolía, se escondía en su cuarto para escuchar en un casete, sin cansarse, las voces de sus seres amados.

Recuerdo bien a ese joven que yo era y diría que siento ternura por él, casi misericordia, aunque también cierta admiración. ¿Admiración? Sí, porque aquel chico tenía tantas ganas de vivir que se dejaba afectar por todo. Era demasiado sensible, por supuesto, egocéntrico, eso lo doy por descontado, y también ingenuo, como enseguida mostraré; pero en medio de ese candor y de ese egocentrismo estructural que caracteriza a los jóvenes en general, en medio de esa viva curiosidad que tan malas pasadas me jugó, en mi interior latía un corazón generoso y valiente, que es lo que hoy me admira de mi juventud. No me interesaban el dinero y el poder, nunca me han interesado. Ambicionaba nada menos que acceder a las más altas cimas de la verdad y del bien. Y ya entonces, con dieciséis, diecisiete y dieciocho años —me estoy viendo—, anhelaba la belleza, que buscaba en la literatura y en las mujeres, por ese orden.

3

Mi familia americana era aún menos religiosa que mi familia española, pese a que en los informes que Spanish Heritage había enviado a mis padres podía leerse que los De Cartes iban a misa con regularidad. No era cierto: ni el matrimonio ni sus hijos pisaban una iglesia ni por equivocación. Haciendo salvedad de mi experiencia casi mística en las praderas neoyorquinas, la verdad es que mi religiosidad, como la de cualquier otro chico de mi ambiente, se limitaba en aquella época a la clase escolar de religión y a la misa parroquial los domingos. En las catequesis se nos había inculcado, entre otras obligaciones, la del precepto dominical; y dado que una posible ausencia era considerada nada menos que como pecado mortal, determiné que, salvo razón muy grave, debía cumplir. Porque una cosa era lo que podía hacer con algunas chicas del colegio en los lavabos escolares o en algunas fiestas a las que era invitado los viernes y sábados por la noche –y yo reconocía que eso estaba mal, puesto que sólo acudía a esas muchachitas para satisfacer mi deseo y curiosidad–, y otra muy distinta era lo de no asistir a la misa, que era una de las tres únicas condiciones que mi padre me había puesto para acceder a mi viaje a Estados Unidos. Quién iba a decirlo, pero fue en esto de ir a misa donde empezó lo que, con la característica grandilocuencia adolescente, bauticé como mi gran crisis norteamericana.

–Sé que en América beberás y probarás las drogas –me había dicho mi padre poco antes de partir, lo recordaba muy bien–. También yo he sido joven y he probado los estupefacientes –admitió ante mí mientras yo, acongojado por la gravedad del momento, no podía dar crédito a lo que acababa de decirme–. Te meterás donde no te llaman –continuó él, haciendo caso omiso de mi cara de pasmado–, te rodearás de malas compañías –lo adivinó, no era muy difícil–. Harás tonterías de las que luego te avergonzarás, como por ejemplo ir en coche por una autopista a una velocidad muy superior a la permitida. –Ni que hubiera estado ahí, conmigo.

La primera parte de su discurso había terminado; lo supe porque suspiró sonoramente tras una breve pausa. Luego dio paso a la segunda, que fue la que más me descolocó.

–Sólo te pido tres cosas, y no quiero que dentro de un año vuelvas a esta casa si no las cumples.

Me asusté, mi padre hablaba completamente en serio. Y yo no iba a ser el primero de sus hijos al que expulsaría del hogar familiar si es que desobedecía sus consignas.

–Primero –sentenció mi padre, a quien le gustaban tanto las enumeraciones que todos sus discursos eran esquemáticos listados–: no dejes embarazada a ninguna chica.

Tragué saliva. Él me miraba con vivo interés, escrutando mi reacción.

–Sé que en América vas a hacer lo que te dé la gana y lo entiendo. Más aún, no te lo reprocho. Yo haría lo mismo –admitió, y creí leer en sus labios una suave sonrisa–. Te acostarás con mujeres de tu edad y mayores –especificó–; desahógate si lo necesitas, pero no lo hagas sin una goma.

Volví a tragar saliva. ¿Una goma? ¿Sería así como mi padre se refería a los preservativos? No me dejó tiempo para reflexionar.

–Segundo –y esto me lo esperaba aún menos que lo anterior–: no te inyectes heroína.

Ni ganas que tenía, pensé al escuchar aquello, y esa falta de ganas abarcaba tanto a la heroína como a la posibilidad de un hijo.

–Y tercero –y al decirlo, lo hizo con su clásica erre gutural, lo que en ocasiones le hacía pasar por un francés hablando castellano–: no dejes de ir a misa los domingos.

Mi padre me miró entonces con ojos cansados. Su discurso había terminado.

–¿Está claro? –quiso saber, imprimiendo a estas palabras toda su autoridad de militar a punto de jubilarse.

Él «claro» lo había dicho una vez más a la francesa.

Sólo cuando asentí, inclinando la cabeza repetidas veces, mi padre se acercó hasta mí para que le besara en la frente, como teníamos por costumbre.

Presionados por mi requerimiento o por lo que habían declarado a Spanish Heritage en el acuerdo, mis padres americanos me acompañaron a la iglesia católica de Poughkeepsie durante las primeras dos o tres semanas de mi estancia en su rancho. Uno de aquellos domingos, mi madre americana, que solía andar dando saltitos como un gorrión, llegó a entrar en el templo conmigo, a sentarse a mi lado en uno de los primeros bancos y a escuchar la misa entera, sin pestañear. Era una mujer fea y vieja, pero se comportaba como si fuera una princesa. Se ponía tanto maquillaje que parecía llevar una máscara. Daba pena verla, no se hacía cargo de que ya había pasado el tiempo, si lo hubo, en el que todos bailaban a su son.

Bastaron pocas semanas para que a misa me acompañara sólo el padre, y únicamente si yo se lo pedía. Y a los dos meses de mi llegada –antes, por tanto, de las navidades–, ni mi padre ni mi madre americanos querían llevarme ni siquiera cuando se lo pedía. Simulaban no escucharme cuando se lo insinuaba, o fingían recibir una llamada justo en el preciso instante en que nos disponíamos a salir. Durante algún tiempo estuvieron arguyendo las excusas y justificaciones más inverosímiles.

–¡No digas sandeces! –me reprendió mi padre americano en una de aquellas ocasiones, harto ya de mi insistencia.

Gritó aquello desde el umbral de la puerta del cuarto de las herramientas, y me sorprendió la enormidad de su cuerpo en medio de aquella diminuta puerta.

–¡Déjate ya de tanta misa! –me increpó también, y acto seguido me dejó oír una de sus risas malsanas y maliciosas.

Se había figurado, seguramente, que en breve entraría en razón y que dejaría de importunarle.

¿Sandeces? Al oír aquello me quedé tan mudo como paralizado. Aquella tarde, sin embargo, acaso por el expreso requerimiento de mi madre americana, el señor De Cartes me llevó a regañadientes al culto dominical. No fue una buena idea. Fue entonces cuando se desencadenó lo que llamé, con esa típica grandilocuencia adolescente que me costó más de una década erradicar, mi gran crisis norteamericana.

4

La culpa de todo la tuvo el orondo señor De Cartes, quien al coger aquella tarde su cuatro por cuatro (le encantaban los coches y las furgonetas), llevaba más de una copa encima. ¿Más de una, digo? En realidad, llevaba tantas que fuimos a la iglesia dando tumbos, por lo que pensé –tan aterrorizado que aún se me eriza el cabello al recordarlo– que estábamos jugándonos la vida. Lo más probable, después de todo, es que no fueran tantos los tumbos que diéramos en aquella, para mí, imborrable ocasión; y hoy doy por seguro que nuestra vida, ciertamente, no peligró durante aquel, para mí, terrorífico trayecto. Pero con diecisiete años recién cumplidos, juzgué que la circunstancia por la que estaba pasando era poco menos que mortal. Me libraba del pecado del incumplimiento, sí, ¡pero a qué precio!

–¿No querías ir a la misa? –barboteó desde el volante el señor De Cartes, quien a menudo bromeaba con lo parecido de su apellido con el del famoso filósofo francés, fundador del racionalismo–. ¿No querías rezar, españolito de mierda? –me insultaba entre esas risas salivosas y guturales tan propias de los borrachos.

Aceleraba, daba volantazos y volvía a reírse como un poseso, moviendo de un lado al otro su gran cabeza, de forma extrañamente cuadrada. Aquella cabeza parecía sacada de un molde, como si fuera un robot hecho en serie que, de un momento a otro, comenzaría a hablar con una voz mecánica y artificial.

Imagino sin dificultad la ardiente indignación que tuve que padecer al escuchar aquello de «españolito de mierda» y, sobre todo, la cara de susto que pondría, pálida y desencajada. Ahora, mientras escribo esta autobiografía fícticia, me doy perfecta cuenta de que mi padre americano sólo pretendía asustarme y, acaso, darme una pequeña lección. Que tan sólo deseaba que no le fastidiara ningún otro domingo con aquella peregrina idea mía de asistir al servicio divino –que era como ahí se referían a la celebración de la eucaristía– en lugar de quedarse a sus anchas en casa, ante el televisor, con un buen par de cervezas y viendo algún partido de *soccer* o fútbol americano.

Porque como todos los míos –y lo más sensato es declararlo desde el principio–, éste es un libro de ficción. Nunca he podido atenerme sólo a la historia; aún sin pretenderlo, en mí siempre ha terminado por vencer la fantasía. No lo considero una suerte, tampoco una maldición. Claro que esto no significa que lo que cuento aquí tenga menos credibilidad que si realmente hubiera sucedido en el tiempo. Desde hace décadas insisto en que lo que pasa por nuestras cabezas y nuestros corazones es tan verdad como lo que pasa ante nuestros ojos o por nuestras manos. Que la fantasía no es menos verdad que la historia.

Cuando por fin llegamos al templo –volvamos al relato–, De Cartes, todavía salivoso, me aseguró que me esperaría fuera, junto a su automóvil. No fue así: prefirió entrar en un bar y, quizá para desquitarse, continuar bebiendo. Terminada la misa estaba borracho como una cuba –en eso sí que no hay exageración–, con la mandíbula floja y los miembros deslavazados. Hablaba con patente dificultad, como si tuviera un gran caramelo en la boca o como si la lengua se le pegase al paladar. Nada más verle en aquel lamentable estado comprendí que debía decirle, con la mayor claridad y firmeza posibles, que no estaba en condiciones de conducir y que yo, ciertamente, no montaría en su coche. Lo más sensato era llamar a su esposa para que nos recogiese –pensé en decirle, casi creo que hasta lo ensayé mientras me acercaba a él–; ella nos conduciría hasta casa sin sobresaltos, ella lo arreglaría todo, no debía preocuparse... Pero los muchos rezos con que había implorado a Dios durante la misa no habían servido ni para que De Cartes entrara en razón ni para aplacar el temor que sentía ante su posible reacción, si es que aquel hombretón llegaba a escuchar todo lo que había pensado decirle.

Cuando estuve a un metro de distancia de mi padre americano –aquel hombre calvo, gordo y de cabeza cuadrada–, me acordé con intensa y dolorosa nostalgia de mi padre español, un hombre guapo, esbelto y de cabeza proporcionada. Y no dije nada, por supuesto; me comporté como lo habría hecho cualquier niño asustado y monté silenciosamente en aquel cuatro por cuatro, mientras invocaba a la Virgen. Creo que fue la primera vez que recé a la Virgen en mi vida, la primera al menos de la que guardo memoria. Tal era mi pánico que habría jurado que aquéllos iban a ser los últimos momentos de mi malograda vida. Moriría en Norteamérica, sí, ésa era la perspectiva; el único consuelo –y no lo era– se cifraba en la posibilidad de una futura beatificación: mártir por querer ir a la misa. Me resultaba duro mirar al espejo retrovisor a sabiendas de que eso –una carretera asfaltada y la fachada de un centro comercial– sería lo último que vería en este mundo.

Debo decir que durante aquel trayecto no me atreví ni a pestañear, y que el señor De Cartes no me habló ni una sola vez, pues estuvo muy concentrado en la conducción. Claro que eso no impidió que de vez en cuando perdiese la dirección del vehículo y que, obligándome a agarrarme todavía con más fuerza, se subiera sin control al bordillo de la acera, ocasiones en que soltaba sonoras carcajadas y terribles blasfemias.

Una eternidad después, ya en casa, me encerré en mi cuarto y, sin necesidad de ponerme la grabación de mi familia, me arrojé a mi cama y me eché a llorar. Con el sabor de las lágrimas en la boca, oí cómo los De Cartes discutían aquella noche, lo que también me impresionó; y comprendí, entre sus apagados gritos y mis lastimeros sollozos, que tenía que salir de aquel hogar americano lo antes posible. No me resultaría fácil plantear ni resolver esta cuestión –eso lo comprendí también–, lo que me hizo llorar aún más amargamente. Estaba solo y lejos, tenía un problema y no sabía cómo resolverlo. De la noche a la mañana los adultos habían dejado de ser un mundo sólido y fiable para mí, de modo que para salir de aquella casa –que entonces empecé a ver como un presidio– sólo podía contar con mis propios recursos. Como era muy joven –ésa es mi justificación–, no calculé bien las consecuencias de mis actos y, con esa precisión que da el regodeo en la propia humillación, informé a Spanish Heritage de mi dolorosa situación familiar.

Spanish Heritage estaba regentada entonces por un religioso agustino que se hacía llamar *father* Martínez. *Father* Martínez, que a mí me parecía muy mayor y que luego supe que no lo era tanto, se rió muchísimo cuando supo que mis padres americanos no me querían llevar los domingos a la santa misa. Tanto rato y tan aparatosamente se carcajeó aquel frailecillo que, al escuchar sus risas, creí por un momento que me diría que lo de faltar a misa no era después de todo un pecado tan grave, y mucho menos mortal. Temí incluso que también él podría increparme con un «¡No digas sandeces!», o con un «¡Cómo te has podido creer lo que te contaron de niño!». Pero no fue así. *Father* Martínez se limitó a buscarme una nueva familia.

Si he relatado este episodio con cierto detalle es porque fue así, ante aquella adversidad, como yo me reafirmé en la fe de los católicos. De modo que empecé a ser verdaderamente creyente –y hasta fervoroso– cuando encontré alguna dificultad para serlo. Mi religión comenzó a resultarme interesante cuando me di cuenta de que podía abandonarla sin que nadie en el mundo me lo fuera a recriminar.

5

Es imposible hablar de cómo fue Dios abriéndose paso en mi alma adolescente durante mis escapadas vespertinas con mi fiel Sylvester sin mencionar a mi amigo Salmerón, con quien mantuve una relación muy fluida hasta que conversamos sobre mi descubrimiento de la pornografía. Porque resultó que uno de mis hermanos americanos –el mayor– coleccionaba revistas pornográficas que –mira qué casualidad– guardaba en el armario ropero de mi habitación. Cuando una noche descubrí aquel arsenal quedé sobrecogido y, más que eso, hipnotizado. Tomé una de aquellas revistas, dos, tres, abrí los desplegables con manos temblorosas... No podía creer que todo aquello estuviera ante mí y, abrumado por la cantidad, fui incapaz de hojear siquiera una pequeña parte con la atención que todas aquellas espléndidas fotografías me parecían merecer. De modo que lo recogí todo y lo guardé precipitadamente, no fuera a entrar en el cuarto alguno de mis hermanos americanos y a descubrirme en aquel embarazoso trance. Aquel inesperado festín –así fue como lo entendí–, se me brindaba gratuita y generosamente para aliviar mis muchas y largas horas de forzada soledad y encerramiento. Porque bastaba que sacara de aquel armario alguna de aquellas revistas para que el mundo hostil en que vivía se tornara en algo dulce y consolador. Tenía diecisiete años, estaba solo y lejos de los míos; huelga decir que me convertí en un masturbador.

Mientras tanto, Spanish Heritage había comenzado en Poughkeepsie la búsqueda de una nueva familia que quisiera acogerme y hospedarme. Empezó con ello uno de los periodos más difíciles de mi larga y atribulada adolescencia. Primero porque no fue fácil dar con un hogar que quisiera recibirme con el precedente de haber fracasado en el anterior. Pero sobre todo porque los De Cartes, indignados de que se hubiera hecho pública la, por otra parte, patente afición al alcohol del cabeza de familia, me hicieron el vacío durante las que fueron las semanas más largas de mi vida. Me trataron con una indiferencia y una frialdad que me resultaron incomprensibles y dolorosísimas, acaso porque era la primera vez que me tocaba padecer algo semejante. En mi cabeza no cabía una desgracia mayor y, para desahogarme, ¿qué podía hacer yo sino encerrarme en mi cuarto, por supuesto, llorar un rato y, al cabo, masturbarme pasando las páginas de alguna de aquellas revistas? La masturbación era –claro está– un simple paliativo para mi soledad, cada vez más abrumadora. Tanto que cada mañana, en el colegio, me sentaba en mi pupitre con cara de perro apaleado y mendigaba de mis compañeros un poco de misericordia hacia mi orfandad. Como a menudo sucede cuando estamos en una etapa difícil, fue en aquella coyuntura cuando apareció en mi vida un personaje a quien todos llamaban Salmerón.

Salmerón era un estudiante español que, como yo mismo, frecuentaba la Arlington High School, nombre del centro en que ambos cursábamos el último año escolar. Por ser ambos durante aquel curso académico los únicos en la Arlington de esta nacionalidad, cuando nos conocimos decidimos vernos lo menos posible para no ceder a la tentación de hablar en nuestra propia lengua, como de hecho les estaba sucediendo a los estudiantes alemanes y a los franceses, quienes estúpidamente llegaron a tomar a gala no intimar con los norteamericanos. Pero en aquellos días yo andaba hundido en la más absoluta miseria y Salmerón, que era una buena persona, rompió nuestro pacto de alejamiento y se me acercó para brindarme su amistad.

Salmerón vivía con los De Gregory, una estupenda familia americana en cuya casa siempre había invitados de todo tipo. Había un visible, y para mí doloroso, contraste entre los De Cartes y los De Gregory, el mismo, probablemente, que había entre aquel chico alegre y voluntarioso que era Salmerón y yo, aquel pobrecillo melancólico y masturbador.

Sobre los labios del señor De Gregory resaltaban unos arrogantes bigotes rubios. Se llamaba Al, tocaba la guitarra eléctrica y cantaba al estilo de Billy Joel, que en aquel tiempo era mi cantante favorito. Uno de sus hijos, no recuerdo si Brian o Ted, tocaba la batería, de manera que tuve claro que entrar en aquella familia habría supuesto para mí tanto como empezar a formar parte de una banda. Brian tenía un tórax de púgil y siempre andaba metido en peleas. Ted, por contrapartida, era muy pacífico y tenía el rostro tan inmóvil que parecía tallado en madera. Su cabeza siempre andaba en otro sitio, pero el bajo lo tocaba bien. La primera vez que les oí tocar en serio, con micrófonos y guitarras eléctricas, les dije que yo sabía cantar el «Twist and shout» en la versión de los Beatles. Al saberlo, la tocaron de inmediato, y yo, incitado por sus primeros e inconfundibles acordes, la canté imitando la rasgada voz de John Lennon, a quien en aquel tiempo idolatraba como sólo puede idolatrarse en la adolescencia. Fue así como empezó mi relación con los De Gregory, quienes se ofrecieron a acogerme en su familia en cuanto supieron que yo estaba en busca de una.

–Así tendremos cuatro hijos, dos americanos y dos españoles –exclamó Al, que era como un niño y a quien faltó tiempo para, vista la perspectiva, hacer ya nuevos planes para su banda.

Pero no pudo ser. Spanish Heritage dijo que los de Gregory ya tenían en su casa al bueno de Salmerón y que con dos españoles juntos se dificultaría y hasta impediría que se cumplieran los objetivos del programa. Tuve que resignarme y seguir esperando a que de alguna parte surgiera una familia anfitriona. Fueron tiempos difíciles.

Salmerón fue la primera persona de quien supe que iba a misa a diario y que, no contento con aquello, sacaba tiempo mañana y tarde para lo que llamaba «actos de piedad». Quise saber en qué consistían esos, para mí, tan misteriosos actos de piedad a los que mi compatriota hacía referencia a cada rato. Él, sin hacerse de rogar, me lo explicó. Como en casa de los De Gregory había siempre invitados y todos armaban bulla y cantaban rock and roll cada dos por tres, para estar a solas con Dios el bueno de Salmerón se refugiaba en lo que llamaban la caravana: un viejo vehículo, gélido pero espacioso, aparcado en una esquina del jardín y donde los De Gregory habían llegado a vivir en sus años jóvenes. Allí era donde Salmerón se retiraba cada atardecer durante toda una hora y allí donde realizaba sus así llamados actos de piedad.

—¿Por qué te escondes para rezar? —le pregunté la primera vez que entramos juntos en su caravana.

Clavó en mí sus ojillos negros y profundos.

—Porque como cualquier amante del mundo, necesito de la intimidad a la hora de expresar mi amor —me respondió.

Una respuesta de libro. La recuerdo como si la hubiese escuchado hoy.

Fue en aquella destartalada caravana donde también yo mismo me inicié en la vida de oración, que hasta entonces había puesto en práctica de una forma, digamos, libre y espontánea.

—¿Espontánea? —quiso saber Salmerón, al escuchar que era así como yo calificaba mi forma de rezar.

Se lo expliqué lo mejor que pude.

—Cuando cabalgo por las tardes con Sylvester, siento a Dios en la naturaleza —le conté, y me pareció como si me hubiera abierto en canal, revelándole un gran secreto—. Y por las noches —añadí al comprobar en sus facciones que aquello le estaba sonando a chino– recito algunos padrenuestros, avemarías y glorias.

–¿Padrenuestros? –preguntó Salmerón, y se echó a un lado el flequillo, resoplando–. No está mal –admitió, pero su rostro reflejaba patentemente que no estaba satisfecho con mi contestación.

Alguien de mi edad y, sobre todo, con mis posibilidades y talento –e insistió mucho en eso del talento– podía aspirar, según él, a una relación con Dios mucho más intensa y cualificada. Fue así como la adjetivó.

–¿Intensa? –pregunté–. ¿Cualificada? –Y fue entonces cuando me enseñó algo sobre lo que hablaríamos durante largo rato: su cuaderno de cuadrículas.

–Mira –me dijo Salmerón, y sacó del bolsillo de su americana una libreta que abrió ceremoniosamente ante mis ojos expectantes.

6

Salmerón solía vestir una elegante americana a cuadros, aunque la temperatura del estado de Nueva York no era en aquel invierno como para ir con una simple americana. El inicio de mi vida espiritual va asociado a la imagen de esa americana, que Salmerón vestía con independencia de la estación en que nos encontráramos y de cuyos bolsillos extrajo aquel día y los sucesivos los instrumentos con los que iría alimentando mi devoción religiosa. Por supuesto que no fui consciente en aquel momento de que ése fue el preciso instante en que me inicié en la oración; pero lo que sí vi con claridad fue que un joven de mi edad estaba a punto de contarme sus secretos y, por ello, le miré con respeto, como a un hermano mayor, casi como a un padre.

–Cada hoja corresponde a un día –me explicó mi nuevo amigo–, y cada columna –y las recorrió con su dedo índice– a un acto de piedad. ¿Me sigues hasta ahora?

Asentí. Salmerón me había acercado su libreta sólo unos pocos centímetros, de manera que para descifrar lo que allí estaba escrito debía inclinarme hacia él.

–Ofrecimiento del día, lectura espiritual, oración personal, ángelus, examen de conciencia, santo rosario... –leyó mientras su índice bajaba de una casilla a la otra.

En aquel bloc todo estaba en clave, por así decir, si bien el jeroglífico quedaba resuelto en cuanto se sabía que las letras correspondían a las iniciales de los distintos actos de piedad. Así, por ejemplo, al examen de conciencia, que yo ignoraba todavía en qué consistía, se aludía con un misterioso Ex. C; al ángelus, del que aún sabía menos, con una A; al Rosario con una R; y así sucesivamente.

–¿Y esta segunda columna? –quise saber entonces, y apunté a otro conjunto de siglas en cuyo significado aún no había sido iniciado.

–Son mis calificaciones –me respondió Salmerón con total seriedad–. MB –y me miró algo pudoroso– es cuando ese día realicé ese determinado acto de piedad muy bien, es decir, con recogimiento y devoción; B –prosiguió– cuando sólo lo hice bien; R, en fin, si regular y...

–¿Y esto? –porque además de la M y de la doble M, que evidentemente significaban mal y muy mal, había cuadrículas rellenadas con triángulos y otras con círculos.

–El círculo –me explicó mi improvisado maestro, orgulloso de aquellas cuadrículas que había comenzado a rellenar desde mucho antes de llegar a Estados Unidos– significa que ese día en particular me descuidé y que, por alguna razón, ese acto de piedad no pude realizarlo; el triángulo, en cambio –prosiguió, satisfecho de mi silencio reverencial– indica que por algún motivo tuve que interrumpirlo a la mitad.

Todo el rostro de Salmerón sonreía. Sonreía de tal modo que, por un momento, me pareció un dibujo animado.

En cuanto puso en mis manos su libreta –que no perdió ni un segundo de vista–, comprobé que su religiosidad no era sólo intensa, como él había dicho que podría llegar a ser la mía, sino intensísima y, por supuesto, cualificada, puesto que en la mayoría de las cuadrículas de la segunda columna –y eso me maravilló– podía leerse MB o B, y en pocas, en cambio, esos temidos círculos o triángulos que delataban su tibieza espiritual.

–¿Quieres que te regale un bloc como este? –escuché mientras pasaba admirado aquellas páginas–. ¿Quieres tener también tú una vida espiritual... –y Salmerón se quedó cavilando cómo calificarla– ...como es debido? –dijo en esa ocasión.

Crucé mis ojos con los suyos. Bajé la mirada.

–No sé –le contesté apesadumbrado–. Tal vez sea demasiado para alguien como yo.

–¡No digas eso! –me increpó él con un rostro que no le conocía–. ¡Nunca digas eso! –se le veía indignado, como si hubiera dicho una barbaridad–. ¡Al menos tendrías que intentarlo! –y me palmeó la espalda en señal de amistad.

Luego se rió, pero su risa me resultó muy falsa. Y poco después, mientras aún reía artificiosamente, extrajo de su americana a cuadros otra libreta en la que ya tenía dibujadas las cuadrículas y escritas las iniciales correspondientes a los nueve actos de piedad que realizaba cada día.

–Toma –me dijo, y me la extendió–. Pensaba utilizarla yo mismo en cuanto se acabase la que estoy utilizando –me aseguró también–, pero creo que en este caso es más importante que la tengas y que la utilices tú.

Tomé aquella libreta entre mis manos sin saber bien qué decir. El rostro de mi compañero estaba encendido por el frío cuando volvió a palmearme el hombro con fuerza y cuando, por segunda vez, se rió sin ganas, algo que me incomodó muchísimo, como si se hubiera tratado de una gran ofensa. A continuación, me explicó en qué consistía cada uno de aquellos actos de piedad y cuál era la hora del día más adecuada para llevarlos a cabo.

–El ofrecimiento del día nada más levantarse –empezó en un tono claramente profesoral–. El examen de conciencia, en cambio, por la noche, poco antes de irse a dormir –y fue así como supe que tanto el santo rosario como la oración personal las hacía Salmerón por las tardes en aquella vieja caravana, poco antes de la cena con los De Gregory.

Como los De Cartes vivían cerca, hasta que no encontré una nueva familia frecuenté aquella vieja y gélida caravana. Primero, es cierto, cantaba con Al, Brian y Ted un par de temas de Billy Joel. También el «Twist and shout» formaba parte de nuestro repertorio. Pero acto seguido me retiraba con Salmerón para rezar y hablar de Dios en su caravana. Fue así, en aquellas heladas tardes de diciembre, como empezó mi primera formación cristiana. ¿Cuántas horas pasaría yo durante aquel invierno en aquella caravana, en compañía de Salmerón, aprendiendo a destajo el catecismo y rezando los interminables misterios del santo rosario? De modo que en Estados Unidos no me perdí, como más de alguno me había vaticinado, sino que fui iniciado en la fe, lenta y amorosamente, por un joven de mi edad.

La literatura y las mujeres habían sido hasta entonces, como ya ha quedado dicho, mis principales tendencias y aficiones. A estos dos frentes, que me habían tenido muy ocupado durante los últimos años, había que unir ahora el de la religión, que no fue algo, en principio, fácil de integrar con todo lo demás. Porque tanto la literatura como las mujeres se resintieron, de una forma u otra, de esta nueva opción. Hermann Hesse –que fue sin duda mi principal ídolo durante la adolescencia –(más aún que Oscar Wilde, por quien también profesaba una devoción sin límites)– tenía, desde luego, algo que decir al respecto. Es difícil precisar ahora qué es lo que entonces admiraba yo tanto de este escritor. Porque no era sólo su modo de narrar, que desde luego que me atrapaba, sino su aspecto –eso lo primero–, algo que me obsesionó hasta el punto que llegué a confeccionar un álbum con algunos de sus retratos fotográficos.

Durante los años de bachillerato pasé tardes de domingo escrutando las afiladas facciones de mi autor favorito: gafitas redondas, mirada brillante, labios finos y prietos. Algunos de sus biógrafos, según leía por aquí y por allá, interpretaban su ceño fruncido y sus facciones duras como signo de un carácter distanciado y voluntarioso. Yo veía en todo aquello una envidiable determinación, sí, pero también el idealismo del creyente, el orgullo del enfermo y el coraje del intelectual. De modo que, además de leer sus libros –que devoré con un rigor enternecedor–, miraba aquellos retratos y me preguntaba –con el ardor con que sólo puede hacerlo un adolescente– qué habría hecho Hermann Hesse para ser tan grande y, obviamente, qué era lo que debía hacer yo para alcanzar un destino similar.

Este enigma existencial no se podía resolver, ciertamente, por la mera contemplación de aquellas fotografías –recortes de periódico y fotocopias de libros–, sino gracias también a lo que en las enciclopedias y en las contracubiertas de sus novelas se decía sobre la estimulante vida de este autor. Supe que Hermann Hesse fue aprendiz de librero, de relojero y de suicida, por ejemplo; que estuvo casado tres veces y que no amó a ninguna mujer; que recibió de sus lectores más de treinta y cinco mil cartas, que contestó puntualmente, como si ésa fuera su principal misión. Supe que fue algo así como un consejero espiritual, un viajero incansable y un solitario incorregible: un enamorado del Oriente y de la amistad, un aficionado a la sabiduría china, a la religión hindú y a la poesía romántica. Todos estos datos, exóticos en su mayoría, me enardecían: sus incontables admiradores, sus mujeres sucesivas, su fascinación por el romanticismo y por lo oriental... También que prefiriera los árboles a las personas, que fuera ingresado largas temporadas en un psiquiátrico, en un balneario, y que ayudara a los presos en la guerra, sin olvidarse, mientras hacía todo esto, de perseguir la luz y, sobre todo, sin desatender nunca los derechos de la oscuridad. Hermann Hesse fue –creo que ésta puede ser una buena definición– un burgués rebelde y un apasionado trovador. Exactamente lo que era yo o, por mejor decir, aquello que aspiraba a ser. Pero ¿por qué demonios aspiraría a eso? ¡Quién puede saberlo! Por medio de sus libros, Hesse me había inoculado la pasión por la identidad y el deseo de identificación. Fui, pues, una de sus víctimas, y seguramente tuvo miles. Claro que por aquella época yo no sabía que esa es la principal función de un escritor: hacer ver, por medio del arte, que la propia biografía puede componerse como una obra de arte.

Lo que en última instancia me cautivó de este escritor fue que se pasó la vida contándonos la misma historia, la suya: la de la dualidad del espíritu humano, escindido entre la cabeza y el corazón, entre los ideales y los instintos, entre el poder erótico y el místico. Éste fue su drama y, ante la imposibilidad de cambiarse, dedicó su vida a contarse. Porque en el fondo no importa mucho que sus personajes se llamen Camenzind o Sinclair, Siddharta o Haller, Demian, Goldmund o Knecht: siempre son dos, atraídos uno por el otro como un imán, pero finalmente irreconciliables. ¡Cuánta luz me dio leer esto con trece años, con catorce! ¡Cuánto consuelo saber con quince o dieciséis que yo no era el único en el mundo en vivir algo así, tan emocionante como desgarrador! Hesse –huelga decirlo– se convirtió para mí en algo así como mi amigo más íntimo o mi padrino secreto. Así que no es de extrañar que, viendo mi deriva religiosa en aquella caravana de los De Gregory, su fantasma –preocupado porque pudiera sofocarme en alguna de aquellas cuadrículas de Salmerón– sacara de pronto su cabeza, decidido a reivindicar sus derechos y a colarse nuevamente en mi vida.

7

Salmerón fue para mí el mejor de los catequistas: me hizo aprender los mandamientos –los de la ley de Dios y los de la santa madre Iglesia–, los sacramentos y las bienaventuranzas, las obras de misericordia y los dones del Espíritu, las virtudes morales y las teologales, así como las principales oraciones del cristiano: el credo, la salve, el yo, pecador, el acuérdate y el magníficat...: plegarias todas ellas que yo no había aprendido de niño y que aquel improvisado amigo fue repasando conmigo día a día hasta que conseguí recitarlas ante él de memoria.

Aunque era sólo un año mayor que yo, sus conocimientos y su seguridad en sí mismo me abrumaban tanto que le admiraba como si al menos me sacara diez. En su visión del mundo todo tenía su justo lugar y, por ello, cuando yo le hacía partícipe de alguna de las muchas dudas que albergaba sobre el sentido de la vida o sobre la credibilidad del cristianismo y la posibilidad de un más allá, él se sentía en la obligación de explicármelo todo del mejor modo posible. Aunque casi nunca me convenciera, se expresaba con tal convicción que me hacía pensar que no debía andar muy desencaminado. Cuando no sabía qué responderme, Salmerón solía ventilar el asunto con unas pocas frases que le traicionaban, poniendo a las claras su ignorancia.

–¡Pedro Pablo, qué cosas preguntas! –Muy pocos me han llamado con los dos nombres–. ¡Eso no tiene sentido ni que te lo cuestiones! –exclamaba, y me palmeaba el hombro como para intentar ocultar con el cuerpo lo que su mente no estaba en condiciones de resolver.

No recuerdo con exactitud qué preguntas tan incómodas podría formularle yo con diecisiete años: quizá que con qué cuerpo resucitaríamos, por ejemplo, si con el de la edad en que muriésemos o con el mejor de los que hubiéramos disfrutado en este mundo; o que cuál había sido el destino eterno de los millones de seres humanos que habían nacido antes de Cristo, si es que estaban en las mismas condiciones que nosotros a la hora de la redención; o que si se salvarían los chinos y los negros, dado que el catecismo afirmaba que al no haber sido bautizados no podrían acceder a la vida eterna; y así preguntas casi siempre de carácter escatológico, que eran las que más incentivaban mi fantasía. A Salmerón, sin embargo, la escatología no le interesaba nada. Él prefería centrarse en cuestiones más inmediatas o prácticas, por lo que sólo me respondía a preguntas como cuál era la diferencia entre el dolor de contrición y el de atrición, entre pecado mortal y venial, entre el cíngulo, el amito y la estola... Todo eso eran asuntos sobre los que él tenía un control que calificaría de profesional. La religión no era para el bueno de Salmerón un asunto de metafísica, como durante buena parte de mi adolescencia lo fue para mí, sino de –¿cómo decirlo?– higiene, compostura y urbanidad. Ya entonces, pese a mi juventud, me di cuenta de que cuanto más me centraba en esa higiene y en esa urbanidad –que son, ciertamente, claves desde las que se puede vivir la religión– más lejos me iban quedando los grandes interrogantes filosóficos. Pero esos interrogantes, ¡ay!, emergían de vez en cuando en mi conciencia juvenil, y Salmerón no era, por cierto, la persona más adecuada para solucionarlos.

–¡Tú eres un filósofo! –solía decirme él cuando yo volvía sobre lo mismo.

–Ahora es el momento del rosario –me dijo en una ocasión, no recuerdo si la segunda o la tercera de aquellas tardes que compartimos en la destartalada caravana de los De Gregory–. Un rosario –volvió a decir, y lo sostuvo en su mano izquierda mientras lo señalaba con la derecha, acaso temiendo que ni siquiera supiera bien a qué se estaba refiriendo.

Me parecía mal negarme a rezarlo con él, pero tampoco le dije abiertamente que sí cuando me lo propuso; me limité a levantar las cejas en un gesto lo suficientemente ambiguo como para ser interpretado de mil maneras.

–¡Venga! –exclamó él–. ¡Vamos a rezarlo juntos y ya verás lo contenta que se va a poner la Virgen!

Nadie me había dicho nunca que la Virgen podría ponerse muy contenta si yo le rezaba unas cuantas avemarías y, aunque seguía sin estar seguro de querer rezar en aquel momento, debo confesar que sentía cierta curiosidad.

–Puedo probar –dije al fin, no sin vacilar.

–¡Así se dice! –volvió a exclamar Salmerón y, acto seguido, sacó de su americana a cuadros un segundo rosario (éste de plástico blanco), que fue el primer rosario de mi vida–. Te lo regalo –me dijo y, al ver mi cara circunspecta, añadió–: Descuida, ¡tengo muchos! –y volvió a meter su mano en uno de los bolsillos de su americana para sacar de ahí unos cuantos rosarios blancos, que fosforescían en la oscuridad.

Quise preguntarle cómo es que tenía tantos, pero no me atreví; temí estar abriéndome a demasiados misterios en un solo día.

Enseguida nos pusimos a rezar y quiero decir aquí que desde aquella tarde invernal de 1981 he rezado el rosario casi todos los días de mi vida. Ninguna otra oración, salvo quizá la llamada «del corazón», me ha acompañado tanto como ésta. Frente a todos los que dicen que es una oración rutinaria y repetitiva, yo soy un convencido y un defensor de su eficacia.

—Misterios gloriosos —recitó entonces Salmerón, poniéndose de repente de rodillas—. Primer misterio: la resurrección del Señor —e interrumpió abruptamente el rezo—. ¿Te sabes los misterios? —me preguntó, todavía de rodillas.

Tuve que reconocerle que no los sabía.

—¡Tampoco te sabrás las letanías, claro! —continuó él, oscilando entre el compañerismo y la soberbia.

Tuve que admitirlo una vez más, tampoco las sabía. Y admití de igual modo, bajando la cabeza, que ni siquiera conocía con precisión el significado de la palabra letanía. ¿Por qué hice eso? Sabía qué era una letanía, pero me regodeé extrañamente en mi ignorancia. Por su parte, Salmerón volvió a palmearme la espalda y a reír de forma forzada.

—¡No te preocupes, Pedro Pablo! —dijo mientras tiraba de los bajos de su americana, un movimiento que en él era casi un tic—. ¡Te lo explicaré todo desde el principio! Tú y yo... —y puso sus manos sobre mis hombros, como para subrayar la trascendencia del momento— ¡vamos a ser grandes amigos!

Salmerón y yo no fuimos grandes amigos, o no al menos amigos para siempre, pues nuestra relación se limitó al periodo que compartimos en Norteamérica; pero puedo atestiguar aquí que todas aquellas devociones o actos de piedad que él me enseñó me prepararon el terreno para algo más grande y mejor, que es lo que relataré en el capítulo siguiente. Rezar a su lado me dejaba siempre con la sensación del deber cumplido y, todavía más, con las pasiones aplacadas o, al menos, aplazadas, predisponiéndome a ideales, digamos, más elevados.

—Ningún esfuerzo que hace un alma por acercarse a Dios se pierde —me dijo Salmerón aquella noche a modo de despedida–. Dios tiene algo así como un banco en el que conserva, una a una, todas nuestras obras de amor.

Es una idea consoladora –pensé para mí–, y, si Dios es el amante perfecto, es probable que efectivamente sea así. Porque, ¿qué clase de amante sería Dios si olvidase los más pequeños gestos de sus amados, los humanos?

8

Como casi todos los jóvenes del mundo y de cualquier generación, a los diecisiete años yo estaba enamorado del dramatismo y de la intensidad y, en consecuencia, deseaba una vida llena de experiencias y aventuras. Como ya entonces era un lector empedernido, en mis lecturas disfrutaba sobre todo de los capítulos y pasajes en los que se abordaba la oscuridad del mal y en los que se reflexionaba sobre sus nefastas consecuencias en el corazón humano. ¡Todo me parecía escrito para mí! ¡Todo se grababa al rojo vivo en mi alma, aún por estrenar!

Digo todo esto para que se entienda el impacto que me produjo un librito que me regaló Salmerón una de aquellas tardes que pasé en su compañía. Su autor era José María Escrivá de Balaguer, su título *Camino*, y lo que se contaba en él también era dramático e intenso, si bien no con el dramatismo y la intensidad que a mí tanto me gustaba encontrarme en las novelas, fueran de Hermann Hesse o no. Leí unas cuantas frases al azar ante mi compañero y, sin entender muy bien por qué, en aquel momento sentí algo parecido a la prevención, quizá incluso a la repugnancia. Fue aquel instante el que Salmerón aprovechó para informarme de que él pertenecía al Opus Dei, una institución de la que más tarde, al conocerla, salí escaldado por su cerrazón ideológica y por su afán proselitista.

–Sí, soy de la Obra –admitió mi nuevo amigo y catequista, y en su rostro, cuando dijo aquello, se dibujó una extrañísima mezcla entre el orgullo y la vergüenza–. En cuanto vuelva de Estados Unidos –prosiguió, dispuesto a contármelo todo–, entraré en el seminario diocesano para llegar a ser sacerdote algún día.

¡Sacerdote! Me impresionó muchísimo que el bueno de Salmerón hubiera tomado una decisión semejante siendo tan joven. Ante mis ojos apareció por ello como un ejemplo de madurez y un gigante de la fe.

–Es mi vocación –dijo él, jugueteando con el rosario blanco fosforescente–. Lo sé desde que tenía siete años, cuando hice la primera comunión.

Aquello me dejó todavía más atónito.

–¿Y tú? –me preguntó a bocajarro–. ¿Te lo has planteado alguna vez? ¿No querrías ser sacerdote, como yo?

Di un paso atrás, como si aquel chico fuera a cogerme de la mano y, en aquel mismo segundo, sin contemplaciones, llevarme al seminario contra mi voluntad. Una posibilidad así yo, ciertamente, no me la había planteado jamás.

–Yo... ¡no podría! –llegué a decir, negando con fuerza con la cabeza–. ¡Yo no tengo esa vocación! –me justifiqué, y me cubrí el rostro con las manos para protegerme y, de algún modo, alejarme de aquel peligroso interrogatorio.

Que yo pudiera aspirar al sacerdocio no me sorprendía menos que si alguien me hubiera dicho que podía ser astronauta. Aquello era algo que no entraba en mis cálculos.

Acto seguido rezamos el misterio doloroso de Jesús en el huerto de los Olivos, que era en el que nos habíamos quedado poco antes de que comenzara aquella conversación. Lo ofrecimos por el aumento y la perseverancia de las vocaciones, pues Salmerón dijo que era lo más apropiado. Rezábamos de rodillas, pues mi fervoroso amigo aseguraba que a la Virgen le agradaba esta postura mucho más que cualquier otra. Ni qué decir tiene que él aguantaba arrodillado todo lo que duraba la oración, mientras que yo resistía tan sólo unos pocos minutos: me torturaban las rodillas y, aunque me esforzaba por soportar el dolor, antes o después, flagelado más por mi visible y escasa resistencia que por el dolor propiamente dicho, terminaba por claudicar. Los hijos de los De Gregory y su padre, con sus guitarras eléctricas y batería, tocaban rock and roll en el garaje, la madre preparaba la cena en la cocina y, mientras tanto, los dos españoles, en la caravana, rezábamos a la Virgen de rodillas. Me impresiona el recuerdo de esta escena. Afuera nevaba y en aquella caravana, sin calefacción, tiritábamos de frío mientras rezábamos a escondidas.

–No creo que una organización tan férrea de la devoción religiosa vaya conmigo –argüí no sin cierto retraimiento al día siguiente, cuando Salmerón me insistió en que, además de su manoseado librito, aceptara también uno de sus blocs de cuadrículas, que yo le aseguraba que nunca iba a utilizar.

Pero mentía: lo de las cuadrículas iba mucho conmigo, muchísimo, aunque al bueno de Salmerón nunca se lo quise reconocer. Hasta tal punto iba conmigo toda aquella planificación casi militar de la devoción religiosa que el mismo día en que Salmerón me habló de ella... ¡dibujé en uno de mis cuadernos mis propias cuadrículas! Escribí en la cabecera de las columnas las siglas que podía recordar e hice memoria de los actos de piedad que Salmerón me había explicado. Pero, aunque mi intención era buena, al anochecer –que era cuando había que hacer el examen de conciencia– comprobé que en la mayoría de aquellas cuadrículas no me cabía sino dibujar esos circulitos que tan expresivamente reflejaban la tibieza de mi incipiente religiosidad. Entonces no podía entender por qué me gustaban tanto aquellas pequeñas cuadrículas, que consultaba una y otra vez como si el esquematismo de sus líneas y los espacios en blanco que quedaban entre unas y otras fueran un buen símbolo de mi vida de aprendiz de escritor. No era sólo porque las cuadrículas me dieran la ilusión de ese orden que buscaba, sino porque en ellas estaba encontrando, por fin, algo parecido a un camino. Sí, un camino hacia alguna parte, quizá hacia Dios. Un camino por el que avanzar y crecer como persona.

Un camino: toda mi vida –hoy lo sé– ha sido la búsqueda de un camino. En el fondo no creo que importe demasiado que ese camino sea físico, intelectual, artístico o religioso, y ni siquiera cuáles sean sus etapas o hitos; lo importante es que nos otorga la impresión de que no andamos perdidos, sino con la vista en un horizonte y los pies en un sendero, en un método, en un quehacer. Todo el bien que yo haya podido hacer a mis semejantes décadas después en la dirección espiritual ha consistido, en sustancia, en que he podido abrir para ellos algunos caminos. A quienes han acudido a confesarse conmigo o a contarme sus cuitas, de un modo o de otro les he hecho partícipes de lo que me ha costado toda una vida entender: que no son nuestros esfuerzos los que nos llevan a Dios, pero que sin ellos, por alguna razón, no llegamos a Él.

Esta autobiografía que ahora escribo, con tanta fantasía como memoria, no es otra cosa que el relato de los caminos que transité: cómo los fui descubriendo y recorriendo, cómo di mis primeros pasos en ellos para perderme otra vez al cabo; cómo los reencontré para tropezar de nuevo, o cómo me hallé de repente, sin esperarlo, en una difícil encrucijada, por completo inesperada. Aún en la más terrible de las calamidades el hombre puede ser feliz si se sabe en un camino. Como escritor no he hecho otra cosa que ofrecer a mis lectores los mapas de mis caminos. Vivir –ahora lo sé– merece la pena, aunque sólo sea para dejar a quienes nos sobreviven el mapa de lo que has vivido.

9

Hablar sobre Dios con Salmerón llegó a interesarme mucho, y todavía más si es que ese Dios, como él me aseguraba, le había hablado y pedido que se entregase a Él. No puede extrañar por ello que, durante varias semanas, aunque casi siempre por instigación mía, Salmerón me hablara a menudo de su vocación, por la que yo sentía un enorme respeto y una creciente curiosidad. Al parecer, mi amigo había acordado con sus padres que estudiaría un año en Estados Unidos, como ellos le habían pedido, pero sólo a condición de que a su vuelta le permitieran irse a Navarra, a estudiar al seminario. La palabra «Navarra» sonaba en labios de Salmerón como en los míos podría haber sonado la palabra «paraíso» o «libertad», por dar algún ejemplo. Él no veía la hora de irse a Navarra con unos tales Trigueros, Céspedes y Arriola, compañeros con sus mismas aspiraciones y de los que me hablaba con frecuencia, como si yo los conociese.

Gracias a su entusiasmo, mi propio corazón se fue ablandando y empecé a contarle a mi nuevo amigo mis propios proyectos de futuro, así como mis tormentos del presente. Para el futuro sólo tenía un proyecto: ser escritor; y de los tormentos del presente, el principal y más inmediato era el de encontrar una nueva familia americana que me acogiese. Tras aquella conversación supe que encontrar una nueva familia anfitriona no era para mí el único problema que en aquellos días me acechaba. Porque mi recién estrenada vida de oración trajo consigo un conflicto moral del que hasta ese momento había sido inconsciente: la castidad.

Recuerdo con gran viveza la tarde en que, siempre en la caravana, hablé con Salmerón de aquel armario ropero de la casa de los De Cartes, lleno de tentadoras revistas.

–¡No tengo que imaginarme nada! –me justifiqué ante él como pude–. Todas esas chicas están ahí, en mi propia habitación, a un paso de mi cama, ¿entiendes? –Y, por si no hubiera quedado claro–: Son preciosas, ¿sabes?

Conservo en la memoria la cara seria y reconcentrada de Salmerón mientras me escuchaba decirle todo esto. Claro que la seriedad y el ensimismamiento sólo eran la puerta para los sentimientos que vendrían después: la ira y la crispación.

–Eso no está bien, Pedro Pablo –me dijo al fin con el índice levantado y tras un largo y penoso silencio; y añadió algo que aún hoy, treinta años después, sigo sin olvidar–. Ese armario –e hizo un silencio muy dramático– ...no existe –y sonrió sin humor.

–¿No existe? ¿Cómo que no existe? –quise saber.

No acababa de entenderlo.

Lo que a mi amigo Salmerón le costaba entender era que yo rezase el rosario y que luego me masturbase, o que me masturbase primero y luego rezara el santo rosario, el orden no era importante. Para él –como para la Iglesia católica, según recalcó– eran sencillamente actividades incompatibles, por lo que en su opinión lo mejor para mí era actuar como si aquel armario no existiera en absoluto. Debía, pues, olvidarme de este modo de las chicas que me esperaban en su interior, dispuestas a alimentar mis más dulces ensoñaciones.

–¡No existe! –me gritó de pronto Salmerón a voz en cuello, harto ya de mis justificaciones.

Fue la primera vez que me gritó. La primera vez que perdió los papeles y que le vi fuera de sí, a él, que era tan maduro. La primera vez, en fin, que entendí que la fe cristiana no se limitaba a la práctica del culto y de la oración, sino que suponía una nueva forma de vivir. Así que el cristianismo iba en serio y, si continuaba por la vía que aquel chico me acababa de abrir, antes o después mi vida tenía que dar un giro. Tragué saliva.

–¡No existe, no existe, de acuerdo! –le admití, procurando calmarle; y me propuse no volver a hablar con él de aquel peligroso armario nunca más, lo que no significó en absoluto que para mí dejara realmente de existir.

Porque, ¿cómo podía una persona ser tan amable en sus formas y en sus opiniones tan rígida?, me preguntaba yo. Esta contradicción sólo puede explicarse así: ni la amabilidad de Salmerón era en el fondo tal... ¡ni tampoco la opinión! Creo que la amabilidad auténtica es sólo fruto de un pensamiento tolerante. Estoy convencido de que la flexibilidad es una de las condiciones del pensamiento, y de que un pensamiento rígido no es, en consecuencia, más que doctrina o ideología. Busca un gran pensador que haya sido un fanático, no lo encontrarás.

El caso fue que las tardes en la caravana me habían ido alejando progresivamente del armario de la pornografía, si bien yo, melancólico por carácter, lo abría aún alguna noche, no sin un violento sentimiento de culpa. Satisfecho el deseo carnal, cavilaba sobre lo triste que debía de sentirse la Virgen ante mi conducta; pero, casi más que la tristeza de la Virgen –debo admitirlo–, la que me preocupaba era la de Salmerón, si es que algún día llegaba a enterarse de mi comportamiento.

Tardé algunas semanas en volver a la caravana de los De Gregory. No me había gustado nada que el cristianismo tuviera implicaciones tan concretas y comprometidas y, además, me habían encontrado una nueva familia. Esto resolvió de la noche a la mañana todo este asunto del armario de la pornografía, aunque no, evidentemente, el de la masturbación.

–Si una fe es auténtica, incide no sólo en el bolsillo –Salmerón daba cuantiosas limosnas–, sino en la carne –me explicó mi amigo una de las pocas veces en las que durante aquellos días nos vimos en la High School, puesto que a su casa ya no iba.

Seguir a Cristo comportaba para él no sólo una absoluta y para mí inimaginable continencia, sino algo aún más difícil: la contención de toda mirada libidinosa y, en definitiva, la pureza del corazón. Y esto para todos, sacerdotes o no.

–¿Cómo va la pureza? –me preguntó acto seguido en aquella ocasión, acaso porque veía en mis facciones el inconfundible rictus del vicioso y pecador.

Sabía que ése era mi punto flaco, quizá también fuera el suyo. Bastante más tarde yo mismo aprendería que ése es el punto flaco de la inmensa mayoría de los jóvenes y hasta de buena parte de los adultos.

Hice de tripas corazón y me sinceré. Imaginé que Salmerón se llevaría las manos a la cabeza y que me lo recriminaría con gestos inequívocos y palabras taxativas. Pero en ese punto mi imaginación, siempre tan viva, me traicionó.

–La caravana o el armario, Pedro Pablo, tienes que elegir –me dijo él cuando supo de mi reincidencia en el vicio solitario.

–¿No puedo vivir con los dos? –pregunté yo, formulando así por primera vez uno de los dilemas que iban a revelarse capitales en mi vida.

–No –me respondió él, y se estiró los bajos de su americana, conforme acostumbraba–, los dos no pueden ser.

Me quedé dudando. Fueron segundos decisivos. El armario me llamaba mucho –eso no hay ni que decirlo–, pero también lo que habíamos hablado y rezado en la caravana ejercía un poderoso y oscuro atractivo sobre mí, quizá menos apremiante pero más radical.

–La caravana –respondí con sinceridad.

Al oír aquello a Salmerón se le humedecieron los ojos, probablemente de orgullo y felicidad.

–Muy bien, Pedro Pablo –se limitó a responder, y aquella vez no me palmeó la espalda ni se rió de forma forzada–. Ya verás como vencerás en el combate –y, aunque sólo me sacaba unos meses, me miró como un padre a su hijo cuando éste da un paso hacia su madurez.

Un combate. El cristianismo se me presentaba en esos términos.

Pero Salmerón no fue importante en mi historia de creyente sólo por su insistencia en la castidad perfecta –así la calificaba él, lo que me parecía aún más terrorífico– o por su manera combativa, casi militar, de entender la fe. Su testimonio fue decisivo porque me hizo ver, aunque de manera pueril y muy esquemática, que

61

también el sentimiento religioso podía someterse a cierto tipo de pedagogía. Cabía el crecimiento en un territorio hasta entonces para mí tan resbaladizo como el de la espiritualidad. Fue una bonita herencia, una herencia capital, y es ahora cuando la aprecio en su justa medida.

La relación con Dios, según Salmerón, debía ser capaz de configurar una biografía hasta el punto de cambiarla de abajo arriba. Porque el horizonte de todos aquellos actos de piedad que él realizaba con escrupulosa pulcritud no era otro que santificar el día y, en consecuencia, aproximarse al ideal más sublime al que un cristiano puede aspirar: la santidad.

–Porque yo quiero ser santo, ¿sabes? –me dijo Salmerón aquel mismo día, uno de los últimos que compartimos.

–¿De verdad? –le pregunté yo, y oscilé en un solo segundo entre la más escéptica incredulidad y la admiración más incondicional.

Por una parte, no me imaginaba a Salmerón canonizado y subido a los altares; por la otra, casi le estaba viendo ya con una aureola luminosa sobre su cabeza. Para eso no hacía falta demasiada imaginación.

No creo que Dios hubiera podido entrar en mi vida, como de hecho lo haría pocos meses después de todo lo que acabo de relatar, si yo no hubiese roturado el terreno de mi alma mediante todos aquellos actos de piedad, ingenuos –cierto–, pero de una conmovedora intensidad. Por supuesto que más tarde fui muy reacio a esta cuantificación de la relación con Dios que el sistema de cuadrículas parecía comportar; pero a ella volvería mucho después, aunque bajo otras formas menos infantiles y mecánicas. Al igual que tardé muchos años en entender que para el arte de la escritura no bastaba el deseo o el tesón –por grandes que fueran–, sino que se requería de cierto oficio y disciplina, invertí demasiado tiempo para asumir que, si deseaba conformar mi vida a ese anhelo tan agudo como el que yo sentía por Dios, también había que consagrarse a una reglada y constante práctica de la oración y de la caridad. ¡Mi buen amigo Salmerón! ¡Cómo agradecerte el bien que me hiciste! ¿Dónde estarás ahora?

Capítulo II

El chico que quería ser Gandhi

Encontrar y seguir a un maestro es durante la juventud lo más importante de todo; todas las penurias por las que pasan los jóvenes –cualquier joven– confluyen en el mismo punto: no han podido encontrar un maestro –religioso o no– que les oriente en sus decisiones.

En algún momento, cuando somos niños o adolescentes, nos cuentan que es posible llevar una vida sobrenatural; pero en algún momento cuando somos jóvenes o adultos lo olvidamos.

Toda nuestra resistencia al dolor, que es la misma que la que experimentamos frente al amor, proviene de nuestra dificultad para entender que estos dos misterios son sólo uno.

10

A los diecinueve años comprendí que Dios existía y que, si existía, era evidente que yo debía vivir para Él: el descubrimiento de la existencia de Dios y el de mi propia vocación fue para mí todo uno. La fe sólo es verdadera –así lo he entendido siempre– si se traduce en un cambio de comportamiento y de vida. La verdad es que desde que Cristo y el cristianismo empezaron a abrirse paso en mi alma –y digo Cristo y el cristianismo, porque estando relacionados no son, evidentemente, lo mismo–, intuí que había recibido un tesoro tal que no me bastaría una vida para comprenderlo y disfrutarlo. Esta intuición, incipiente en mi juventud, se ha ido confirmando y profundizando con los años. Por supuesto que existe vida espiritual más allá de lo cristiano; pero, por ricas que sean las tradiciones espirituales ajenas a la occidental y por grande que sea el respeto que puedan suscitarme, para mí –debo decirlo– ninguna religión es comparable con el descubrimiento del Espíritu Santo, cuyo primer fruto en mi alma fue una alegría desconocida y arrolladora.

Aquella alegría era de tal intensidad que, para desfogarla, a menudo necesitaba ponerme a cantar o incluso echar a correr. Durante las primeras semanas de 1983 corrí y canté mucho con el único propósito de sofocar, o al menos sosegar, aquella palpitante e insoportable alegría que, cuando menos lo esperaba, se apoderaba de mí. Iba por la calle y de pronto, ¡zas!, la sensación de que todo era luminoso y de que yo era ligero me insuflaba una dicha tal que no podía evitar ponerme a correr para, dejándola atrás, liberarme, aunque sólo fuera por algunos segundos, de su violento influjo. Necesitaba fatigar el cuerpo para sosegar mi alma. La gracia divina era tan arrolladora que no cabía en mi cuerpo. Cuando al fin me detenía, transpirando como un animal enfermo, brotaban de mi garganta cristalinas carcajadas que era incapaz de contener. Estaba entusiasmado, en su sentido más literal: Alguien me habitaba y actuaba en mis entrañas contra mi voluntad. El Espíritu Santo –¿quién si no?– removía las fibras más íntimas de mi ser y, como respuesta, yo lloraba, me carcajeaba y sonreía a todo aquel con quien me cruzaba camino a la facultad. No había quien no me pareciera generoso, bueno y bello, de modo que, en aquellas semanas, seguramente las más dichosas de mi vida, habría abrazado a cualquiera, sobre todo a los mendigos y a los vagabundos.

Hubo ocasiones en que me sentía tan acosado por aquella gracia divina, tan dulcemente violenta como desconsiderada, que, ajeno a todo y a todos, miraba al cielo e increpaba al propio Dios. «¡Basta, por favor! –le decía–. ¡Déjame descansar!» Pero Él, claro está, no me hacía ningún caso: se lo estaba pasando muy bien conmigo y quería que yo supiera, hasta donde humanamente me fuera posible, lo inconmensurable y maravilloso que es su amor.

Se ha dicho y escrito muchas veces que la fuerza del Espíritu Santo es formidable, pero yo necesito repetirlo con mis propias palabras: cuando el Espíritu decide apoderarse de una persona y expresarse por su medio porque ella se lo permite, ¡ah, entonces las consecuencias son insospechadas! Se comprende entonces, con una evidencia que casi abandona el ámbito de la fe para entrar en el de la certeza, que existe una fuerza desconocida y benéfica que puede adueñarse de los hombres y que, cuando lo hace, multiplica los frutos de sus obras, haciéndolos germinar de forma portentosa.

Todo esto había comenzado algunas semanas después de mi regreso de Norteamérica, al poco de matricularme en la facultad de Derecho, cuando conocí a dos sacerdotes muy diferentes entre sí. Lo que me llamó la atención del padre Aureliano, el primero de ellos, fue que no se vistiera con *clergyman* o sotana, sino con unos pantalones vaqueros y un jersey de cuello vuelto de lana gruesa. De él se decía que había estudiado filosofía y, fuera o no verdad, lo cierto es que yo no había conocido hasta entonces a nadie tan sabio o, mejor que eso, a nadie tan capaz de aplicar las grandes preguntas de la filosofía a los problemas cotidianos.

Para mí era como si Aureliano estuviera dentro de mi conciencia, o como si alguien le hubiera contado cuál era mi situación, advirtiéndole de lo que debía decirme a cada instante. Así que no se trataba de que fuese un hombre culto –que desde luego lo era–, sino de su capacidad para la pedagogía y, sobre todo, de su amor a los jóvenes, a quienes se había consagrado.

Al padre Aureliano se le veía casi siempre bebiendo y fumando en los bares, donde se reunía con los jóvenes de nuestro barrio para charlar y pasar la tarde. Por la idea que yo me había hecho de lo religioso gracias a las enseñanzas de mi amigo Salmerón, me impresionaba mucho, si bien no negativamente, que aquel joven sacerdote fumara tanto. Eso indicaba para mí que se podía servir a Dios sin renegar por completo de los placeres mundanos, una idea que, como es natural, me tranquilizaba e infundía cierta esperanza.

Al padre Aureliano le conocí gracias a que mis hermanos mayores participaban en las reuniones de jóvenes que él convocaba en el madrileño santuario de la Inmaculada todos los viernes por la noche. Ellos acudían siempre y yo, recién aterrizado de Estados Unidos y todavía desubicado en la facultad de Derecho, comencé a acompañarles. Aureliano solía llegar tarde a esas reuniones: algún joven le había entretenido en el bar para contarle sus apuros y a él, que cuando estaba con alguien era como si el resto hubiera dejado de existir, se le había pasado la hora. A veces se ponía a conversar con los mendigos que pedían a la puerta de su parroquia y hasta se olvidaba de que debía ir a decir la misa. El padre Aureliano no se limitaba a ser amigo de todos aquellos mendigos, sino que solía vestir con tal desaliño que, desde lejos, muy bien podría habérsele tomado por uno de ellos. También esto me impresionaba. Que, siendo sacerdote, no sintiera vergüenza en parecer un indigente. Que para él fuera más importante lo que Dios le iba pidiendo a cada momento que la ejecución de un determinado programa. Todos le perdonaban por ello que llegara tarde a las reuniones o a las eucaristías. Porque él era así. O lo aceptabas o te cambiabas de parroquia.

Antes de arrodillarse ante un crucifijo de donde pendía un crucificado de gran tamaño, Aureliano apagaba su cigarrillo a la puerta de la capilla para, ya dentro, quitarse su anorak y dejarlo sobre un banco. Le vi hacer esto tantas veces que es como si todavía lo estuviera viendo. Ante aquella cruz de notables dimensiones y ante el grupo de jóvenes que nos apelotonábamos en aquella capilla del santuario de la Inmaculada, Aureliano cerraba los ojos y, sencillamente, se ponía a rezar. Para mí era sobrecogedor escucharle conversar con Dios. Supe más tarde por él mismo que a Dios le contaba lo que había hecho durante la jornada, le pedía consejo, se disculpaba por sus faltas y le rogaba para que le perdonase sus muchos pecados. A decir verdad, el único que rezaba en aquellos encuentros juveniles era el propio Aureliano, siendo todos los demás algo así como espectadores de su oración. Solía terminar pidiéndole fuerzas para llevar a cabo su misión y declarándole su amor. Cada viernes noche durante algunos meses escuché aquel «te amo» como un aldabonazo en mi alma: porque yo nunca había escuchado a nadie declarar su amor así, tan desvergonzada y abiertamente; tampoco había conocido nunca a nadie que reconociese en público sus pecados, lo que me confundía y trastornaba. Porque si él era sacerdote y seguía cometiendo pecados, ¿cómo no íbamos a cometerlos los demás, siendo nuestra vida infinitamente menos ejemplar?

Cuando Aureliano daba su plegaria por terminada, se sentaba en uno de los bancos –que habíamos dispuesto en círculo– y, tras observarnos uno a uno con una mirada que nos traspasaba, nos preguntaba:

–¿Cómo estáis?

Primero se quitaba sus grandes gafas cuadradas; luego se frotaba los ojos y, por fin, nos lanzaba la pregunta con la que siempre empezaban sus reuniones.

–¿Cómo estáis?

Aquellas catequesis, desarrolladas en forma de tertulia o conversación, versaban siempre sobre lo que nos inquietara en aquel momento y quisiéramos preguntarle. Aureliano fomentaba la comunicación en grupo porque estaba convencido de que el cristianismo sólo es inteligible cuando se ilustra con casos concretos. Por eso no rechazaba ningún asunto con la única condición de que para nosotros fuera capital. Si estimaba que no lo era, se limitaba a sonreír con indulgencia –que era el modo que tenía para reconvenirnos–, dándonos a entender que la última pregunta que se había formulado no era pertinente puesto que no nacía de una verdadera inquietud, sino de un afán por mostrarse inteligente o, lo que aún era más frecuente, de un acercamiento a la fe puramente erudito, algo que él excluía por completo de aquellas sesiones. No le faltaba razón: si aquellas catequesis estaban tan vivas era porque se dejaban de lado todas las opiniones y afirmaciones genéricas, que siempre pueden ser materia de discusión, y porque favorecían la transmisión de experiencias, donde sólo cabe la aceptación. Fue ahí, aquellos viernes por la noche, donde empezó mi aprendizaje del diálogo, ahí donde por primera vez me sentí escuchado y escuché realmente a los demás. Claro que tuvieron que pasar todavía un montón de años para que me diera cuenta de que saber escuchar es, a fin de cuentas, la clave de absolutamente todo.

II

Tras el cordial y al mismo tiempo inquietante «¿Cómo estáis?» de Aureliano, entre los presentes se creaba un larguísimo silencio que a mí se me antojaba muy tenso. Pero, antes o después, alguien se atrevía a romper el hielo; y luego otro, y otro algo más tarde, y así hasta que casi todos íbamos hablando de nuestras dudas de fe y de nuestros problemas más acuciantes. Hablábamos de la familia, de la universidad...; también de las chicas que nos gustaban, por supuesto, o de los miedos al futuro que nos acechaban, y hasta de los principales conflictos sociales sobre los que informaba la prensa, hacia los que un buen grupo de los presentes mostraba una acusada sensibilidad. Al cabo era el propio Aureliano quien tomaba la palabra, casi siempre para dirigirnos sus incisivas preguntas. Todos sus comentarios me resultaban tan inteligentes y luminosos que a menudo eché de menos tener a mano un magnetofón para grabarlos.

Sigo sin entender muy bien cómo lo hacía, pero a partir de las experiencias relatadas y sin juzgarnos nunca, aquel buen sacerdote nos iba reconduciendo con sumo respeto y admirable agudeza. Respondiendo a una persona, Aureliano respondía al grupo entero, ilustrando cualquier asunto con algún pasaje evangélico, que en sus labios e interpretación resultaba tanto para mí como para la mayoría de una claridad e intensidad sobrecogedoras. Era como si la vida no pudiera ser más que como él la exponía; como si todas nuestras resistencias y objeciones juveniles –casi siempre meras justificaciones– fueran cayendo una a una, puesto que él las había pensado y desmontado previamente todas. Pero lo que más nos conmovía no era su elocuencia o capacidad retórica –que las tenía–, sino sobre todo el testimonio de su entrega, la cristalina coherencia entre su decir y su hacer.

Aquellas llamadas puestas en común de los viernes por la noche eran por ello algo así como una lección de humanismo práctico y un verdadero lujo educativo.

–Bien... –decía Aureliano tras algunas de nuestras intervenciones–, muy bien.

Escuchar aquel «muy bien» nos alentaba a todos, invitándonos a explayarnos más hasta que Aureliano tomaba de nuevo la palabra para hacernos pensar y ver lo poco que habíamos reflexionado todavía sobre aquel asunto en particular.

–Pensar es bueno –nos decía con frecuencia–. No aceptéis nada sin pensarlo antes –nos exhortaba, sonriendo y dejándonos ver sus dientes grandes y amarillos.

A pesar de esos dientes suyos, tan grandes y amarillos, y a pesar también de lo feo que era con su nariz aplastada y sus ojos pequeños, todas las chicas de aquel grupo parroquial estaban –huelga decirlo– perdidamente enamoradas de aquel hombrecillo. Tampoco es preciso insistir hasta qué punto queríamos buena parte de los chicos que le rodeábamos parecernos a él, para lo que llegamos a cambiarnos a su marca de cigarrillos, comenzamos a leer filosofía y hasta a conversar con los mendigos, a quienes el padre Aureliano daba siempre la preferencia por principio.

–Los mendigos no quieren sólo tu dinero –nos decía una y otra vez–, sino tu tiempo, tu interés.

Y como dinero no teníamos, algunos de nosotros les dimos un poco de nuestro tiempo. De aquellos mendigos yo aprendí, por ejemplo, que todo hombre, pobre o rico, es un necesitado. Y cuando se aprende eso, y más si tienes dieciocho o diecinueve años, el corazón empieza a latir a un ritmo diferente y el mundo se convierte en el apasionante escenario donde desplegar la propia acción en favor de los demás.

El padre Aureliano nunca se olvidaba de dar las gracias al término de cualquiera de nuestras intervenciones en las puestas en común de los viernes por la noche. Por medio de aquella acción de gracias los jóvenes de aquel grupo nos sentíamos tan respetados como desarmados. Porque cualquier joven del mundo queda sin mecanismos de defensa cuando un adulto le dice, sencilla y abiertamente, que le respeta. Que no le quiere cambiar. Que ni siquiera le quiere educar. Que sólo está ahí para escucharle y para abrirle algún camino, por si alguna vez quisiera transitarlo. Eso era lo que a todos nos sucedía con aquel sacerdote: que rendíamos nuestras armas y las dejábamos a sus pies. La verdad es que podía haber hecho con nosotros lo que le hubiera dado la gana y, sin embargo, siempre tuvo la elegancia, al término de aquellas reuniones, de marcharse y dejarnos a solas, en ese espacio de interpretación que es la soledad y que es la fragua de lo que llamamos ser humano.

Aureliano ha sido sin duda una de las personas que más he admirado, y puedo asegurar que mi capacidad de admiración ha sido siempre notable. No entendía cómo podía alguien saber tanto y hablar de forma tan incontestable; me maravillaba que nada de lo que dijese, fuera sobre el individuo o sobre la sociedad, me dejase indiferente. Como una flecha, cada una de sus palabras se clavaba en mi corazón de dieciocho años, dispuesto a comerse el mundo (aunque sin saber en qué plato ni con qué cubiertos). Porque cuando eres joven, no basta el hambre –aunque eso es, desde luego, lo esencial–; hace falta también que venga alguien que te ponga ante una mesa y te diga: «¡Come, prueba!». Yo comí en abundancia de la mesa de Aureliano y hasta puedo decir que me harté de los manjares que nos servía. Por eso llegué a pensar que, cuando fuera mayor, también yo querría tener una cabeza tan bien amueblada como la suya y un corazón capaz de rezar con la sinceridad y la pasión con las que él rezaba al enorme crucificado de aquella capilla. En otras palabras: en aquel sacerdote pequeño y feo, en aquel hombrecillo que quienes no conocían tomaban por un mendigo, había encontrado un maestro al que seguir y un modelo a quien imitar.

Descubrir una personalidad es siempre una invitación a buscar la propia o, dicho de otro modo, un incentivo a la libertad. Y no hay en el hombre un anhelo más profundo que aquel que le conduce a ser él mismo.

12

Tras aquellas oraciones y puestas en común, yo siempre regresaba a mi casa emocionado: en la cabeza me bullían las ideas y el corazón me palpitaba a un ritmo trepidante. ¡Qué hermoso es ser cristiano!, me decía yo aquellas noches, convencido de que el cristianismo nunca había tenido en su historia un intérprete más lúcido que aquel humilde párroco. ¡Qué suerte tengo de haber conocido a Cristo y a Aureliano!, me decía también, puesto que empezaba a pensar en ambos juntos..., ¡como si fueran la misma y única persona!

La capacidad de influir sobre los jóvenes que podemos llegar a tener algunos sacerdotes es inmensa. Cuanto más lo pienso, más me asusta esta tremenda responsabilidad. Porque encontrar y seguir a un maestro es durante la juventud lo más importante de todo; todas las penurias por las que pasan los jóvenes –cualquier joven– confluyen en el mismo punto: no han podido encontrar un maestro –religioso o no– que les oriente en sus decisiones. «Señor –llegué a rezar con dieciocho años–, que también yo pueda ser algún día maestro de jóvenes. Que al menos haya alguien en el mundo en quien yo pueda suscitar lo que este sacerdote ha despertado en mí.» Porque lo que Aureliano me transmitió fue que Cristo estaba vivo y que yo, con mi carácter, mis deseos, mis debilidades y con todo lo demás podía llamarme cristiano y ser su discípulo. Cristiano: en aquellos días no me parecía que hubiera en el mundo nada más hermoso que poder atribuirme con justicia este dulce nombre.

La primera vez que el padre Aureliano me recibió en su destartalado despacho me hizo su pregunta de siempre, aunque esta vez, como es lógico, formulada en singular:

—¿Cómo estás?

Sólo eran dos palabras. Una pregunta simple, sin duda; pero aquellas pocas y sencillas palabras bastaron para que aquel sacerdote abriera en mi alma una puertecita por donde yo, si de veras lo deseaba, podría dejar entrar a Dios y encontrar la libertad. Tardé en responder.

—¿Prefieres que salgamos a caminar? —me dijo entonces él, al ver que titubeaba. Y aplastó con fuerza su cigarrillo en el cenicero.

Negué con la cabeza. Me gustaba aquel despacho parroquial, tan desordenado y lleno de humo. Juzgaba que estaba lleno de vida, es decir, de libros y de tabaco, que era aquello con lo que por aquel entonces yo identificaba la vida.

—¿Cómo es que nunca llevas papeles a las reuniones? —le pregunté entonces.

No sé cómo se me ocurrió aquello. Quizá porque necesitaba de algún tiempo antes de atreverme a com-

77

partir con él lo que tanto me atenazaba. Aureliano se percató de mi estrategia y, tras dar dos o tres caladas a su pitillo y frotarse los ojos –un gesto que en él revelaba su cansancio–, me dijo algo parecido a esto:

–Si llevara papeles estaría más preocupado por contaros lo que he escrito en ellos que por escuchar lo que vosotros tenéis que decirme –y se palpó los pómulos, como si quisiera verificar que seguían en su rostro–. Un sacerdote no es un instructor –me dijo acto seguido–, sino un educador, y un educador...

El sonido de un teléfono interrumpió la conversación. Aureliano descolgó y respondió con monosílabos. Poco después proseguimos como si nada hubiera sucedido. Por mi parte estaba maravillado de que aquel hombre, tan ocupadísimo y tan inteligente, me dedicara tanto tiempo.

–Si fuera a una reunión sabiendo con anticipación lo que voy a decir, sería muy aburrido –continuó–. Me gusta sorprenderme –y sus ojos chispearon de alegría–, sólo cuando nos sorprendemos estamos vivos.

–Pero... –intervine, memorizando aquella sentencia, que estimaba digna de ser copiada e impresa–, pero ¿cómo sabes lo que hay que decir a cada uno? ¿Cómo lo haces?

Aureliano sonrió con los ojos.

–Exponerse a lo desconocido –sentenció, y se frotó su barba de chivo–. El secreto es no tener ni idea de lo que va a suceder y, en lo posible, estarme quieto, en mi centro, y allí permanecer lo más abierto posible.

–En tu centro, abierto –recapitulé.

No estaba entendiendo nada.

Años más tarde, cuando a mí mismo me tocó realizar ese oficio tan hermoso que es el de escuchar, supe que su clave era salirse del plano racional y entrar en el de la percepción de la realidad. En ese plano o nivel todo es claro, concreto y directo. Pero nada de todo esto era algo que uno pudiera entender con una simple descripción, había que experimentarlo.

–La sensación de inseguridad que este no saber proporciona disminuye con el tiempo –prosiguió el padre Aureliano, sin perderme nunca de vista–. Lo importante es no trabajar con la cabeza, sino permanecer arraigado sin ningún propósito y sin intención de ayudar.

–¿Sin intención de ayudar? –pregunté, casi escandalizado–. No lo entiendo –tuve que confesar.

Aureliano volvió a sonreír, aunque aquella fue una sonrisa muy diferente a la anterior. Lo cierto era que aquel sacerdote casi nunca resolvía nuestros problemas, sino que, ¿cómo decirlo?, los disolvía. Elevaba el planteamiento a un nivel en el que el problema que le habíamos presentado dejaba de resultar problemático. Sin quitar su mordiente a las circunstancias concretas, las ensanchaba en ese marco más general en que se ponía a las claras su contingencia y relatividad y, en consecuencia, lo estúpido que era dejarse enredar por algo tan insustancial.

–Quiero decir, Pedro Pablo –me respondió con indulgencia– que intento prestar atención al joven que me habla, no a sus conflictos o dilemas. Es muy diferente, ¿sabes?

Asentí, pero no porque supiera a qué se refería, sino para que continuara hablando.

Como la mayoría de quienes asistíamos a las catequesis y oraciones de los viernes, yo no estaba preparado para tener un maestro tan excepcional.

–De esta manera –continuó él–, la palabra correcta surge en el momento oportuno y ya no se habla desde un plano frívolo o superficial. Lo que se me ocurre entonces viene de lo profundo, del espíritu, del Espíritu Santo.

—Háblame de Dios —le dije al oír aquello del Espíritu Santo—. ¿Cómo puedo experimentarlo?

—Dios se revela a través de lo más ordinario y elemental —me contestó tras ponerse su eterno anorak, pues hacía frío en aquel despacho—. Tan ordinarios y naturales son los lugares y las cosas en los que Dios se manifiesta que, con frecuencia, pensamos que no puede ser que Dios se revele en algo tan básico y cotidiano —Aureliano aplastó de nuevo su cigarrillo en el cenicero—. Fíjate en los sacramentos de la Iglesia —continuó—. Dios escoge elementos tan sencillos como el agua y el aceite para manifestarse, o como el vino y el pan. Querrás saber —y era verdad que era eso lo que quería preguntarle—, ¿cuál es el pan y el vino de tu vida?, ¿cuál es tu agua o tu aceite? O sea, ¿dónde se esconde Dios para ti? ¡Muy sencillo! —y sonrió, dejándome ver sus dientes amarillos—. Si a ti te gusta tanto la literatura, será por medio de la literatura como se te manifieste. Claro que también podrás descubrirlo en todo lo demás: en tu paseo matutino a la facultad, en el desayuno que probablemente te prepara tu madre, en los hermanos con quienes convives, y hasta en objetos tan sencillos como la carpeta que llevas bajo el brazo o el geranio que tienes en tu balcón.

—Dios es maravilloso —fue mi comentario.

—No sabes aún bien cuánto —me contestó él, y me miró de soslayo, como para no perderse mi reacción.

—No estoy contento estudiando Derecho —me animé entonces a decirle—. No creo que sea lo mío —y le miré. Tenía miedo de que me reprochara mi frivolidad, mi irresponsabilidad, algo, qué sé yo—. No me interesan las materias —proseguí para evitar que me dijese nada—.

Derecho es lo que mi padre está empeñado en que estudie, pero yo –y di una calada al pitillo que acababa de ofrecerme–... lo que yo necesitaría estudiar es algo que fuera –y le miré de nuevo, titubeando–... no sé, más vital. Quizá filosofía –añadí, avergonzado por confesarle tan directamente lo mucho que deseaba parecerme a él.

De su cigarrillo ascendía al techo un hilo de humo azul. Una bombilla pendía de un cable negro. No parecíamos un joven a punto de confesarse con un sacerdote en un despacho parroquial, sino dos amigos que se habían reunido para fumar y charlar. Para matar la tarde tan a gusto.

–Filosofía –repitió Aureliano, pero era evidente que mi propuesta no le convencía.

Acaso se daba cuenta de que estaba a punto de dar un paso y que, por alguna razón, no acababa de darlo.

Aquella tarde salí del despacho de Aureliano con la satisfacción de quien sabe que se le ha hecho partícipe de un gran secreto, acaso del más grande de los secretos. Salí también con la esperanza de que algún día, quizá no tan lejano, podría entender lo que en aquel momento no entendía.

–Lee esto y luego vuelves para decirme qué te ha parecido –me dijo aquel buen sacerdote al despedirse, cosa que siempre hacía con un gran abrazo y dos besos.

Puso en mis manos un libro titulado *El canto del pájaro*, firmado por un jesuita indio llamado Anthony de Mello. Pero no lo abrí hasta llegar a casa, pues durante el camino preferí recordar algunas de las palabras que aquel hombre tan sabio me había dicho en aquella, para mí, inolvidable conversación.

–Creo en la comunicación –me había asegurado–. Los seres humanos necesitamos comunicarnos y, cuando encontramos el tiempo y el espacio adecuados, sencillamente nos esponjamos y asistimos al milagro. En un ambiente de respeto y sinceridad, el corazón se dilata; y eso, sólo eso, es lo que busco en las reuniones. Quiero que la Iglesia sea ese espacio de comunicación, ¿no es maravilloso?

La Iglesia como espacio de comunicación. La Iglesia como icono de la Trinidad, que es esencialmente comunicación, me dijo también. ¡Qué poco entendía yo de todo aquello y qué feliz era, sin embargo! ¡Cómo me alimentaban aquellas palabras! Bajando por la calle Marqués de Urquijo, justo en la esquina con Álvarez Mendizábal, aquella noche mis ojos se humedecieron.

–No sé por qué me puse a llorar –le expliqué a Aureliano más adelante, en nuestra siguiente conversación–. Creo que lloraba de felicidad –me atreví a sugerir.

Pero a eso él no respondió. En realidad, Aureliano no respondía a muchas de nuestras observaciones, limitándose a asentir y a guardar silencio. Aquel silencio suyo, tan lleno y misterioso, era una invitación para que yo entrara en el mío, donde discretamente habitaba –según descubriría después– la milagrosa fuente de mis lágrimas.

13

El despacho de don Emiliano, el otro sacerdote que conocí en aquella época, estaba también ubicado en Argüelles, mi barrio, en uno de los llamados círculos de estudio del Opus Dei. En contraposición con el de Aureliano, aquél era un despacho que brillaba siempre por su perfecta limpieza y orden (nada, por tanto, de humo ni de libros). El suelo era de madera clara, de pino de California, y en lugar de una mesa metálica y destartalada, llena de carpetas y legajos, don Emiliano se sentaba tras un escritorio de roble, ocupado en buena parte por un gran ordenador, y eso que en aquella época casi nadie tenía todavía uno en propiedad. Aquel sacerdote con cara de pez no sólo no fumaba, sino que se habría ofendido si alguno de los muchos chicos que iban a confesarse o a dirigirse espiritualmente con él hubiera encendido un cigarrillo en su despacho, donde reinaba una calma total. Era como si aquella habitación estuviese en otro mundo. O como si todo lo que se hubiera dicho o escuchado en aquel lugar hubiese sido absorbido de forma inmediata e higiénica por las paredes.

Si las diferencias entre los despachos de don Emiliano y del padre Aureliano eran elocuentes, más aún lo era su aspecto externo y el trato que cada uno brindaba a los chicos: el primero, para empezar, no tenía barba, sino que iba escrupulosamente afeitado; y no recibía a los jóvenes con inquietudes religiosas con dos besos y un gran abrazo, sino con un vigoroso apretón de manos, algo así como el saludo patriótico que podrían brindarse en su reencuentro dos viejos veteranos. Por mi parte, no podía haber escogido dos asesores espirituales más contrapuestos.

Acudí a don Emiliano porque el bueno de Salmerón me había dado su dirección y teléfono, recomendándome encarecidamente que le visitara. Pero también fui a verle porque al padre Aureliano era difícil, por no decir imposible, encontrarle alguna vez en su despacho. Siempre estaba en los bares hablando con unos y con otros, o con los mendigos en la puerta del santuario, o en las urgencias de algún hospital por algún imprevisto. Acudí a don Emiliano porque Aureliano no se presentó a la cita que habíamos concertado para que le contara la fuerte impresión que me habían provocado los maravillosos cuentos recogidos en *El canto del pájaro*.

En la casa sacerdotal en que vivía don Emiliano había un gran panel de al menos tres o cuatro metros de longitud que, por sus colores y formas, se asemejaba a un scalextric. Colgaba de una de las paredes del recibidor y se veía nada más entrar en aquella residencia, de modo que resultaba imposible que pudiese pasar desapercibido. A los chicos que frecuentaban aquel círculo de estudio y oración se les entregaba, si lo solicitaban, una ficha en forma de automóvil con un número y un color. Desde el primer día en que un adolescente entraba en aquel círculo, recibía una de esas llamativas fichas, que el encargado colocaba en el punto de salida de aquel gran scalextric. Por cada hora que un joven pasara estudiando en la biblioteca de aquel círculo –ésas eran las reglas–, se avanzaba una casilla de aquel espectacular scalextric colgado en el recibidor. De este modo, era posible hacerse cargo del número de chicos que lo frecuentaban y, en fin, de las horas que habían pasado en aquel lugar. Contado así, el asunto no tiene ninguna gracia; pero tanto las pistas de aquel gran scalextric como las propias fichas, de los colores más llamativos, poseían un magnetismo al que yo, ciertamente, no fui inmune. La verdad es que desde que vi aquel scalextric me apeteció tener una de aquellas fichas con mi propio nombre, de modo que, como otros muchos chicos antes y después de mí, caí en aquella trampa y permití que adhirieran la mía a la pared con un refinado sistema de imanes ante el que todos nos quedábamos tan pegados como las propias fichas.

–Deme una –solicité al encargado del panel, un chico más o menos de mi edad, quien me extendió una de color marrón.

Tenía un rostro impreciso, de esos que, una vez que te has dado la vuelta, has borrado por completo y no puedes recordar.

La ficha que me dio no era la que más me gustaba –cierto–, pero me sentí de inmediato identificado con ella. Yo era el marrón, eso lo había comprendido. Si acudía una hora cada tarde durante aquella semana, el viernes podía estar ya en la caseta número cinco. Tendría todavía muchas fichas por delante, desde luego, pero también habría dejado atrás a más de una.

Puede sorprender que con diecinueve años pudiera yo picar en un cebo tan elemental, pero si quienes regentaban aquella casa promovían aquel sistema era, seguramente, porque sabían por experiencia que resultaba bastante eficaz. Supe también que don Emiliano reservaba un premio –en realidad nunca tuve claro en qué consistía– para quienes llegasen a la última casilla, quienes podían volver a empezar la carrera si lo deseaban. Claro que a la segunda vuelta que se completaba –y había que pasar al menos un centenar de horas en aquel círculo para llegar a la meta– se recibía otro premio, en este caso de mayor cuantía; y uno más valioso aún si se culminaba el itinerario por tercera vez, cosa que sólo lograban los estudiantes de los cursos superiores, algunos de los cuales –y no era difícil identificarlos– vivían en aquella residencia para sacerdotes.

El sistema de avance –o incluso de retroceso, pues también cabía esa posibilidad– era más complejo de lo que uno se figuraba en un primer momento, pues si una hora de estudio en la biblioteca suponía un avance de una casilla, una hora en la capilla, en este caso no ya para el estudio sino para la oración, suponía un avance de dos. Había más sutilezas, por supuesto, pero lo esencial estaba claro para mí: avanzar lo más posible y aproximarme cuanto antes a la meta.

Don Emiliano me escuchó unos pocos minutos, pues había varios chicos a la puerta de su despacho haciendo fila. De cinco a siete de la tarde aquel sacerdote se dedicaba a recibir a sus muchachos (él se refería a nosotros con esta expresión: «mis muchachos») y, para que hubiera alguna posibilidad de ser atendido, había que apuntarse en una lista.

Lo primero que me sorprendió fue su modo de recibirme.

–¿Estás suficientemente abrigado? –me preguntó.

Dije que sí y no di mayor importancia al asunto. Antes de interesarse por el estado espiritual de «sus muchachos», don Emiliano se preocupaba por nuestro estado físico, y a tal punto que a veces parecía una madre.

Enseguida supe que conocía de oídas a Anthony de Mello, el autor, del que yo le hablé con visible entusiasmo, pero que, para mi decepción, no había leído ninguno de sus cuentos. Por ello, mi conversación con él discurrió por otros derroteros. Como fuera le esperaban otros tantos de sus muchachos, don Emiliano me despachó aquella tarde muy pronto; quizá no llegué a conversar con él ni cinco minutos. Lo que me resultó más extraño fue que también él me despidiera con la misma recomendación que Aureliano: que fuera a hablar con él tras la lectura de otro libro, que él quiso poner de igual modo en mis manos. Se trataba de *Charlas acerca de la gracia*, del famoso cardenal Journet.

Esa tarde salí de aquel círculo del Opus Dei con un libro en una mano y con una ficha marrón en forma de automóvil en la otra. En ningún momento relacioné las casillas de aquel gran scalextric con las cuadrículas del bloc del bueno de Salmerón.

Charlas acerca de la gracia fue el primer libro de teología que leí y, al igual que *El canto del pájaro*, causó en mí una honda impresión. Subrayé aquel ensayo de principio a fin, estimando que todo lo que ahí se aseguraba era tan irrebatible como sugerente e inspirador. Lo leí y releí tantas veces que empecé a aprendérmelo de memoria. Estaba entusiasmado, Journet me parecía un genio a la altura de Aureliano y deseaba que don Emiliano me dejara más libros como aquél. Debo decir que he releído *Charlas acerca de la gracia* ahora, de adulto, poco antes de escribir esta página y, ¡oh, decepción!, ¡no me gusta nada! Peor aún: apenas entiendo cómo pudieron encandilarme tanto aquel centenar de páginas. Miento: lo entiendo muy bien. Aquel teólogo tomista daba cuerpo teórico a lo que yo había empezado a vivir, que no era sino la experiencia de la gracia. De modo que ese tratado cumplía en mí la secreta aspiración que alberga todo libro: ser leído como una autobiografía secreta.

14

En mi siguiente encuentro con don Emiliano –pues Aureliano seguía sin aparecer–, visto mi apasionamiento por la teología, aquel sacerdote me mostró un cuaderno en que, al igual que el de Salmerón, también él había trazado algunas cuadrículas. Mientras me lo enseñaba, me contó todo aquel sistema mucho mejor que lo hiciera en su día el bueno de Salmerón, pues me habló de la importancia de crear las condiciones de posibilidad para el estado de gracia, algo imprescindible para poder experimentar a Dios.

–Tú –me dijo al fin–, ¿estás en gracia?

No lo estaba –tuve que admitirlo–, pues había pasado casi un año desde mi última confesión sacramental. Al saberlo, don Emiliano movió de un lado al otro la cabeza en claro signo de amonestación. Me reconvino con dulzura.

–Cuando estés en gracia, serás completamente libre –me explicó entonces, y miró a lo alto, haciéndome pensar que le pedía al Señor que le diera inspiración–. Eso significa que tendrás la fuerza necesaria para no pecar nunca más –e hizo un movimiento brusco con la mano, un movimiento que, según observé después, era en él un ademán bastante frecuente.

–¿Nunca más? –le pregunté yo, todavía incrédulo.

–¡Nunca! –me respondió él–. Tú no lo sabes aún, pero estás llamado a una vida sobrenatural –y rió sin que de su boca saliera ningún sonido–. ¿Me entiendes, Pedro Pablo?

En algún momento, cuando somos niños o adolescentes, nos cuentan que es posible llevar una vida sobrenatural; pero en algún momento cuando somos jóvenes o adultos lo olvidamos.

Yo le dije que sí, claro, aunque fue años más tarde cuando comprendí que don Emiliano no bromeaba en absoluto, puesto que la gracia es lo más maravilloso de cuanto existe: derriba los muros más gruesos y disipa los pasados más oscuros, arrasa cualquier resistencia y nos hace nuevos por completo, como ni en los momentos de máxima clarividencia podemos sospechar.

–Es la fuerza frente a la debilidad –me insistió él–, la luz en la oscuridad, la compañía para cuando te sientas solo, el refugio si estás perdido o desamparado –y así siguió don Emiliano, más elocuente que nunca, hasta que arrancó de mí lo único que habría detenido su dulce cantinela.

–Y ¿qué debo hacer para conseguirla?

–Confiésate –me respondió–. Cuéntaselo todo a Dios y sentirás cómo tu alma se va descargando.

No lo dijo exactamente así, pero logró convencerme y, sin preámbulo de clase alguna, me puse de rodillas ahí mismo y le abrí mi corazón como si me encontrara ante el mismísimo Dios.

–A partir de ahora –me dijo don Emiliano tras imponerme la penitencia–, todos los actos de piedad que realices tendrán sobre tu alma un efecto mucho mayor. Ya lo verás –y me dio un fortísimo apretón de manos–. Ahora se te ha abierto la vida de la gracia santificante –me dijo todavía mientras me acompañaba a la puerta–. Ahora podrán dar fruto en ti las virtudes teologales infusas y los dones del Espíritu.

No entendía nada. Sólo sabía y sentía que me había sucedido algo definitivo y trascendental, que habría un antes y un después de aquel sacramento y que, como me había asegurado, ya no pecaría nunca más. Nunca. Caminé por ello por la calle con sumo cuidado, como si pudiera dar un paso en falso que me precipitase en los abismos del pecado.

Sonrío mientras escribo todo esto, pero no debería sonreír: el llamado estado de gracia es realmente delicado, tanto o más que una copa de cristal muy fino. La grosería y zafiedad con que habitualmente nos tratamos sólo revela nuestro desconocimiento de lo que la gracia supone y de cómo opera en nuestro interior, cómo aumenta, mengua o desaparece, cómo prepara, en los mejores casos, para los estadios místicos o, por el contrario, cómo se diluye dando entrada a la inconsciencia y al mal.

Aquella segunda conversación con don Emiliano había durado unos diez o doce minutos en total, quizá quince. Ese tiempo había bastado y sobrado para que aquel sacerdote me hablara del libro del cardenal Journet, me enseñara su cuaderno de cuadrículas, me explicara qué era la gracia y cómo se conseguía y, en fin, me escuchase en confesión. Ésta era otra de las diferencias más evidentes entre ambos sacerdotes: con Aureliano no se conversaba nunca por menos de una hora; con don Emiliano, por el contrario, podías entrevistarte a diario si lo deseabas, pero siempre de forma muy breve y expedita.

Don Emiliano tenía razón al asegurarme que mi vida de piedad sería mucho más fecunda estando en gracia, puesto que sólo una semana más tarde, y mucho más cuando pasaron otras dos, se apoderó de mí una alegría arrebatadora y desconocida, una alegría que ni siquiera imaginaba que pudiera existir. Todo me parecía bien. A mi familia y a mis compañeros de la parroquia y de la facultad, por ejemplo, les veía hermosos, como si sólo entonces empezara a comprenderles y a quererles. Como si hasta ese momento no les hubiera visto como merecían. Y todos los desconocidos con quienes me cruzaba por la calle se me antojaban cariñosos y amables. Cuanto más rezaba, más quería rezar. Y cuanto más estaba en la iglesia, más tiempo quería estar. Éstos eran los principales síntomas.

–Es la gracia –me garantizó don Emiliano en nuestra siguiente y sucinta conversación–. Dios ha entrado en tu vida; finalmente se lo has permitido y está empezando a actuar.

15

A mis padres no les conté nada de aquellos dos antagónicos sacerdotes, de modo que para ellos mi vida cristiana se limitaba a la catequesis juvenil de los viernes por la noche y a la misa de los domingos. Jamás habrían imaginado que cumplía en secreto con un riguroso «plan de vida» –que era como lo llamaba don Emiliano–, de modo que la gracia de Dios me fuera alimentando y robusteciendo. Dado que el mencionado plan era muy exigente y dado que yo tenía muchas clases a las que asistir, incontables lecciones que memorizar y un buen puñado de amigos con quienes divertirme, debía organizarme bien si es que deseaba ensamblar todos aquellos actos de piedad en mi jornada habitual. Lo hice sin especial dificultad, pues siempre fui muy disciplinado gracias al principal legado que me dejó mi padre, que bien puede resumirse en una frase: No pierdas el tiempo. La decía muy a menudo, prácticamente siempre. «Nunca perdió el tiempo» habría sido para él un epitafio genial.

El rosario lo rezaba por la calle durante la mañana, cuando iba a la universidad; el ángelus entre clase y clase, en la capilla de la facultad; la lectura espiritual poco antes de acostarme, para que su música me trabajase durante el sueño. Gracias a estas lecturas, la del excomulgado De Mello y la del insigne Journet –entre otras–, supe que hay libros que pueden dar la felicidad, y fue así, leyendo a estos autores y a otros tantos, como decidí que también yo, algún día, si Dios me lo permitía, escribiría libros capaces de encender y movilizar el alma de los demás. Porque al leer a Journet y a De Mello, dos sacerdotes no menos antagónicos que los directores espirituales que me acompañaban en mi proceso de discernimiento, no sentía únicamente el dulce estremecimiento que algunas palabras, por el bello horizonte al que apuntaban, eran capaces de transmitir, sino que, junto a eso, estaba mi admiración por los autores mismos y por su vocación a la escritura. ¡Qué grande tiene que ser alguien capaz de escribir algo así!, me decía, y empezaba a ensoñar lo que también yo mismo algún día, si perseveraba en mi empeño, podría escribir.

Uno de los principales puntos del plan de vida que don Emiliano me ayudó a diseñar era la santa misa, a la que debía asistir a diario a la salida de mis clases vespertinas. Para no llegar con el culto ya empezado y, por tanto, perderme la liturgia penitencial y las lecturas, debía apresurarme y, con frecuencia, una vez que llegaba a mi barrio y bajaba del autobús –normalmente atestado de estudiantes–, echar a correr y, en cierto sentido, precipitarme en el templo. Me complace ahora recordar lo mucho que me alegraba la coincidencia temporal entre mi entrada en el edificio parroquial y la salida del presbítero al altar. Y pienso que si mucho de lo que se decía y hacía en aquellas eucaristías me emocionaba tanto era, probablemente, por aquellas locas carreras previas y por aquella ilusión delirante con que me sentaba en uno de los bancos de aquella iglesia, poco más o menos con la misma actitud con la que un niño bueno se sentaría ante el pupitre de su escuela en el primer día de clase.

Comenzó entonces para mí algo que me ha acompañado hasta el día de hoy: la devoción por ese misterio de la cercanía de Dios al hombre que llamamos comunión y, en fin, por ese misterio de su distancia, que es la otra cara y que llamamos adoración. En realidad, creo haber venido a este mundo para dar a los demás el Cuerpo de Cristo y su Palabra. Cuerpo y Palabra: esto es lo que me ha interesado siempre, éstos han sido los medios o las formas por las que yo he recibido y he dado a Dios.

Al salir a la calle, terminada la ceremonia, me invadía la sensación de haber hecho lo que debía hacer y, más que eso, la certeza de que el rito eucarístico en el que había participado era y sería siempre lo que mayormente contribuiría a mi propia santificación. Con este pensamiento y sentimiento en mi cabeza y en mi corazón, no puede extrañar que el mundo entero comenzara entonces a brillar para mí con una radiante y desconocida luminosidad.

–Es la gracia –me decía yo, recordando las sabias palabras de don Emiliano–. ¡La gracia!

Y fue entonces cuando sucedió. Porque si habían bastado un par de semanas siguiendo un riguroso plan de vida espiritual para que aquella serena alegría me inundase –coloreándolo todo de una luz tan hermosa como esencial–, bastaron otras dos para que mi alma fuese capaz de acoger lo que partiría mi vida en dos: mi vocación. Han pasado treinta años desde entonces, pero lo he recordado tan a menudo que creo poder describir ahora, con bastante exactitud, todo lo que me ocurrió.

16

Era un 23 de diciembre, poco más o menos a mediano-
che, en mi domicilio familiar del madrileño paseo del
pintor Rosales, número 52. Poco antes había cantado
un villancico ante el belén familiar y había hecho mi
examen de conciencia, que era con lo que concluía mis
jornadas. Fue entonces, cuando ya había cerrado los
ojos para disponerme a dormir, cuando todo sucedió:
Algo, Alguien, irrumpió durante algunos minutos, delicada pero rotundamente, en mi habitación. Era una
presencia real y espiritual –eso lo tuve claro desde el
principio–; pero, al tiempo, parecía tener cierta consis-
tencia física o material, puesto que se situó justo en la
esquina superior de la puerta, un punto al que podía
mirar desde mi cama con bastante comodidad. Al principio, muy al principio, sentí cierto temor, puesto que
algunas sombras jugaban caprichosamente en la pared.
La atmósfera que reinaba era trémula y tuve la impresión de que, si afinaba el oído, podría oír algo que por
el momento se me escapaba.

–¿Eres Tú? –dije al fin.

No sé cómo se me ocurrió, pero en mi mente había
empezado a hablar con Dios. No aguardé su respuesta.

–¡Eres Tú! –exclamé.

La certeza absoluta de que era el mismísimo Dios
quien me estaba visitando en mi habitación me sobrecogió entonces como nunca antes ni después me ha sobrecogido nada.

Eso que yo identifiqué como Dios –y que no tengo
ninguna duda de que si no era Él en persona estaba directamente relacionado con su mundo–, eso que sentí
como Él, yo mismo y hasta el dormitorio en que estaba
teniendo lugar aquella revelación, fue para mí en aquel

instante todo uno. Quiero decir que había algo envolvente en aquella aparición invisible, que su poder de irradiación era tal que lo metía todo en su seno. Sentí una felicidad inconcebible, inenarrable. Quedé paralizado, con el embozo de la sábana fuertemente agarrado y con la mirada tan confiada como asustada en el punto donde aquella revelación estaba teniendo lugar. Mis ojos se humedecieron en el acto y no habrían pasado ni diez segundos cuando ya me había sobrevenido el llanto. Yo era sólo un muchacho y Dios había venido a verme. Lloraba porque me sentía amado por aquella Presencia que conocía mi nombre y circunstancias y, sobre todo, porque supe de inmediato –no puedo decir cómo– que me quería para sí. No oí ninguna palabra, por supuesto, pero lo que el propio Dios me estaba diciendo me resultó de una claridad tan absoluta como abrumadora:

–Tú eres mío –me dijo Él–. Te quiero para mí.

Esta voluntad Suya me hizo, en un segundo, irresistiblemente feliz. Me sentía habitado, a punto de explotar por causa de una desconocida e insoportable felicidad; y me pareció tan increíble vivir lo que estaba viviendo como no haberlo vivido hasta entonces. Tendí las manos hacia lo alto, como dispuesto a que Él me las cogiera y me llevara consigo. Y quedé así, con las manos tendidas y alzadas, durante un rato muy largo. Mi vida se había esclarecido en un minuto. De pronto sabía con toda nitidez quién era yo y qué había venido a hacer a este mundo. Más aún: de pronto había entendido la Creación entera y el papel del ser humano en ella. La misión que se me había encomendado era fácil: yo sólo debía entregarme, servirle y consagrarme, vivir sólo para Él. ¿Cómo podía alguna vez haber pensado algo distinto?

Ante esta certidumbre me inundó una calurosa ola de bienestar, algo así como un fuego interior que no se consumía: era fuego, sí, pero también, y en el mismo centro, agua, un agua en la que yo, o alguien que era un yo mucho más auténtico del que había conocido hasta entonces, se bañaba y sumergía. Desde mi atalaya, veía con toda claridad cómo mi otro yo más genuino se bañaba y cómo se quemaba, las dos cosas; y en medio de aquella fulgurante visión no sabía si podría soportar todo aquello mucho tiempo más.

–¡Dios, Dios! –repetía para mí, mientras las lágrimas surcaban mis mejillas una tras otra–. ¡Dios, Dios! –todo mi vocabulario había quedado reducido a esa sola palabra.

Luego Él se fue, se disipó, por así decir, dejándome en un estado de inenarrable plenitud. No se marchó de repente, aunque tampoco lo hizo de un modo progresivo o gradual, sino a ráfagas o a impulsos, por expresarlo de algún modo. Y yo quedé ahí, arropado bajo mis sábanas y mantas, aunque ya no era el mismo y nunca lo sería: mi vida había quedado partida en dos –como ya he dicho–, y hoy, treinta años después, sé con la misma certeza que entonces que no había sido víctima de una mera alucinación. Mi propia biografía es, con sus altos y bajos, el testimonio fidedigno de la veracidad de esta experiencia.

El joven de diecinueve años que yo era estuvo aquella noche llorando de emoción y agradecimiento aún durante un buen rato, quizá una hora o incluso dos. A veces no podía evitar tender mis brazos de nuevo a lo alto, en dirección al lugar donde el aire parecía aún cargado de una inefable electricidad. Después me dormí como un bebé, sin darme cuenta.

A la mañana siguiente fui a mi parroquia para hablar con el padre Aureliano, que para variar tampoco estaba aquel día en su despacho. Como don Emiliano no atendía por las mañanas, tuve que conformarme con el hombre que se presentó ante mi requerimiento de hablar con un sacerdote. Era un individuo de cuello robusto y moreno y del tamaño de un bisonte. Se presentó como el padre Esteban y me hizo entrar en un recibidor, donde me eché a sollozar y moquear no bien nos habíamos sentado.

–Yo quiero ser como usted –dije sin haber pensado en lo que iba a decirle; y, por si no hubiera quedado claro–: Sacerdote.

A Dios le había bastado un segundo para convertirse en el rey absoluto de mi corazón. Veía claramente cuál era mi lugar en el mundo y todo me parecía nada en comparación con una vida consagrada a Él. La sola idea de que tuviese que dedicarme a otra cosa que no fuera su servicio me parecía una sinrazón. Claro que desde que Dios entró en mi corazón hasta que efectivamente se convirtió para mí en su rey absoluto –que era como yo entonces lo veía–, pasarían todavía muchos, muchísimos años.

En cuanto confesé que mi deseo más profundo era ser sacerdote, sentí una punzada en el costado. Como si me hubieran apuñalado sin avisar. Me retorcí de dolor ahí mismo, pero segundos después todo aquello se había esfumado y volví a sentirme tranquilo y dichoso: ni rastro del furtivo apuñalamiento –así somos los seres humanos– y aliviado por haber descargado el enorme peso que durante las últimas horas se había cernido sobre mí. Al tiempo, sin embargo, me sacudió un temor: que el padre Esteban, aquel hombre afable con aspecto de bisonte y que me miraba con ojos somnolientos, me dijera que eso, mi sueño, no podría cumplirse.

«Para el ministerio presbiteral hacen falta personas mucho más buenas y virtuosas que tú, querido muchacho», me pareció que iba a decirme, casi lo estaba oyendo.

–Sé que soy indigno y que no merezco tan siquiera pedirlo –continué por eso, adelantándome a una posible objeción que yo no quería ni oír–; pero ser sacerdote –precisé– es ahora lo único que puedo y debo hacer.

Así lo dije, palabra por palabra. Lo sé con toda certeza porque al llegar a casa aquella mañana, consciente de la trascendencia del momento, transcribí lo más fielmente posible la conversación que había mantenido con aquel individuo de cuello robusto y moreno. También escribí entonces lo que había vivido la noche anterior, y es gracias a eso por lo que no he olvidado ningún detalle.

El padre Esteban, quien me escuchó con semblante serio, me invitó a que se lo explicara todo y, mientras lo hacía con la mirada fija en un haz de luz que bañaba el pavimento, él, callado, asentía con la cabeza. Terminado mi relato asintió una vez más, la última, y se limitó a decirme que la cosa tendría que estudiarse –así: «la cosa», «estudiarse»– y que cabía la posibilidad de que lo que yo había sentido pocas horas antes fuera, en efecto, lo que en la Iglesia católica se conoce como vocación.

–Vocación –repitió el padre Esteban incorporándose y dejando ver su buena planta–. En todo caso, tiempo habrá para discernir si debes o no ser sacerdote.

Cubrí de besos la mano grandota y velluda de aquel buen cura y me fui; quién sabe por qué hice aquello, ni siquiera lo pensé. Me parecía que todo el mundo era bueno, me parecía que lo único que yo podía hacer era colmar a ese hombre de besos.

–¡Sacerdote! –dije para mí aquella mañana mientras, fuera ya de la parroquia, caminaba por mi barrio–. ¡Voy a ser sacerdote! –Y lo repetía–: ¡Sacerdote! –Esa sola palabra me encendía por dentro como ninguna otra podría haberlo hecho.

Tan intensa fue la alegría que experimenté en aquellos instantes, tan irresistible, que empecé a caminar más y más deprisa, mientras repetía esta sola palabra: sacerdote, sacerdote... Al cabo de pocos segundos estaba corriendo, pues me sentía ligero como una pluma. Como si me hubieran crecido alas en la espalda. O como si el mundo entero se alegrara por mi vocación, recién estrenada.

La convicción de tener que ser sacerdote se instaló en mí con tal fuerza que me parecía entonces, y aún hoy, treinta años después, que nunca tendría una convicción más firme. Era una convicción de tal calibre que no sólo despejaba cualquier duda sobre lo que tenía que hacer en el futuro, sino que me hacía comprender bajo otra luz todo lo que había vivido en el pasado. Era una convicción tan imperiosa y dulce que, en adelante, me encontré a menudo pensando en ella.

Dudo que pueda explicarse desde un punto de vista meramente psicológico que un hombre no sepa qué hacer hoy con su vida para, al día siguiente, sin que haya sucedido nada externo que lo justifique, lo sepa con total exactitud y para siempre. Esta convicción vocacional nunca fue para mí una obsesión cándida o morbosa, sino –¿cómo decirlo?– una atracción inequívoca, persistente y amable. Pero no puedo decir que estuviera orientada a un bien sensible en particular. No es que quisiera irme a las misiones o presidir la eucaristía –que lo quería–; no es que soñara con sembrar la Palabra y hacer el bien –que lo soñaba–; era, más bien, un mandato agradable, aunque costoso, que se había dirigido a mi conciencia y al que yo deseaba responder. En el mismo lote de la llamada iba mi respuesta, que nunca consideré obra de mi generosidad o de mi virtud; la respuesta no era sólo la consecuencia natural de aquella llamada, sino su inevitable colofón. Siempre me ha maravillado cómo puede vivirse la vida sin una vocación. Y he sentido lástima por quienes no despliegan su biografía como una respuesta, sino que viven conforme lo que les trae el viento de cada día: hoy aquí y mañana allá, sin tener una dirección clara.

–¡Sacerdote, sacerdote! –seguí repitiendo aquella bendita mañana una y otra vez, alimentándome con esta palabra, emborrachándome con ella, dejándome que me tomara y entregándome a ella como si fuera una persona.

Ninguna otra mañana en mis cincuenta años –era el 24 de diciembre de 1982– me ha parecido más intensa y luminosa que aquélla.

17

Quien no haya renacido en la vida al menos una vez –pues es posible renacer dos, tres y quizá más veces– no podrá entender nada de lo que acaba de leer. Porque tras aquel 23 de diciembre yo era realmente alguien diferente del que había sido hasta el 22; y más distinto aún llegaría a ser los días que siguieron, el 24, el 25, y así hasta que no creo –y lo digo con toda sinceridad– que hubiera en aquel momento sobre la faz de la tierra alguien que pudiera sentirse más feliz que yo, más pleno.

Primero estaba lo de la luminosidad del mundo, de la que ya había empezado a disfrutar antes de la experiencia vocacional propiamente dicha: todo se me presentaba brillante y llamativo, como envuelto en un halo. No era que el mundo se hubiera embellecido de repente, sino que por fin yo lo veía tal y como era, con sus colores genuinos y en su auténtico esplendor.

En segundo lugar, estaba lo bien y ligero que me sentía, como si la ley de la gravedad hubiera dejado de existir para mí. Caminaba y me desplazaba de un lado a otro sin la menor dificultad, como si mis miembros hubieran dejado de pesarme. Pero –repito– no es que la gracia me hubiera aligerado, sino que finalmente mi cuerpo se movía como desde el principio estaba llamado a moverse.

Aquella ligereza mía, junto a la luminosidad del mundo, me proporcionaron una alegría tan inconmensurable que temí que mi corazón no fuese capaz de soportarla. Suspiré y hasta gemí para desahogar aquella alegría tan violenta, pero ni aquel suspiro ni aquellos gemidos bastaron para sosegarla. Durante algunos segundos respiré larga y ruidosamente con la boca abierta, y así conseguí calmarme unos minutos; pero la alegría de la que hablo era de tal naturaleza que, sin que yo le diera entrada, volvía a sobrevenirme y a apoderarse de mí, dejándome incapaz de vivir para algo que no fuera ella. ¿Puede uno morir de alegría, de felicidad? ¿Cómo pude entregarme luego, años después, a tantos sucedáneos habiendo conocido una alegría tan radical?

En todos los libros de teología que he leído a lo largo de estos años –y no exagero si digo que son unos cuantos centenares– he buscado una aclaración de esta experiencia, una pasión análoga, un fuego similar... Pero la teología, por extraño que parezca, no habla de espiritualidad, lo que no significa que no contenga afirmaciones interesantes y hermosas que, precisamente por ser tan interesantes y tan hermosas, pueden embaucarnos, alejándonos de la única Fuente que de verdad nos puede saciar.

Para mí es claro que mi experiencia vocacional fue una vía de conocimiento bastante insólita, pues la información que me llegó por su medio no pasó por los sentidos, sino que encontró un acceso más directo, seguramente extrasensorial. En rigor no puedo decir ni que viera ni que escuchara, o no al menos con los oídos y los ojos de la cara y, sin embargo, visión y audición siguen siendo los términos más adecuados para referirse a este modo de percepción. Esto no quiere decir que el contenido de esta revelación fuera especulativo, aunque sí que afectaba al conocimiento, como ya he dicho, ni tampoco meramente afectivo, aunque también afectaba al corazón. Era un contenido que reventaba los pensamientos y sentimientos que había albergado hasta entonces, que los trascendía y sublimaba, llevándolos a una maravillosa plenitud. Tras mucho pensarlo sólo puedo decir que algo se me estaba dando sin que mediara el camino habitual del deseo o del apetito humano; y que lo que se me daba era tan puro y nuevo que lo purificaba todo, descubriéndome un yo más íntimo que el que conocemos normalmente por las vías de la memoria, el entendimiento y la voluntad. Era amor, es lo más que puedo decir. Aunque también podría decir que era paz y presencia pura. Algo, en cualquier caso, que no tenía que ver con mis cábalas o emociones. Algo más vivo y real que cualquier otra cosa y que todo junto. Algo que me dejó en un gozo tan agudo y penetrante que sólo empezó a diluirse, y no del todo, pasados unos cuantos meses.

Durante todo un año sentí cómo la esperanza, como si fuera un ser vivo, crecía en mi pecho. Asistí a su crecimiento progresivo y paulatino, y fue hermoso constatar cómo lo que había empezado siendo una semilla se fue desarrollando hasta convertirse en un árbol frondoso de poderosas ramas en el que un sinfín de pájaros hacían sus nidos. Vivía en una nube, eso es. Pero no porque estuviera muy adelantado en la oración, que no lo estaba. Lo recibido no era un regalo por el nivel que había alcanzado en la virtud o en la oración, sino un regalo precisamente para que me entregara a esa virtud y a esa oración. De modo que eso fue lo que en adelante hice por las noches: me encerraba en mi cuarto para allí rezar y llorar como nunca antes ni después he rezado ni llorado. Lloraba de agradecimiento y de emoción, y hasta puedo decir que casi me derretía de Amor. Experimentaba ese amor divino en mi pecho y en mis manos, que me ardían como si estuvieran incendiadas; lo sentía en mis labios, en mi espalda, en mis mejillas y hasta en mi sexo, pues hubo ocasiones en que experimenté algo cercano al estremecimiento del orgasmo. También sentía el amor de Dios en los ojos, en el abdomen, en los pies; y hasta tal punto que alguna vez tuve que descalzarme para comprobar que no me sangraban.

A decir verdad, me levantaba y me sentaba sin cesar, sin saber qué hacer con mi cuerpo; o daba un paso hacia delante y otro hacia atrás; o volvía a necesitar imperiosamente ponerme a cantar, pues para expresar lo que explotaba en mi corazón el canto era más adecuado sin comparación que el discurso. No sabía qué hacer conmigo. Caminaba de un lado al otro de la habitación y, sin poder contenerme, caía de hinojos ante mi pequeño crucifijo para allí seguir llorando como lo haría un condenado a muerte al que acaban de anunciar que su pena ha sido conmutada.

¿Por qué lloraba yo a los diecinueve años, noche tras noche? Lloraba por el amor de Jesucristo, amarrado durante siglos a su cruz; lloraba porque me consideraba un depositario indigno de ese amor tan loco como necesario; lloraba por la desproporción entre el Dios que se me había aparecido y el hombre que yo era y sigo siendo, tan insignificante y pequeño; lloraba, en fin, porque mi vida había cobrado, inesperada y súbitamente, un sentido inaudito y arrollador.

18

Durante aquellos días me veía a mí mismo como a un niño que acababa de nacer y que, por ello, debía alimentarse de papilla y leche materna. Al no haberse desarrollado aún en mí, mi vida interior era precaria y enclenque; pero con el tiempo se haría vigorosa y robusta –o eso pensaba yo– y, para ello, debía mantener encendidas las antorchas de la virtud y de la oración. Por las noches oraba en mi cuarto y por el día, antes o después de las clases, buscaba una iglesia abierta a la que entraba para arrodillarme allí en alguno de los últimos bancos. Quizá extrañe que me escondiera para rezar, pero, como cualquier amante del mundo –y fue entonces cuando recordé y entendí lo que me había dicho el bueno de Salmerón–, necesitaba intimidad a la hora de expresar mi amor.

Enseguida comprendí el privilegio que suponía vivir en un barrio en el que no había sólo una iglesia o dos, sino siete; y en el privilegio aún mayor que suponía tener a tantos sacerdotes –decenas, diría– dispuestos a brindarme la comunión y la confesión, restaurando de este modo el estado de la gracia, si es que lo había perdido, o robusteciéndolo si es que lo había debilitado con algún pecado venial de esos que hoy casi nadie considera necesario confesar. Toda aquella riqueza espiritual, tan formidable, había estado siempre a mi disposición, y yo, ¡tonto de mí!, no la había valorado y mucho menos aprovechado hasta entonces.

Sé muy bien que esta forma de pensar escandaliza hoy a muchos creyentes, pues consideran que late tras ella un concepto mágico de los sacramentos. Por supuesto que los sacramentos no obran milagros por sí solos. O ese no es su proceder más habitual; y por supuesto que hay que guardarse de caer en una relación con Dios meramente utilitarista o comercial. Pero el sacramento, como la oración, mantenidos con constancia y con piedad, transforman el alma del ser humano como nada la puede transformar jamás. También esto hay que decirlo.

Quizá haya quien se sorprenda de cómo podía yo acudir tan a menudo a los sacramentos y orar tanto y con tanta devoción sin haber recibido más que una somera instrucción sobre el modo de hacerlo. Hoy pienso que quizá sea mejor no saber nada de teología ni de espiritualidad para orar como Dios quiere: con el corazón entregado y abierto, sin expectativas, indiferentes al resultado.

En aquellos ratos de adoración en la capilla del Santísimo de mi parroquia o en la de cualquier iglesia que hubiera encontrado abierta, evocaba yo a menudo lo que había sentido diez años atrás, quince, cuando era un niño y mis padres me llevaban los domingos a la iglesia. Entonces, de niño, no sabía bien qué escondía aquel cofre junto al que titilaba una vela. Con seis o siete años miraba el tabernáculo con un temor reverencial que el hombre religioso no debería perder nunca, a ninguna edad. De algún modo intuía –y esa intuición se hizo certeza a los diecinueve– que de aquel misterioso cofre emanaba una fuerza gracias a la cual se sostenía absolutamente todo lo demás. Los hombres, los animales, los astros... Las esperanzas, las alegrías, los sueños...: todo sin excepción podía existir gracias a la fuerza que emanaba de lo que el sagrario contenía en su interior. Las civilizaciones y las culturas, la historia, los países, los libros y las lenguas..., todo, todo se mantenía gracias a lo que se escondía tras aquellas portezuelas lacadas en oro. Aún hoy me conmuevo hasta la médula ante la extraordinaria y humilde potencia del sacramento. Me postro ante la eucaristía y, en un segundo, me comprendo a mí mismo como no podría comprenderme con mil horas de lectura o de estudio. Sólo en ese espejo, el del sagrario, me acerco en un mismo movimiento al misterio de Dios y al mío.

En el santuario de la Inmaculada, que era la parroquia regentada por Aureliano, había una capilla lateral con una Piedad típicamente española, es decir, llena de espinas y clavos, como es propio de nuestro dramatismo nacional. Para llegar a la capilla del sagrario había que pasar antes por ésta y, a menudo, me detenía ante ella unos minutos y contemplaba la imagen del misterio del amor y del dolor indisolublemente unidos. Haríamos bien en contemplar imágenes de la Piedad con más frecuencia, pues toda nuestra resistencia al dolor, que es la misma que la que experimentamos frente al amor, proviene de nuestra dificultad para entender que estos dos misterios son sólo uno.

Ante ese Cristo yaciente en brazos de la Virgen yo me paraba porque de Él, aunque muerto, escuchaba cosas tales como «Ven», por ejemplo. O «Mírame». O «Quédate conmigo». O «¿Sabes lo que es el amor?». Aquel Cristo muerto me dijo un día «Yo soy la Vida» y, cuando me acerqué a Él, «Tócame». Y a veces le oí decirme: «No tengas miedo; date cuenta de que soy yo». A mí me gustaba muchísimo que aquel Cristo me dijera tantas cosas, pero también me infundía cierto temor. Por ello a veces respiraba a boqueadas, como si no pudiera contener tanta emoción. No me acuerdo bien de qué le decía yo a Dios en aquellos silencios, interrumpidos sólo por el inoportuno taconeo de alguna mujer piadosa que acudía a encender una vela. Pero me encontraba bien: fresco, tranquilo, ilusionado por lo que estaba a punto de estrenar. Estaba enamorado, tenía un secreto en mi interior. No comprendo cómo se puede vivir sin un secreto en nuestro hondón. Me gusta recordarme con diecinueve años porque ahora entiendo que en aquel muchacho arrodillado y con los dedos entrecruzados estaba ya, en germen, el hombre que ahora soy.

Además de por Cristo y por la Virgen, acudía con frecuencia a esa capilla lateral para observar la devoción y reverencia con las que algunas personas –mujeres en su mayoría, pero también varones y jóvenes– se arrodillaban ante esa impresionante Piedad. Oía allí el sonido de las monedas cuando caían en el lucernario y, como si atracase en una isla maravillosa, me sumergía en la afable penumbra que reinaba en aquella capilla, más silenciosa y solemne que cualquier otra.

Quédate conmigo un poco más, me decía mi Cristo, y yo, arrodillado y con las manos juntas, que es como entonces pensaba que había que rezar, me quedaba unos minutos más y a veces hasta una hora o incluso dos.

Es posible que nunca haya rezado con tanto fervor como en aquella capilla lateral, puesto que para rezar bien lo mejor es olvidarse de cuanto se haya leído sobre oración y, sencillamente, ponerse ante Dios como si no se supiera de Él nada en absoluto.

19

—¿Qué te ha pasado? —me preguntaban a veces algunos de mis familiares y amigos durante aquellos días.

Estaban escamados. Veían en mí algunos cambios y, aunque yo deseaba responderles que me había encontrado con Dios y que iba a ser sacerdote, la verdad es que no acertaba a poner palabras a lo que me estaba sucediendo.

—¡Es fantástico! —alcanzaba a balbucir; pero, cuando me disponía a relatarles mi experiencia, estallaba incontroladamente en una de mis abruptas carcajadas o, lo que aún era más frecuente, rompía a llorar ante mi perplejo interlocutor.

A quien sí logré contárselo todo, de principio a fin, fue a Pilar, una joven muy hermosa, de labios rojos, cabellera negra y tez muy blanca, la viva encarnación de Blancanieves. Su rostro tenía una bonita forma ovalada e irradiaba juventud, pureza y bondad, sobre todo cuando explotaba su refrescante risa. Pero en aquellos días yo estaba tan lleno de Dios que no tenía ojos para ella, con quien solía charlar tras la catequesis juvenil de los viernes por la noche. A ella sí que le relaté como mejor pude cada uno de los síntomas de los que disfrutaba desde hacía ya más de un mes –la luminosidad, la ligereza, la alegría–; le narré uno a uno los sucesos que había protagonizado: las conversaciones con el padre Aureliano, a quien ella también conocía y admiraba; las entrevistas con don Emiliano en su impoluto despacho; las cuadrículas con los actos de piedad; la intensidad de una Presencia en la oscuridad de mi habitación... Le expliqué, en fin, mi deseo de entregarme a Dios lo antes posible y le confesé ser tan feliz que, de pura felicidad, la abracé ahí mismo, frente a su portal, en plena calle Gaztambide, donde ella me escuchaba y miraba con sus ojos oscuros y almendrados.

–Soy muy feliz por ti –me dijo Pilar al separarnos de aquel largo abrazo–. ¡Se te ve tan contento, tan convencido! –Tenía los ojos humedecidos–. ¡Se te ve tan entusiasmado! –y, tras parpadear varias veces con sus grandes ojos, se abrazó de nuevo a mí, seguramente para ocultar su llanto.

Pilar no se equivocaba en su apreciación: desde entonces hasta hoy el entusiasmo ha sido y es lo que principalmente me ha caracterizado. Claro que también soy melancólico, reflexivo, fantasioso...; pero sobre todo soy entusiasta: hay algo –Alguien– que puja dentro de mí, y todo lo que hago en la vida, todo sin excepción, busca únicamente dejarlo salir.

Un entusiasta, sí, pensé de camino a casa tras despedirme de aquella chica, alguien que ha sido raptado o poseído por Dios. Y también pensé que los verdaderos entusiastas son los poetas, los profetas y los enamorados, y que, por obra de la gracia, en una sola noche yo había recibido estas tres misiones.

–Seré un enamorado, un poeta y un profeta –me dije también entonces; y éstos son los tres oficios que, con mejor o peor fortuna, he desempeñado a lo largo de mi vida hasta hoy.

¿Puede un sacerdote ser profeta y poeta? Ésta es la pregunta que, de un modo u otro, siempre he intentado resolver. Porque Jesús fue un poeta, un vagabundo, un visionario y un trovador. Todo menos un sacerdote o un monje.

Nunca hasta aquel enero de 1983 me había dado cuenta de los muchos sacerdotes que había en mi ciudad: con sotana o de paisano, gordos o flacos, jóvenes o viejos, feos o agraciados. A todos ellos empecé a mirarles a partir de entonces con decidido reconocimiento y simpatía.

–Voy a ser uno de vosotros –les decía cuando me cruzaba con ellos por la calle–. Contadme vuestra vocación –habría querido preguntarles–. ¿Cómo os ha ido por la vida con ese secreto tan grande que tenéis en vuestro interior?

Uno de los síntomas más frecuentes de que se tiene una determinada vocación es que todo –o al menos mucho– se ve como un signo que la confirma o amenaza. Si algún compañero me consultaba algo personal, por ejemplo, en aquella época yo lo tomaba como signo que corroboraba mi vocación a desempeñar en el futuro la tarea de consejero. Si una chica, por el contrario, me miraba con coquetería o se dirigía a mí de forma ambigua, eso lo tomaba yo, por supuesto, como una tentación que debía superar: mi vocación necesitaba probarse –me decía–, debía demostrarme lo firme que era mi determinación.

–¡Es tan hermoso comprender al fin que el mundo entero, cualquier cosa, es un mensaje que pide ser descifrado! –le expliqué a Pilar uno de aquellos viernes por la noche en que, tras la reunión con Aureliano, la acompañé hasta su casa en Gaztambide–. Creer no es en absoluto asentir a unos dogmas y practicar unas normas –continué, como si fuera su catequista–; creer es fundamentalmente un ejercicio de interpretación de la realidad: Dios, de pronto, se ha colado en todo, y todo, de pronto, gracias a Él, es más luminoso –me había exaltado al hablar–. Es maravilloso ver luz por todas partes, ¿lo entiendes, Pilar?

¿Y qué iba a hacer ella más que asentir?

–No es cuestión de pensamiento, sino de visión –yo seguía con mi discurso–. Si limpiamos los ojos del corazón, se abre un mundo nuevo, insospechado, inimaginable... –Y empecé a darme cuenta de que Pilar llevaba largo rato sin intervenir–. La fe es un don inimaginable para quienes no la han disfrutado. Es como el amor, ¿cómo explicarlo a quienes no han amado? –Me corregí–: La fe no es otra cosa que amor, ¡amor a la vida, Pilar! ¡Si tú supieras!

¿Si tú supieras? ¡Pobre de mí! ¡Yo ahí largando mis teorías sobre la visión, la fe y el amor, y ella, mi dulce confidente, mirándome con un amor para el que yo estaba totalmente ciego, pero sobre el que –como tantos de mi gremio– ya había comenzado a predicar!

Durante aquellos días habían estrenado en Madrid la película *Gandhi*, protagonizada por Ben Kingsley. Fui a verla con Pilar, mi dulce confidente, y a la salida del cine conversamos sobre lo que Gandhi había hecho con el imperio británico por medio de sus largos ayunos y de su defensa de la rueca. Hablamos también de su filosofía de la no violencia y de la viabilidad de sus planteamientos en una sociedad como la nuestra y, aunque Pilar y yo coincidíamos en que Gandhi había sido un hombre excepcional, en lo que no conseguimos ponernos de acuerdo fue en una tesis que defendí con tesón: que, de proponérnoslo, todos podríamos llegar a ser tan significativos como él. Por lo que a mí se refería, me sentía tan lleno de Dios que me veía verdaderamente capaz de emular su ejemplo.

De aquel largometraje me impresionó sobre todo la escena en que Gandhi es expulsado del tren por no querer cambiarse al vagón reservado a los de su clase y color; pero también aquella en la que logra que sus seguidores se dejen apalear por la defensa de un ideal justo; y, por supuesto, aquella en la que organiza una gran marcha a las orillas del Ganges para, simbólicamente, robarles a los ingleses un poco de su sal. A decir verdad, la película entera me había enamorado, de principio a fin, por lo que fui a verla de nuevo al día siguiente, esta vez solo; y al siguiente también, y así durante varios días hasta que me la supe de memoria. Podía recomponer buena parte de los diálogos de la cinta con total exactitud y, sin darme cuenta, empecé a mirar la cara de Gandhi –en realidad la de Ben Kingsley– como si ahí se escondiera el secreto que yo necesitaba descifrar para caminar sin trabas hacia mi propia humanidad.

Aunque Pilar no me acompañó a esa proyección más que la primera vez, con ella hablaba de la película a toda hora, fuera por teléfono, de camino a su casa los viernes o a la puerta de la parroquia, a la salida de misa los domingos. Volvía a contarle las escenas más importantes, como si no las conociera; o a recitarle las réplicas que daba Gandhi, cosa que a ella maravillaba por mi memoria; o a argumentarle que todavía hoy era posible poner en práctica, siempre que estuviéramos dispuestos al sacrificio por el bien común, una revolución pacífica.

—Tú quieres ser como Gandhi —me dijo Pilar en una de aquellas ocasiones, dando de pleno en mi corazón.

Estábamos de pie, uno frente al otro, en medio de la calle Hilarión Eslava, no lejos de la parroquia. Mientras hablaba, yo no podía quitar la vista de uno de sus dientes, donde tenía una pequeña mancha de pintalabios.

—Tú quieres ser como Gandhi —repitió ella, sospechando haber dado en aquella frase con mi identidad más profunda.

Pilar solía hablar en susurros, como si estuviera contando secretos. Yo debía pedirle a cada rato que me repitiera lo que me acababa de decir, sin que al parecer esto la importunase.

Hice un gesto algo afectado con el que quise indicar que Gandhi me quedaba demasiado grande; pero algo se removió en mi ser cuando escuché lo que me acababa de decir en un susurro. Aquella chica de tez blanca y ojos almendrados había descifrado mi corazón. Porque sí, aunque yo sólo fuera un estudiante de Derecho aspirante al sacerdocio, lo que de veras anhelaba era ser como aquel hombre calvo y flaco que se había convertido en el padre de una nación. Necesitaba entregar mi vida como lo había hecho él. Nunca antes ni después lo he necesitado tanto: era una necesidad física, imperiosa, visceral.

Esa misma noche, poco antes de despedirnos en su portal, se lo reconocí.

—Tienes razón, Pilar —admití con una extraña mezcla entre el orgullo y la humildad—. Ya sé que es una tontería, pero me gustaría ser como él.

Pilar me abrazó y estuvimos mucho rato abrazados. Yo estaba pensando en Gandhi, naturalmente; pero ella, según supe meses después, estaba pensando en mí.

20

Cuando todavía discernía en qué seminario debía entrar, fui con el grupo de jóvenes de la parroquia a un pueblo de Almería para acompañar a los lugareños durante los oficios de la Semana Santa. Acudimos a esa «Pascua misionera» –así la llamábamos– para animar las funciones litúrgicas de la comunidad cristiana y para organizar algunas catequesis para niños y adolescentes, así como reuniones formativas para adultos; también nos habíamos preparado para visitar a los enfermos y para conversar con la gente que se reunía en la plaza o en el bar, interesándonos por ellos y haciendo nuestras sus penas y esperanzas. Hacer vida de pueblo, ésa era la consigna: compartir la vida rural como lo había hecho el propio Jesucristo en su aldea de Nazaret, y ofrecer así una imagen de una Iglesia más cercana.

Fuera porque mantenía el estado de gracia, porque mis compañeros eran animosos o porque la acogida que nos dispensaron en Sierro fue muy cordial, durante los pocos días que pasé entre aquella gente sentí que eso era exactamente lo que deseaba hacer en el futuro: vivir entre hermanos, celebrar la eucaristía, compartir la Palabra y cantar a la vida. Cantar, sí, puesto que eso fue principalmente lo que hizo nuestro grupo de jóvenes durante aquellas intensas jornadas: íbamos con la guitarra a todas partes y –nos lo pidieran o no– rasgábamos sus cuerdas a cualquier hora. Sembrábamos esperanza –o eso nos parecía–, y hasta tal punto que aquel pueblecito andaluz, hasta entonces mortecino y gris, pasó a vestirse de fiesta gracias a unos cuantos chicos y chicas algo alocados que veníamos con nuestras ilusiones de la capital.

Nos reíamos por cualquier motivo y lo poníamos todo en común, como asegura el libro de los Hechos de los Apóstoles que hacían los primeros cristianos. Nuestras oraciones se prolongaban hasta altas horas de la madrugada, porque en ellas, como nos había enseñado Aureliano, abríamos unos a otros lo que teníamos en nuestro corazón. Durante el rito de la paz de la misa solíamos abrazarnos intensa y largamente, también con la gente del lugar, sorprendidos muchos de la vitalidad de un cristianismo que ya creían en declive. Y no es que soñáramos con la fraternidad universal de la que se habla en el Evangelio, ¡es que la vivíamos! A mí, la verdad, no se me ocurría un estilo de vida que tradujera el Evangelio con mayor vivacidad.

También Rafa, el seminarista que nos acompañaba, se abrazaba durante el rito de la paz a nosotros y a la gente del pueblo. Verle ataviado con las vestiduras litúrgicas tuvo para mí una importancia capital. Como Aureliano, yo no quería llevar sotana en el futuro (¡eso no, nunca!); pero lo de ponerse el alba a la hora de la misa... ¡eso sí que lo quería! ¡Y cómo! Ahora entiendo que, además de las desaliñadas barbas y de las roídas chaquetas que llevaban los seminaristas claretianos de aquella época, yo, como cualquier iniciado, si entraba en un gremio necesitaba de algún signo externo de identificación.

El hábito religioso me agrada hoy en las ceremonias litúrgicas, no fuera de ellas: me lo pongo en las misas porque resalta el carácter celebrativo, pero me lo quito terminada la función porque, de llevarlo siempre, estaría declarando al mundo que más importante que mi persona es para mí mi función. Nadie se relaciona de igual a igual con un hombre que va en hábito religioso. Esta desigualdad estructural me incomoda y, más que eso, la estimo antievangélica. Al hombre religioso debe reconocérsele por lo que hace y dice, por cómo mira y escucha o por las personas que le rodean, no por las faldas o los trapitos que lleve encima. Es verdad que el uniforme, como la propia palabra indica, uniforma a quienes lo llevan, subrayando la idea de cuerpo frente a la de individuo; y es verdad también, ¡ay!, que la dignidad de algunos sacerdotes se cifra casi exclusivamente en que pertenecen a ese cuerpo. Pero creo que, con el hábito, como con los llamados distintivos —que a menudo no son más que hábitos en miniatura— hay que andarse con cuidado, pues obligan al clérigo a comportarse de una manera que no brota de su experiencia interior, sino precisamente de su hábito externo, generando así una evidente impostura. Yo mismo me he visto cambiar de actitud ante un compañero con sotana y, si a mí me sucede estando acostumbrado, ¿qué no les sucederá a quienes se relacionan con sacerdotes con mucha menor frecuencia?

Rafa fue el primer seminarista claretiano a quien conocí y, aunque no era ni mucho menos tan inteligente como Aureliano, su modo de hablar recordaba al suyo y lucía una barba tan larga y tupida como la de nuestro reverenciado sacerdote. A decir verdad, todos los seminaristas claretianos se parecían mucho entre sí, y no sólo por su aspecto físico —que también—, sino sobre todo por su concepción del sacerdocio y de la Iglesia. Un sacerdocio profético y una iglesia abierta y moderna. Para todos ellos un cura no era creíble si no se manchaba pies y manos de barro. El testimonio no pasaba para ellos por la excelencia o la perfección, sino por la cercanía al desdichado.

Bastó una sola conversación con Rafa para que mi idea de ser claretiano fuera abriéndose paso en mi conciencia y, con ella, el proyecto de irme a las misiones en cuanto recibiera las órdenes sagradas. Para ello debía primero prepararme en el seminario de misioneros de Colmenar, al que algunos meses más tarde llegaría con un hambre de aprender y de entregarme como no recuerdo haber tenido jamás. Ese momento en que un joven toma una decisión y se pone en camino para hacerla realidad es sin duda el más hermoso que una vida pueda brindar. La conversación con Rafa discurrió poco más o menos en estos términos.

–Mientras existan ámbitos de confianza y respeto en los que el hombre pueda hablar como lo estamos haciendo con esta gente –dijo Rafa, refiriéndose a nuestro trabajo pastoral en aquella Semana Santa– estamos salvados. Lo trágico no es la tragedia en sí, sino no tener a nadie a quien contarla, ¿no crees? Lo triste no es sufrir, sino no poder compartir el sufrimiento, ¿entiendes esto, Pedro Pablo?

Me trataba como si fuera un muchacho, y eso que sólo me sacaba tres o cuatro años. De él me había impresionado verle ataviado con el alba litúrgica, participando activamente de las ceremonias, así como que todos los jóvenes de aquel pueblo, mozalbetes mucho más robustos y experimentados que nosotros, le escucharan con tanto respeto y consideración. Porque Rafa les hizo reír y les hizo reflexionar, porque les hizo reunirse cuando algunos hacía siglos que no se reunían y porque incluso les hizo rezar, cuando muchos de ellos se habían alejado desde hacía años de la Iglesia. También logró que algunos adultos, que se habían jurado eterna enemistad, volvieran a estrecharse la mano en son de paz. A partir de aquel emotivo acto de reconciliación (dos familias desavenidas habían superado sus diferencias gracias a su mediación), empecé a ver a Rafa como a un Gandhi redivivo, capaz de sembrar la paz.

–No sé –dije al fin algo compungido, pues por un momento me pareció estar escuchando al propio Aureliano–. Pero tú sigue hablando –le dije también–. Me hace bien escucharte, me sana. Tú –quise saber–, ¿te das cuentas de la fuerza que tienes, qué tenéis? –me corregí, incluyendo en ese plural a todos los claretianos.

Era por la noche. Estábamos sentados al pie de una higuera. No hacía frío. Nuestros compañeros de apostolado ya estaban metidos en sus sacos de dormir, todos juntos en el salón de una casa que nos habían dejado. Eso de dormir todos en la misma habitación nos parecía divertidísimo. Nos contábamos historias y reíamos hasta la saciedad. Nos parecía que el mundo entero se concentraba en aquel cuarto pésimamente decorado, pero donde nosotros éramos felices por la sencilla razón de que estábamos juntos y con una misión por delante.

–La fuerza que yo tengo no es mía –me respondió Rafa aquella noche tras explicarme que una piedad que no lleva al compromiso es mera sensiblería–. La fuerza que tenemos –se corrigió también él, refiriéndose a los claretianos, sus hermanos de congregación– proviene del Espíritu. El Espíritu Santo –matizó–. Tú, ¿le rezas? –quiso saber–. ¿Hablas con Él, le escuchas?

Como le dije que no, me entregó la Secuencia del Espíritu Santo, que para mí es la más bella de las oraciones que se hayan escrito jamás y en cuya recitación experimento siempre un inmenso consuelo. Rafa sacó una estampa de su cartera. Era una reproducción del famoso icono de la *Trinidad* de Rublev, para mí la imagen religiosa más bella de cuantas conozco; en el anverso, en letra muy pequeña, una plegaria que desde aquella noche recitaría muy a menudo.

—Ven, Espíritu Divino —empezó a rezar Rafa—. Manda tu luz desde el Cielo. —Me uní a él, leyendo—. Padre amoroso del pobre, don en tus dones espléndido.

No hacía ningún frío en Sierro. El universo entero parecía haberse callado para escuchar la oración de aquellos dos jóvenes que éramos nosotros, bajo una higuera en un pueblo perdido. Rafa miraba imperturbable al frente, como si lo que estuviera sucediendo ante él, que no era nada, fuera de indudable interés.

—Ven, Dulce Huésped del Alma —proseguimos—, tregua en el duro trabajo, brisa en las horas de fuego.

Un perro muy flaco pasó junto a nosotros.

—Gozo que enjuga las lágrimas y reconforta en los duelos.

La luna, discreta sobre nuestras cabezas, iluminaba aquella noche mágica de mediados de abril.

—Entra hasta el fondo del alma, divina luz, y enriquécenos...

—¿Cómo vivirán los que no conocen a Dios? —le pregunté a Rafa una vez que concluimos aquella oración—. ¿Dónde encontrarán su fuerza?

Cualquier cosa que me hubiera dicho la habría creído sin pestañear.

—Es el Espíritu Santo —me contestó el joven que antes de lo que ninguno de los dos imagináramos iba a convertirse en mi compañero de estudios—. A él no le importa que sepamos o no que Él es la fuente. ¿Ves todo lo que hay aquí? –me preguntó, e hizo un aspaviento para mostrar la pequeña plaza en la que conversábamos–. Nada de todo esto existiría si el Espíritu Santo no lo sostuviera. Él... –y tartamudeó, seguramente de emoción– lo llena todo con su presencia.

Los ojos de Rafa se habían humedecido y sus facciones habían adquirido una expresión grave y blanda a un tiempo. Le miré con admiración y pensé que si era capaz de conmoverse así es porque tenía el corazón en su sitio. Yo sólo tenía diecinueve años, pero ya sabía que sólo importan las emociones.

Aquella madrugada, ya en mi saco de dormir, en una esquina de aquel destartalado salón, comprendí que se me acababa de hacer otro gran regalo. Y recé para que, como Rafa, como Aureliano, tampoco yo perdiera nunca la capacidad para emocionarme y para vibrar ante la belleza de este mundo. Por muchas que hayan sido las tonterías que haya podido hacer a lo largo de mi vida y por incontables los errores que haya podido cometer, hoy, treinta años después de este episodio, me honra poder decir que mi corazón sigue en su sitio. No es poco. Hacen falta muchos años para poder ser realmente joven de espíritu.

21

–Hábleme de la gracia –le dije un día a la vuelta de Semana Santa a don Emiliano, no bien me había sentado frente a él.

Acababa de regresar de Sierro, donde había estado dando vueltas al asunto del Espíritu Santo y de la gracia. Cierto que don Emiliano no era particularmente elocuente, sino más bien parco y expedito; pero su fe era tan firme que, al escucharle, yo no podía dudar de cuanto me aseguraba. Por eso le pedí que me hablara.

–Dios creó al hombre con un alma que no fue hecha para llegar a la perfección dentro de su propio orden, sino para ser perfeccionada por Él en un orden infinitamente más allá del alcance de los poderes humanos –comenzó diciendo–. Este don gratuito es la gracia santificante.

–Gracia santificante –recapitulé, intentando memorizar lo que se me acababa de decir.

–Si un hombre llegase a la cumbre de la perfección natural, pongamos por caso –prosiguió sin dejar de mirarme–, la obra de Dios ni siquiera estaría medio hecha: estaría sólo a punto de empezar, pues la verdadera obra –y miró al horizonte– es la de la gracia, la gracia –repitió.

–Pero entonces –me atreví a preguntar, intentando que me diera algo así como una definición–, ¿qué es exactamente la gracia?

Escuchaba con avidez, deseoso de beberme toda aquella sabiduría de la que el mundo no sabía nada. Estaba buscando poner palabras a mis sueños, porque desde que había vuelto de la Pascua misionera soñaba con una vida consagrada con la misma vehemencia y deseo con la que cualquier otro joven del mundo podría soñar con su novia. Yo era un enamorado como cualquiera que tiene pareja: amaba a Cristo, no me lo quitaba de la cabeza ni del corazón. Para mí Él estaba más vivo que cualquiera y, todavía más, era el único que realmente vivía. Me sentía portador de un secreto maravilloso y, a escondidas, le dirigía a Cristo cada día las palabras más exaltadas: Te quiero. Pídeme lo que quieras. Soy tuyo. Nunca recé con tanto fervor como en aquellos meses previos a mi entrada al noviciado.

Nunca debe minusvalorarse la oración de un joven de diecinueve años.

—La gracia es la vida de Dios en nosotros —me complació don Emiliano, dándome la definición que buscaba—. En realidad, fuera de Él no hay nada. ¡Nada en absoluto!

Media vida he tardado en comprender la magnitud de esta afirmación. Todo es nada sin Él, eso hoy lo sé muy bien. ¡Si alguna de las páginas de mis libros lograra despertar en alguien algo parecido a lo que se despertó en mí cuando empecé a atisbar el misterio de la gracia!

Don Emiliano hablaba mucho de la gracia, sí, pero también hablaba bastante del pecado, que para él era una realidad permanente y terriblemente peligrosa: por ello, siempre estaba al acecho; en cualquier momento podíamos deslizarnos por su pendiente y terminar atrapados en sus redes.

—Se infiltra sibilinamente en nuestros corazones, sin que nos demos cuenta —e imitó con la mano derecha el movimiento serpenteante de una culebra— y a la mínima —y abrió de repente los dedos de esa mano— nos ha inyectado su veneno —me advirtió.

Con el pecado mortal, según él, toda precaución era poca. Nunca antes ni después he oído hablar a nadie con tanto detalle sobre el pecado mortal como a este sacerdote. Se habría dicho que lo conocía bien, que sabía de lo que hablaba. Su alma era tan exquisita que a veces sucumbía a los escrúpulos, que es una enfermedad espiritual demoledora. No estoy diciendo que deba presentarse la vida espiritual como una batalla, que era como él la vivía: a un lado el ejército de las virtudes y al otro el de los vicios; tampoco afirmo que la vida moral sea el único camino para el cultivo del espíritu, aunque sí, desde luego, una de sus sendas; lo que sí creo es que evitar hablar del mal –como se ha hecho en la teología y en la pastoral del posconcilio– puede ser la manera más sutil para que ese mal pueda infiltrarse en el corazón de los hombres para irlos así deteriorando hasta destruirlos y dejarlos irreconocibles.

En aquella entrevista, la más larga de cuantas llegaría a concederme –acaso porque estimó que la noticia de mi vocación religiosa lo merecía–, don Emiliano me prestó un nuevo libro: *Sacerdocio católico*, de monseñor Montini, una recopilación de las homilías que Pablo VI había dirigido a los sacerdotes cada Jueves Santo de su pontificado. Leí aquel volumen convencido de que todo lo que el papa había escrito en aquellos sermones se dirigía expresamente a mí. De modo que, si *El canto del pájaro* me abrió al mundo de la espiritualidad y *Charlas acerca de la gracia* al de la teología, las homilías de Pablo VI fueron para mí como un espejo en el que mirar mi futuro ministerio.

–Yo quiero ser sacerdote, quiero ser sacerdote... –me decía al terminar de leer alguno de aquellos espléndidos sermones.

Todo en mí ardía para decir «sí». Sí. ¡Qué palabra tan sencilla y hermosa!

–Ahora tienes un tesoro –me dijo don Emiliano mientras ponía aquel libro en mis manos–. Debes cuidarlo como si fuera un recién nacido –me advirtió con suma gravedad.

–¿Y qué he de hacer? –le pregunté.

En su cara de pez se dibujó una sonrisa almibarada.

–Ve todos los días a misa –me respondió.

–No entiendo la misa –le repliqué.

Y él:

—No importa demasiado que no la entiendas. ¿Qué sientes cuando estás en misa?

—Siento un respeto inmenso —le contesté—. Siento que un día seré yo quien celebre ese misterio —dije también—. Y siento que se está hablando de un Dios que por amor a los hombres se sacrifica de una manera inconcebible.

—Es más que suficiente —zanjó don Emiliano—. Entiendes la eucaristía mucho mejor que buena parte de los sacerdotes —añadió también, dejándome pensativo.

No entendí aquella última frase. Tuve que ordenarme sacerdote para entenderla.

—¿Rezas el rosario cada día? —quiso saber entonces.

Me pareció que miraba a través de mí como si fuera transparente. Como si en mí viera un mundo cuyo acceso aún me estaba vedado.

—Eso ya lo hago desde hace meses —me atreví a decirle mientras sentí en el estómago el chasquido de un espasmo—, ¿no puedo prepararme con alguna oración más?

—¿Haces tu examen de conciencia por las noches?

Asentí de igual modo, siempre en silencio, y le miré como imagino que mira a su maestro cualquier discípulo del mundo.

—¿La visita al Santísimo? ¿El ángelus del mediodía?

No, el ángelus no lo rezaba, o sólo ocasionalmente.

—Mírala —me dijo entonces don Emiliano, y me señaló una figura de la Virgen que había en una hornacina—. Mírala siempre que pases junto a ella —me insistió, y se acercó la figura a los labios para besarla con delicadeza.

Me conmovió ver aquel beso sacerdotal. Había presenciado un gesto privado que, por amor a mí, don

Emiliano había compartido conmigo, yendo más allá de su natural pudor.

–Todas las gracias que Dios nos da –me aseguró entonces– vienen por medio de la Virgen. Todas –repitió–. Casi nadie se da cuenta del inmenso poder que tiene nuestra Madre.

Aquella figura de la Virgen tenía las manos expresivamente extendidas y, mientras la observaba, don Emiliano me aseguró que Ella me sostendría cuando me acecharan las tentaciones y mis fuerzas flaquearan.

–Ponte en manos de la Virgen –me pidió, y aquellas fueron sus últimas palabras antes de cerrar muy despacio la solemne y pesada puerta de su despacho.

22

Una buena pregunta es si la Iglesia prepara realmente a sus sacerdotes o si, por el contrario, se conforma con fabricar esos supuestos modelos de santidad que imaginan que sus feligresías necesitan. Poquísimos estudios sobre el ministerio ordenado toman como punto de partida la realidad del sacerdocio actual; todos parten de los ideales, del horizonte al que habría que tender y de las fuentes bíblicas o tradicionales en las que –según dicen– se fundamenta el presbiterado. Creo que, si hay un asunto en este mundo sobre el que resulte prácticamente imposible hacer un estudio objetivo, ese asunto es el sacerdocio católico. La verdad, sin embargo, nunca es terrible o escandalosa, como muchos tienden a pensar cuando se habla en estos términos; la verdad es siempre sólo la verdad: dura a veces, es cierto, pero también intensa y hermosa en múltiples ocasiones.

Aunque siempre reconocí que don Emiliano jugó un papel decisivo en la historia de mi vocación, nunca me planteé ser un sacerdote a su estilo: ensotanado, afeitado y encerrado en una residencia, desde donde dirigía la conciencia de unos cuantos jóvenes, interesados en avanzar casillas en un espectacular scalextric con fichas de colores. No me planteé entrar en el Opus Dei ni someter mi vida a una cuadrícula porque desde el principio quise ser un sacerdote como Aureliano, es decir, alguien que está en medio del mundo, que fuma y entra en los bares –y esto era decisivo para mí–, alguien, en fin, capaz de charlar con los mendigos y de organizar catequesis que más que conferencias o charlas magistrales parecían tertulias. Así que, entre los cuentos de *El canto del pájaro* y las reflexiones sobre la gracia, venció el primero, que es lo mismo que decir que en mi vida, de un modo u otro, siempre ha vencido la poesía.

Pero ni don Emiliano ni Aureliano habrían llegado a mi corazón sin esa iniciación a la devoción religiosa que me brindó en Estados Unidos, en una caravana congelada, aquel piadoso jovencito llamado Salmerón. Por esta razón, aunque estimo que los métodos proselitistas del Opus Dei han hecho un daño irreparable a un número incontable de conciencias, no soy con esta organización eclesial tan implacable como he podido llegar a ser con otras. Y, lo que es más importante: considero que el mejor modo para posibilitar que la semilla de la fe germine es precisamente esa piedad, tantas veces infantil y afectada, en la que ellos tanto insisten en sus procesos de formación. La fe necesita de un corazón caldeado para hacer su aparición y la devoción es el mejor arado para surcar nuestros sentimientos, dejándolos abiertos y receptivos para que la gracia pueda penetrar. Es cierto que buena parte de nuestra vida interior depende de nuestra capacidad de silenciarnos y de afinar la escucha; pero junto al silencio tiene que haber también espacio para las plegarias y las jaculatorias, las novenas, los triduos... El silencio, además, es un camino sólo para iniciados: esa minoría selecta, en la que por fortuna me incluyo, que hemos tenido el privilegio de explorar a fondo los territorios de la conciencia. Pero la piedad, ¡ah, la piedad nos hace uno con el pueblo! Y eso –el pueblo–, eso –la unidad de todos con todos y con todo– es o debería ser para un cristiano lo más importante en absoluto.

Han pasado muchos años desde aquellos días, pero ahora me parece que es como si el padre Aureliano me hubiera conducido hasta una piscina, me hubiera indicado dónde estaban los vestuarios para que me pusiera el traje de baño, hubiera subido conmigo los peldaños del trampolín y, una vez allí, en el borde de ese trampolín, don Emiliano se le hubiera adelantado, puesto que había sido él quien me había dado la orden: ¡Salta!, ese impulso que yo necesitaba para arrojarme al vacío y caer de una vez por todas en el agua de la gracia, donde Dios –¡sí, Dios mismo!– me estaba esperando desde hacía dieciocho años, quizá desde antes. Por este motivo, aunque por empatía y afecto mi corazón ha estado siempre más cerca de Aureliano, mi reconocimiento es hoy para ambos. Ambos desempeñaron conmigo su papel, puesto que fueron para mí nada menos que mediadores divinos. Sin el primero nunca habría recurrido al segundo, probablemente; y sin el segundo, quién sabe si aún seguiría en lo alto de ese trampolín esperando a que alguien me ordenara: ¡Salta! ¡Confiésate! ¡Deja entrar la gracia! ¡Nada, puesto que estás en una piscina! ¡Déjale a Dios que sea Dios!

No sin nostalgia, pienso en las muchas veces en que, por un respeto mal entendido, me ha faltado el coraje para dar a los jóvenes esa orden: ¡Salta! Como mi maestro Aureliano, a menudo he conducido paciente y espero que sabiamente a muchas personas hasta el borde de esa plenitud que sólo Dios puede dar, pero una vez ahí, acaso por un erróneo modo de entender la libertad, a veces me han faltado las agallas para ayudar a dar ese paso final. ¿Quién puede saber lo fecunda o estéril que es una vida? Quizá para eso sea necesario el juicio final. Es posible que haya ayudado a muchas personas a ir hasta Dios, pero también he podido entorpecer su camino a otras cuantas.

23

La conversación que mantuve con el padre Aureliano tras la Pascua en Sierro discurrió por cauces muy distintos a la que poco antes había mantenido con don Emiliano. Él se dio cuenta, desde que me vio la cara, de que había ido a decirle algo importante, de modo que extrajo de su paquete un cigarrillo con las puntas de los dedos y me lo colocó en los labios.

—Fuma —me dijo—, te hará bien.

Él lo hacía a conciencia, como si en ello le fuera la vida. No se conformaba con chupar el cigarrillo, sino que lo mordía como si fuera un cigarro puro. Di una calada profunda y otra acto seguido. Hasta que no hube terminado aquel pitillo no me sentí con fuerzas para decir lo que había venido a decir.

—Quiero ser como tú, Aureliano —le solté al fin, tras algunos rodeos—. Quiero ser sacerdote —y solté todo el humo que, sin darme cuenta, había estado conteniendo durante un buen rato.

Eso hizo que me sintiera mejor, pero fue por poco tiempo.

Aquella vez, Aureliano no me contestó. Se limitó a mirarme con unos ojos que yo no supe entender en aquel momento, pero que hoy sé que eran los del amor.

Por un instante tuve el mismo temor que me sobrevino ante el padre Esteban y, con un nudo en la garganta, se me hizo evidente lo absurdo que resultaba que alguien como yo pretendiera nada menos que ponerse al servicio de Dios. De conocerme de verdad, de saberse cuáles habían sido mis pensamientos, obras y omisiones en mis últimos años, nadie en su sano juicio me habría aceptado como candidato para el sacerdocio. No es que hubiera sido un personaje siniestro o malvado –tampoco es eso–, pero sí mundano y vividor y, en mis andanzas, como supongo que tantos otros jóvenes –aunque no utilizo este argumento como justificación– había dejado tras de mí más de un corazón maltrecho e indignado por mi actitud. ¿Gandhi yo?, me dije, consciente de la desproporción entre la misión a la que aspiraba y mis cualidades personales.

–Pero ¿no te das cuenta? –esperaba oír, casi lo estaba oyendo–. ¡Pero que ideas se te ocurren, Pedro Pablo!

Por fortuna, no tuve que escuchar nada de todo aquello, sino algo que me sorprendería mucho más.

–Sentirse elegido y convertirse en un imbécil es con frecuencia todo uno –me dijo Aureliano, rascándose su barba de chivo–. Porque resulta difícil no sentirse alguien especial si se piensa que el propio Dios se ha fijado en ti.

No supe qué responder.

–Que vayas a ser sacerdote o no se verá a su debido tiempo –añadió–. Lo que tenga que ser, será.

Porque el asunto no era, al parecer, tan sencillo como querer ser sacerdote y recibir la ordenación. La comunidad eclesial, representada por mis superiores, debía juzgar si esa voluntad mía era razonable y, más que eso, si era también la voluntad de Dios. Para ello debía discernir si mis condiciones físicas y psíquicas, así como si mis aptitudes morales e intelectuales, eran las apropiadas. A tenor de todo lo que leí que se pedía de un candidato a las órdenes sagradas en los documentos oficiales, pronto comprendí que el riesgo de ser rechazado no era pequeño y que, en consecuencia, para recibir este ministerio no era en absoluto suficiente mi simple deseo, por intenso, puro y generoso que éste pudiera ser.

–Tú eres un buen muchacho –me dijo Aureliano extrayendo otro cigarrillo de su paquete, poniéndoselo en los labios y encendiéndoselo con un movimiento experto, mientras continuaba hablando por la comisura de los labios–. No te preocupes, no habrá ningún problema en que seas admitido.

Un buen muchacho. En otro momento una definición de mi persona como ésta me habría parecido insuficiente y me habría dejado insatisfecho; en aquella ocasión, sin embargo, ser tenido por un buen muchacho me llenó de una esperanza tal que aquella noche, por la emoción, no pude conciliar el sueño. «Un buen muchacho»: sólo de pensarlo me llenaba del único orgullo del que nunca he podido sentir vergüenza.

Luego, como si el destino no quisiera que me dijese nada más, el padre Aureliano recibió una llamada telefónica que le obligó a salir corriendo de su despacho parroquial. Uno de sus feligreses estaba en agonía y él debía presentarse en su domicilio para administrarle el viático y la unción.

Quedé solo en aquel despacho destartalado, con mi vocación sacerdotal recién confesada y con un profundo sentimiento de esperanza, pues no había sido descartado y, en consecuencia, podía aspirar a las órdenes sagradas.

24

Aprovechando que estaba solo y que nadie me observaba, tomé asiento al otro lado de la mesa, en la butaca en que se sentaba Aureliano para sumergirse en sus papeles o para escuchar a sus parroquianos. Desde allí comprobé –y ni yo mismo sabía que ése era mi deseo– cómo me sentiría el día en que tuviese que ocupar un lugar semejante en alguna parroquia y, sin quererlo, me balanceé ligeramente, anticipando el futuro. En mis labios –como si me estuviera viendo– se dibujó una suave sonrisa.

Siempre que me he puesto en el lugar del otro, siempre que he visto el mundo desde una perspectiva distinta a la habitual, me han pasado cosas interesantes. También en aquella ocasión.

Junto a otros muchos libros, amontonados en el escritorio que había frente a mí y en el que Aureliano trabajaba los ratos en que los jóvenes y los mendigos le dejábamos en paz, me llamó la atención un volumen de pequeñas dimensiones titulado *El peregrino ruso*. Hoy sé que Dios, el destino, el poder de lo invisible o como quiera que lo llamemos, condujo mi mano hasta el lomo de aquel libro para extraerlo de aquella pila, eligiéndolo entre los muchos que había, para luego ojearlo, leer el primer capítulo, quedar atrapado y, por ello, decidir llevármelo a modo de préstamo perpetuo. Sí, lo confieso, robé ese pequeño libro. Pero Dios, el destino o el poder de lo invisible ha querido pagarme con la misma moneda, puesto que, pese a lo mucho que lo he buscado para escribir esta página, no he sido capaz de encontrarlo en mi biblioteca. Quizá se lo dejé a alguien y no me acuerdo, o quizá alguien me lo sustrajo para, secretamente, restablecer la justicia. La sabiduría del peregrino –es lo más probable– debía seguir circulando más allá de mi estantería.

Hace pocas semanas compré un nuevo ejemplar y, al empezar a leerlo, volví a sentir aquella suerte de embriaguez que me inundó cuando lo leí a los diecinueve años, en mi despertar vocacional. Por desgracia, aquella chispeante sensación fue efímera, pues bastaron pocas páginas para que el mismo libro que tanto me había encendido en mi juventud me dejara ahora, en mi madurez, vacío e indiferente. Como si el poder que aquel texto ejercía sobre mí no derivara de la experiencia que transmitía, sino del libro mismo en cuanto objeto físico, de su materialidad. No se trata de algo mágico. Es, simplemente –así es como lo entiendo–, que la hora de alimentarse con la lectura para mí ha concluido. No, ya no debo seguir leyendo –o no tanto al menos–, puesto que para mí ha sonado la hora de peregrinar, y de peregrinar lo más derecho que me sea posible, al centro de mi corazón: sin palabras ajenas ni propias, desnudo y silencioso.

Pero aquella tarde de mayo de 1983 estaba aún lejos de esta madurez del creyente y del lector, de manera que abrí *El peregrino ruso* y empecé a leer. La primera frase dice así: «Por gracia de Dios soy hombre y cristiano. Por mis acciones, un gran pecador. Mi estado es de humilde peregrino sin hogar, vagando siempre de un lugar a otro. Por todo haber, llevo a la espalda una alforja con un poco de pan duro, y en mi bolsa una Biblia. Esto es todo». No pude detener mi lectura hasta concluir el primer capítulo y, como Aureliano seguía sin aparecer, me metí aquel libro en el bolsillo de mi chaqueta y, furtivamente, salí de la parroquia.

No leí aquel libro como la narración de las peripecias de un personaje, sino como una autobiografía secreta. Para mí fue como la palabra de Dios, que, escuchada en estado de gracia, alimenta el alma, esto es, la fortalece e ilumina. Entonces sólo pude disfrutar de la lectura, pero hoy entiendo bien lo que este texto me produjo: el entendimiento de la propia experiencia en una experiencia ajena. *El peregrino ruso* se convirtió para mí en algo así como un mapa en el que leer mi propia historia.

Sentí, página a página, que lo que allí se decía me atravesaba el alma como un cuchillo. Era un tajo tan doloroso como placentero, profundo y limpio, necesario. Yo quería que aquellas palabras me siguieran hiriendo y, por eso, las leía a toda hora, sin cansarme. Acariciaba cada página antes de leerla, para prepararme a recibirla, y, una vez leída, para agradecerla. Pasaba mi dedo índice por encima de las frases que más me gustaban, en realidad por encima de casi todas. Pocas cosas hay comparables con los libros que de verdad nos alimentan. Puedes releerlos cuantas veces quieras y siempre te hablan.

De manera que, si el peregrino ruso había dejado escrito que su existencia se había transformado por la simple recitación, atenta y amorosa, de una jaculatoria, ahí estaba yo, recitándola también, en la esperanza de que aquellas pocas palabras –«Jesús mío, ten misericordia de mí»– tuvieran de igual modo su efecto sobre mi alma. ¿Cuántas veces habré repetido yo esta fórmula, desde mis diecinueve años de entonces hasta los cincuenta que tengo ahora? ¿Un millón de veces? ¿Dos millones? ¿Veinticinco? Esta jaculatoria –compendiada años después en el mantra «Maranathá» y «Cristo-Jesús»– es, probablemente, lo más sustancial de cuanto me ha pasado en la vida. Nada ni nadie me ha acompañado tanto como esta pequeña oración. Todo lo que soy, en el fondo, mucho o poco, ¡qué importa eso!, se lo debo al camino del mantra, que día tras día y año tras año se ha ido arraigando en mi conciencia y en mi corazón.

Si entre los muchísimos libros que he leído a lo largo de todos estos años tuviera que elegir sólo uno, mi elección recaería sin dudarlo en *El peregrino ruso*. No lo digo sólo porque fue el texto que me hizo descubrir la increíble fuerza del nombre de Jesús –una palabra que trae a la Persona misma, y una Persona que trae la salvación–, sino porque *El peregrino ruso* me hizo entender mi propia vida como camino, que es como todavía la entiendo hoy. De pronto, gracias a la sencilla historia que ahí se relataba, dejé de ser un vagabundo –que era lo que había sido hasta entonces– y me convertí en un peregrino. Porque mientras el vagabundo vaga sin saber adónde se dirige, el peregrino, ¡ah, el peregrino no se limita a vagar! Él tiene un horizonte al que tender y un alimento, el nombre de Jesús, sin el que no sería capaz de entender que este mundo no es definitivo y que el propio nombre sólo resuena plenamente en el Suyo.

Huelga decir que nunca devolví aquel libro al padre Aureliano, con lo que se confirmó lo del préstamo perpetuo. Y huelga decir también que en todos los peregrinajes que he realizado desde que fui ordenado sacerdote –Jerusalén, Santiago, Athos y tantos otros–, siempre lo he metido en algún bolsillo de mi mochila. *El pere-*

grino ruso fue uno de los dos únicos libros que llevé conmigo en agosto de 1983, cuando abandoné la casa de mis padres e ingresé en el noviciado de los misioneros claretianos. La congregación del padre Aureliano me había aceptado como candidato a su vida comunitaria y apostólica.

Capítulo III

Dejarlo todo

Casi nadie se ha planteado que no se puede ser un verdadero sacerdote sin ser un verdadero individuo. Seguimos entendiendo la vocación como el ajuste de una persona a un determinado modelo exterior, no como el despliegue de sus facultades al servicio de un bien común.

Conforme aumentan los objetos que nos rodean y de los que somos propietarios, aumentan también, y en mayor medida, lo que encadena nuestra mente: prejuicios, fantasías, preocupaciones, pensamientos... Todo lastre. Necesitamos purificaciones continuas para parecernos un poco a quienes Dios había pensado que fuéramos.

Deberíamos comenzarlo todo periódicamente de nuevo. Para que una vida fuera cabal habría que vivir al menos tres o cuatro nacimientos.

25

Mi padre no sabía hablar como lo hace un padre normal con sus hijos, sino que daba conferencias –por así
decir–, equivocando la figura del padre con la del profesor. Como es natural, nosotros, sus hijos, nos abu-
rríamos soberanamente cuando nos soltaba aquellas
interminables filípicas, de modo que le rehuíamos con
toda clase de artimañas y, si éramos descubiertos y
–como castigo– confinados en su despacho, no veíamos
que llegara la hora de poder abandonarlo para volver a
nuestros juegos y ocupaciones.

Con independencia de lo que mi padre nos hubiera
dicho, mi madre lo glosaba siempre del mismo modo:

–Haz lo que te ha dicho tu padre.

–¡Pero mamá! –protestábamos siempre mis hermanos y yo.

Y ella, inflexible:

–Hazlo. No le des ese disgusto.

Mi madre, la pobre, nos presionaba con los disgus-
tos que le daríamos a nuestro padre si le desobedecía-
mos; él, por su parte, la presionaba a ella apelando a
su precaria salud. En su opinión –y era médico, lo que
revestía sus palabras de una incuestionable autoridad–, no podía quedarle mucho para su último suspi-

ro. Pese a este aciago presagio de su muerte, que repitió desde aproximadamente los cincuenta años en adelante —casi parecía que tuviera ganas de morirse—, mi padre vivió ochenta y seis años y sobrevivió a su esposa.

—¿Quieres matar a tu padre? —nos preguntaba nuestra madre cuando éramos algo díscolos—. ¿No te da ninguna pena?

Aquello nos dejaba momentáneamente paralizados y, por ello, volvíamos compungidos a nuestros pupitres si era la hora de los deberes o a nuestra cama, si era la de dormir, aunque fuera para volver a las andadas a los pocos minutos.

Nuestro padre, ésa es la verdad, no nos daba ninguna lástima. No le veíamos en absoluto tan delicado de salud como nuestra madre nos aseguraba.

El día en que tuvieron que ponerle un marcapasos y en el que, poco antes de la operación, nos había reunido a todos en torno a su cama para despedirse, despertó malhumorado de la intervención quirúrgica al comprobar que no estaba aún en el otro mundo, sino todavía en éste, y que, en consecuencia, la puesta en escena de su despedida y últimos consejos no habían servido para mucho. A la hora de su verdadera muerte tendría que repetirlos, si es que se le concedía esa oportunidad.

Con todos estos antecedentes —que he creído necesario precisar—, no sorprenderá mucho la conversación que tuvimos mi padre y yo con ocasión de mi ingreso en la congregación y de la consiguiente e inminente salida del hogar. El asunto no podía dilatarse; debía informar a mis padres de mi decisión vocacional.

–Tu madre y yo hemos hecho siempre lo mejor que hemos podido por ti. –Ésa fue su primera reacción ante la noticia.

–No lo dudo, papá –le respondí yo con una extrañísima mezcla entre el habitual respeto que me infundía y una desconocida y contenida alegría.

Él estaba sentado en su sofá y yo de pie, frente a él, como era habitual en los breves coloquios que manteníamos.

–También yo quisiera hacer lo mejor por quienes vienen por detrás de nosotros –agregué, sorprendido por mi osadía.

Esta contestación, a mi padre, no le gustó.

–¿Quién te has creído que eres? –me preguntó, alzando por fin la vista del libro que tenía sobre sus rodillas–. ¡Te estás engañando, te están engañando! –sentenció dos veces y en un tono más alto del que en él era usual–. Nos estás rompiendo el corazón –dijo también, esta vez más bajo, y luego miró a su esposa en busca de apoyo y confirmación.

Una arruga partió la frente de mi madre en dos.

–Siento mucho que os lo toméis así –dije yo, no sé de dónde saqué la fuerza–. Pero sé que algún día os alegraréis.

–¡Eres un impertinente! –me insultó mi padre–. ¡Ya no respetas a tus mayores! No teníamos que haberle mandado a Estados Unidos. –Eso se lo dijo a mi madre.

A todo eso no respondí, me pareció inútil hacerlo. El diálogo había empezado mal, y lo mejor y más prudente era que terminase lo antes posible.

–Sé muy bien que no tienes una vocación misionera –continuó mi padre, a quien mi inclinación religiosa había dejado muy confundido–, nadie en nuestra familia la ha tenido. Tú estás destinado... –y aquí se lo pensó unos segundos– a otras cosas diferentes. Eres un hombre de mundo –dijo también, y pareció que eso de hombre de mundo le gustó, pues más tarde lo repetiría muchas veces– y no estás hecho para encerrarte en un convento. Te conozco bien y algún día lo verás tú mismo y entonces quizá sea demasiado tarde –se lamentó.

Acto seguido trató de disuadirme por todos los medios, asegurándome que mi salud se derrumbaría en cuanto me fuera a las misiones, que pronto me enamoraría de alguna mujer –sobre este punto también me insistió– y que Dios, por mucho que yo me obstinara, no podía pedirme una entrega semejante.

Lo que mi padre ignoraba era que toda aquella diatriba suya sólo estaba sirviendo para confirmarme en mi determinación. De manera que al placer de obedecer a Dios se unió entonces –y de ahí mi rabiosa alegría– el de desobedecer a mi padre por un bien mayor.

–¿No quieres pensarlo un poco, al menos unos meses? –me preguntó al final de su largo discurso.

Se le veía cansado. Había agotado todas las armas de su dialéctica.

–No –le respondí yo con cierta arrogancia–. Ya lo he pensado mucho –le dije también, complaciéndome en el contraste entre lo mucho que se había extendido él y lo breve que sabía ser yo–. Es lo mejor, estoy seguro –y le resistí la mirada como si fuera el hombre que todavía no era.

–¿Necesitas dinero?

Aquella pregunta me sorprendió más que el resto de sus comentarios, puesto que mi padre nunca hasta entonces me la había formulado antes. Jamás había metido la mano en el bolsillo de su americana o de su pantalón para sacar su cartera y extraer de ella un billete o darme unas monedas. De eso se encargaba mi madre, y sólo cuando había alguna necesidad perentoria y concreta.

—No, papá —le respondí—. De ahora en adelante la congregación velará por lo que necesite. Te lo agradezco.

Volví a sentirme orgulloso de mi brevedad y concisión. El momento era muy tenso y eso me afligía; pero, en medio de aquella aflicción había, como ya he apuntado, un secreto disfrute, pues por primera vez contradecía a mi padre a sabiendas de que me saldría con la mía. Eso me daba una embriagadora sensación de poder. De ahí a una venganza abierta no podía faltar mucho.

Mi padre volvió a meterse la cartera en el bolsillo. A todas luces estaba muy molesto. Le había disgustado que no le hubiera consultado mi decisión y, más aún que eso, que se la hubiera dado por hecha. Ahora le molestaba que también prescindiera de su ayuda económica.

Besé a mi padre en la frente, como tenía por costumbre para despedirme. Él no me devolvió el beso.

—Os llamaré pronto —dije yo, intentando quitar dramatismo.

Tampoco me respondió a eso. Desde atrás, mi madre nos miraba a los dos con cara compungida.

Mi padre se levantó, se dio la vuelta y dio cuerda al reloj de pared, en silencio. De espaldas como estaba, me pareció que le había salido un poco de chepa. Mi madre ahogó un sollozo.

—Hijo mío, ¿por qué nos haces esto?

El reloj de pared dio seis campanadas. Era la hora de partir.

—¡Hijo mío! —insistió mi madre, viendo que no le contestaba—. ¿No te da pena todo lo que dejas?

Pero yo me limité a abrazarla y a darle un beso

A decir verdad, no era tanto lo que tenía que dejar atrás, eso lo primero: una familia, sí, y unos estudios. Pero eso era algo que, antes o después, habría tenido que dejar. Entrar al noviciado no era para mí una cuestión de valentía o de generosidad, como se empeñaron en decirme más adelante casi todos a quienes comuniqué el nuevo rumbo que pensaba tomar, sino un imperativo de conciencia. Porque si algo se te presenta con suma claridad y si eso que se te presenta es hermoso y atractivo, ¿no hay que estar loco para no tomarlo y perder esa oportunidad? Cuando la fortaleza de conciencia nos asiste, nada hay en el mundo que pueda destruirnos. Por ello siempre me he preocupado de fortalecer mi conciencia, sólo de eso.

26

Todo me pareció ganancia cuando entré en la llamada Vida Religiosa, propia de los frailes y las monjas: en casa de mis padres debía compartir la habitación; en el convento, en cambio, disponía de una propia; en mi familia era imposible concentrarse y estudiar, puesto que, al ser siete hermanos, entre nosotros siempre había jarana o pelea; desde que entré en religión, por contrapartida, podía disfrutar de un silencio que me bebía a largos sorbos; en mi domicilio en Madrid, por último, nunca habíamos saboreado las delicias de un jardín; en el noviciado, y eso me hizo muy feliz, había uno grande y hermoso donde reinaba la más idílica paz conventual. Claro que todo aquello comportaba algunas renuncias. Mis padres, hermanos y amigos, por ejemplo, no debían mantener conmigo, durante aquel año de noviciado, ninguna clase de relación, ésas eran las reglas del juego. Los superiores me explicaron que el propósito de una disposición tan drástica era marcar un corte neto entre lo que se había vivido hasta ese momento y lo que se viviría en adelante. En otras palabras: hacer visible la ruptura con el mundo y la entrada en religión. Poner a las claras que se trataba de un nuevo nacimiento. Por mi parte estaba tan deseoso por entregarme a Dios sin reserva de ninguna clase que cualquier cosa que me hubieran dicho, o casi, la habría dado por buena. De modo que hice mías las razones que me dieron y las esgrimí yo mismo ante mi familia. Debo confesar que para mí no fue especialmente dura esta medida, aunque sí para algunos de mis compañeros y, sobre todo, para sus padres y hermanos. Para los míos, por contrapartida, no lo fue. Ellos eran tan descastados como yo y prescindieron de mí como yo de ellos, con una libertad que ahora, pensándola, casi me parece antinatural.

La renuncia a mi pasado –con el que más tarde tuve, evidentemente, que hacer mis cuentas– me proporcionó entonces una efervescente y desconocida sensación de libertad. Estaba como quien se abre a un mundo nuevo: debía aprender a hablar, a caminar, a mirar... Era como un animalito a quien sueltan en una selva tras decirle: «¡Hala, ahora explora, disfruta, corretea...!».

Nadie me advirtió entonces que aquello que experimentaba en aquel momento como alivio –la liberación del yugo paterno– lo experimentaría poco después como una dura privación, pues la comunidad religiosa –por mucho que en ello me empeñé– nunca fue para mí como una familia. Y no creo, además, que pueda serlo salvo en contadas ocasiones, puesto que un convento es siempre una institución (y a una institución no puedes ni debes pedirle sentimientos, algo propio sólo de las personas). No haber entendido esto sería para mí años después causa de muchas desdichas y tribulaciones.

El mismo día en que informé a mis padres de mi inminente ingreso en el noviciado hablé también con mi abuela materna, que vivía con nosotros desde hacía algunos años.

–Voy a entrar en el seminario, Bisa. –Bisa, diminutivo de bisabuela, era como la llamábamos cariñosamente–. Quiero ser sacerdote –le dije de igual modo, convencido, no sin ingenuidad, de que si a mis padres les había afligido tanto esta noticia a ella, que era muy religiosa, al menos la alegraría.

Tengo bien grabada la respuesta que me dio mi abuela.

–Esperaba más de ti –me dijo, y me miró por encima de sus gafas de concha–. Tú podrías haber sido abogado, diplomático, embajador... –Y volvió a mirarme, dejando que la gafa se deslizase por el tabique de su nariz–. ¡Y ahora nos vienes con esto! –e hizo un gesto despectivo.

–¡Pero Bisa! –protesté. No podía creer lo que estaba oyendo.

–Ahora le ha dado por la religión –agregó, hablando con mi madre, a quien creía presente en la habitación.

–¡Pero tú siempre has sido muy devota! –me defendí.

Su respuesta volvió a dejarme fuera de juego.

–¡Eso no tiene nada que ver! –me respondió, y me miró como si le hubiera causado una honda desilusión.

27

La reacción de mi abuela, con todo, no fue la más desconcertante; una de mis compañeras de colegio, Adela Valcárcel, me sorprendió con una actitud bastante beligerante.

–¿Cura? –me increpó–. ¿No te da vergüenza? –Y me desafió como si efectivamente tuviera que avergonzarme por haber hecho semejante elección–. Mientras el mundo se muere de hambre y hay mil y un asuntos por resolver –me argumentó, las venas se le marcaban en el cuello–, tú vas y te metes en un convento para rezar y sentirte protegido. ¡Qué asco!

Poco más o menos fue eso lo que me dijo. Era una chica de mi edad. Vestía unos pantalones blancos y ceñidos que la hacían más esbelta de lo que era.

Años después me han preguntado a menudo si me había hecho sacerdote por estar desengañado del mundo, o si es que no había sabido encontrar en él alguna de las muchas alegrías que sin duda puede brindar. Mi respuesta en esas ocasiones ha sido siempre la misma: nadie debería casarse con una mujer porque ha quedado decepcionado por otra. Cuando entré en el seminario poco me importaba lo que dejaba atrás y todo, en cambio, lo que estaba a punto de abrazar. Pero aquélla era la primera vez que debía hacer frente a una situación de ese género y, por eso, tardé algunos segundos en reaccionar, los necesarios hasta que el fuego que había empezado a crecer dentro de mí fue lo suficientemente poderoso. Esgrimí entonces esta contestación:

–No niego que haya frailes y monjas que se encierren en sus monasterios por miedo al mundo –esgrimí–. Tampoco niego que la Iglesia haya podido equivocarse a lo largo de su historia y sembrar el mal y la confusión

–procuraba mantener el temple, sin excitarme–. Pero vivir para Dios no es desentenderse del mundo –por fin empezaba con mi tesis–, y rezar por nuestros prójimos es con mucho el mejor modo para lograr su transformación. Tú no conoces la fuerza del Espíritu –proseguí–, por eso esgrimes esos razonamientos tan infantiles –así los califiqué–. Pero lo de Dios, si de veras es de Dios –concluí, contento con mi argumentación–, te lleva al mundo más que nada ni nadie. Sólo hace falta que esperemos unos cuantos años para ver quién hace más por este mundo, si tú o yo –le dije también, rematando así mi intervención.

Me miró con desprecio.

La miré con lástima.

Nuestro combate dialéctico había terminado probablemente en un empate.

Tanto la reacción de Adela Valcárcel, mi compañera de estudios, como la de mi abuela materna fueron, sin embargo, excepcionales, puesto que, en mi ambiente, desde que se supo que iba a entrar en un seminario, me encontré de repente curiosamente revalorizado: todos empezaron a verme como a una buena persona y fueron muchos –casi todos, en realidad– los que me pidieron que rezara por ellos.

–A ti te hará más caso –me decían.

O incluso:

–Tú tienes hilo directo con Dios.

Tantas veces me han dicho esto del hilo directo con el mundo celeste que, al final, he acabado por preguntarme si efectivamente lo tendré. Es el momento decisivo. Es ahí donde puede comenzar tu declive. Si te lo crees, la suerte está echada: has empezado a convertirte en un imbécil, como ya advertía Aureliano que podía suceder. Dejas de ser normal. Te has subido a un pedestal y miras el mundo desde las alturas. En pocas y confío que sencillas palabras, éste es el problema fundamental de los sacerdotes: que se han alejado, que han perdido el contacto con la base, que han pensado ser quién sabe qué cosas, y que hasta esperan que ellos son los únicos que deben sentarse en tronos acolchados y con brazos mientras que el resto, ¡pobre humanidad!, debe conformarse en los duros bancos de la nave central. Alejarse físicamente tiene, desde luego, consecuencias psicológicas y espirituales. Como también las tiene vestirse de forma estrambótica o recibir una formación sin contacto con el mundo exterior, una expresión de la que muy bien puede deducirse que hay también un mundo interno y reservado, alternativo y, naturalmente, mucho mejor.

El problema de la exaltación del sacerdocio es que se pide a los candidatos que tengan todas las cualidades imaginables y todas en grado sumo; a cualquier chico que aspire a semejante vocación se le educa en la excelencia del objetivo y nunca en el desarrollo de los dones o en las posibilidades que él –sea quien sea y venga de donde venga– trae sin duda al seminario consigo. Este es un problema serio: a los sacerdotes se nos educa para ajustarnos a un modelo, no para que el modelo se ajuste a lo que de hecho somos. Existe una desmedida confianza en el ideal y una desconfianza igualmente desmedida en el individuo, con independencia de quién se trate. Ser uno mismo parece casi secundario frente al ideal de ser sacerdote. En una hipotética encuesta a la cristiandad, estoy seguro de que la mayor parte de los fieles preferiría que, antes que ellos mismos, sus sacerdotes fueran lo que ellos piensan que un sacerdote debe ser. Por obvio que resulte, casi nadie se ha planteado que no se puede ser un verdadero sacerdote sin ser un verdadero individuo. Seguimos entendiendo la vocación como el ajuste de una persona a un determinado modelo exterior, no como el despliegue de sus facultades al servicio de un bien común.

La despedida más conmovedora antes de que dejara el mundo y entrara en religión fue la de mi casa paterna. Ni comparación con la de mis familiares, amigos y parroquianos. Con grave solemnidad, recorrí cada una de las habitaciones del inmueble que, hasta ese día, había sido mi hogar, y, mientras lo hacía, en mi interior, me iba diciendo: «Adiós, comedor; adiós, dormitorio; adiós, cuarto de baño, pasillo, cocina...». El asunto no quedó ahí, en una despedida general de las distintas dependencias de nuestro piso, sino que en cada una de ellas me iba deteniendo en los muebles u objetos más significativos para mí, para también despedirme de ellos con un enternecedor: «Adiós, armario de las medicinas; adiós, cuarto del fondo; adiós, bola del mundo; adiós, aparador...»; y así un larguísimo etcétera. Había veces en que incluso tocaba y hasta acariciaba estos objetos, como si se tratara de la última vez que fuese a verlos –que no lo era– o como si quisiera guardar de ellos un recuerdo imborrable. Aquél fue mi particular ritual de despedida.

28

Al marcharme al noviciado con una maleta en la mano y una mochila en la espalda sentí, tontamente, que se había cortado el último lazo entre el mundo y yo. Por supuesto que no era así: el mundo y yo tendríamos todavía décadas de convivencia, pero eso de entrar en religión me lo tomé totalmente en serio. Me llevé sólo lo imprescindible: la ropa necesaria, mis cuadernos de apuntes –donde había barruntado mis proyectos literarios– y sólo dos libros. Tuve que escoger; de lo contrario, me habría llevado demasiados. La elección recayó en *El peregrino ruso*, como he apuntado más arriba, y en *El juego de los abalorios*, seguramente mi novela preferida de Hermann Hesse, más incluso que *Siddharta*, más espiritual y contenida; o que *Peter Camenzind*, tan expresiva; o, incluso, que *Bajo las ruedas,* que durante mucho tiempo fue mi predilecta.

El juego de los abalorios fue la última novela que Hesse escribió y, sin duda, su obra cumbre y más ambiciosa: aquella en la que se empeñó –como yo mismo para este *Entusiasmo*– durante más de una década. Narra la historia de una orden civil, Castalia, constituida por miembros que, hartos de la decadencia cultural que les toca vivir, deciden servir a los más altos valores mediante una disciplina ascética de meditación y estudio, principalmente de la música y de las matemáticas. Aquel noviciado –fue mientras guardaba esta novela en mi maleta que lo comprendí– era mi Castalia particular; y así como en la Castalia de ficción ingresaría un joven llamado Joseph Knecht, en aquella nueva Castalia claretiana ingresaría yo, su continuador. El paralelismo entre la vida de mi personaje novelesco favorito y la mía me encendió. En aquel territorio utópico –según se nos cuenta en el libro–, Knecht había sido iniciado en una misteriosa gramática: el llamado juego de los abalorios, una alegoría de la unidad y multiplicidad del espíritu. Aquellas perlas, quintaesencia de todas las culturas y resumen de todos los logros científicos, representaban la confluencia de las dos grandes tradiciones espirituales, la oriental y la occidental, y suponían una promesa de síntesis entre el racionalismo iluminista y la religión. Pues bien –concluí mientras cerraba mi maleta–, yo entraba a un noviciado para algo similar. Con aquellas pocas pertenencias, además –y era mucho el sitio que sobraba en mi maleta–, me sentía el hombre más feliz del mundo. Casi tenía ganas de dejar en casa de mis padres aquella novela y todo lo demás, para así ahondar en aquella dicha efervescente que sólo da la pobreza de espíritu, que es tanto como decir la libertad.

Sólo aquel día, el de mi ingreso en la Vida Religiosa, he sido capaz de llevar todas mis cosas conmigo. Ése sería para mí el ideal, desde luego. Con el paso de los años, sin embargo, casi todos vamos llenándonos de libros, ropa, muebles, recuerdos... Lo que no sabemos hasta mucho más tarde es que conforme aumentan los objetos que nos rodean y de los que somos propietarios, aumentan también, y en mayor medida, lo que encadena nuestra mente: prejuicios, fantasías, pensamientos, preocupaciones... Todo lastre. Necesitamos purificaciones continuas para parecernos un poco a quienes Dios había pensado que fuéramos.

Como si hubiera tenido horribles experiencias en el pasado o como si mis primeros veinte años de vida me hubieran resultado poco menos que inaguantables, al marchar de casa y romper los lazos con el mundo sentí una inmensa satisfacción por lo que dejaba atrás. Hoy sé que no me alegraba simplemente por la liberación de un pasado –que, por otro lado, para mí no había sido duro en absoluto–, sino porque empezaba a ir por la vida sin planes y ligero de equipaje. Siento nostalgia de aquel joven que yo era o, al menos, de aquella sensación de total desprendimiento y embriagadora libertad.

Deberíamos comenzarlo todo periódicamente de nuevo. Para que una vida fuera cabal habría que vivir al menos tres o cuatro nacimientos.

Al noviciado de los claretianos me llevó en coche mi hermano Ignacio y, de camino, sentí el deseo imperioso, diría que irresistible, de estar lo antes posible dentro del edificio. Ese mismo impulso, casi más físico que psicológico o espiritual, lo había ido experimentando las jornadas anteriores a las de mi ingreso en la Vida Religiosa. Atribuía aquella fuerza al hecho de que todo estuviera en aquella casa orientado a que los novicios nos centráramos en Dios: el ritmo de las oraciones y del estudio, las clases y los recreos, los apostolados de fin de semana y las conversaciones con el formador. De modo que a menudo, en los días previos a la partida, me dibujaba en mi interior la fachada del convento, sus jardines, la verja de ingreso; me dibujaba también sus habitaciones, el refectorio, la sala de juegos; me dibujaba, en fin, sobre todo, la capilla y el gran Cristo musculoso que presidía el presbiterio y, con todo eso, conforme lo dibujaba, me iba encendiendo de tal forma que terminaba por experimentar un preocupante desasosiego. Mi deseo por estar ya en aquel noviciado era tal que llegué a pensar que lo que de verdad me atraía no era el estilo de vida y de oración que supuestamente llevaría entre aquellas paredes, o la relación con los compañeros a los que allí habría de conocer, sino –por extraño que parezca– el edificio mismo. Bastaron pocas semanas de vida comunitaria, sin embargo, para que esta sensación de atracción física por esa edificación se disipara. Esta experiencia me ayudó a entender, sin embargo, lo que pueden llegar a experimentar muchos hombres y mujeres que se sienten llamados a la vida monástica: el deseo profundo e inapelable de esconderse tras unos muros, la imperiosa llamada a vivir en un determinado lugar.

Cuando estaba despidiéndome de mis padres, apenas una hora u hora y media antes de mi llegada a Los Negrales –nombre de la población en la que estaba enclavado aquel noviciado–, el tremendo impulso del que hablo se desató de nuevo, y lo hizo con tal virulencia que a punto estuve de abandonar mi hogar paterno sin tan siquiera decir adiós. Pero este ímpetu fue aún más intenso cuando ya estábamos en el coche, rumbo a la casa donde iba a residir durante todo un año y en la que, si era voluntad de Dios, doce meses después emitiría mis votos religiosos. En aquellos momentos el deseo de estar ahí era tan irreprimible que tuve que decirle a mi hermano, que era quien conducía, que me distrajera con algo, pues los nervios estaban empezando a gastarme una mala jugada. Ignacio se preocupó, es natural. Recuerdo que me contó que en cierta ocasión había deseado tanto hacer el amor con una chica que llegó a pensar que, de no conseguirlo en aquel mismo instante, se desvanecería.

–¿Es algo así? –me preguntó.

–Poco más o menos –le respondí.

–Es increíble lo que puede hacer Dios con quienes llama –comentó él algo más tarde.

Y yo:

–¿No puedes ir más deprisa? –y le insté a que no se anduviera con remilgos y pisara el acelerador.

No estoy exagerando, no se trata de un recurso literario, como quizá alguien podría pensar.

Cuando faltaban pocos kilómetros para llegar a Los Negrales, algo cambió dentro de mí. De pronto, sin haberme dejado de importar llegar lo antes posible, pensé que en el fondo nada pasaba si no llegábamos nunca por causa de, por ejemplo, un accidente. O si, aun llegando, me convocara el superior al poco de haber llegado para decirme que, sintiéndolo mucho, el Consejo se había reunido y habían decidido no aceptar mi solicitud.

«Pues me parece muy bien, puesto que lo único que a mí me importa es hacer la voluntad de Dios», les habría respondido.

–¿Puedes ir más despacio? –le pedí entonces a mi hermano.

Él se volvió para mirarme.

Yo estaba pletórico, pletórico como pocas veces.

–Suceda lo que suceda –intentaba tranquilizarle–, todo va a ir bien. Lo importante no es ser misionero, sino Él.

Los últimos kilómetros, y sobre todo los últimos metros, cuando ya estábamos en la calle en que se enclavaba aquel noviciado, los hicimos –por petición mía– muy despacio, como a cámara lenta. Como para darme tiempo a despedirme del mundo.

Una dulce locura se había adueñado de mí. Nunca he estado tan maravillosamente loco como aquel día en que se conjugaron, en el mismo escenario de mi alma, el ímpetu más irresistible y la más reconfortante serenidad. Nadie que no haya probado esta contradictoria embriaguez sabe lo que la vida puede llegar a depararnos en algunas ocasiones.

En cuanto nuestro coche entró en el jardín del casón de Los Negrales, sentí como si saliera del vientre de mi madre o, mejor aún, como si Dios mismo me estuviera abrazando por medio de la naturaleza, que en aquel momento –estábamos a finales de agosto– refulgía en todo su esplendor. El edificio del noviciado se me presentó entonces como una suerte de Castalia, el ideal de la sociedad perfecta y alternativa, una suerte de *paraisus claustralis*. Claro que, a esta utopía, que representa el ideal clásico de proporción y armonía como alternativa a la confusión de lo histórico, no podía llegarse sin la exaltación del apartamiento o del retiro. Pero yo estaba dispuesto a todo, a todo sin excepción. Me sentía como si por fin hubiera llegado a mi hogar tras un siglo de una atribulada y penosa peregrinación.

—Ya estoy en casa —le dije a Ignacio.

—Lo has conseguido —me respondió él.

29

El maestro de novicios me acompañó a una habitación —la número veintitrés— que no era la primera vez que veía o que iba a dormir en ella; pero, mientras caminábamos por los pasillos —el maestro con mi maleta y yo con la mochila—, iba tan expectante como si fuéramos a emprender un gran viaje o a adentrarnos en un paraje desconocido. Pensaba —no podía evitarlo— en lo mucho que se parecía aquel sacerdote que me acompañaba a mi admirado Oscar Wilde, muchísimo. Dudé un poco, pero al final no resistí la tentación de comentárselo, aunque lo hice de forma indirecta.

—¿Ha leído usted a Oscar Wilde? —le pregunté mientras estábamos todavía en el pasillo.

Me decepcionó escuchar su negativa.

—¿Nada? ¿Ni un libro?

No podía creerlo. ¿Cómo podía ser maestro de vida espiritual un tipo que no había leído ni una línea de ese genio?

–Nada –insistió él, y vi que empezaba a estar molesto. Se revolvía como si no se sintiera a gusto con la ropa que llevaba puesta.

No era el momento para decirle que se parecía mucho a Oscar Wilde, aunque no lo hubiera leído. Callé, casi siempre he optado por callar. Claro que luego en mis libros no he callado nada; ahí sí que siempre me he permitido decirlo casi todo.

El doble de Oscar Wilde abrió la puerta y me dejó entrar; poco después, tras depositar la maleta en una silla, me dejó a solas en la celda. Era un 20 de agosto. Eran las cinco de la tarde y afuera hacía bastante calor. Dentro, en cambio, y con la ventana abierta, reinaba un frescor muy agradable, acaso por el grosor de los muros. Me asomé al exterior: un grupo de novicios correteaba por el patio como gorriones impacientes.

En aquel cuarto, ante el estrecho armario de chapa en el que enseguida colocaría mis pocas pertenencias, fui consciente de que me había apartado del mundo y que, aunque puntualmente pudiera echarlo de menos, entre aquellas paredes me sentiría seguro y protegido. No creo que haya que minusvalorar nunca la búsqueda de seguridad y protección, ni siquiera durante la juventud. En muchas de nuestras decisiones suele ser, aunque de forma inconsciente, la principal motivación.

El cristal de la ventana estaba muy limpio, impoluto, casi parecía que no había cristal. La cama, cubierta con una colcha verde a cuadros, perfectamente hecha. Toqué con devoción el crucifijo que colgaba encima de la cama y, acto seguido, lo descolgué y lo besé.

–Aquí voy a vivir –le dije a ese crucifijo–. Aquí es donde me voy a encontrar contigo –le dije también–. ¡Hola, Dios mío! –le saludé, y coloqué aquel crucifijo de nuevo en su sitio, para continuar con mi pequeña exploración.

El baño estaba dentro de la habitación: pequeño y funcional: el lavabo, la ducha y el inodoro, todo reluciente, como recién limpiado para mí. Abrí el armario empotrado: tres perchas desnudas colgaban de una barra. Me arrodillé sobre el tapete que había a los pies de mi cama y supe que cada día me arrodillaría ahí, como luego efectivamente hice. Di las gracias. Besé el suelo de loseta blanca, como hacía en aquel tiempo el papa Wojtyla cuando llegaba a un país extranjero. Poco después me asomé una vez más a la ventana para ver el jardín. Respiraba bien, como si se me hubiesen abierto más los orificios nasales o hubiera aumentado mi capacidad pulmonar. Tenía la clara conciencia de que todo comenzaba para mí, de que era un hombre nuevo y de que podía empezarlo todo desde cero. Acto seguido fui colocando mi ropa en el armario y mis dos libros y cuadernos en la estantería. Ver que tenía tan poco en propiedad, ¡me hizo tan feliz! Volví a arrodillarme, a descolgar el crucifijo y a besarlo con devoción. También volví a asomarme a la ventana y a preguntarme, con el corazón palpitante, con qué rostro de Dios iba a encontrarme en aquel noviciado.

–Todo lo que necesitas saber está aquí –me dijo uno de mis compañeros aquella misma noche, y me mostró el breviario.

Ladeaba la cabeza en un raro escorzo.

–¿Todo? –le pregunté yo, totalmente crédulo.

Sí, lo confieso: por un momento pensé que todo lo que debía saber de la vida estaba escrito en aquel libro de rezos. Julián –que así se llamaba– me explicó que aquel diurnal era lo que se rezaba en la comunidad. En poco menos de una hora me expuso –mucho más deprisa de lo que me habría gustado– qué diferencia había entre laudes, vísperas y completas, así como entre los salmos y los himnos, el *Magníficat* y el *Benedictus*, los días feriales, los festivos y las solemnidades. Yo iba tomando nota mental de todo lo que me explicaba, pero era demasiado para mí. Intentaba comprender por qué había tres ciclos dominicales, cuándo se recitaba una antífona u otra, qué criterio había para seguir el oficio de pastores o el de santos, cómo era que la hora intermedia estaba dividida en tercia, sexta y nona.

–¿Por qué es tan complicado? –le pregunté.

–No es complicado –me respondió él.

Pero treinta años después, cuando veo a los monjes en un coro monástico ir adelante y atrás en sus respectivos breviarios, sigo pensando que la liturgia de las horas de la Iglesia católica es innecesariamente compleja. Tras introducir en algunas de sus páginas unas cuantas estampas para que al día siguiente supiera bien por dónde abrirlo para rezar, Julián se despidió dejando en mis manos de aprendiz de fraile aquel manoseado diurnal.

30

Tras un sueño profundo y reparador, a la mañana siguiente nos despertaron con música de Bach a las 6.30. Abrí los ojos y me incorporé de inmediato, sin holgazanear. «¡Hinnení!», me dije, pues eso era lo que me habían dicho que debía decir al levantarme. «¡Heme aquí!» o «¡Aquí estoy!», la palabra que se utiliza en la Biblia para describir el estado de percepción consciente y atención plena, la misma que utilizaron Abraham, Moisés, Isaías o Samuel para expresar su disponibilidad a lo que habría de venir, fuera lo que fuera. Ese estar aquí y ahora, en cuerpo y alma, ese enorme «sí», era ahora mío. *Hinnení!*

Debidamente vestido y aseado me precipité al oratorio para los laudes, pero –por los nervios– me equivoqué de ala y estuve vagando por los pasillos hasta que distinguí a lo lejos a un novicio de pelo muy rubio, casi blanco, a quien seguí hasta llegar a la capilla: recoleta, limpia, ventilada y fresca. Vi allí a buena parte de mis compañeros, recogidos ya en oración o pasando las hojas del breviario. Era lo que se esperaba de ellos, de nosotros. Saber lo que había que hacer en cada momento me iba a proporcionar una sensación de aplomo que, fácilmente, podía ser tomada, aunque erróneamente, por madurez. Debo decir aquí que me gustan los horarios, puesto que permiten que en un día haya tiempo para todo; también me gustan los conventos, puesto que amo el orden y la limpieza. Donde hay desorden y suciedad no me siento libre, es decir, capaz de emprender algo. Y si no me siento libre, dejo sencillamente de ser yo.

Para mí estaba muy claro que si yo estaba en aquel oratorio y a esa hora matutina era para encontrarme con Dios, sólo para eso. Pero mucho antes que con Dios, en cualquier caso, con quien tuve que encontrarme en aquel noviciado fue con mis compañeros: un grupo de once jóvenes entre veinte y veinticinco años que, a juzgar por su comportamiento, revoltoso y juguetón, me pareció con frecuencia que no sobrepasaban los diez. Fuera por el régimen de vida comunitaria, al que, salvo los que habían estudiado en el seminario menor, pocos estábamos acostumbrados; o por la intensidad y número de las prácticas religiosas, que nos invitaban a la sublimación propia del ideal; o, incluso, por saber que éramos estudiados y valorados en todo momento –de forma que al final del año se emitiría un informe en el que se dictaminaría si éramos o no candidatos aptos para el orden del sacerdocio–, el caso era que todos nos volvimos en aquel convento inmensamente suspicaces e infantiles. Sí, entre nosotros se crearon rencillas propias de niños; nos sentíamos irracionalmente ofendidos por minucias; organizábamos grupúsculos de amistad y de poder enfrentados entre sí; y nos reíamos hasta la saciedad sin motivo o por motivos irrisorios, reflejando así que lo que había empezado a sucedernos era algo que todavía no sabíamos encauzar. Más tarde supe que todos los novicios del mundo son como acabo de describir, que eso es algo que va implícito en los comienzos de toda Vida Religiosa. El caso es que lo que iba a ser para mí el año de mi madurez humana e independencia familiar, en buena medida lo viví como un descenso a las dependencias más pueriles (puesto que al formador había que pedirle permiso para casi todo).

Quedé muy sorprendido al comprobar –ya desde el primer día– que la mayor parte de mis compañeros seguía pensando en los partidos de fútbol del domingo y en las películas de la televisión, asuntos por los que yo, focalizado en Dios y en la misión, había perdido todo el interés. La santidad era mi principal meta, y puedo decir que me afané tanto en buscarla que casi enfermé por mi obsesión. En este sentido, fui el prototipo de novicio: recitaba el oficio divino con toda la devoción de la que era capaz; rezaba un segundo rosario, además del que se rezaba en comunidad; hacía mis deberes domésticos con la concentración y seriedad del más disciplinado colegial; y me separaba de la jaculatoria del peregrino ruso lo menos posible, de forma que puedo decir que viví un año de oración casi ininterrumpida. Esto, a mi maestro de novicios, el hombre que tanto se asemejaba a Oscar Wilde, no le gustó. A todos los formadores claretianos que he conocido les preocupaba –y no les faltaba razón– los chicos demasiado religiosos.

La biblioteca del noviciado de Los Negrales no contaba con muchos volúmenes, sobre todo en comparación con la que disfrutaría un año después en el seminario de Colmenar. Pero, al entrar en ella y ver todos aquellos libros ahí, ordenados en anaqueles donde podían leerse rotuladas las distintas disciplinas o materias a los que correspondían –Biblia, Liturgia, Pastoral, Espiritualidad...–, al ver aquel banquete del saber que se me brindaba sin cortapisas, sentí una emoción que creo resulta difícil de entender para quien no haya experimentado una avidez similar. Yo estaba en busca de un tesoro y ahí, en aquellos libros, se encerraban mil y un planos para que lo encontrara. Yo era un ardiente enamorado y ahí tenía, en todos aquellos libros, mil y una cartas de mi amada. Yo era un buscador y ahí estaba –en forma de palabras– el Camino, la Verdad y la Vida.

–¿Puedo coger el libro que quiera? –pregunté al maestro.

Aún no podía creer que me correspondiera tanta dicha.

El maestro de novicios asintió. Intenté descifrar algún sentimiento en sus facciones, pero fue en vano.

–¿Puedo llevarme varios libros a la vez? –volví a preguntar.

Y él volvió a asentir. No se daba cuenta en absoluto de la emoción que me embargaba. El año de noviciado se me iba a quedar corto, eso fue lo primero que pensé.

Pero luego pensé en Hermann Hesse, y más en particular en un pasaje de su novela *El juego de los abalorios* en que Knecht, su protagonista, superada la fase de neófito y elevado al rango de Magister Ludi –figura capital de aquel sistema aristocrático que era Castalia–, se da cuenta de la esterilidad de la pureza intelectual que le proponía su orden, así como de la quimera de ignorar la historia y de vivir fuera del mundo. ¿Me sucedería a mí lo mismo?, me pregunté, y aquella pregunta pesó tanto sobre mí que tuve que sentarme en una de las grandes mesas de la biblioteca. Una luz blanca, muy hermosa, entraba por un gran ventanal de forma alargada. Recordaba perfectamente que Knecht había abandonado de adulto el *paradisus claustralis* en que se había encerrado de adolescente. ¿Sería ese también mi destino?, quise saber. Miré al ventanal y luego miré los libros sobre los anaqueles, como esperando de alguna de aquellas dos fuentes una contestación.

Tras algunos momentos de vacilación, mi vista se posó en un título que extraje con la precaución de quien no quiere equivocarse. Aquél sería el primer libro de los muchos que leería en mi noviciado. Se titulaba *Cartas del Desierto*, y su autor era Carlo Carretto, un discípulo de Charles de Foucauld, el explorador del Sahara. Hasta décadas después no comprendí el por qué de aquella elección, en apariencia fortuita o arbitraria.

31

Como signo de desprendimiento y del comienzo de una nueva vida, en aquel primer día de noviciado tome la determinación de quemar todos los manuscritos de las novelas y los cuentos que había escrito hasta entonces y que conformaban un conjunto de unos quince o veinte cuadernos. Consciente ya de que el dilema de mi vida sería el de una doble vocación a la literatura y a la religión –encarnadas por Hesse y por Gandhi, quienes siempre se disputaron la primacía en mi corazón–, no sin solemnidad comuniqué la decisión de esta quema sacrificial a mi maestro de novicios en nuestra primera conversación oficial.

–No es un sacrificio necesario –me dijo él con una frialdad e indiferencia que decidí que no me afectaran–, pero si lo ves conveniente para ti... –y dejó la frase colgando.

El padre maestro pasó enseguida a otros asuntos.

–Nosotros renunciamos a todo –me dijo estirando el cuello– y estamos disponibles para lo que se nos ordene a cambio de que nos sufraguen cualquier cosa que podamos necesitar.

Dijo algo así, resumiendo en dos frases el sistema de vida propio de los religiosos. Me gustó mucho y, al tiempo, me escandalizó. Por un momento no supe si admirar este estilo de vida o despreciarlo, y esta ambigüedad mía sintetiza bien –creo– lo que el mundo siente en general ante la Vida Religiosa, a la que siempre tiende a humillar o a enaltecer.

Esta total disponibilidad a la que en nuestra formación se nos exhortaba nos capacitaba para cualquier cosa –es cierto–, pero también y en el fondo para ninguna. Del seminario saldríamos sin ser filósofos, empresarios, arquitectos o músicos, pero todos sabríamos quién era Leibniz o Fichte, todos moveríamos empresas parroquiales, construiríamos templos en el tercer mundo y rasgaríamos la guitarra o tocaríamos el órgano para animar las asambleas dominicales. No éramos psicólogos, pero acompañaríamos biografías y dirigiríamos conciencias. No éramos sociólogos, pero tendríamos que hacer estadísticas de los pueblos y barrios a los que se nos enviase. No éramos editores ni diseñadores gráficos, pero todos imprimiríamos carteles y hojas parroquiales. No éramos oradores, pero predicábamos; tampoco escritores, pero publicábamos artículos y libros. No místicos, desde luego, pero hablábamos de Dios. Y ésa es la cuestión: no se trata de estar indiscriminadamente disponible para cualquier cosa, sino de adentrarnos en aquella donde podamos servir a Dios más y mejor.

Nunca he sido bueno haciendo fuegos, de modo que me costó lo mío hacer uno en el que quemar mi incipiente obra literaria; pero terminé por lograr que algunas llamas despuntaran, aunque eran tan escuálidas que mis cuadernos se quedaron entre las cenizas, a medio quemar. Tuve por ello que esperar a que las brasas se enfriaran, meter los restos de mis cuadernos en una bolsa y, sencillamente, tirarlos a la basura poco después, sin encontrar en aquel acto épico y poético el consuelo que buscaba. Terminada la operación me fui a mi cuarto con cierta sensación de ridículo. Pero había hecho mi oblación. ¿La había hecho?

Lo que voy a confesar a continuación me resulta todavía hoy casi incomprensible, puesto que la verdad era que... ¡conservaba en casa de mis padres copia de buena parte del material que había quemado! ¿Pero entonces? ¿Por qué o para qué había hecho el gesto de quemarlo? ¿Pretendía con ello engañar a Dios, al maestro de novicios, a mí mismo? Tal vez quería tan sólo experimentar el gesto del sacrificio, escenificar la pantomima de la oblación, recordarme que para consagrarme a Dios debía morir como escritor, aunque ni entonces ni nunca he muerto verdaderamente a esta vocación.

La imagen de un novicio quemando sus cuadernos en una ofrenda que es una farsa es, sin duda, una de las más vivas y significativas de mi juventud. Pienso con ternura en mis cuadernos a medio quemar. Y pienso en mi sensación de absurdo cuando recogí aquellos restos literarios para, poco después, irme a solas a mi cuarto de novicio para allí hundirme, más solitario aún, en el misterio del silencio, que es el mismo que el de Dios.

Al término de la hora litúrgica de Completas, el novicio más joven apagó todas las luces del oratorio, dejando sólo el foco que iluminaba a la Virgen. Era la señal: todos en ese instante, como si fuéramos una sola voz, entonamos la Salve Regina, probablemente la más bella antífona de la historia de la música. Mientras la cantábamos, sentí que mi pregunta sobre la quema de mis manuscritos se diluía, que se diluía también mi pasión por la magnífica biblioteca en la que me había entretenido buena parte de la tarde, que se diluían mis ganas de estar cuanto antes en el edificio del noviciado y las explicaciones de Julián sobre cómo manejar el breviario. Todo se diluía: también mi sensación de dulce felicidad mientras besaba el crucifijo de mi cuarto poco después de que allí me hubiera dejado a solas un hombre parecidísimo a Oscar Wilde, el famoso escritor. Los novicios cantábamos la Salve en penumbra y todo desaparecía en aquella penumbra y en aquella melodía: Aureliano y sus mendigos, don Emiliano y su scalextric, Rafa y su Secuencia de Pentecostés. Todo estaba ahí, en aquellos acordes, en aquellas palabras latinas:

la incomprensión de mi padre y el dolor de mi madre, la Pascua en Sierro, Salmerón, los de Gregory y las majestuosas praderas neoyorquinas, donde me habló el fantasma de Walt Whitman, el poeta. Cantábamos con tanta desmaña como fe, y supe entonces que todos los novicios éramos por fin uno al ser acogidos por nuestra Reina; que todo el mundo –lo supiera o no– era uno puesto que Ella extendía su manto para que finalmente, tras la jornada, durmiéramos y descansáramos de los ajetreos de la vida. Al igual que Ella había engendrado a Jesús, así tendría que engendrarlo yo una vez más, también para darlo al mundo.

A mi cuarto me retiré aquella noche embargado por esta trémula emoción, y allí me desnudé y me metí en mi cama como lo haría un niño, y besé una vez más el crucifijo –como lo haría un niño–, y cerré los ojos acunado por esta emoción, tan vibrante como delicada. Y así me dormí, sabiendo que mi Madre me velaba, con la dulce y sólida confianza con la que duermen los animales. Sólo muchos años después supe que Pilar, mi dulce confidente, había llorado profusa y amargamente aquel día de verano en que ingresé en el noviciado y en el que para mí todo resplandecía de felicidad.

Capítulo IV

Sinsabores de un seminarista

El catolicismo ha funcionado en su tiempo por las mismas razones por las que no funciona en el nuestro: por la figura del poder patriarcal (un padre todopoderoso) y la figura del amor materno (una extraña madre que es fecunda sin la impureza del sexo).

La idea principal que nuestros profesores de teología intentaron trasmitirnos en aquel seminario de misioneros era que la fe cristiana no está necesariamente ligada a una visión medieval del mundo y que, en consecuencia, existe un cristianismo posible para la modernidad. Este propósito fue plenamente logrado, puesto que todos nosotros salimos de aquellas aulas con una conciencia plenamente moderna, aunque no sé hasta qué punto cristiana.

Resistir como persona sin ser devorado por su función es para todo sacerdote uno de sus compromisos más difíciles. Para mantener la propia personalidad habiendo recibido el sacramento del orden, sólo hay un camino: luchar con uñas y dientes por ello y tenerlo siempre como la principal misión.

32

Ni el seminario en que estudié se ajustaba a la idea que cualquier persona puede tener de un seminario ni los seminaristas con quienes compartí aquellos intensos años de formación se adecuaban a la imagen que comúnmente se tiene de lo que es o debe ser un seminarista. Por de pronto, la mayor parte de aquellos aspirantes al sacerdocio estaba comprometida en movimientos y asociaciones en favor de la desobediencia civil y de la objeción de conciencia. Todos mis compañeros profesaban abiertamente una ideología de izquierdas y yo, que pertenecía a una familia acomodada, no tardé en asemejarme a ellos. Nadie habría dudado en aquella época de que mi inclinación política fuera contraria a cualquier régimen conservador o liberal.

Las opciones políticas e ideológicas de todos aquellos seminaristas iban acompañadas de una determinada estética en el vestir y en el aseo personal. Más aún: las formas de presentarse eran a menudo –como, por otra parte, sucede en tantos movimientos juveniles– lo fundamental. Todos mis compañeros lucían largas y proféticas barbas, por ejemplo; o se dejaban el pelo largo, como si fueran hippies de los setenta; y hasta vestían camisetas con la cara del Che Guevara o la de John Lennon. La mayoría fumaba un cigarrillo tras otro –yo también– y, más que de Dios, de lo que se hablaba a toda hora en aquel gran y viejo casón donde nos alojábamos era de psicoanálisis y de marxismo, que era en lo que nuestros profesores estaban más preparados. Desde nuestra perspectiva actual puede parecer una broma, pero era así como estaban planteados la formación pastoral y los planes de estudio de aquellos misioneros.

Exageraciones aparte –de las que desde luego fuimos víctimas–, debo a mi formación una convicción: la de que el catolicismo ha funcionado en su tiempo por las mismas razones por las que no funciona en el nuestro: por la figura de poder patriarcal (un padre todopoderoso) y la figura del amor materno (una extraña madre que es fecunda sin la impureza del sexo). Pero, de Freud en adelante, tanto la sexualidad como la paternidad han sido desarticuladas y hoy nadie quiere ser padre de nadie –todos hijos y sólo hijos–; y todos quieren participar de la fiesta del erotismo, que es identificado con la alegría de vivir. Ahora bien, sin padre ni madre no hay catolicismo posible. Y eso parecían saberlo bien los sacerdotes que regentaban aquella institución religiosa, que pretendían que nos lleváramos en el mismo lote tanto la típica prudencia eclesiástica como la denuncia social más comprometida. Pero ¿era posible que nos predicaran virtudes tan contradictorias? ¿Cómo sobrevivimos, los que sobrevivimos, a un cristianismo leído en clave eminente cuando no exclusivamente social?

Por el bienestar creciente, no eran pocos los que se iban bajando del carro de los ideales progresistas y, mientras esto sucedía, la Iglesia, aficionada siempre, al parecer, a ir a la contra, empezó a subirse a ese carro y a defender en público estas opciones que algunos –es un lugar común– tachaban de comunistas. No es ninguna novedad. El propio cardenal Martini lo dejó escrito en su testamento: «La Iglesia de hoy lleva al menos doscientos años de retraso». Y somos muchos los que pensamos que es probable que se quedara corto en su apreciación.

Para lograr la integración en aquel paradójico grupo, lo primero que hice fue dejarme crecer de nuevo el pelo, como lo tenía en Nueva York. Otros religiosos en otros tiempos tuvieron que raparselo o hacerse la tonsura; en mi caso fue al contrario. También cambié mi marca de tabaco de Ducados a Celtas Cortos, que era lo que allí fumaba la mayoría, más por economía que por gusto, pero sobre todo por solidaridad con la clase obrera (aunque más tarde me daría cuenta de que la clase obrera fumaba Winston y Marlboro). Para esa integración –también esto fue definitivo–, me puse a leer filosofía a destajo. Sólo así podría participar de pleno derecho en los conciliábulos de los que algunos seminaristas –los llamados «intelectuales»– formaban parte; sólo así me consentirían que discutiera con ellos, en régimen de igualdad, hasta altas horas de la madrugada sobre los temas que nos explicaban en las clases.

En aquellos conciliábulos, con nuestros jóvenes rostros encendidos por el frío, argumentábamos sobre la coherencia o incoherencia de determinadas posiciones eclesiales; allí debatíamos los dilemas morales más acuciantes y denunciábamos la ambigüedad de la Iglesia como institución. Éramos jóvenes rebosantes de vida y no teníamos pelos en la lengua. Soñábamos en voz alta con un mundo más justo y mejor y, como no podía ser de otra forma, cada cual defendía su punto de vista con un convencimiento demencial. Juzgábamos y criticábamos las ideas ajenas confrontándolas de inmediato con las propias y olvidándonos –éramos muy jóvenes– que, al confrontar las ideas, la consecuencia más inevitable es que se pierda a la persona. Casi nunca merece la pena discutir por ideologías, hoy lo sé. Venzamos o perdamos, se genera malestar. El orgullo del triunfo se desvanece en pocos segundos y la amargura de la derrota, en cambio, dura más, envenenándonos por dentro. Quizá hayamos ganado en razón, pero, ciertamente, hemos perdido en verdad. Cada vez que en aquellos conciliábulos nos enredábamos en discusiones por ideas, perdíamos la ocasión de encontrarnos de verdad con ese misterio que es el otro.

También Joseph Knecht, el protagonista de *El juego de los abalorios*, se había debatido dialéctica y acaloradamente con sus compañeros de estudios. Fueron aquellos combates verbales los que le habían ido preparando para la verdadera pelea de la vida, que siempre es contra uno mismo. En los conciliábulos del seminario, como Knecht en los de su orden, también yo tuve la sensación de que todas aquellas enseñanzas que nos impartían y sobre las que tanto nos enzarzábamos no tenían meta ni horizonte alguno fuera del propio régimen interno, que empezaban y terminaban en sí mismas y que, en ese sentido, más que ayudarnos a vivir nos encerraban en una burbuja.

Hoy resulta difícil entender, en cualquier caso, cómo podía inflamarnos tanto todo lo teórico y lo social. Cualquier observador externo actual habría dicho que aquel seminario era un auténtico polvorín. Si mi padre hubiera sabido que, so capa de religión, me estaba dedicando a estudiar todo aquello de lo que él había intentado protegerme, es seguro que habría movido

Roma con Santiago –y nunca mejor dicho– para sacarme de una vez por todas de aquellas paredes. Pero él nunca se enteró. Él pasó casi tres años sin venir a verme en un pulso que había decidido mantener –y que perdió– con mi vocación.

Lo más sorprendente de aquellos debates nocturnos o conciliábulos –como los llamábamos– fue para mí que mis nuevos compañeros hablasen tan poco de Dios y, todavía más, que les escamara que yo quisiera plantear esta cuestión. Pero, si ni siquiera en el seminario se podía hablar de Dios, me preguntaba yo, ¿dónde entonces? Porque entre los eclesiásticos existe en general –pronto lo descubriría– un extraño pudor para hablar de Dios y de religión. Para muchos de ellos la religión es lo que ocupa su tiempo de estudio y de oración y, por ello, no les parece sensato ocuparse también de todo esto en el escaso tiempo que les queda para el ocio. Este hecho, sin embargo, me dejó durante algún tiempo bastante descolocado. Me costaba hacerme a la idea de que, habiendo escuchado una llamada divina y sintiéndose interpelados por el sacerdocio, mis compañeros de estudio no estuvieran devorados por esa misma inquietud mística que a mí me devoraba. La verdad, no obstante, era mucho más cruda de lo que imaginaba: no todos, sino muy pocos, tenían verdadera vocación; casi ninguno, por otra parte, había vivido su llamada al sacerdocio como una irrupción violenta e incontestable; para la mayoría, por contrapartida, había sido o estaba siendo una suave inclinación sostenida por una fuerte sensibilidad social o por el simple y noble deseo de hacer el bien.

Por eso mismo, no es de extrañar que, en lugar de rezar con los salmos de la liturgia de las horas, muchos lo hicieran con textos de Martin Luther King o con los incendiarios poemas de Ernesto Cardenal. Solantiname, la famosa comunidad del sandinismo nicaragüense, traducía la aspiración de todos aquellos seminaristas mucho mejor que Roma, por sólo citar el centro de la cristiandad. No exagero, tampoco lo idealizo: la religión no era para ninguno de nosotros una forma de sumisión o de resentimiento –que es de lo que había sido acusada–, sino de rebeldía y protesta. No era la fuente del miedo a la libertad, sino un decidido salto en su búsqueda. No la causa de legitimación de la injusticia, sino un poderoso motor para dar la vuelta a la historia. Lo contrario al infantilismo: una invitación a la madurez. Y todo esto nos lo enseñaron con tanta vehemencia que todos –unos antes y otros después– terminamos por reírnos de los supersticiosos. Nos enseñaron a desmitificar los dogmas y la Biblia hasta tal punto que nos dejaron sin suelo bajo nuestros pies. Estábamos sorprendidos, casi asustados, excitados por la novedad: nada era como nos habían dicho de niños; todo resultaba mucho más aceptable para las personas de mentalidad adulta, más convincente para esos hombres de ciencia que, ¡pobres de nosotros!, queríamos llegar a ser. La llamada exégesis histórico-crítica fue para mí como una apisonadora: no quedó un ladrillo sobre otro de mi educación religiosa infantil y, aunque orgulloso de todo aquel proceso de desmontaje, había algo en mí que se entristecía: habíamos perdido la fantasía a la que también abre la religión. La razón amenazaba con invadirlo todo y a mí –y es de eso de lo que quiero hablar en estas páginas– empezaba a faltarme el oxígeno del espíritu, la imaginación y la poesía.

33

Durante aquellos primeros años de seminario leí filosofía con el mismo tesón con que pocos meses antes me
había entregado a la práctica de la piedad y a la lectura
espiritual. Como cualquier otra disciplina, la filosofía
se entiende sólo cuando se padece, puesto que únicamente conocemos lo que nos estigmatiza. Por mi parte
–ahora que ha pasado bastante tiempo–, puedo presumir de los estigmas que me dejó el estudio del pensamiento occidental. No, no tuve una vida académica
plácida y ordenada, sino más bien agitada, y hasta me
atrevería a decir que atormentada y convulsa. Al tomarme la filosofía tan en serio como lo hice estaba de-
mostrando lo joven que era para la filosofía y, seguramente, para todo lo demás. Era incapaz de cierta
distancia, que es la base del humor y de la sensatez, y
tardé por ello en darme cuenta de que yo no era ni mucho menos un intelectual. Soy demasiado imaginativo
para dedicarme a las teorías; siempre llega un momento, antes o después, en que las ideas se me quedan cor-
tas y en que debo saltar a las imágenes, en cuya plasticidad y potencia encuentro un alimento mucho más
nutritivo. Porque lo que nos enseñaron en aquel seminario fue por encima de todo racionalidad e historicis-
mo, que son las dos mejores maneras para huir de la
subjetividad. Allí todo tenía que ser verificado histórica
y racionalmente, de ahí la insistencia en la historicidad
de los Evangelios y en la racionalidad de nuestra apues-
ta creyente. Pero ¿dónde quedaba entonces la fantasía?, me preguntaba yo. ¿Dónde lo inconsciente, los
impulsos, las intuiciones, la imaginación...? Todo lo
que me llamaba a ser escritor fue demolido por sistema
durante mis años de seminarista. Pero mi vocación a la

literatura era sin duda muy fuerte, pues no se agostó durante aquel largo invierno formativo.

Más tiempo aún tardé en hacerme cargo de cómo a medida que alimentaba mi cabeza, vaciaba, ¡ay!, paralelamente, mi corazón de enamorado de Dios y de poeta. Porque la filosofía, se mire como se mire, es mucho más árida que la devoción religiosa. De modo que, un año después de mi ingreso en aquel seminario, mi fe ya estaba casi en ruinas. Me había desfondado, y en estas páginas voy a relatarlo.

La idea principal que nuestros profesores de teología intentaron trasmitirnos en aquel seminario de misioneros era que la fe cristiana no está necesariamente ligada a una visión medieval del mundo y que, en consecuencia, existe un cristianismo posible para la modernidad. Este propósito fue plenamente logrado, puesto que todos nosotros salimos de aquellas aulas con una conciencia plenamente moderna, aunque no sé hasta qué punto cristiana. De todos nuestros docentes, ni uno solo se libraba de la obsesión por ser moderno; pero la modernidad no es, desde luego, una carcasa vacía, sino que implica una actitud básica tanto en la práctica como en la teoría: la duda, la sospecha. Esto significa que, en el lugar donde supuestamente íbamos a aprender la fe, nos enseñaron sobre todo a sospechar: de nuestros sentidos, por supuesto, es decir, de la percepción; pero también de lo que decía la autoridad, y eso por principio, pues todo podía estar contaminado por alguna ideología bastarda o guiado por algún oculto interés personal. Aquello no estaba muy lejos del marxismo puro, o al menos del metodológico; pero nosotros no lo sabíamos y, como esponjas, lo interiorizamos como simple racionalidad. Tendrían que pasar muchos años, casi una década, para que yo pudiera comprender que hay algo anterior a la capacidad crítica, que es el asombro. Muchos años para darme cuenta de que, más que a la duda, a lo que primordialmente mira la pasión filosófica es al estupor o a la admiración. Claro que todo esto podrá parecer un asunto más o menos superfluo, o al menos demasiado teórico, pero nada de eso: en mi biografía comportó pasar de *El canto del pájaro* y de las *Charlas acerca de la gracia* a *La interpretación de los sueños, Zaratustra* y *El capital*. Para mí no hubo un paso intermedio entre *El peregrino ruso* y *El nacimiento de la tragedia*. Y esto, como era de esperar, tuvo sus consecuencias.

34

La fe no es un mero grito, sino una aspiración articulada; pero ¿justifica esto que la reflexión y el análisis sean lo más decisivo en la formación de los futuros líderes cristianos? ¿Qué pasaría —me pregunto— si en los seminarios católicos se meditara y rezara tanto como se estudia, si se dedicase tanto tiempo al silencio como a la palabra? Es sólo una pregunta, pero la respuesta sólo puede ser que los sacerdotes serían diferentes.

En la Iglesia actual sólo existen tres modelos de sacerdote: el párroco, el misionero y el monje. Y —me vuelvo a preguntar—, ¿debe tener el sacerdocio una configuración existencial tan pobre? En la tríada mencionada, ¿dónde encajar a los sacerdotes-obreros, por ejemplo, o a los sacerdotes-profesores? ¿Dónde a los sacerdotes-burócratas, que existen en gran número y que tienen también derecho a existir, o a los sacerdotes promotores de acción social, a los escritores...? No parece sensato que toda esta gran gama de sacerdotes reciba, como recibe, la misma formación. La nuestra –nos fuéramos a dedicar a decir misas a viejas, a atravesar la jungla con un machete o a vigilar a drogadictos en un piso de reinserción– comenzaba con Nietzsche. Nietzsche era la primera lectura obligatoria en nuestros estudios eclesiásticos.

Como a tantos lectores de mi generación y de las anteriores, leer a este filósofo supuso para mí una auténtica conmoción. Mientras lo leía, sentía, casi veía, cómo mi pequeña habitación de seminarista se iba llenando de sus rotundas palabras y cómo esas palabras suyas se quedaban ahí, flotando en las alturas. Yo jugaba con las palabras de Nietzsche, las desmenuzaba, me peleaba con algunas de ellas, contemplaba su vuelo y me emborrachaba con sus idas y venidas. Se trata de una metáfora, por supuesto, pero se ajusta mucho a la realidad. Nietzsche, cuya obra completa devoré a lo largo de aquel primer año de seminario, me enseñó que la lectura nunca es un acto inocente. Sus obras cumplieron en mí lo que, según Kafka, debe proporcionar todo libro: un buen puñetazo en el centro de la cara.

El cristianismo como conjunto de preceptos contra el disfrute. El gusto por la vida como amenaza a quienes desean gozarla. En dos frases esto fue lo que saqué en claro de mi lectura de Nietzsche. La caridad y la misericordia como formas de debilidad, como sentimientos blandos o femeninos. Para el pensador alemán, yo y quienes como yo nos declarábamos cristianos habíamos apostado por una ética de la renuncia. Ésta fue una provocación que me hizo mucho daño, cierto; pero, por extraño que parezca, me gustó que me lo hiciera. Con veinte años yo necesitaba de ese daño; necesitaba comprender que la literatura es, en buena parte, un experimento con el mal: una temporada en el infierno, podríamos decir también, una entrada en el corazón de las tinieblas. La raíz de la ética cristiana –la duda había sido sembrada–, ¿es realmente el resentimiento y no el amor?

Decidí compartir esta inquietud en el conciliábulo que constituían Moxó, Ventero, Boada, y Nuño de la Rosa, los seminaristas más intelectuales, y debo advertir aquí que ser un intelectual, en aquel contexto de extrema sensibilidad social, era casi un insulto. Los del conciliábulo del que terminé por formar parte no eran muy bien vistos por la mayoría, partidaria más bien de bajar al terreno de lo concreto, a la realidad, decían, y dejar las especulaciones para los burgueses ociosos, una expresión que, entre nosotros, se utilizaba a toda hora. Hablaban por ello de arrojarse a la calle y de organizar manifestaciones, de estudiar sociología y estadística –que eran materias obligatorias–, convencidos de que vivir y proclamar el Evangelio era un acto revolucionario. Para librarnos de aquellas constantes acusaciones, Ventero, Moxó, Boada, Nuño de la Rosa y, más tarde, yo mismo argüíamos que sólo conociendo el fundamento teórico de los problemas podía entenderse lo que estaba sucediendo en nuestro entorno. Nosotros cinco estábamos fascinados por el mundo de las ideas hasta un punto que hoy resulta difícil de imaginar.

Al compartir mis inquietudes sobre Nietzsche, todos nos pusimos de inmediato a discutir. Discutíamos porque la juventud es, como todo el mundo sabe, la edad teórica por excelencia. No la etapa de la acción, para la que se requiere de la madurez, sino la de la palabra.

Nos acalorábamos porque creíamos a pies juntillas lo que defendíamos, pero también porque necesitábamos autoafirmarnos. Por eso, aunque comprendiendo que no tenían razón, Nuño de la Rosa y Boada se obstinaban siempre por demostrar que la tenían: todo menos dar su brazo a torcer.

–¿Quieres decir –le pregunté entonces a Boada, que era con diferencia el más inteligente del grupo– que Nietzsche puede ayudarnos a ser mejores cristianos?

Boada, cuyo aspecto era el de un príncipe salido de un cuento, se quedó con la mirada fija en la mesa, como si fuera de ahí de donde fuera a venirle la respuesta. Daban ganas de chasquear los dedos ante sus narices para sacarle de su ensimismamiento. Por fin asintió mientras se acariciaba con parsimonia su larga melena, rizada y rubia. Ésa era su idea, su extraña idea: por muchos errores que contuviese, toda la historia del pensamiento podía en último término servir a la causa del cristiano. La actitud básica del hombre de fe, según nos dijo, era la de hacerse amigo del enemigo, poniéndose incluso por debajo de él para así aprender. Evangélicamente irreprochable, o así al menos lo estimé yo con veintiún años.

–Debemos amar a Nietzsche y hasta sentir simpatía por él, si es que queremos dialogar con su obra –sentenció Boada, sin dejar de acariciarse la cabellera.

La importancia del diálogo –una de nuestras palabras-fetiche– sólo la comprendí cuando Boada, el protagonista de nuestros conciliábulos, nos explicó aquella noche que Cristo no era para nosotros el simple logos, sino un dia-logos, puesto que había venido al mundo para entrar en relación con él. Le miré con sincera admiración, aunque, a decir verdad, pocas cosas había en aquella época que no me suscitaran la más profunda admiración. La capacidad de admirar ha sido, probablemente, no sólo mi principal virtud, sino la madre de todas ellas, muchas o pocas. La admiración es la puerta del amor, es ya el amor mismo.

35

Si pude vivir durante mis largos años de formación en el régimen comunitario propio de una residencia estudiantil fue porque mi admiración por algunas personas y mi ilusión por llegar al sacerdocio eran casi ilimitadas; también porque la juventud es, desde luego, una etapa mucho más dúctil que la madurez. Pero, por grande que fuera mi admiración y por acendrada que llegara a ser mi pasión filosófica, aquella convivencia tan estrecha con todos aquellos aprendices de filósofo se hizo con el tiempo insostenible. El primer problema serio que tuve que afrontar en aquel seminario se me presentó poco después de mis primeros votos, recién concluido el noviciado y a instancias de uno de los más acérrimos enemigos de nuestro conciliábulo nietzscheano. Para mí fue un conflicto de tal envergadura que puedo decir por ello que fue en aquel seminario donde aprendí a odiar, ya que antes no conocía el odio.

–Tú me caías mal antes de conocerte –me espetó al poco de mi llegada a Colmenar un tal Chema, uno de los pocos seminaristas que no se había dejado crecer la barba y el único que ni tenía el pelo largo ni vestía con desaliño, lo que daba a su figura una apariencia de formalidad que no encajaba en el ambiente.

Dicho aquello, aquel chico asumió la actitud de irónica cortesía que era habitual en él y que parecía situarle por encima del bien y del mal, como si nada ni nadie pudiera sorprenderlo, o como si se las supiera todas y el mundo fuera el simple despliegue de lo que él, en su infinita sabiduría, ya había previsto.

Era la hora del almuerzo. Peripuesto de una manera irritante, Chema miró el plato, tomó la cuchara y empezó a comer. Masticaba el tocino con buen apetito. El apagado tintineo de los cubiertos y de los vasos era lo único que se oía en el comedor.

Quedé mudo al escuchar semejante provocación, y no sólo por su evidente irracionalidad, sino porque su artífice decía aspirar al sacerdocio como yo. ¿Por qué le caería tan mal a ese compañero?, tuve que preguntarme. ¿Qué le había hecho yo, después de todo? Estaba empezando a aprender algo que iba a ser para mí, en adelante, una constante lección: que en todos los lugares donde he tenido que convivir o trabajar con otros ha llegado el momento en que me he encontrado con alguien con quien la convivencia ha resultado insostenible. En aquel seminario claretiano esa persona incompatible conmigo se llamaba Chema, y era un tipo tan inflexible que hasta en su modo de moverse se reflejaba su resentimiento y su desdén.

Como buena parte de las personas mental y moralmente rígidas, sus facciones eran afiladas y sus labios finos. Tenía la tez casi transparente, tanto que a veces parecía que se podían distinguir los huesos de sus manos. Arqueaba y retorcía sus dedos como Dickens escribió que hacía el más detestable de sus personajes: Uriah Heep. Era un chico muy nervioso. Tenía el síndrome de las piernas inquietas y solía balancearse de un lado al otro, como si nunca acabara de encontrar el añorado equilibrio.

Como sucede entre la gente de baja ralea, Chema solía ir acompañado de un cómplice aún más enervante que él: Josito. Al conocer a Josito, que de un bar del barrio de Vallecas había pasado directamente al noviciado, yo no podía suponer que mi encuentro con él iba a ser tan decisivo.

Chema no se dignó a darme razón del visceral rechazo que sentía hacia mí, pero Josito, por contrapartida, no me la ocultó. El estilo de vestir de Josito era estudiadamente informal, hasta el cabello lo llevaba cuidadosamente despeinado. En un primer momento sentí lástima por él, al percatarme de hasta qué punto dependía de su aspecto externo, pero pronto me repatearon su arrogancia y andares chulescos. Conviene saber que Josito había nacido y se había criado en el barrio de Vallecas y que yo, en cambio, había pasado mi infancia y adolescencia en el de Argüelles y, ¿no son ambos barrios –como Josito me recalcó– irreconciliables por completo? Yo pensaba que no, por supuesto, que nuestros barrios no eran incompatibles; yo pensaba –ingenuo de mí– que la vocación religiosa, entre quienes la compartíamos, hacía tabula rasa con cualquier clase de diferencia. No era así. Por mucho que yo hiciera lo mismo que el resto de los seminaristas, por mucho que perteneciera al conciliábulo de Nuño de la Rosa, leyera a Nietzsche y llevara una camiseta de John Lennon, para Chema y Josito yo nunca dejaría de ser más que un niño criado en Argüelles y, en consecuencia, un asqueroso burgués.

–¿¡Burgués yo!? –exclamé, en cuanto supe que ése era su reproche–. ¿Asqueroso?

Hay que entender que, en el contexto de aquel seminario, aquélla era la peor de las ofensas. Me refiero a lo de burgués, por supuesto, no a lo de asqueroso.

–Éste no es tu lugar –me hicieron saber Josito primero y Chema después–. Vete a otra congregación –me increparon, lanzándome una mirada asesina–. Tú no eres de los nuestros.

Quise responder, no me dejaron.

–¡Tú eres el duque de Ros! –fue Chema quien inventó este mote para mí; entre ellos llevaban tiempo llamándome de ese modo, pero fue en aquel momento cuando yo me enteré.

En el seminario ya había un conde y ahora les hacía falta un duque. El conde era un chico llamado Abelardo Leurent, un compañero con cara de niña cuyo padre era diplomático y que, antes de entrar, había estudiado nada menos que ingeniería de minas e ingeniería industrial. Su familia, de origen francés, era de clase social alta y tenía un castillo en los bosques de Ardèche; por ello, le llamaban burlonamente el conde de Leurent.

–Tu familia tiene dinero –prosiguieron censurándome Chema y Josito, que se daban y tomaban la palabra como si lo hubieran ensayado–. Tú has estudiado en el extranjero y eres un asqueroso burgués –volvían sobre lo mismo, hiriéndome mucho más de lo que imaginaban, o quizá no–. ¡Vete a donde perteneces!

Apenas puedo expresar, ni siquiera hoy, lo muchísimo que me ofendió todo esto. Es cierto que la mayoría de las familias de mis compañeros provenían de una extracción social más bien modesta. Es cierto que muchos venían de pueblos de mala muerte de Castilla la Vieja o de la Mancha, y que sus padres eran carniceros, agricultores, artesanos o ganaderos, no médicos o filólogos, como los míos. Pero también era cierto que ni yo había pedido ningún privilegio ni nadie me había dado exención de clase alguna y, todavía más, que si estaba entre ellos no era por capricho o por simple gusto, sino porque Dios me había llamado, como a ellos, para vivir y formarme en aquel lugar.

Pese a su juventud –puesto que ninguno llegaba a los treinta–, aquellos dos seminaristas y otros tantos estaban endurecidos, inexplicablemente endurecidos para mí, que seguía viviendo con la gracia de Dios a flor de piel. No me aceptaban, se les veía en la cara, y como yo me resistía a ser condenado por mis supuestos orígenes principescos y relegado a la marginalidad, tanto al bueno de Abelardo como a mí comenzaron a hacernos toda clase de pequeñas pero hirientes perrerías. Fueron muchas, incontables. La juventud es inconstante para las virtudes, pero persistente en la maldad. De hecho, no hubo día en que Chema y Josito, sobre todo Josito –pues Chema, que era más inteligente, se las ingeniaba para quedarse en retaguardia–, no me hicieran alguna de sus humillantes jugarretas. Eran bromas infantiles, todo hay que decirlo, como llenarme la servilleta de harina, por ejemplo, para que cuando la abriese y sacudiera en el comedor, poco antes del almuerzo, me ensuciara y fuera el hazmerreír de mis compañeros; o entrar furtivamente en mi cuarto y deshacerme la cama, si es que en un descuido dejaba la puerta abierta; o, ¡qué sé yo!, encerrarme desde fuera para que ese fin de semana perdiera el autobús que nos llevaba a los pueblos de la sierra madrileña, donde los seminaristas de los primeros cursos desarrollábamos nuestra actividad pastoral. Todo eran pequeñeces, como digo: las típicas novatadas que gastan los chicos más veteranos a los de los primeros cursos de cualquier internado. Lo malo era que en aquel internado que era nuestro seminario aquellas bromas sólo las gastaban Josito y Chema y, lo que aún era peor, que Abelardo Leurent y yo éramos sus únicos destinatarios. Pero Abelardo, el conde, como era de carácter timorato y más bien pusilánime, se había resignado. A él le bastaba que le dejaran en paz con su música en su cuarto. Él había comprendido, gracias a su sensatez, que ésa era una batalla que nunca lograría vencer.

–Son unos zafios –solía decirme cuando conversábamos–. No les hagas caso. No merece la pena.

Pero yo, claro, aunque todo aquello me agotaba, no tenía tan buen conformar y no daba mi brazo a torcer. Vivir así requirió de mí un constante control de mis emociones.

36

–Al Dios a quien Marx critica –comenzó nuestro profesor de marxismo– también hemos de criticarle los cristianos. Nuestro Dios –y nos miró desafiante uno a uno en el aula–... ¡no es en absoluto Aquel al que Marx acusa en su obra!

Por mucho que fuera sacerdote, además de grande como un toro, el padre Sánchez Rubio era –aunque pueda sorprender– profunda y sinceramente materialista. Sí, él entendía al ser humano como pura organización material, lo que en su opinión era compatible con la antropología cristiana. A nosotros nos gustaba muchísimo lo que decía, y nos gustaba sobre todo su modo de tratarnos, siempre de igual a igual.

Durante las clases, no era inusual que aquel profesor –apenas unos años mayor que nosotros, sus alumnos– se enzarzara en largos debates con Pau Boada, a quien todos respetábamos por su agudeza e independencia.

–Pongamos que Marx tuviera razón y que Dios fuera, efectivamente, un producto de nuestra imaginación. –Boada, que en esta materia estaba en su salsa, había tomado el relevo.

Pero al padre Sánchez Rubio le encantaban estas dialécticas y, como era habitual en él, no le dejó continuar.

–¿No sería entonces esta idea de Dios, después de todo, la más fabulosa de cuantas ha inventado la mente humana? –nos preguntó, mostrándonos una tiza, como si fuera una prueba irrefutable de su existencia–. Exista o no –concluyó aquel sacerdote materialista–, al ser Dios la idea más apasionante que haya parido la humanidad..., ¡merece que nos entreguemos a ella! –y se sacudió una invisible mota de su pantalón–. ¿Objeciones al planteamiento? –y nos miró a todos, no sólo a Boada.

Pero fue él, por supuesto, quien respondió.

–Para ser una simple idea, hay que reconocer que tiene mucha capacidad para transformar la vida de quienes la sostienen –dijo no sin ironía, pero luego cambió de tono y se puso más serio–. El marxismo considera que todas las religiones e iglesias son órganos del capitalismo reaccionario que sirven para engañar a la clase obrera. ¿Qué me dice a eso?

Incluso quienes ya habían desconectado se volvieron para mirarle. Porque la verdad era que estábamos todos tan impregnados de marxismo que oírnos hablar era casi como leer un panfleto de adoctrinamiento de la vieja Unión Soviética. Nuestro corazón nos decía que razón y fe podían ser amigas, que tenían que serlo, pero nuestra cabeza nos lo desmentía. ¡Ah, qué frágil es la conciencia de un muchachito!

–Para mí que Marx tenía demasiada confianza en el hombre –sentenció de pronto Pizarro, que era un compañero que apenas intervenía durante las clases.

Se quedó tan a gusto con lo que había dicho. Y nadie se tomó la molestia de contestarle. Pizarro era el típico tío blando a quien le gustaban los chicos, las ceremonias pomposas y los documentos papales. Al poco de llegar al seminario me miró con coquetería y lo supe de inmediato.

—Para mí que Marx da demasiado valor al trabajo —dije entonces yo, no sin cierta timidez—. Porque el hombre no sólo produce, también contempla lo que ha producido.

Lo poco que yo había entendido de Marx era que disolvía al individuo en la clase y que reducía la conciencia de la persona a mera pertenencia social. Sin darme cuenta, acababa de formular lo que, durante mis estudios, habría de ser mi gran dilema. Porque yo me confesaba hessiano —¡qué le iba a hacer!— y, adhiriéndome a esta visión, era un defensor del individuo. En efecto, Hermann Hesse había sido crítico con el progreso deshumanizador y con la educación represiva, con las instituciones religiosas y con la familia tradicional —representante de valores trasnochados—, con los nacionalismos y la tecnología; pero sobre todo había sido un amante de la paz y un incansable valedor de la personalidad individual. Este planteamiento, claramente contrario al que se estudiaba en mi seminario —mucho más social—, sería la causa última de mis problemas comunitarios, que muy pronto habría de experimentar.

—Pedro Pablo Ros es aristotélico —nos explicó el padre Sánchez Rubio—, puesto que Aristóteles considera que lo más relevante de la vida humana no es la actividad, sino la contemplación.

¿Aristotélico yo? ¿Contemplativo? Pero en ese momento sonó el timbre que anunciaba el término de la clase, aunque también fuera del aula seguiríamos hablando sobre la permanente confrontación entre señores y esclavos y sobre la necesidad de que la clase explotada tomase conciencia y se rebelase contra los dominadores. Karl Marx –¡quién lo habría dicho!– estaba en nuestras cabezas y corazones mucho más de lo que podían estar san Atanasio, san Ignacio o san Buenaventura. Tal vez por ello el conflicto que tenían Chema y Josito con el conde y conmigo se agravó hasta límites tan dolorosos como insostenibles.

37

La primera vez que vi como Chema me daba la espalda durante el rito de la paz de la misa –para así evitar tener que estrecharme la mano– quedé tan desconcertado que, atolondrado, di dos o tres vueltas sobre mí mismo.

Volví a quedar perplejo y, más que eso, herido, cuando Josito, más provocador aún, se me acercó con siniestra lentitud, se situó ante mí y dejó mi mano colgando ante la suya, sin dignarse a estrechármela. Me quedé paralizado al constatar que martirizar a los demás le producía un gozo perverso. Aquel chico disfrutaba en secreto de este juego tan degradante que por un momento temí que cualquier movimiento que yo hiciera, cualquiera, podría conducirme a la ruina. Porque aquel comportamiento suyo no había sido un simple acto de venganza esporádico o puntual, sino que, de aquel día en adelante, ninguno de aquellos dos compañeros, a cuál más desaprensivo, se dignó a darme en la misa la paz. Chema se hacía el despistado y Josito me sonreía lleno de una, para mí, incomprensible malignidad. Mi mano siempre quedaba inerte, colgando en el vacío, a la espera de la suya. Apenas podía creer lo que estaba viviendo.

Lo que a mis detractores les sacaba de quicio era que mi abuelo fuera filósofo y el suyo fontanero o labrador; lo que les enervaba era que ellos hubieran estudiado en un colegio público y yo en uno privado; lo que les molestaba muchísimo, en fin, era que mi padre hubiera estado con Franco y los suyos con los republicanos. Pero lo que no toleraban bajo ningún concepto era que yo actuara como si todo eso ya hubiera pasado y estuviéramos en una época distinta.

–No ha pasado –dijeron cuando les pedí cuentas–. Nuestros padres siguen vivos. Tú debes pagar.

Sus intervenciones eran escuetas y mordaces. Josito lo dijo abiertamente:

–Uno como tú no puede ser llamado por Dios.

Chema, en cambio, creía que Dios sí que podía haberme llamado –en eso no se metía–, pero consideraba que, dadas las circunstancias, alguien como yo tenía que estudiar en el seminario diocesano, que era para los chicos de derechas.

–¡Yo no soy de derechas! –esgrimí cuando supe que ése era su argumento.

–Cada uno tenemos nuestro sitio –se defendió él–, y el tuyo, Ros –siempre me llamó por el apellido–, no es el seminario de Colmenar Viejo.

Ni que decir tiene que el hecho de ser nieto de un reputado filósofo, así como el de ser hijo de quien lo era o haber estudiado en Estados Unidos no era para mí un motivo de vergüenza. Pero tampoco lo ostentaba como un trofeo. No hasta entonces, sí a partir de ese momento. Lo importante para mí se cifraba en que había emitido unos votos y que, les gustase o no, era para ellos, como para todos los demás, un hermano en la fe. Ellos no me lo permitieron; ellos, sencillamente, no lo veían así.

–Un aristócrata nunca puede ser el hermano de un proletario –fue su respuesta–. Pregúntaselo al padre Sánchez Rubio –me dijeron también, dejándome mudo de indignación.

No es preciso insistir en que ni ellos eran proletarios ni yo aristócrata, pero fue tanta la matraca que me dieron con estas categorías que, por primera vez, me formulé sinceramente esta incómoda pregunta: ¿Seré yo, de verdad, un aristócrata? Nunca me había visto como a un rico o como a un hijo de papá, pero ¿lo sería? Para mí lo importante era que la fe cristiana nos hermanaba a todos, y mucho más aun la voluntad de ser sacerdotes y de compartir una formación y una comunidad. Pero Josito y Chema no estaban de acuerdo con esta apreciación. Y otros, aunque lo estuviesen, no movieron un dedo en mi favor. Dijeron que eran cosas nuestras. No se inmiscuyeron.

A la pregunta sobre si era o no un asqueroso burgués, en mi fuero interno respondí negativamente. Porque si se trataba de lavar los platos, por ejemplo, yo era el primero en acudir a la cocina; si de cavar una zanja, ahí estaba yo, como uno más, en el jardín; si había que vaciar el sótano o arreglar la caldera, como hicimos durante un desabrido mes de abril, yo me ponía mi ropa de faena y acudía, como cualquier otro, a la hora convenida. ¿Entonces? Chema y Josito encontraban siempre algún motivo para injuriarme: decían, para contraatacar, que yo no había desenroscado ni una tuerca de la caldera; o que mientras ellos habían sacado diez tablas del sótano, yo todavía iba por la tercera; o que fregaba las cucharillas y dejaba las ollas grandes y las cacerolas para los demás. ¡Infundios! Pero ellos eran dos, Josito y Chema, y yo sólo uno y, lo que era peor, ellos eran mordaces y yo, aunque hubiera estado todo un año en Estados Unidos, tenía todavía muy poca escuela.

—¡Claro que eres un aristócrata! —me dijo mi hermano Ignacio tras saber de mis tribulaciones una tarde en que vino a verme al seminario—. ¡Claro que eres un hijo de papá! ¿Crees que todos han tenido la posibilidad de estudiar en el extranjero, como tú? —me preguntó—. ¿Crees que a todos los niños del mundo les llevaba al colegio un chofer, como a nosotros?

Quise defenderme, pero no me lo permitió.

—¿Crees que todas las familias del mundo han tenido una chica de servicio fija, como nosotros? ¿Que todos han podido irse todos los veranos de vacaciones?

No podía parar, había cogido carrerilla.

—¿Piensas que todos tus compañeros tienen como nosotros una enorme casa junto al mar?

Sólo cuando dejé de intentar meter baza, mi hermano se calló. Quedamos un rato en silencio, sin mirarnos.

—Somos unos privilegiados, Pedro Pablo —añadió al fin, y reparé en sus músculos, modelados en el gimnasio—. Pero piensa que también lo fue monseñor Romero en su juventud. O Pedro Casaldáliga, o Gandhi, que tanto te gusta. Lo importante no es dónde uno empieza —dijo mi hermano para concluir—, sino dónde se termina.

¡Y aquello me lo decía mi hermano pequeño! ¡Era yo quien tenía que darle buenos consejos; pero era él, en cambio, quien me sermoneaba a mí!

38

Por grande que fuera mi temor a que en el rito de la paz se repitiera el agravio de mis enemigos, mayor era mi deseo de que llegase lo antes posible para que en él se realizase nuestra definitiva reconciliación o, por el contrario, para que estallase el conflicto de manera pública y manifiesta. En cuanto el celebrante decía «Daos la paz», yo estrechaba la mano al compañero de mi derecha, luego al de mi izquierda y, acto seguido, a todos los demás, los dieciséis que éramos en aquella capilla. Pero, cuando iba al encuentro de Chema y al de Josito, ellos, ineludiblemente, me daban la espalda o miraban a otro lado, dejando siempre mi mano en el vacío, colgando. Consideré que no podía seguir preparándome para el sacerdocio en aquella situación de patente y vergonzosa enemistad. Todavía más: juzgué que no podía ni siquiera llamarme cristiano si esto no lo solucionaba. Así que, consciente de los riesgos que corría, decidí hablar del asunto con el responsable de formación. ¡En buena hora!

–¡Has ido a llorarle a papá! ¡Chivato! –me insultaron Josito y Chema en cuanto se enteraron, y hasta tuve miedo de que, cuando estuviéramos solos, me acorralasen y me pegaran.

A ese punto había llegado el enfrentamiento. ¿Estaba de veras en un seminario?, tuve que preguntarme. ¿No estaba más bien en un internado parecido al que relata Robert Musil en sus *Tribulaciones del estudiante Törless*? Porque también para el joven Törless, como para Knecht, el para mí famoso protagonista de *El juego de los abalorios*, todo estaba teñido, durante sus años de formación, del carácter propio de la prueba; todo es para el neófito un momento de confrontación en el que medir sus fuerzas. Y hasta la vida entera no era para mi querido Knecht sino una carrera de obstáculos que le impulsaban a ir siempre más lejos, siempre más alto. ¡Pero aquello! ¿De verdad que tenía yo que pasar por todo aquello para llegar a la ordenación?

Es propio de los jóvenes pensar que el drama que les toca protagonizar, grande o pequeño, es tan terrible que les aísla de los demás. Por mi parte, para huir de todo aquello, me refugié en la lectura de teólogos como Rahner y Von Balthasar, las grandes cabezas del Concilio, o como Bonhoeffer y Tillich, teólogos protestantes cuyas tesis eran aún más avanzadas; y hasta me empapé de las brillantes tesis eclesiológicas de Congar y De Lubac, que algunos compañeros tachaban de sospechosamente reaccionarias. Ninguno de nosotros habría creído a quien nos hubiera dicho que la Iglesia iba a dar marcha atrás.

Pero a veces todos esos libracos se me caían de las manos y llegué a creer –así de tonto pude llegar a ser– que en aquel seminario todos estaban muy satisfechos y que la única persona ajena a esa euforia generalizada era yo. Me equivocaba, es claro: muchos de mis compañeros también lo estaban pasando mal, pero de algún modo había que dar la imagen ante los formadores de que estábamos muy contentos, pues eso era un signo inequívoco, según nos decían, de que teníamos una gran vocación. Nada hay más absurdo que la alegría impostada, algo que, por desgracia, no es tan raro entre los clérigos.

A este respecto quiero decir aquí, justo en esta página, que no creo que exista un arquetipo más fuerte que el de sacerdote. El de médico y el de maestro son también muy determinantes, desde luego, pero no se le pueden comparar. Quizá porque el arquetipo de médico y el de maestro iban en la antigüedad unidos al del sacerdote. Resistir como persona sin ser devorado por su función es para todo sacerdote uno de sus compromisos más difíciles. Para mantener la propia personalidad habiendo recibido el sacramento del orden, sólo hay un camino: luchar con uñas y dientes por ello y tenerlo siempre como la principal misión.

Acosado por mis detractores y con un libro de Nietzsche y otro de Marx bajo el brazo –tal cual, no miento–, pasé muchas de aquellas noches llorando en la capilla del seminario con el mismo desconsuelo con que apenas un par de años antes lo había hecho en mi habitación en casa de los De Cartes, en Norteamérica. Lloraba porque mis compañeros no me aceptaban, cierto; pero sobre todo porque veía cómo iba perdiendo mi estado de gracia. Aquella preciosa luminosidad, aquella ligereza y alegría que hasta entonces habían reinado en mi alma estaban de retirada. Mi vocación, hasta entonces una pradera florida, me presentaba en ese momento una primera y amarga dificultad. Y aunque a menudo me dormía pensando en Cristo, la verdad es que todas las noches, todas sin excepción, soñaba con el ajustado vestido de una chica que se llamaba Merceditas y que había conocido en la parroquia. Imposible saber entonces que aquéllas eran las primeras fiebres de un delirio colosal.

Capítulo V

El camarero de Vallecas

Un alma que ha recibido a Dios de niño podrá luego, aunque lo pierda durante la juventud, recuperarlo de adulto. Si Dios no ha empezado a abrirse paso en nuestra conciencia durante la infancia, por el contrario, difícilmente podremos acogerle luego en la madurez.

Ser sacerdote tiene mucho más que ver con las aspiraciones de belleza y de plenitud que han cultivado nuestros poetas y artistas en sus obras más insignes que con la administración ordinaria, más o menos tediosa e inútil, de cualquier despacho parroquial.

No basta con renunciar al mundo una vez, pues el mundo lanza siempre sus tentáculos, rebelde y disconforme con quienes renuncian a él. De un modo u otro, al mundo hay que estar renunciando siempre, pues incluso cuando parece estar vencido resurge de sus cenizas. El mundo o Dios: para todo hombre religioso, ésta es al final la única gran opción.

39

El incansable acoso al que Chema y Josito nos some
tían al conde de Leurent y a mí cedía durante los fines
de semana, días en los que nos consentían salir del seminario para completar nuestra formación con actividades prácticas. De lunes a viernes no estaba permitido
salir de aquel casón, probablemente porque temían que
nos contaminásemos y perdiéramos, cayendo en alguna de las muchas tentaciones con las que el mundo sabe
seducir. Nuestros formadores tenían miedo de que el
contacto con la gente nos desintegrase, tan enclenques
nos veían (y nos veían bien, es lo más probable); imaginaban que aquel seminario se quedaría vacío si el aire
del mundo, tan prometedor y chispeante como vacuo y
superfluo, se colaba entre sus paredes.

No es preciso que insista en lo importante que era
para mí salir del seminario porque todo él, pero en particular el comedor, estaba iluminado con lámparas muy
tristes, ¿cómo es que a nadie se le había ocurrido cam-
biarlas por otras más alegres? Toda la tristeza del seminario –una tristeza que nosotros, sus inquilinos, ahogá-
bamos a base de nuestro entusiasmo– se debía, en esencia,
a las pésimas bombillas y lámparas con que estaba iluminado. De la iluminación depende al menos un ochenta

por ciento de la atmósfera que reina en un lugar, esto es algo que sabe cualquiera con un mínimo de sensibilidad. Con las luces que había, en el seminario lo teníamos muy difícil; pero salimos airosos de la prueba y buena parte de nosotros consiguió concluir los estudios eclesiásticos y ordenarse sacerdote. De ahí, no sólo del encerramiento propio de la vida conventual, las ganas que teníamos todos mis compañeros y yo de salir los fines de semana a nuestras, así llamadas, correrías apostólicas.

Además de los fines de semana, se nos permitía salir del edificio del seminario los miércoles por la tarde; pero ésas eran ocasiones en las que no podía ir cada uno por su cuenta o donde le viniera en gana, sino en lo que se llamaba «paseo comunitario». Aquel paseo era siempre en grupos de tres y, desde luego, cambiando de triada cada semana, según un programa prestablecido. De este modo se aseguraba que todos estuviéramos con todos y se evitaba, como temían los formadores, las llamadas amistades particulares, que –a juzgar por las medidas que se tomaban para prevenirlas– debían de ser peligrosísimas. Aquel paseo comunitario, que obviamente debía servir para el esparcimiento en mitad de la semana, era lo que menos me gustaba de la vida de seminarista. Por de pronto era siempre a una hora –de tres a cuatro– en que, por el mucho calor durante los meses veraniegos, e incluso durante los primaverales, los seminaristas éramos los únicos que estábamos fuera, en el exterior. Lo más probable es que ésa fuera otra de las razones por la que paseábamos justo a esa hora: para no cruzarnos con nadie, no fuera a recibir nuestra imaginación, por medio de la vista, un alimento en el que luego refocilarse morbosamente.

–¿Por qué es obligatorio si es un recreo? –le pregunté a Oscar Wilde; todos habían empezado a llamarle así.

Miró a la nada con sus ojos pequeños y no me respondió.

No me gustaba que me obligaran a caminar y a «compartir» –que era el verbo que se utilizaba en vez de charlar– con personas previamente designadas. No me gustaban ni siquiera los parajes por los que paseábamos, desérticos y soleados, tristes, nadie en el mundo habría escogido un lugar así para pasear. Pero, aunque por las noches me desahogaba con mi amigo Leurent, todos los miércoles de mis años de seminario cumplí religiosamente con aquel absurdo precepto, cuyo cumplimiento se vigilaba con mayor rigor que el de la asistencia a los laudes o a las vísperas.

Los fines de semana solíamos ir a las parroquias de aquella zona de la sierra madrileña no ya en tríadas, sino de dos en dos, como los primeros discípulos de Jesucristo. Uno de los criterios formativos de los claretianos de aquella época era que todo candidato al sacerdocio conociera el funcionamiento habitual de al menos algunas plataformas pastorales. Esto significa que la religión era para nosotros cualquier cosa menos un ejercicio narcisista y dogmático: era un modo de amar al mundo, era una búsqueda apasionada y en común. En esa búsqueda, me asignaron Miraflores de la Sierra, adonde yo acudía cada fin de semana para dar catequesis a los niños. Todos creían que iba para eso y, durante un cierto tiempo, yo también lo creí.

Porque en aquella época yo creía ciegamente en los ideales: en la posibilidad de la justicia universal, en la de erradicar el hambre de forma definitiva; creía en la posibilidad de que el Reino de Dios se construyese y de que nosotros, con nuestros límites, pudiéramos contribuir a este noble fin. No era el único. Muchos estábamos enfervorizados con estos buenos deseos. Teníamos fe en el apostolado como una madre puede tenerla en su hijo. ¿Éramos unos ingenuos, unos inconscientes, unos pobres miserables? Creíamos que Jesús era el Señor de lo imposible y, pertrechados con esta convicción, soñábamos con que los drogadictos dejarían un día de drogarse y con que la Iglesia institucional dejaría de promulgar documentos absurdos que nadie iba a leer. Por eso asistimos a la más terrible de las decepciones cuando vimos, por ejemplo, que nuestra negativa a la OTAN en las urnas no había servido para nada.

¿Qué es un sacerdote sin un ideal?, pensaba yo entonces. ¿Qué es la vida sin un horizonte? Y todos echábamos más leña en ese fuego que crecía día tras día sin que pareciese que hubiera nada que fuera a extinguirlo. Un lugar como aquel seminario, poblado por tantos y tan intensos sueños, era desde luego un polvorín que, en cualquier momento, a la menor chispa que hiciera contacto, podía estallar.

Como si el destino se hubiera confabulado con quienes pretendían hacer de mí un seminarista marginal, como compañero de aquellas correrías apostólicas de fin de semana me asignaron al bueno de Abelardo, el conde de Leurent. Pese a lo bien que me llevaba con él –pues nada une tanto como compartir una penuria–, consideré que debía advertir a mi formador de que nuestro dúo no era el más apropiado. Pero esta vez, guiado por la cautela, opté por el silencio: imaginaba que Chema y Josito, mis enemigos, redoblarían su acoso si sabían que yo había vuelto a hablar de este asunto con el responsable de nuestra formación. Y callé. Callé, sí, pero no pude evitar que la marginación y el acoso a los que estaba siendo sometido fueran surtiendo su efecto, pues inadvertidamente al principio y conscientemente al final fui perdiendo la alegría que me había embargado durante los dos últimos años y, con ella, el dulce sentimiento religioso de la piedad.

En las primeras catequesis infantiles y juveniles que impartí me maravillé de lo que supone el descubrimiento de la gracia en un niño o en un adolescente. No descarto que haya algún lector a quien esto sorprenda, pues la práctica de la catequesis se ha convertido, al menos en España, en algo totalmente trivial, por no decir ridículo, vergonzoso y prescindible. La propia palabra «catequesis» ha perdido hoy toda credibilidad y tiende a asociarse con algo pueril e insignificante. El testimonio de Tolstói, que en su vejez creó una escuela para enseñar el Evangelio o, en otra línea, el de Ludwig Wittgenstein, convencido de que lo que no se puede explicar a un niño es que en el fondo no se sabe, no han sido recibidos por nuestra generación. Por mi parte, desde aquella primera experiencia como catequista en Miraflores, comprendí que un alma que ha recibido a Dios de niño podrá luego, aunque lo pierda durante la juventud, recuperarlo de adulto. Si Dios no ha empezado a abrirse paso en nuestra conciencia durante la infancia, por el contrario, difícilmente podremos acogerle luego en la madurez. Quizá sea por causa del pensamiento simbólico, que se desarrolla durante los primeros años de nuestra existencia; o, más en general, porque el aprendizaje en la edad provecta no es sino un recordatorio de lo recibido en la niñez. A mi modo de ver, los principales recursos humanos y materiales de la Iglesia deberían por esta razón ponerse en las catequesis de comunión y de confirmación. Claro que todas estas convicciones, tan razonables, y estos descubrimientos, tan esenciales para mi futuro ministerio, no impidieron que, mientras me iniciaba como educador en la fe, me enamorara locamente de una preciosa chica que se llamaba Merceditas. Mi vida ha sido, en realidad, algo así como una escenificación del planteamiento que Herman Hesse hace en su novela *Narciso y Goldmundo*: una polaridad entre el espíritu y la carne, entre la esfera celeste y la mundana o terrenal. Resulta extraño leer un libro en el que se te cuenta lo que será tu vida en los años que seguirán a esa lectura. Pero es que no leemos para que nos cuenten lo que hemos vivido, sino lo que viviremos.

40

Merceditas habría entrado en mi vida de cualquier manera, aunque yo nunca hubiera leído ni a Hermann Hesse ni a Sigmund Freud. Porque en el seminario de Colmenar no todo era Nietzsche y Marx, desde luego; nuestra formación habría sido demasiado sesgada de habernos limitado a estos dos autores. También estaba Freud, por supuesto, en cuyo pensamiento nos iniciamos con un sacerdote que pretendía ser el más autorizado y legítimo de sus intérpretes: el padre Estanislao Pita.

Pita, uno de los hombres más feos y buenos que haya conocido jamás, atendía nuestras objeciones como si fueran inteligentísimas y nos recomendaba a cada rato que leyéramos *Psicoanálisis del arte* y *Tótem y tabú*, que eran, junto a los de un tal monseñor Scala, sus libros de cabecera. Porque sin el estudio del inconsciente humano, para aquel profesor enano y maltrecho no había cultura artística, literaria, cinematográfica o musical que fuera comprensible. En otras palabras, en su opinión no se podía creer en Dios –y mucho menos ser misionero o sacerdote– sin haber leído a Sigmund Freud. Freud y sus teorías eran para él tan necesarios como los padrenuestros y las avemarías, probablemente más.

–Usted nos pone películas de Buñuel y de Woody Allen –le increpaba con frecuencia Boada, a quien tampoco achantaba este buen profesor–. Usted es un hombre religioso –continuó, siempre jugueteando con su larga melena rizada–, pero ¿no dijo Freud que la religión era una ilusión?

El cuerpo del padre Pita, de apenas metro y medio, estaba grotescamente deformado: un horrible bulto le salía del hombro derecho y, por si esto fuera poco, su brazo izquierdo colgaba inerte de su costado. En lo físico era bastante parecido a otro misionero claretiano a quien conocería años después en Austria: Bruder Jakob. Pues bien, aquel desecho humano, aquel ser a quien todos habrían compadecido por su lamentable aspecto, hablaba de Freud, del sexo y de la felicidad sin ningún reparo. Cualquier ocasión era para él buena para declarar abiertamente lo amado que era y lo feliz que por ello se sentía. Al oírlo parecía una broma, pero era la pura verdad.

–Hablando de ilusiones os contaré que durante algún tiempo procuré ocultar las limitaciones que mi cuerpo contrahecho me imponía –nos dijo en esa ocasión, aunque en realidad lo contaba casi cada día–. Pero llegó el momento en que comprendí que, aún imperfecto y deforme, yo merecía ser querido como cualquier otro. ¿Por qué no iba a ser amado sólo por tener una joroba? –y se rió ostentosamente, dejando ver su dentadura postiza.

Cierto que el padre Estanislao Pita no era el número uno de la vida de nadie –sobre eso le gustaba insistir–; pero presumía ser el número dos de al menos tres o cuatro mujeres y eso, según declaraba con vehemencia, le llenaba de tanta satisfacción y orgullo como su profundo conocimiento del psicoanálisis. Más de una vez pude comprobar cómo algunas mujeres venían a visitarle y le abrazaban y besaban, de modo que presumo que era verdad que le querían, que no eran imaginaciones o exageraciones suyas, a las que, por otra parte, era bastante aficionado.

–Es cierto que Freud animaliza al hombre en tanto en cuanto lo entiende como un ser primario e instintivo, domesticado por la cultura y la religión –respondía Pita a la objeción de Boada–. Pero también que cuando el cristianismo habla de pecado sólo quiere decir que el ser humano está enfermo y dividido entre el principio de realidad y el de placer, que es lo que quiere decir Freud.
–Sus dientes se dejaban ver tras sus labios.

El placer: aquella palabra me había despertado de mi ensimismamiento. Y este hombre –me pregunté entonces, refiriéndome, evidentemente, al padre Pita–, ¿habrá hecho alguna vez el amor? ¿Cuántos de quienes nos hablan en este seminario –quise saber también– conocerán el amor de una mujer? Porque Pita explicaba su materia con entusiasmo, eso no podía negarse; pero era evidente que todo el patente entusiasmo que ponía en aquellas teorías freudianas que nos explicaba lo extraía de la ausencia de práctica amorosa. Porque no se habla ni escribe porque se ha vivido, sino precisamente para vivir.

–Acordará usted conmigo –y, para dirigirse a Boada, nuestro profesor dio un requiebro que casi le hizo perder el equilibrio–, que ni en la tradición griega ni en la cristiana se describe al ser humano como algo acabado y armónico. Así que no puede negarme que el pensador vienés ha contribuido a nuestra comprensión de la condición humana ni que...

–¡No lo niego! –Boada no se dejaba arrinconar–. El impulso erótico de la vida, así como el de la muerte y el de la agresividad, tienen mucho en común con el amor y con la cruz tal y como los entendemos los cristianos.

Como si fuera una partida de ping-pong, nosotros mirábamos a Boada y al padre Pita sucesivamente, abrumados por su cultura y elocuencia y, al menos en mi caso, apesadumbrado por mi infinita ignorancia. Por eso, en cuanto sonaba el timbre que anunciaba el fin de las clases matutinas, yo regresaba a mi cuarto y me dedicaba a leer, a ver si de este modo paliaba mis incontables e ignominiosas lagunas.

41

Sí, lo que más hice en aquel seminario de misioneros fue leer: leer a toda hora, leer como si me fueran a arrebatar los libros, como si la transmisión del saber de la humanidad dependiera de lo que yo leyera, leer como si fuera un asunto de vida o muerte, puesto que para mí lo era. Leía sin parar, en cualquier sitio –por los pasillos, en los jardines, en el baño–, aprovechando cualquier rato perdido y a cualquier hora. Leía instigado por los constantes estímulos intelectuales del padre Pita, que en su clase citaba a científicos, poetas o pensadores que yo no conocía. Citaba y citaba y, mientras yo tomaba nota de todos aquellos títulos y autores, la verdad es que me moría de envidia.

De lo muchísimo que leí con tanta avidez durante mis años de seminario no creo que comprendiera, siendo generoso, más del diez o, como máximo, quince por ciento. Quizá sorprenda que leyera sin enterarme y que hasta concluyera libros de los que, al acabarlos, apenas habría podido decir un par de frases. Pero también viajamos sin ver verdaderamente los lugares a los que hemos viajado. Y amamos sin conocer a la persona a la que decimos que amamos. Diría más: vivimos todo un año sin vivir de él más que, en el mejor de los casos, cuatro o cinco días. Y si viajamos sin ver, amamos sin conocer y vivimos sin estar vivos, ¿cómo puede sorprender que leer, más que entrar en un mundo –preparado para nuestra instrucción o para nuestro disfrute–, sea casi siempre un mero y vano descifrar unos cuantos signos? Para leer bien hay que saber concentrarse, y para concentrarse y estar atento –y por eso es tan difícil– hay que olvidarse de uno mismo. No quisiera arremeter aquí contra los jóvenes, pero es difícil que un joven se olvide de sí. Por eso todo joven es incapaz, casi por principio, de leer, viajar o amar. Están demasiado ocupados en sí mismos como para pensar en los demás.

El resultado fue que todos los textos que cayeron en mis manos durante aquellos años me devolvieron, inexorablemente, la imagen de mi inmensa estupidez. Porque yo siempre he parecido mucho más inteligente de lo que soy. Por mi forma de expresarme, o de mirar, o por venir de una familia de intelectuales, todos han pensado que yo era un tipo bastante instruido y profundo. Nada de eso. Mi única inteligencia ha sido –al menos en este punto– la de haberles engañado a todos. Mi estrategia ha consistido, en esencia, en poner cara de saberme la lección y en citar a tres o cuatro autores tan ilegibles como reputados; es así como he logrado convencer a mis profesores –que tampoco eran muy inteligentes, eso no voy a negarlo– que dominaba su materia. Por eso, como el propio Kafka –a quien empecé a admirar mucho más tarde–, siempre temí que en la universidad, y luego en el seminario, el prefecto o el rector entraran en el aula y me increparan con una amonestación de este tenor: «Quiere usted explicarnos, señor Ros –en mi fantasía aquellos prefectos y rectores siempre me llamaban Ros–, ¿quiere usted explicarnos cómo ha llegado hasta este curso? ¡Usted! –y me miraban incrédulos–. ¡Usted, que no sabe nada!», y miraban luego a mis compañeros, para que ratificasen su apreciación. «Sí, soy un ignorante –les confesaba yo a estos docentes en mi ensoñación–. Sí –les habría insistido, para dejar muestra de mi buena voluntad–, soy una nulidad y ni yo mismo entiendo cómo he conseguido llegar hasta aquí. Todo ha sido un error, lo lamento», les habría dicho para concluir, y luego habría recogido melodramáticamente mis papeles y me habría largado de aquel pupitre, a la vista de todos y humillado por mi incompetencia.

Porque nunca he dominado ninguna materia, ésa es la verdad. Siempre he sido un simple aficionado: alguien a quien le ha gustado jugar con las palabras y, sobre todo, con las biografías. Todos mis libros son, de hecho, colecciones de vidas y, como máximo, secretas autobiografías. Pero soy un ignorante porque sólo los ignorantes pueden escribir con la libertad que requiere la literatura. Los cultos, en cambio, tienen siempre demasiados datos en la cabeza: se sienten comprometidos con la realidad, con la historia. Creen que deben formar al pueblo. Están demasiado llenos de información, y el arte –como bien sabemos los que nos hemos dedicado a ello– sólo puede nacer de los vacíos del alma, esto es, de una ignorancia y de un no saber mantenidos por principio y por sistema.

Schopenhauer nunca fue fácil para mí, comencemos por alguna de mis lecturas más rocambolescas. A Descartes, otro ejemplo, nunca le he entendido bien, también esto debo admitirlo en estas memorias. Leibniz, prosigamos con él, me pareció endiablado desde la primera hasta la última línea. Pero, ¿y Ricoeur?, ¿y Malebranche?, ¿y Comte, Zubiri, Hegel o Dionisio Areopagita? ¿Debo seguir? El pensamiento de todos estos gigantes de la filosofía ha sido para mí siempre un misterio insondable. Aprobé mis cursos de filosofía de milagro, tanto que no hay que descartar que yo fuera el estudiante más torpe de todo el seminario, como tampoco que todos fueran tan ignorantes como yo y que sólo yo me haya atrevido a confesar mi ignorancia, tan misteriosamente patente como oculta.

El caso es que la filosofía no la entendí. La teología la entendí, en cambio, un poco más, pero no del todo. La literatura, y con esto concluyo este largo *excursus*, es lo único que he entendido a lo largo de toda mi vida de lector. Debo admitir, sin embargo, que también me he encontrado con algunas novelas que me han resultado... ¡muy difíciles! Faulkner, por ejemplo, ¡qué alambicado! Pero también Cortázar y Borges son bastante difíciles para mí. Y Lérmontov, Gorki o Gógol, por sólo centrarme en los rusos... Todos estos autores y otros muchos me costaron tanto que casi prefiero no seguir dando nombres, no vaya a ser que llegue a la conclusión de que también la literatura ha sido en general demasiado enrevesada para una mente como la mía, esencialmente simple o elemental. A mí me gustan los textos sencillos y claros, aquellos que desde sus primeras líneas sabes bien de lo que te están hablando. Que lo ves, que lo sientes, que estás ahí, en lo que se relata. ¡Ah, entonces es el milagro! Pero ¿de verdad que es preciso leer cien libros para que haya uno que por fin nos resulte comprensible? ¿De verdad que es tan difícil escribir de manera clara y sencilla, que es como a todo el mundo le gustaría que todo el mundo escribiera? En fin, será mejor que vuelva a mi vida en el seminario y a mi enamoramiento de la dulce Merceditas.

42

Supe que la gracia de Dios se había esfumado definitivamente de mi alma el día en que comencé a fijarme en una chica rubia, alegre y desenvuelta de la parroquia de Miraflores, a la que acudía los viernes por la tarde con el conde Abelardo Leurent. Merceditas no solía llevar sostén y, al inclinarse, dejaba ver, para que yo las admirase, dos hermosas turgencias de una blancura incalculable. En aquellos momentos, ¡vive Dios que habría dado mi vida por haber gozado de la visión completa de aquellos pechitos de adolescente, que habría dado el mundo entero por haberlos podido tocar y hundirme en ellos! La miraba de abajo arriba, como un toro dispuesto a embestir. Hoy reconozco que Merceditas ni siquiera era guapa, pero yo, tras dos años de radical abstinencia, me echaba a temblar como una hoja en un día de viento cuando ella entraba en Nuestra Señora de la Asunción, la parroquia donde ella, como yo, era catequista. El conde y yo acudíamos allí para hablar a los niños y a los jóvenes del amor de Dios, pero con lo que de verdad me iba a encontrar era con el amor de Merceditas. No es de extrañar que el amor divino derive en un amor femenino. Más extraño es lo contrario: que el amor a una mujer derive en amor a Dios.

La irrupción de Merceditas en mi vida, sin embargo, fue como llover sobre mojado. A mi juventud y buen aspecto había que añadir el hecho de que me hubiera consagrado a Dios, emitiendo mis votos de pobreza, castidad y obediencia. Esto último, más aún que mis posibles cualidades intelectuales o físicas, atraía la atención de un sinfín de chicas, que pronto, como salidas de quién sabe dónde, empezaron a pulular a mi alrededor. Si es seminarista, pensarían, tiene que ser un buen chico; si ha profesado castidad, pensarían de igual modo, es seguro que no intentará propasarse. Pero, por mucha castidad que yo hubiera profesado y por muy seminarista que fuera, ver a toda aquella algarabía de catequistas cloqueando como gallinitas en torno a mí, me hizo creer, como es natural, que yo era el rey gallo.

Recuerdo que la primera vez que vi a Merceditas me llevé un susto de muerte: lucía un vestido de color naranja tan ajustado que me pareció que en los salones parroquiales había entrado una chica desnuda pero pintada de naranja. No podía quitarle el ojo, era superior a mis fuerzas. En realidad, nadie podía; tampoco el párroco. Ni Abelardo, por supuesto. Ni el resto de los catequistas. Todos quedamos mudos y helados, como ante una aparición. Y es que Merceditas se movía con un desenfado y una coquetería encantadores, como si más que en un salón parroquial estuviera en uno de baile o en una pista de patinaje. Su cuerpo, de formas felinas, clamaba por todos sus poros ser abrazado. El magnetismo que desde el primer momento ejerció sobre mí fue tal que tuve que desviar la mirada.

—¿Guardas tus ojos? —recordé que en su día me había preguntado don Emiliano tras su gran escritorio de madera de roble.

—¿Qué quiere decir? —Yo no entendía nada. Aun no estaba iniciado en el vocabulario eclesiástico.

–Si tu mirada es modesta –me respondió él–. Si no te recreas cuando algo o alguien te regala la vista.

Nunca había pensado en algo así.

–¿Tampoco puedo mirar? –le pregunté con una inocencia que hoy, con la perspectiva de los años, me parece inaudita.

–No debes –me reprendió mi director espiritual–. Si miras, lo que veas te acompañará durante mucho tiempo y se te presentará en la imaginación cuando no lo desees. Al igual que no te metes en la boca todo lo que te apetece –me explicó– tampoco debes meter por tus ojos todo lo que ellos codicien.

Asentí. Me parecía lógico.

–Si miras mucho –prosiguió don Emiliano en aquella entrevista, y aunque ni él ni yo mencionáramos a las mujeres era claro que hablábamos de ellas–, querrás acercarte y tocar.

¿Y si me acerco y toco?, quise preguntar. Pero no, no se lo pregunté. Imaginé muy bien cuál sería su respuesta.

–Si vas a ser de Dios –me dijo aquel sacerdote a modo de conclusión–, todo, también tu cuerpo, ha de ser sometido a Él. ¿Quieres eso? –me pregunto al fin, y me clavó su mirada negra.

–Lo quiero –le respondí.

Respondí con sinceridad.

–¿Lo quieres de verdad? –me volvió a preguntar.

–¡Claro, ya se lo he dicho! –volví a responder.

–Quizá llegue el día en que no lo quieras –insistió.

Me entristeció oír aquello. No tenía fe en mi fe.

–No llegará ese día –le aseguré por tercera vez.

Don Emiliano me sonrió con melancólica tristeza. Acaso sabía –¡cómo no iba a saberlo!– que, como él mismo, como todos los que prometemos fidelidad a Cristo, también yo, antes o después, le iba a traicionar.

Pues bien, ahí estaba la ocasión. No había pasado tanto tiempo desde aquella conversación. Guardar los sentidos parece posible cuando los sentidos no son avivados.

–¡Hola! Soy Merceditas –había dicho con voz cantarina la chica del vestido naranja–. ¿Es aquí lo de la catequesis?

Aunque no hubiera sido ahí, todos habríamos asentido. Nadie quería que aquella chica se marchase de la parroquia de la Asunción nunca jamás. Sus cabellos, rubios y vaporosos, flotaban sobre su rostro como si se los acabara de cepillar.

Supe en aquel momento que no basta con renunciar al mundo una vez, pues el mundo lanza siempre sus tentáculos, rebelde y disconforme con quienes renuncian a él. De un modo u otro, al mundo hay que estar renunciando siempre, pues incluso cuando parece estar vencido resurge de sus cenizas. Claro que siempre habrá quien diga que al mundo no hay que renunciar, puesto que hay miles de cosas buenas en él perfectamente compatibles con Dios. Una apreciación intachable, desde luego, pero falsa. Al mundo no hay que renunciar porque sea malo, sino porque es bueno; y hay que renunciar a lo bueno para ir a lo mejor. Lo difícil de cualquier elección no es lo que se toma, sino lo que se deja atrás, y si tomas a Dios, no puedes tomar también el mundo. No es cuestión de que Él sea un Dios celoso, como se ha venido diciendo; es sólo que Él necesita su espacio para poder entrar. El mundo o Dios: para todo hombre religioso, ésta es al final la única gran opción.

El caso es que el vestido naranja de Merceditas, ajustadísimo, comenzó a poblar mis sueños juveniles, y el deseo carnal me fustigó como nunca lo había hecho hasta entonces. Porque tras un periodo tan largo de privaciones, la sexualidad despertó en mí, como era de imaginar, con una fuerza descomunal. Fue en aquella época cuando empecé a tener sueños eróticos tan vívidos que, al despertar, me costaba creer que no hubieran sido reales. Lo único que me hacía comprender y aceptar su carácter onírico era que en ellos todo había sido demasiado perfecto: inconmensurable el disfrute, inexistentes las contrapartidas y nulas las dificultades para obtenerlo. El inconsciente me regalaba –y con vívida generosidad– lo que por voluntad yo había decidido negarme. No, no creo que sean muchos sobre la faz de la tierra los que hayan vivido una sexualidad más intensa, desbocada y maravillosa que yo, aunque sea sólo con la imaginación. Pero no hay que desdeñar la imaginación; casi todo lo que nos sucede a los seres humanos nos sucede precisamente en esa sede.

Durante algún tiempo, y entonces tenía veintiún o veintidós años, estuve preguntándome cómo era posible que un hombre que había decidido vivir para el espíritu tuviera luego tantos y tan vívidos sueños eróticos. No tardé demasiado en dar con una respuesta convincente: no son fuerzas opuestas, como tiende a pensarse, sino la misma y única fuerza. Todos los hombres realmente espirituales –y pienso en san Pablo, en san Agustín o en Lutero– han sido tan espirituales como carnales en un mismo y único movimiento. Santa Teresa, por ejemplo, amó a Jesucristo con su carne. San Juan de la Cruz, San Ignacio, Pelagio, Tomás Moro, Thomas Merton, Tagore, Gandhi... A decir verdad, sólo hay una fuerza que puede trascender –que no vencer– a la carnalidad: la del espíritu. Por eso quiero declarar aquí que es posible vivir sin el amor carnal y, lo que es más importante, que es posible vivir felizmente. Claro que es muy difícil, eso tampoco voy a negarlo.

Que la gracia de Dios se pierda es un drama cuyas proporciones sólo se captan con los años, si es que alguna vez llegan a captarse. Un sacerdote, como cualquier cristiano, puede vivir sin la gracia de Dios durante décadas; la diferencia es que en el caso del sacerdote el resultado es demoledor no sólo para su alma, sino también para aquellas que le han sido encomendadas. Se ha dicho hasta la saciedad que muchas almas crecen y despliegan sus alas gracias a la mediación de algunos sacerdotes; pero apenas se ha insistido, o no lo suficiente, que hay otras muchas almas, muchísimas, que han crecido a pesar de los sacerdotes, que no han servido aquí para ayudar o estimular, sino que más bien han obstaculizado y entorpecido la acción de Dios. Con la gracia divina no se puede jugar: es muy delicada. Por eso, todo el cuidado que se ponga en la supervivencia y el desarrollo de la vida de la gracia es poco, pues nada hay en el mundo tan importante, nada en absoluto. Porque al igual que Dios irrumpe en la vida de quienes le abren sus puertas, se esfuma de la de aquellos que se las cierran. Y así hasta que de pronto uno se pregunta: ¿Dónde está Dios? Y poco después: Pero ¿estuvo conmigo alguna vez? Y más adelante: ¡Ay! ¡Qué tonto e ingenuo era yo en mi juventud! Del entusiasmo a la duda, como de la miseria a la alegría, hay un solo paso. Y de la duda al sarcasmo no hay ni medio, con lo que las almas pueden vivir la máxima luz y la más oscura de las tinieblas en arcos de tiempo muy breves. No estoy hablando de memoria, sé lo que estoy diciendo. He pasado algunas temporadas en el infierno y otras en el cielo; soy, a mi pesar, un hombre de extremos.

43

Educado en colegios privados de élite durante mi niñez y adolescencia, en mi juventud de religioso me instaron a que estuviera cerca de las capas sociales más desfavorecidas. En el seminario en que estudié me enseñaron a pensar y a vivir siempre desde y para el pueblo («pueblo» era la categoría más importante en la que fui educado, por encima incluso de «Dios» o «persona») y, por supuesto, a nunca olvidarme de lo sencillo, donde siempre se esconde, aún bajo ropajes a menudo miserables y hasta vulgares o chabacanos, ese hálito de verdad de lo auténticamente humano. No es una herencia pequeña.

Uno de los más importantes criterios de nuestra formación era, por lo que acabo de decir, que cada joven tuviera un contacto directo, amplio y profundo, con algún sector del mundo de lo que entonces se llamaban «los marginados». En mi caso, por ejemplo, estuve durante el verano del 84, concluido el primer curso del bachillerato en filosofía, en una colonia de minusválidos; tras el segundo curso, en cambio, cuidando ancianos; tras el tercero, en fin, en el Penal de Burgos, con los presos... Más tarde, ya de sacerdote, pero todavía con esta voluntad de conocer de primera mano el pavoroso mundo de los excluidos, me destinaron a una misión de Centroamérica, donde vi con mis propios ojos, demasiado ingenuos hasta entonces, la escalofriante miseria en la que viven tres cuartas partes de la humanidad.

De modo que durante los veranos no se aflojaba en nuestra formación, sino que ésta adquiría un cariz más práctico. Se buscaba «estar con la gente», como decíamos a menudo, convencidos como estábamos de que tanto estudio y tanto libro debía ser contrarrestado con momentos intensivos de inmersión. Fue una filosofía muy útil. Lo que aprendí de mi estancia en la cárcel de Burgos, por ejemplo, podría bien resumirse en que también yo, de haber vivido en circunstancias parecidas a las de todos aquellos presos –traficantes de droga y ladronzuelos–, podría haber sido uno de ellos; que también yo, de haber nacido en otra familia y haberme desenvuelto en otro medio, podría haber corrido su mismo y dramático destino. Es importante comprender esto, sobre todo para quienes hemos nacido en medios social y culturalmente elevados.

La mayor parte de los seminaristas claretianos nos echábamos en verano la mochila a la espalda y viajábamos a la comunidad ecuménica de Taizé, donde colaboramos en la construcción de una inmensa carpa que alojaría a los miles de jóvenes de todo el mundo que allí se congregarían; o a las fraternidades neogandhianas de El Arca, donde yo, en 1985, pasé todo un mes de adiestramiento en la no-violencia. También íbamos a los pueblos de la Castilla más profunda para trabajar en la reconstrucción de viejas iglesias, o a campamentos de verano para niños sin recursos económicos, donde colaborábamos como monitores o animadores de tiempo libre. Ni uno sólo de nosotros quería ser destinado en el futuro a una parroquia acomodada del centro de alguna gran ciudad; todos aspirábamos a ir al tercer mundo o, si eso no fuera posible, a una parroquia de la periferia, donde poder echar una mano a todos esos drogadictos que proliferaban en aquella España de los ochenta, borracha de libertad. Nos moríamos de ganas por dar testimonio de Cristo en cualquier barrio marginal, ése era nuestro sueño: estar cerca de los desfavorecidos, acompañarles en su paso por la historia, encarnarnos en el pueblo y testimoniar nuestra pasión por el Reino. Todo este vocabulario –los desfavorecidos y el Reino, la encarnación, el pueblo...– lo habíamos aprendido de la teología de la liberación y lo habíamos hecho nuestro como si fuera el Evangelio.

Cada generación de curas, cada generación de cristianos en realidad, tiene sus palabras-fetiche. Ésas eran las nuestras. Ése era el caldo de cultivo en el que se forjó nuestra consagración. Cuando acabábamos el sexto curso y salíamos del seminario, dispuestos a que nos ungieran las manos, más que misioneros, buena parte de nosotros parecíamos guerrilleros. De hecho, en un control policial que hubo por aquellos días en la carretera, con ocasión, seguramente, de algún atentado de ETA, los policías, echando un vistazo a los usuarios de aquel autobús de línea, hicieron bajar, para inspeccionar nuestros papeles, ¡sólo a los tres seminaristas que viajábamos entre todos aquellos pasajeros! No había de qué sorprenderse; sólo nosotros, entre los presentes, llevábamos el pelo largo, la barba tupida y teníamos un aspecto zarrapastroso. Pero, terminados los estudios –y eso marcaba la diferencia–, no nos daban una metralleta, sino el Nuevo Testamento. Era fantástico. No creo que sean muchos los que hayan vivido una formación tan apasionante como la que yo pude vivir gracias a los misioneros claretianos.

De aquellos veranos en el seminario narraré en estas páginas las tres experiencias que más me marcaron: la que tuve con los minusválidos físicos al terminar el primer curso; la de los ancianos tras el segundo, cuando tuve que hacerme cargo del inolvidable padre Faro; y, por último, mi así llamada experiencia obrera, quizá entre todas ellas la más radical.

44

Cuando se tienen veintitantos años, es importante conocer a personas incapaces de valerse por sí mismas: es el modo de comprender, aunque sólo sea por contraste, que no todos venimos a este mundo en las mismas condiciones. Que hay distintos puntos de partida. Entre los muchos minusválidos físicos que conocí durante aquel verano de 1984, a mí me asignaron a los hermanos Bruno y Germán, veinteañeros como yo. Entre mis cometidos estaba asearles y vestirles a diario, pues ambos tenían brazos y manos inutilizados, así como darles de comer y ayudarles en los deportes, las manualidades y el baño, que eran las actividades en las que fundamentalmente se invertía el tiempo en aquellas colonias solidarias. Gracias a Bruno y a Germán, por tanto, gracias a la buena idea de invertir los meses de julio y agosto en ayudar a los demás, Merceditas, Josito y Chema dejaron de ocupar mi corazón –cada uno a su manera– durante aquellos meses de voluntariado.

No es difícil imaginar la multitud de escenas memorables que se produjeron en su cuidado: mientras les enjabonaba, por ejemplo, o mientras les limpiaba el culo después de que hubieran hecho sus necesidades y, no sin torpeza, les subía los pantalones. Nunca había hecho algo así, estaba aprendiendo, y tanto Bruno como Germán encontraban siempre en las bromas y la risa –con que ocultaban la violencia del silencio– las estrategias perfectas con que aliviar lo penoso que podían resultarme estas tareas. Fue en uno de aquellos momentos, poco después de que hubiera logrado atarles las zapatillas de deporte –pues el hecho de ser minusválidos no les impedía jugar al fútbol en sus sillas de ruedas–, cuando tuvo lugar una memorable conversación, que reproduzco aquí con la mayor fidelidad posible.

–Pedro Pablo –me dijo un Germán bastante más serio de lo habitual–. ¿Puedo pedirte un favor?

Bruno ya estaba en las canchas deportivas, junto a todos los demás, esperando a su hermano.

Debo decir que Germán y yo habíamos hablado los días anteriores de su asunto preferido, las chicas, pues él era muy enamoradizo y no podía entender que yo, pudiendo tener relaciones, renunciara a ellas por propia voluntad. Tanto Bruno como él, en cambio, estaban obligados, por su minusvalía, a esta renuncia, lo que no significaba, como es natural, que no se excitaran o no sintieran el deseo sexual.

–¿La castidad? –me había llegado a decir Germán el día anterior–. ¡Menuda estupidez!

Germán también me había dicho que no creía con franqueza que Dios le pidiera eso a nadie, entre otras cosas porque mantenerse célibe era, en su opinión, totalmente imposible. No se lo quise rebatir. No habría podido. Ni siquiera yo estaba tan seguro de que aquel chico no estuviera en lo cierto. Éste fue, pues, el contexto en el que aquella asfixiante mañana de agosto Germán me preguntó si podía hacerle un favor.

–Pedro Pablo –repitió, y bajó su cabeza para formularme su petición–, tú... –e hizo un silencio que me obligó a redoblar la atención– tú... ¿me masturbarías? –y me miró un segundo a los ojos para luego bajar de nuevo la cabeza.

El silencio era tan intenso que hasta se oía el goteo de un grifo. Blib, blub. Blib, blub. Dos gotas seguidas, una pausa y luego otra vez: Blib, blub. Fue Germán quien rompió aquel silencio.

—Ya sabes que yo no puedo por mí mismo y... —me miró con ojos húmedos, parecía a punto de echarse a llorar–. Nunca me he atrevido a pedírselo a ningún cuidador, pero contigo es distinto. Entiéndeme, yo... –e hizo otro silencio, que tampoco rompí–. ¡Imagínate si le digo algo así a mis padres! –y de sus ojos comenzaron a deslizarse algunas lágrimas que lograron despertar mi piedad. Tampoco tenía manos para enjugárselas, de modo que saqué mi pañuelo y yo mismo se las enjugué–. Que no tenga manos no significa que no tenga ganas de estar con una mujer, ¿me entiendes? –subió un poco la voz–. Será sólo un momento –añadió–. Será sólo una vez, te lo juro.

Germán giró el cuello dos o tres veces, a un lado y al otro, como hacen a menudo muchos minusválidos o, al menos, muchos de quienes padecen cierto tipo de minusvalías. Como si en algún lugar de su cabeza buscara más palabras que no lograba encontrar.

—Lo entiendo —contesté yo al fin, y creo que resoplé–, pero... –y me pensé muy bien cómo responder–. No creo que en eso pueda complacerte, Germán.

Estaba intranquilo. Temía que, si añadía una sola palabra más, podía estropear lo que acababa de formular de manera lo suficientemente clara y rotunda.

—¿Por qué? —quiso saber entonces él tras un nuevo giro de cuello–. ¿Es... por principios religiosos? –y me pidió con un gesto de la cabeza que volviera a enjugarle sus lágrimas y a sonarle la nariz.

Negué con la cabeza.

—¿Entonces? —preguntó, alejándose del pañuelo que yo seguía sosteniendo junto a su cara–. ¿Te da... asco? —y me miró con tanto interés que llegué a pensar que tenía la cara manchada.

Hubo un nuevo silencio entre los dos. Nuevamente fue un silencio tangible, como si se hubiera materializado.

–Me da reparo –le contesté yo, manteniéndole la mirada–. No podría.

Hubo un instante muy tenso y, al cabo, Germán me sonrió. Fue una sonrisa extraña, indescifrable.

–No te preocupes en absoluto –me dijo entonces con el mentón recto, como si nunca hubiera necesitado de todas aquellas oscilaciones y giros de cabeza–. Y que sepas que no eres ni mucho menos la primera persona a la que le pido que me masturbe. En eso –e hizo una extraña mueca– ¡te he engañado como a un tonto! –y al decirlo se rió con el descontrol y la afectación con que se ríen los adolescentes.

Al terminar el partido de fútbol, tras duchar y secar a los dos hermanos y después de haberles vestido por tercera vez en aquella mañana, estuvimos conversando sobre otras cosas, pero por poco tiempo. Germán volvió al cabo sobre el tema que le obsesionaba y, extrañamente paternal, me aconsejó que abandonara mi proyecto de ser cura.

–Búscate una chica guapa y acuéstate con ella cuanto puedas, hazme caso –me dijo–. Un hombre necesita de una mujer que le atienda y que le consuele. Claro que para eso vosotros tenéis a las monjas, ¿me equivoco? –y me brindó una sonrisa tan malévola como banal.

Se estaba poniendo impertinente y, sin embargo, no tuve el coraje de pedirle que se callara. Era más joven que yo, infinitamente menos preparado y con mucha menor dialéctica y elocuencia y, sin embargo, era él quien llevaba la conversación y, más que eso, quien abiertamente me dominaba. Yo le escuchaba como un tonto y asentía a cuanto decía, aunque todo lo que salía de sus labios me parecieran lugares comunes o sandeces. Me resultaba imperdonable y vergonzoso tener que soportar aquello. Tardé en comprender lo que me sucedía: su minusvalía me había puesto en una situación de neta inferioridad. Con su parálisis, él ya tenía una carga más que suficiente; yo no debía amargarle la vida todavía más con mis objeciones o réplicas. Había caído, torpe y tontamente, en la trampa de la piedad.

Aunque cada vez que salía de su habitación me prometía que a la siguiente vez le pondría las cosas bien claras, durante aquella siguiente vez, cuando llegaba, yo seguía comportándome como un timorato complaciente. Tanto me avergonzaba de esta actitud mía que cuando dejaba a Bruno y a Germán acostados, más que compasión por ellos, la sentía por mí mismo. Desde su minusvalía física, ellos, sobre todo Germán, dictaban las leyes de nuestra relación. Porque estaba claro que su sufrimiento les había endurecido. De modo que fui hinchándome de vergüenza durante semanas hasta que el último día de aquel voluntariado veraniego todo estalló. Fue gracias a lo que considero uno de los episodios más formativos de mi vida: el día en que tuve que limpiar las heces de Germán o, por decirlo como él, el día en que tuve que mancharme con su mierda.

45

Tanto el pene de Bruno como el de Germán, me habían parecido bastante más largos y gruesos que el mío las veces en que había tenido ocasión de bañarles. Esto, sin embargo, nunca suscitó que mirara aquellos grandes penes adolescentes con envidia, sino más bien con algo parecido a la lástima o a la conmiseración. ¡Pobrecillos!, pensé para mí. ¡Para lo que les van a servir! Claro que tampoco el mío iba a servir para mucho, pero no fue eso lo que pensé en aquel momento. Aquella mañana –y ya no quedaba mucho para que las colonias tocaran a su fin–, mientras Germán estaba en la bañera y yo le enjabonaba sus partes, tuve que escuchar de sus labios la pregunta que desencadenaría nuestro conflicto:

–Te crees un héroe por estar haciendo lo que estás haciendo, ¿no es cierto? –me preguntó él.

Su pregunta, que habría estado justificada otros días, no lo estaba entonces en absoluto. Porque era verdad que las primeras veces que había tenido que enjabonar sus partes íntimas había sentido cierta repugnancia, pero la repugnancia es sólo un primer estadio de los muchos por los que se pasa cuando uno se dedica a la higiene de un cuerpo anciano o minusválido. Yo había pasado por todos, o por casi todos: el pudor y el asco, la vergüenza ajena y el humor, sí, el humor, que viene en nuestra ayuda en estos casos, la compasión y la indiferencia, la indiferencia al fin, tan liberadora.

–No te creas un héroe –prosiguió Germán, que parecía un niño grande en aquella bañera–. Basta que me hayas limpiado unas cuantas veces más para que todo lo que estás pensando se te venga abajo.

Yo no sabía qué decir. Él continuó.

–Si te quedas conmigo un par de semanas más, dejarás de sentirte un héroe y pasarás a sentirte un esclavo. Lo sé. Tú eres el vigésimo sexto cuidador que tengo en estos últimos cuatro años. No merece la pena que esperes a sentirte así –continuó–. Te digo lo que te estoy diciendo para que te ahorres esa espera. Déjame antes de que llegues a odiarme. La gente como yo hace tiempo que deberíamos estar bajo tierra.

Me quedé mudo. No sabía qué responder. Terminada la faena, salí del cuarto de baño primero y de su dormitorio después. Fui directamente a la capilla de la institución en la que tenía lugar aquel voluntariado, me senté en el último banco y allí, durante al menos una hora –sólo se oía el zumbido de una mosca–, me quedé sin saber qué pensar o qué sentir.

Por supuesto que no me veía como un héroe por limpiar las heces de un adolescente minusválido. Pero por supuesto que había llegado a sentirme como tal por haber traspasado la frontera de la repugnancia y del asco. ¿Qué hay tras esa frontera? Cuando uno es joven, cree que tras esa frontera, como tras cualquier otra, sólo hay libertad, o amor, o bien horror, o incluso una repugnancia todavía más invencible que la que acaba de dejarse atrás. Pero nada de eso: tras cualquier frontera, también tras la que acababa de traspasar, hay siempre todo un mundo de contradicciones, sueños y desengaños; y nuevas fronteras aún, y nuevos sueños, contradicciones y desengaños.

¿Me he hecho religioso y misionero para limpiar mierda?, me pregunté entonces, todavía en aquella capilla. ¿Cuántas mierdas tendré que limpiar a lo largo de mi vida?, quise saber también. Y, lo que era peor, ¿llegará el día en que alguien tenga que limpiarme la mierda a mí? Porque limpiar la mierda ajena es duro –¡qué duda cabe!–; pero que tengan que limpiársela a uno, ¡ah, eso no quería ni siquiera imaginármelo!

–Es bueno que hayas tenido que bañar a esos chicos –me dijo el padre Pita semanas después, ya de vuelta en el seminario–. Nadie debería irse de este mundo –continuó– sin haber tenido que limpiar alguna mierda.

Me sorprendió que él, por muy cercano que siempre hubiera sido conmigo, me hablara así, con esa claridad.

Yo entendía bien lo que me quería decir, pero él quiso explicármelo todavía más.

–No es sólo que el Verbo se haya hecho carne –me dijo entonces, y sus facciones revelaban una total seriedad–. Es que el Verbo también se ha hecho caca y pis –y me sonrió.

Le devolví la sonrisa. Me pareció que había extraído la esencia teológica de mi aventura con la mierda.

Tardé algún tiempo en darme cuenta de que los adolescentes que habían puesto a mi cargo no eran ni unos «pobres minusválidos» a quienes debía ayudar y ni siquiera unos chavales a quienes hubiera que orientar o aconsejar. Tampoco unos chicos con quienes pudiera divertirme, sino –¿cómo decirlo?–... unos cínicos. ¿Cínicos? ¿Puede un minusválido adolescente ser un cínico? Exacto. Es la palabra más adecuada. Su discapacidad les había hecho astutos y resabiados. Bruno y Germán pensaban de hecho como adultos de cuarenta años, pero en cuerpos de críos de quince. Estaban de vuelta de todo, ya no creían en nada. Su dolor les había endurecido y se burlaban de quienes iban a ayudarles; y hasta se permitían insultar a los monitores a nuestras espaldas, y a veces hasta a la cara.

–¡Vete a tu casa si aquí no estás a gusto! –le habían dicho a más de uno.

–A nosotros no nos importa –ese fue Bruno, que siempre intervenía tras su hermano, y siempre para ratificarlo y poner la guinda en el pastel.

–¡Total! Si tú te vas, ya nos pondrán a otro monitor, por eso no te preocupes –de nuevo hablaba Germán.

–¡Sí, descuida! –otra vez Bruno, y tras decir aquello guiñó un ojo como lo haría un actor norteamericano.

Germán me molestaba mucho, pero Bruno todavía más. Su servilismo, su constante ratificación de lo que decía su hermano, su continuo machacar y aplastar lo que Germán ya había machacado y aplastado..., todo eso sacaba de mí un odio siniestro e irracional. Eran como Hernández y Fernández, los famosos personajes de los cómics de Tintín, pero en malvado.

«¿Sabéis lo que os digo? –tenía ganas de decirles–. ¡Que os aguante vuestra madre!»

–Pues díselo –me aconsejó el jefe de aquel voluntariado–. Todavía te quedan unos días. Quédate a gusto y diles de una vez por todas lo que piensas.

–¿Que se lo diga? –Yo no podía dar crédito.

–Sí –me contestó él–, y añade un buen corte de mangas para que vean que tú no eres el seminarista tonto y bueno que viene a colaborar.

Tardé algunos días en seguir aquel consejo y poner a los hermanos Bruno y Germán en su sitio; pero, finalmente, el último día, cuando ya no había escapatoria, llegó mi esperada revancha.

–¡Que os jodan con vuestra minusvalía! –llegué a decirles, aprovechando una de sus impertinencias y experimentando una, para mí, desconocida y rabiosa satisfacción.

–Eso se lo transmitiré tal cual a tus superiores –me contestó Bruno, ciego por la rabia.

–¡Por mí, como si se lo dices al papa! –le respondí yo, con el acre sabor de la venganza.

Pero fue entonces, sólo entonces, al derribar de un manotazo la trampa de la compasión, cuando por fin sentí verdadera lástima por aquellos muchachos.

–Me dais pena –les confesé al fin, mirándoles como siempre tenía que haberles mirado.

Y era verdad. Me había costado cuatro semanas de trabajo físico como antes no lo había realizado jamás, pero por fin les miraba como debe mirarse a un ser humano, con independencia de su minusvalía y, gracias a Dios, lejos de la trampa de la piedad. Salí de su habitación –y ésa fue la última vez que les vería– con las dos frases con las que me había puesto en mi lugar. Que os jodan. Me dais pena. Luego, orgulloso de mí, fui a sentarme una vez más en el último banco de la capilla.

46

–Pero ¿vas a seguir? –me preguntaron mis familiares cuando aquel verano fui a casa de vacaciones; o, aún peor:

–¿Todavía sigues? –quisieron saber también mis viejos amigos y compañeros de colegio y de universidad, a quienes parecía inconcebible que alguien como yo, tan mundano (y este era el adjetivo que más veces utilizaban para definirme) no tirara la toalla y, contra todo pronóstico, continuara en el seminario.

Casi todos, asombrados por mi perseverancia, me formularon durante aquellas vacaciones –al igual que me la formularían en los años sucesivos–, esta pregunta: «Pero ¿sigues?» Lo primero que les parecía extraño era que yo quisiera continuar, eso por descontado; pero lo que ya les parecía extrañísimo era que mis superiores, con lo que yo era, me lo consintieran.

–¡Claro! –les respondía yo, algo ofendido en mi amor propio–. Cuando uno sale de casa diciendo que va a hacer algo, no debe regresar sin haberlo hecho.

Ni mi familia ni mis amigos –ésa es la verdad– llegaron a hacerse jamás a la idea de que yo tenía vocación. De modo que durante todas mis vacaciones como seminarista e incluso después, ya de sacerdote, diría que hasta hace bastante poco, tuve que seguir escuchando indefectiblemente la misma y para mí dolorosa pregunta: «Pero ¿sigues?». ¿Todavía? Ante todas esas dudas que mi vocación parecía suscitar, pasé de un sentimiento de ofensa –dado que se ponía en duda la firmeza de mi carácter– a un tono que definiría de jocoso y juguetón.

–¿Y tú? –replicaba yo a quien se obstinaba en preguntarme–. ¿Todavía sigues casado? –a lo que solían responderme con una congelada y reveladora mueca.

Tantas dudas han tenido casi todos y casi siempre sobre mi presunta pero más que demostrada vocación que a veces he llegado a pensar si no habrán sido todas esas dudas, tan generalizadas, las que me han robustecido en mi camino. Pero hoy sé que hay cosas, entre otras lo de mi perseverancia, que no pueden explicarse sin una intervención sobrenatural. Porque, por mí mismo, ¿quién sabe dónde estaría yo ahora?

Cuando volví a casa tras el episodio con los minusválidos Bruno y Germán, encontré que en mi dormitorio no todo estaba en su sitio, como yo lo había dejado un año atrás. El armario ropero, por ejemplo, que tras mi partida había quedado medio vacío, lo encontré lleno de cajas y cosas de toda índole. Al darme cuenta de que el vacío que yo había dejado había sido rápidamente ocupado, sentí la tristeza de quien sabe que su marcha ha sido real, que no ha sido un juego.

–¿Qué son todas estas cajas y cosas? –pregunté a mi madre, entre la indignación y la melancolía.

–Son cajas, son cosas –me respondió ella.

¿Qué importaba después de todo lo que fueran?

Aquella noche, la primera de mis vacaciones como seminarista, dormí en mi habitación de toda la vida como si fuera la de un extraño. Por una de las ventanas entraba una luz cenital que me hizo acordarme de mi convento. Tampoco mi almohada era la mía de siempre, la habían cambiado; y, aunque parezca extraño, eché mucho de menos mi cuarto de Colmenar. No sé para qué he venido aquí, me dije con ese dramatismo que me caracteriza en mis horas más bajas. Ya no pertenezco a este lugar, me dije también, y decidí que al día siguiente argüiría cualquier excusa y regresaría al seminario. No lo hice. Pero tanto en aquellas vacaciones como en las del segundo año, el tercero y todos los demás, sentí que el tiempo que pasaba con mi familia me confirmaba en mi opción sacerdotal.

Julio y agosto, con nuestras actividades apostólicas y de voluntariado, siempre terminaban pronto; y llegaba entonces septiembre, que era el mes en el que todos debíamos estar ya de vuelta en el seminario. Ahí nos esperaban la filosofía y los conciliábulos, las misas y las oraciones y, por supuesto, las catequesis de los fines de semana. Allí, en fin, lo quisiera o no, a mí me esperaban también mis compañeros Chema y Josito, incansables en su particular batalla contra el conde de Leurent y contra mí. Por su parte, no hubo ni un alto al fuego.

Resultaba duro volver a un edificio de iluminación tan triste, pero para mí todo quedaba compensado con el reencuentro con mis profesores, mejores sin comparación que los que tuve en el colegio, que seguramente habrían preferido casi cualquier cosa antes que ser domadores de niños. En el seminario tuve profesores que me introdujeron en los *Diálogos* de Platón y en *La República* de Aristóteles –algo por lo que todavía hoy les estoy agradecido–, así como en los textos medievales de Anselmo de Canterbury, Marsilio Ficino y Nicolás de Cusa, entre otros tantos.

Cuando me cansaba de leer y de mirar por la ventana al oscuro jardín, aunque fuera de madrugada visitaba a mi amigo Leurent, el conde, a quien solía encontrar comiendo dulces y escuchando música cíngara. A él parecía darle todo igual con tal de que le dejaran en paz y tuviera la panza llena. Escondía una caja de galletas en su cuarto y, según supe con el tiempo, otra de caramelos y varios tarros de mermelada. No era de extrañar que en los últimos meses hubiera engordado tanto. Decía que con la comida que le daban en el seminario no tenía suficiente y que, por ello, se abastecía con regularidad de algunas provisiones con que paliar su hambre, que él mismo calificó de canina.

—Pero ¿puedes concentrarte así? —le preguntaba yo al verle enfrascado en el estudio de sus apuntes con los cascos puestos.

Él se limitaba a sonreírme, dejándome ver sus grandes dientes irregulares y cuadrados e invitándome a entrar.

—Es la única música que me pone contento —terminó por responder, y se encogió de hombros como indicando que nada podía hacer a ese respecto.

Me gustaba el conde de Leurent. A pesar de su cara de niña bonita y de sus presuntos orígenes aristocráticos, era un tipo sencillo y campechano. Alguien normal, directo, quizá algo retraído, pero sin doblez. No le gustaba crearse problemas. Para él todo estaba bien con tal de que le dejaran con su música.

—Y, ¿qué sientes cuando escuchas esa música?

Quería saber de él. Cuando quieres a alguien, siempre quieres saber más. Por otra parte, estaba intrigado, nunca había conocido a nadie que, como él, amara tanto la música. Quería dedicarse a ella, se dedicaba de hecho a ella. Decía que, como Dios mismo, la música era su vocación.

–Alegría –me respondió el conde; pero enseguida se corrigió–. Efervescencia. –Y volvió a corregirse–: Purificación. La música me limpia por dentro, ¿sabes? –me explicó–. En mi interior hay a veces algo que se atasca y que no funciona y, cuando escucho estas melodías, todo vuelve a recolocarse y fluir. ¿Me entiendes?

Abelardo Leurent me dejó muy pensativo. Me asomé a la ventana de su cuarto, bañada por la bruma. La noche parecía plagada de espectros.

–¿Qué sería de la religión sin la música? –me preguntó al cabo con una voz que no parecía la suya–. Sin música no existiría la religión –se respondió a sí mismo–. Para el cristianismo, Dios es palabra y silencio –prosiguió, tenía la mirada donde yo mismo la había puesto poco antes, en la oscuridad del jardín–, pero la vinculación entre la palabra y el silencio no es otra cosa que música, así es como yo lo veo.

Me quedé pensando una vez más. Quizá no fuera un razonamiento teológico intachable, pero no estaba nada mal para un simple estudiante de segundo año de teología. Por mi parte, siempre que estaba muy triste o muy contento me ponía a cantar, y eso tenía que significar algo. La historia con Chema y con Josito, por ejemplo, no sólo me hizo derramar unas cuantas lágrimas, sino también cantar, y hacerlo arrebatada y lastimeramente.

47

Fuera por la huella que me había dejado la relación con los minusválidos físicos durante aquel primer verano del seminario o porque la gracia de Dios, por desgracia, ya no estaba tan viva y operativa en mí, cuando Josito me hizo la primera de sus perrerías durante aquel segundo curso, yo no reaccioné con la pusilanimidad y sumisión con que había reaccionado en el primero. Cierto que la broma que me había gastado no había sido en absoluto tan injuriosa, puesto que se había limitado a, en un descuido por mi parte, entrar en mi habitación y deshacerme la cama. Eso ya lo había hecho en otras ocasiones; pero yo me sentí herido en lo más profundo: una furia descomunal, desproporcionada, se apoderó en aquel instante de mí. Era la misma sensación –la misma– que había experimentado tres años antes en el centro de instrucción de Cáceres, cuando hacía el servicio militar. Un andaluz espigado y granujiento me había robado la gorra en aquella ocasión y yo le había pillado in fraganti. Era un chico mucho más alto que yo, mucho más fuerte. De habernos enfrentado, no habría tenido nada que hacer frente a esa mole humana. Pese a todo, preso de mi proverbial amor propio, de un tirón le arrebaté mi gorra y miré desafiante a aquel grandullón andaluz.

–Si vuelves a tocar mis cosas, te mato –gruñí.

Así lo dije: te mato. Había sentido cómo una culebra se desperezaba dentro de mí. Era la ira. No hay bebida que embriague tanto como la ira.

–¡No te hagas el chulito! –me increpó él.

Su voz tembló de rabia. En la sien se le hinchaban las venas.

–No me hago el chulito –le respondí yo; pero una ristra de obscenidades me había venido a la boca y, evidentemente, me estaba haciendo el chulito por mucho que no quisiera admitirlo.

Aquel andaluz granujiento y espigado debió de leer en mis ojos una firme determinación, pues ni me rebatió ni se rió de mí (como bien podría haber hecho). Quizá pensara que iba a sacarle los ojos de verdad. El caso es que no volvió a molestarme durante el resto del periodo de instrucción. Se lo había creído. Había visto que si se sobrepasaba conmigo, yo, con lo enclenque que era en comparación con él, no habría dudado en sacar mi navaja y hundírsela en el estómago. Navaja no tenía, claro; pero había metido la mano en mi bolsillo para hacerle creer que tenía una.

–Hay que tener cuidado con Ros –oí que dijo una vez aquel andaluz al grupo de compañeros con quienes solía unirse en la cantina–. Es de mano fácil y no sabe aceptar una broma.

Un amago de sonrisa se insinuó en mis labios y saboreé con perfidia la situación. Con dieciocho años, tras mi regreso de Estados Unidos y antes de ingresar en el seminario, no me disgustaba que un grupo de reclutas, engreídos, pendencieros y fuertes como toros, me tomaran por alguien con quien hubiera que andarse con cuidado.

Valga toda esta historia para contar que en el seminario, ante Josito, sentí una rabia similar a la que experimenté cuando era un recluta en un centro de instrucción de Extremadura. Y al indeseable excamarero de Vallecas también le habría dicho, y de muy buena gana, que si iba a por mí estaba dispuesto a coserle a puñaladas. Claro que Josito no me habría creído, de eso estoy seguro. Ni yo mismo me creía ya capaz de decir –y aún menos de hacer– algo así. De forma que no pude amenazarle, sino sólo sufrir. Ser cristiano, al menos como yo lo vivía, me había puesto en el bando de los perdedores. Fue en aquel momento cuando lo entendí. Mi fuerza debía encontrarla en otra parte, pero todavía era demasiado joven como para saber dónde y cómo.

Preso de una rabia descomunal, en aquella ocasión reaccioné como no había sido capaz de hacerlo hasta entonces: me quedé unos segundos ante mi cama deshecha como si fuera el escenario de la más terrible de las vejaciones para, acto seguido, resoplando como un bisonte, encaminarme con grandes zancadas al cuarto de mi enemigo vallecano. Sentía que mi dignidad había sido ultrajada y, en consecuencia, requería de una satisfacción. Supongo que cualquiera que me hubiera visto se habría puesto a reír al ver mi indignación, tan exagerada.

Por fin había llegado la acariciada y temida hora de mi venganza. Porque la verdad es que muchas veces había tramado cómo vengarme de Josito, pero lo pensaba tanto que terminaba por no hacer nada: me recalentaba en el caldo de mis pensamientos vengativos hasta que, humillado por mi inacción, me daba cuenta de que ni por carácter ni por destino estaba yo hecho para todas esas cruentas represalias que tramaba. No comprendía cómo podían estar en el seminario personas tan malévolas como Josito o como Chema; en realidad ni siquiera comprendía que existieran personas así sobre la faz de la tierra. A gentes como Josito y como Chema –me decía yo–, Dios tendría que castigarles; pero Dios, ciertamente, no les castigaba. Ellos seguían ahí, rezando los salmos por la mañana, pasando de un curso a otro y cometiendo sus fechorías. También ellos estudiaban teología, daban catequesis y cantaban en las misas, de modo que empecé a preguntarme –y ya era hora– si ellos y yo creeríamos y rezaríamos realmente al mismo Dios.

Abrí la puerta del cuarto de Josito sin llamar. Mis manos hormigueaban como si acabasen de hacer un esfuerzo colosal. Una penumbra amarillenta inundaba su habitación. Él estaba en su escritorio, la luz del flexo en los papeles dejaba su rostro a oscuras, pero no lo suficiente como para que no pudiera distinguir que allí, en aquella penumbra amarilla, aquel excamarero vallecano me sonreía con indecible malignidad. Sus manos estaban apoyadas sobre el escritorio y me parecieron garras disecadas, aunque no supe discernir de qué animal. Josito siempre me había parecido un hombre sombrío, pero nunca le había visto tan oscuro como en aquel momento. Me recordaba a un animal, aunque no pude precisar a cuál. Comprendí en un segundo que la maldad afea a las personas y que testimoniamos lo que somos aún a nuestro pesar.

Incapaz de dar un paso hacia delante o hacia atrás, con el estómago revuelto, quedé paralizado una eternidad y, como si hubiera visto un fantasma, en aquel preciso instante me di cuenta de que en mí había algo todavía más fuerte que aquella tremenda rabia que llenaba mi boca de un sabor acre. Supe entonces que, como habría deseado, yo nunca podría escupir aquella frase con que había increpado al larguirucho y granujiento andaluz durante mi servicio militar: «Te mato». No. Yo no podía matar a nadie. Y una eternidad después, y como digo sin abrir la boca, para mayor humillación mía cerré con suavidad la puerta que poco antes había abierto con tanta violencia. Josito, triunfante, sonreía por su victoria. Había perdido, ésa era la conclusión. Pero ¿había perdido realmente?

El padre Pita, nuestro profesor de psicoanálisis, en una conversación posterior me hizo ver que aquél había sido el mejor de los posibles triunfos.

–Podrías ser un hijo de puta, tienes madera para ello, pero no la suficiente como para ser un verdadero hijo de puta, de esos redomados e irredentos. Te puede la compasión. No sabrías ser malvado más que en contadas ocasiones –me dijo, y, como yo le había contado buena parte de mis cuitas, dio al cabo con la frase que, definitivamente, me ablandó el corazón–. Ahora te pareces a Gandhi más que nunca –me dijo.

48

El conflicto con el excamarero de Vallecas se solucionaría un mes después y de la forma más impensada: una tarde, en la misa, el formador nos lo explicó sucintamente durante la homilía.

–Josito nos ha dejado –nos dijo Fermín de forma directa y concisa, casi fría–. Ha abandonado el proyecto de ser misionero –continuó, con esa falta de decoro que caracteriza a los de mi profesión–. Pero no os preocupéis –quiso tranquilizarnos–. Llevamos casi dos años hablando sobre su posible abandono de la congregación y ahora ha sido el momento.

Casi dos años, eso fue lo que yo pensé. Entonces no se ha ido por mi culpa, pensé también.

Era un momento delicado, qué duda cabe: que un miembro de un grupo tan intenso como el nuestro se desgajase del mismo suponía un cuestionamiento y hasta una amenaza al grupo entero. Los formadores lo sabían y, por ello, para evitar el nefasto movimiento-dominó –por el que caído uno, caen todos los de su alrededor–, procuraban comportarse como si nada sucediera. Pero sí había sucedido: Josito había sido el primero; a él, meses o años después, seguirían Moxó, Nuño de la Rosa, Pizarro..., jóvenes que hasta entonces lo habían compartido todo con nosotros –las misas, las clases, las recreaciones, las esperanzas...– dejaban de pronto de estar a nuestro lado. De pronto sus cuartos estaban vacíos y vacíos sus puestos en la capilla. De pronto el casillero dieciséis, por ejemplo, aquel en el que aquel chico guardaba su servilleta en el comedor, estaba vacío también. Y vacío el pupitre en el aula. Y sus libros de oraciones cerrados, al final del anaquel.

En lugar de aprovechar aquellas salidas de la congregación como preciosas ocasiones para reflexionar sobre el sentido de nuestra vida, sus dificultades, sus inevitables contradicciones y ambigüedades, así como la generalizada incomprensión que suscita, en lugar de reflexionar a partir de la vida misma, los formadores, tras informarnos de la nueva partida, continuaban con el tema que correspondiese a nuestra formación haciendo caso omiso de nuestro abatimiento o perplejidad.

–¿Qué ha pasado con Josito? ¿Por qué se ha ido? –Boada se atrevió a preguntarlo. Él era el más libre, por eso contaba con nuestra más rendida admiración.

–No era su camino –le respondió el formador–. Recemos por él para que encuentre su lugar.

–Me habría gustado despedirle –eso lo dijo Andrade, un compañero de modales muy rudos, pero de corazón noble.

También fue Andrade quien, poco antes de nuestra profesión perpetua, formuló una pregunta que nos descolocó a todos, incluido al formador.

–¿Por qué hay qué hacer los votos para siempre? –y nos miró–. ¿No podríamos, sencillamente vivir juntos todo el tiempo que quisiéramos y marcharnos sin más de donde se nos haya destinado cuando deseemos partir?

Nos miramos unos a otros. No sabíamos si lo preguntaba en serio o en broma. Pero él mismo nos sacó de dudas de inmediato.

–¡En serio! –exclamó–. ¿Para qué atarse? ¿Qué ganamos? ¿Necesitamos estar seguros de que no nos fallaremos en el futuro? ¿Cómo podemos prestar juramento a un futuro que no sabemos lo que nos deparará?

El formador, que se había removido en su asiento durante el coloquio, tuvo que intervenir. Nos explicó que la categoría de un hombre se mide por los vínculos que tiene, y que los nuestros, por ser perpetuos, iban a ser elocuentes de la grandeza de nuestra entrega y de nuestra confianza en Dios.

Nos persuadió, claro que nos persuadió. Fermín, que tan tonto parecía a veces, utilizaba las estrategias de la comunicación como el más consumado orador cuando le apretábamos el cinturón y la ocasión lo requería. Pero, aunque nos persuadiera, lo cierto es que la pregunta de Andrade quedó en el aire y no se disipó en mucho tiempo. Tanto que todavía hoy la recuerdo: «¿Para qué atarse? ¿Para qué prestar juramento en público? ¿Por qué no entrar o salir de las instituciones cuando uno quiera?».

Supimos que Josito había vuelto al bar de Vallecas en el que, antes de escuchar la llamada de Dios, trabajaba como camarero. Le habían guardado el puesto. Allí, entre los suyos, nadie creía que alguien como él llegaría a ordenarse sacerdote, por muy buen chico que fuera. Y no se equivocaron. Nunca volvimos a saber nada de él. Nadie. Ni una palabra. Salvo Chema, no tenía más amigos. Y ni siquiera Chema lo era verdaderamente, puesto que a él mismo sorprendió la noticia de su partida.

–¿Qué le ha pasado a Josito? –le preguntaron unos y otros al término de la misa en que nos habían dado la noticia.

Todos se dirigieron a Chema, puesto que lo más sensato era creer que sólo él podría dar alguna otra información adicional, más allá de la oficial de los superiores. Arrinconado en el pasillo, Chema debía decirnos algo y, por ello, rebuscó en su interior. Luego nos miró con una cara que yo no le había visto nunca: torció la nariz, arrugó el entrecejo y movió la mandíbula como si se le fuera a desencajar. O como si allí se hubiera encontrado con algo que le costaba tragar. Era la mueca que precedía al llanto.

—No lo sé —nos dijo, y rompió a llorar como un muchacho.

La luz le daba en la cara y a todos nos impresionó mucho verle hecho un mar de lágrimas y tan descompuesto. Pese al síndrome de las piernas inquietas que padecía y a su eterna manía de balancearse de un lado al otro, como si nunca acabara de encontrar el añorado equilibrio, Chema era elegante a su modo y daba —sobre todo si no le conocías— una impresión de independencia y seguridad. Aparentaba ser mayor de lo que era y siempre miraba el mundo con aires de superioridad. En aquella ocasión, sin embargo, puso la cara que seguramente tenía cuando era un niño y, como si el llanto acudiese a sus ojos en un segundo —sin previo aviso—, no lo pudo contener y rompió a llorar.

—¡No lo sé! —repitió Chema, cubriéndose acto seguido la cara para ocultar su llanto. Luego, trastabillando, se echó el flequillo a un lado y puso pies en polvorosa, alejándose a buen paso.

Chema no volvió a molestarme durante el resto de los años de seminario, lo que en absoluto significó que se reconciliara conmigo. Es cierto que, en la eucaristía de las tardes, durante el rito de la paz, ya no se daba la vuelta cuando me acercaba a él, haciéndose el despistado; tampoco me negaba la mano cuando yo, acongojado, se la tendía buscando una definitiva reconciliación. Su venganza fue más inhumana y más sutil: se limitaba a dejar su mano muerta para que yo se la cogiera y apretara. Más aún: supe que a mis espaldas siguió hablando mal de nuestro conciliábulo y de mí, pero también supe que unos meses después de todo aquello dejó de hacerlo. Los tiempos difíciles en el seminario habían terminado para mí y, aunque no puedo decir que durante todos aquellos años fuera muy feliz, tampoco puedo ocultar que pasara momentos agradables y muy intensos. Sí, aquel edificio grande, desangelado y de mortecina iluminación fue la fragua de muchos de mis sueños juveniles.

A diferencia de Josito, Chema sí que llegó a concluir los estudios eclesiásticos y a ordenarse sacerdote. Un día, pocos meses después de mi propia ordenación y al menos dos años después de la suya, me crucé con él en un encuentro de evangelización popular, área en la que ambos estuvimos vinculados durante algún tiempo. Curiosamente estuvo muy simpático conmigo; me hablaba con desenfado y naturalidad, como si no me hubiera insultado y marginado durante los largos años de nuestra formación. Como si nunca me hubiera llamado «el duque Ros» y no hubiera dejado su mano colgando en el rito de la paz durante cientos de eucaristías.

Había perdido masa muscular con el paso del tiempo: era el mismo y no lo era. Su imagen ofrecía con la misma fuerza tanto una idea de continuidad como de discontinuidad. Era desconcertante: no sabías a primera vista si relacionarte con él como con alguien nuevo o como con quien era antes, y la imposibilidad de actuar de un modo u otro te dejaba descolocado. Debería estar acostumbrado a dar esa sensación, pues fue él mismo quien dijo:

–Soy yo, el de siempre, no te preocupes. Puedes tratarme como te parezca, no me enfadaré.

Esto, contra su propósito, me desconcertó todavía más. Tuve la impresión de que me había leído la mente, lo que me hizo sentir desnudo y acobardado. Al término de nuestra charla, llegó incluso a pedirme que orara por él.

–Durante casi cinco años he rezado a diario por ti –comentó entonces, y no desvió su mirada de la mía–. Ha sido el único modo para superar el absurdo rechazo que sentía hacia ti. Todos los días –repitió, y siguió mirándome.

Lo que me dijo después me dejó helado.

–Tu presencia, la idea que me había hecho de ti –matizó– ha sido uno de los mayores obstáculos de mi vida. Pero ya estoy reconciliado por completo y puedo ser sacerdote sin esa espina. Ya no siento ninguna animadversión hacia ti. Perdóname, Pedro Pablo, si te hice sufrir.

Poco más o menos éstas fueron sus palabras. Al escucharlas, me quedé como un tonto, sin saber qué hacer o qué decir. «Gracias», creo que balbucí. O, «me alegro». O algo así, más o menos simple y convencional. Chema me brindó entonces la sonrisa que jamás había esbozado durante el sexenio de nuestros estudios y luego, con esa sonrisa aún en su rostro, se cargó una bolsa de deporte a la espalda y se alejó a grandes zancadas. Aquélla fue la primera y única vez que le vi sonreír.

Capítulo VI

La fragancia de las azucenas

No podemos vivir sin conflicto, pero podemos vivir el conflicto sin desgarrarnos, eso sí. La perfección es para mí la elegancia en la imperfección. Y elegancia es humildad y buen humor, dos virtudes que suelen caminar de la mano.

En la juventud la infelicidad nos tienta casi con tanta fuerza como la felicidad. Los jóvenes, quienes de verdad son jóvenes, necesitan probar su sabor y ver hasta dónde les conduce; necesitan caer a ese pozo del que todos dicen que es tan terrible, e incluso ahogarse un poco en sus aguas, a ver cómo es eso de agonizar.

Los novelistas que me gustan son todos muy impertinentes. Los novelistas que ponen cada palabra en su sitio, en cambio, los estrategas del lenguaje, me podrán deslumbrar algunas veces, pero no me alumbran.

49

Los suenos de mi juventud habían cuajado pocos meses antes, el día de mi profesión religiosa, cuando, recién cumplidos los veintiuno, emití tembloroso mis primeros votos ante mi familia y más de un centenar de amigos y compañeros de congregación. Chema y Josito estaban ahí, entre los presentes, fraguando ya una animadversión que luego tanto me haría sufrir. Pero yo, en mi nube de ilusión, no tenía ojos más que para mi felicidad.

También mis padres acudieron para acompañarme a la ceremonia y, por primera vez en mi vida, sentí ante ellos algo que nunca había experimentado: vergüenza ajena. No fue agradable. Ver a mi padre y a mi madre sentados en el primer banco de la iglesia, verlos junto a los demás padres de los novicios –también sentados en esos bancos de iglesia–, me hizo experimentar algo que desconocía: la vergüenza de clase. Pero no la vergüenza por ser pobre o analfabeto, o ir sucio, o no saber cómo comportarse, sino todo lo contrario: vergüenza porque mis padres eran, entre los veinte o treinta que había aquella tarde en aquel templo, los únicos que vestían con decencia. Los únicos que se sentaban con corrección y los únicos que no se pusieron a parlotear hasta que los novicios subimos al presbiterio, dispuestos a emitir nuestros votos de castidad, pobreza y obediencia. También fueron los únicos que unían las manos para rezar y que se arrodillaron durante la consagración.

Mi padre vestía un chaleco algo pasado de moda y en su cuello lucía una corbata fina y oscura. Aquella corbata negra y distinguida resaltaba en contraste con las corbatas de los padres de mis compañeros, de nudo grueso y de los colores más vivos: rojo, naranja, verde clarito, amarillo... En su discreción, mis padres resaltaban en aquel gallinero de hombres y mujeres de pueblo o de provincia que se habían puesto sus mejores galas para la ocasión y que sudaban como pollos al no estar acostumbrados a llevar un traje de chaqueta. En lugar de orgullo, sentí vergüenza; así de imbécil habían conseguido que fuera.

Entre los presentes, había otro matrimonio que también desentonaba: los padres de Abelardo Leurent, pero como llegaron tarde, casi al final, sólo reparé en ellos al término de la ceremonia. Durante la merienda, el padre de Abelardo, un caballero de rostro huesudo y de piel húmeda y curtida, saludó a mi madre inclinándose y besándole la mano.

–¡Por fin una dama! –comentó él; y mi madre, súbitamente sonrojada, le sonrió como si tuviera dieciocho años.

Una dama y un caballero, así eran mis padres. Pero a mí se me estaba educando en la necesidad de estar cerca de los pobres y en la virtud evangélica de la pobreza, de modo que, al ver a mi padre y a mi madre con los inconfundibles modales de los ricos y cultivados, sentí una absurda y abrasadora vergüenza.

A ellos tuvo que pasarles algo parecido. Al ver a su hijo con un destino con el que para nada habían contado, durante aquella ceremonia mis padres no estuvieron ni felices ni relajados. Todo lo contrario: estuvieron tensos y visiblemente apesadumbrados, tanto que, al término de la liturgia, mi padre arguyó una indefinida molestia para abandonar la fiesta apenas había comenzado. Hizo bien en marcharse, para él no había nada que festejar. Mi madre tuvo que ir tras él –eso no hay ni que decirlo–, si bien ella se habría quedado con cierto gusto, aunque sólo fuera para probar los canapés y para entablar conversación con el padre de Leurent. Al principio sentí la marcha de mi padre como un agravio, puesto que lo era; pero pronto lo agradecí, pues de este modo me ahorraba sus miradas de censura y, sobre todo, esa abrasadora vergüenza que sentía por unos modales y una elegancia que desentonaban en aquel ambiente campechano y popular.

–Admiro mucho tu decisión –me aseguró mi hermano aquel día–, yo nunca sería capaz de vivir en una casa con un tresillo tan feo –y señaló un sillón y sus butacas tapizadas de un azul chillón.

Aquel sillón y aquella butaca no eran en absoluto elegantes, eso no iba a discutirlo. Pero, como me quedé pensando qué responder, mi hermano aprovechó mi silencio para continuar.

–Tampoco podría vivir en una casa en cuyo salón hay un cuadro así –y señaló un tapiz en el que se representaba una tradicional escena de caza, de evidente mal gusto–. O con unas plantas tan ostentosas como éstas –y también las señaló.

Así estuvo mi hermano Ignacio durante un buen rato, despachándose a gusto con todo lo que le desagradaba de mi noviciado: la horrible chaqueta de un compañero, por ejemplo, el color del adoquinado –sobre el que insistió hasta la saciedad– y el de las paredes, las cortinas..., y así un largo etcétera que me hizo ver la casa en que había vivido a lo largo de aquel año mucho más fea de lo que jamás la había visto. Casi sentí pena por mi destino, que hasta un minuto antes me había parecido de una dicha sin matices.

La sensibilidad de mi hermano era tan exquisita que todo lo que no se ajustase a sus criterios estéticos era directamente despreciado con dureza o con ironía. Quise decirle que había cosas más importantes que la apariencia externa, pero sé que él me habría rebatido y, todavía más, que me habría ganado en el debate. Quise decirle que hay en la vida cosas más importantes que el color de un tresillo (¿verdaderamente las hay?) y que su mirada era discriminatoria y despectiva. Si él había mirado los colores y las formas de las cosas, yo, por contrapartida, miraba el rostro y hasta el aura de las personas. Eso habría sido un buen contraataque. Pero en esta confrontación no entramos hasta años después, y para entonces él me dijo lo que yo ya sabía:

–No es cuestión de pobreza. Se puede ser pobre y tener un gusto decente. Cuando algo externo es tan espantoso –me dijo también– es porque hay algo dentro de quien lo posee o de quien lo luce que también debe de serlo.

Belleza y pobreza. ¿Seremos alguna vez capaces de conjugar en la Iglesia este binomio? ¿No es éste, después de todo, el binomio que mejor resume lo genuinamente cristiano?

50

En 1986 fui destinado durante los meses de verano a una residencia de ancianos sacerdotes, donde tuve a uno de ellos, el padre Faro, a mi cargo día y noche. Es muy importante que a los veinte y tantos años se vea cómo es un cuerpo a los ochenta: se comprende entonces, de un solo golpe de vista, qué es la decadencia y adónde nos encaminamos. Nunca olvidaré el cuerpo ni el espíritu del padre Faro, un hombre que, pese a contar sólo sesenta y dos años, había envejecido sin previo aviso y daba la impresión –acaso por su avanzada osteoporosis– de ser un octogenario.

Del padre Faro se decían muchísimas cosas, entre otras que era sordo. No lo era. La fama de su sordera le era útil en ocasiones y, sin pensárselo dos veces, la secundó para oír lo que se decía por ahí y campar por sus respetos en la residencia sacerdotal en la que vivía. Si llegaba tarde o se ausentaba de cualquier rezo, por ejemplo, tenía la justificación perfecta.

–Usted oye más que yo –le dije al poco de conocerle.

–¿Cómo dice? –me respondió él, tocándose la oreja como dando a entender que no me había oído.

Tenía las orejas muy grandes, diría que monstruosas. Y llevaba una camisa negra abotonada hasta la barbilla.

Pero luego el padre Faro sonrió y, en su sonrisa, que él vio que yo vi, me reveló que lo de su sordera fingida era uno de sus secretos y que, naturalmente, contaba conmigo como cómplice.

Lo de que hubiese sonreído era muy excepcional, puesto que el padre Faro se había ganado a pulso la reputación de cascarrabias, y vive Dios que si había alguien en el mundo a quien pudiese cuadrar esta fama era a él. Siempre estaba farfullando y escupiendo improperios. Todo le parecía mal, no estaba conforme con nada: la comida nunca estaba a su gusto, por ejemplo; el armario de la sacristía era un desastre, en su opinión; la parroquia en que se enclavaba su residencia no funcionaba en absoluto y los compañeros que le habían caído en suerte eran los peores del mundo. De los políticos era mejor ni hablar; el tiempo, malo, desde luego, siempre malo, o demasiado calor o demasiado frío, o demasiado seco o demasiado húmedo. Era desalentador hablar con él, puesto que terminaba por minar el estado anímico de los más animosos.

—¡Pero algo bueno habrá en esta vida! ¿No? —terminaba por preguntarle yo, harto de tantas quejas.

Y él se me quedaba mirando de hito en hito.

—¡Qué ingenuo eres! —me decía en esos casos—. A ti te queda todavía mucho por pasar —y seguía con sus lamentaciones.

Nunca he conocido a nadie tan irritado con la vida como él. Abría la boca sólo para refunfuñar. Todo lo que puedo decir de él en este sentido es poco en comparación con la realidad. Porque todo el mundo sabe que hay gente amargada, pero cuando uno se encontraba con el padre Faro…, ¡ah, entonces te dabas cuenta de lo que de verdad significa la amargura! ¿Puede vivirse así?, me pregunté cuando le conocí y me pregunto todavía hoy. Se puede. La amargura lo corroe todo, eso es claro, pero va muy despacio en su tarea de erosión, con lo que uno puede estar perfectamente ochenta años o más amargándose a sí mismo y a quienes le rodean. Ni qué decir tiene que una persona así, como el padre Faro, es un cáncer para cualquier comunidad.

Aquellos meses veraniegos en que tuve que hacerme cargo de él fueron muy instructivos para mí: supe en pocas semanas, y con bastante exactitud, el tipo de sacerdote en que no me quería convertir. No exagero si digo que el padre Faro era ateo. No agnóstico, no, ateo.

–¿Rezar? ¡Menuda estupidez! –decía muy a menudo–. ¿Para qué sirve rezar sino para perder el tiempo?

Aquello me lo dijo el día en el que le conocí. No paraba de chupar un puro, que no tiraba bien, y poco antes había puesto su bastón y su sombrero en una percha. Nadie en el mundo usaba en aquel momento bastones y sombreros como los del padre Faro. Pero él estaba por encima de las modas, de todas las modas. Había algo enternecedor en aquella terquedad suya, al menos para mí. Su vestuario y modales anticuados me pusieron de entrada, claramente, a su favor.

La misa no le gustaba decirla, pero como era de la vieja escuela la decía de todos modos, aunque todo el ritual no le llevara ni cinco o, como máximo, seis minutos. De ahí que algunos en su residencia le llamaran el padre Billy, el rápido. Parecía una broma, pero lo suyo era verlo y no verlo. Los pocos feligreses que asistían a la misa a esa hora estaban escandalizados.

–La Iglesia es bazofia –me decía a mí, que le escuchaba entre perplejo y asustado–. En el mundo hay corrupción –decía también, mientras su rostro oliváceo adquiría un tono amarillento–, pero dentro de la Iglesia mucho más, te lo aseguro –y se señalaba los ojos y levantaba el índice para advertirme que era testigo en primera persona de aquella corrupción–. ¡Es todo un tinglado! –me aseguraba cuando pretendía rebatirle o, al menos, apuntarle que había otros puntos de vista–. Tú ahora no lo ves –y me clavaba su dedo índice en mi pecho, llegando a hacerme daño–, pero como no eres tonto del todo, dentro de unos años, y confío que sea cuanto antes, me darás la razón.

–Oiga, que yo no he nacido ayer –me defendía como un torito–, quizá haya pensado que…

Pero no me dejaba terminar, lo que en él era habitual.

–Le ruego que no se sulfure –hacía mucho tiempo que no oía a nadie utilizar ese verbo, sulfurar.

Yo le replicaba que por qué no había colgado la sotana.

–¿¡Y adónde quieres que vaya yo!?

Y luego reconocía lo que le pasaba.

–Soy un cobarde, muchacho, tienes razón. Tenía que haberme marchado hace mucho tiempo, pero aquí… –y puso una cara entre pícara y afligida–, aquí tengo los garbanzos asegurados.

Los garbanzos asegurados: no he olvidado esta expresión. Recuerdo tanto la expresión como la cara con que la dijo.

Muy a su pesar, el padre Faro vivió aún bastantes años, muchos más de los que habría deseado. Y llegó a mis oídos que al final de sus días llegó a decir la misa en tres minutos y medio, lo que me parece del todo imposible. Supe de buena tinta que no murió en su cama, sino en la sacristía de la residencia de misioneros en la que vivía, revestido para decir la misa en una silla de ruedas. Y fue así, con la estola puesta, como lo enterraron, ¡a él, que renegaba del sacerdocio y de la Iglesia!

51

El padre Faro pertenecía a esa clase de personas que tiene tanto veneno dentro que, aun queriendo, no puede evitar que le salga en cuanto abre la boca. Parecía encontrar un siniestro gusto en hablar mal de todo y de todos, y hasta en denigrarse a sí mismo, pues era a él mismo a quien primeramente criticaba. En el fondo daba lástima, pero había que recorrer un largo camino para llegar a ese fondo y, antes de alcanzarlo, te encontrabas con la perplejidad y la indignación, con la rabia y la vergüenza ajena, con la tristeza. ¿No se daría cuenta de que estaba representando a un personaje deplorable? En sus continuas diatribas contra la Iglesia, ¿pretendía convencerme a mí o a sí mismo? ¿No serían todos esos ataques, a fin de cuentas, un amor desesperado al que se había dado la vuelta? El padre Faro no era, desde luego, un ingenuo, y debo decir que nunca he escuchado ni por parte de los más acérrimos y despiadados adversarios de la Iglesia, críticas tan severas e implacables contra una institución que, paradójicamente, por ser sacerdote, él representaba.

El caso Marzinkus, por ejemplo. Me estuvo hablando de ello durante horas. Estaba informadísimo y se despachó conmigo a gusto, contándomelo todo y con todo lujo de detalles. Dijo que «el gorila», que así se llamaba a este arzobispo estadounidense, dirigió el famoso IOR o Instituto para las Obras Religiosas como Pasquale Pulsoni, el secretario del papa, le indicaba, es decir, sin ninguna experiencia financiera. Dijo que mantuvo el control de los fondos católicos, cuando fue presidente del Banco Vaticano, y que allí se ganó la admiración y el respeto de las multinacionales más moralmente discutibles y discutidas. Dijo, puesto que yo no le frenaba, que diversificó las inversiones internacionales de la Iglesia colocando el dinero donde le vino en gana y que de no ser por un tal Vittorio Lunadei, de quien habló como si le conociera en persona, el colapso del Banco Ambrosiano habría derivado en otra cosa. Sirva todo esto como botón de muestra, pues el padre Faro arremetía lo mismo contra el reputado Fisichella que contra los patriarcas de las iglesias autocéfalas, contra el cardenal primado de Toledo que contra la teología aperturista de Garriga Cos. En realidad, no había nada en la Iglesia, nada en absoluto, que en su opinión pudiera salvarse. Todo era abyecto y vil. Todo corrupción y podredumbre. No se cansaba de escupir datos y reflexiones, justas o equivocadas, eso lo ignoro, pero bien documentadas y razonadas, de eso sí que puedo dar fe.

De los encuentros con el padre Faro yo salía normalmente muy desanimado. No sabía bien si tomármelo en broma o en serio. Era demasiado joven para encajar a una apisonadora tan incansable y sistemática como él. Me desbordaba su amargura, su cinismo, su desabrida lucidez. ¿Qué le habría podido suceder a un hombre para llegar a un extremo así?, me preguntaba. Hablaba contra la Iglesia –no contra Dios– con muchísimo más fervor, fundamento y pasión que cualquier otro sacerdote que yo haya conocido habla a su favor. El padre Faro era un auténtico profeta, hoy lo sé. Sus sermones anti-Iglesia los profería a toda hora ante quienquiera que se pusiera ante él. No le importaba el destinatario, sólo el mensaje. Y el mensaje era éste: hay que acabar con todo, demolerlo, arrasarlo, todo ha estado mal desde el principio. Y hay que volver al Evangelio. Pero del Evangelio no hablaba, sólo decía que había que volver a él. La suya era una profecía de la denuncia, no del anuncio. Lo del anuncio se lo dejaba generosamente a los demás.

Por aquellos días, me encontraba releyendo las obras de Hermann Hesse; no todas, pero sí buena parte, pues descubría, asombrado, que el encanto que me produjeron siendo un muchacho no se había desvanecido casi una década después: un milagro. A la novela *El juego de los abalorios* volvía a cada rato, para que mi espíritu se esponjara y descansara de la aridez de la filosofía. El padre Faro me hizo pensar inevitablemente en uno de los personajes de esta narración –un tal Tegularius–, la tercera posibilidad que Hesse plantea en la dialéctica entre el mundo y la religión: la del disidente, la de quien hace de la crítica el sentido de su vida. Porque quien disiente y, pese a su discrepancia, permanece en las filas de su institución, no es un verdadero hereje, sino tan sólo un símbolo de la precariedad de cualquier agrupación y de la relatividad de sus normas. En toda institución, también por supuesto en la Iglesia católica, habita el germen de su autodestrucción. En el mismo seno de la ortodoxia –se dice en teología– habita la heterodoxia.

Fiel a este espíritu –que encarnaba con total precisión–, el padre Faro se había pasado buena parte de su vida recogiendo información y ordenándola para dar más peso y credibilidad a sus invectivas. Pero yo, con veinticuatro años, estaba desbordado con toda aquella avalancha de acusaciones y críticas. En su favor debo decir, sin embargo, que de Iglesia y de religión aprendí con él mucho más en aquellas semanas de verano que en cualquier curso de teología durante el resto de los años del seminario.

El padre Faro se daba perfecta cuenta de cuando yo desconectaba y le dejaba hablar. En esos casos me lo recriminaba, me obligaba a que retomara el hilo y a que le repitiera lo que me acababa de decir, para comprobar si me había enterado bien. Era como un viejo profesor que quisiera abrir los ojos a sus alumnos aún a costa de hundirlos en la miseria.

—Pero ¿no podemos hablar alguna vez de otra cosa? —me atreví a suplicarle en cierta ocasión.

El padre Faro me miró entonces como sin dar crédito a lo que acababa de oír. Brincó como si le apuñalaran.

—¡Estamos machacando a millones de personas y tú me pides que hablemos de otra cosa! —exclamó.

Una vena le palpitaba en el cuello.

—¡Somos responsables de la devastación de miles de conciencias y tú me pides que dejemos la cuestión! —siguió gritando.

Aquella tarde y para que se quedara tranquilo por lo que a la formación de los claretianos se refería, le dije que a nosotros nos estaban enseñando a poner los ojos en las ovejas que estaban fuera del redil, no en las que estaban pastando en nuestros campos con toda tranquilidad.

—Si somos misioneros, debemos ir con los descreídos, que ya se encargarán otros de los píos y los devotos —remaché, y Faro me miró muy sorprendido, pues yo no solía entrar en sus debates—. Sí, queremos ir ahí donde nadie lo desea, a los lugares más duros de vanguardia y, ¿no le parece que ésta es una Iglesia ante la que sí cabe la esperanza?

Yo acababa mental y psicológicamente agotado tras aquellas jornadas —ya lo he dicho—, pero creo poder afirmar que él también. De hecho, no era infrecuente que cada pocos minutos, mientras se despachaba a gusto y escupía todos aquellos sapos, se enjugara el sudor de la frente, pese a que en el porche en el que nos encontrábamos no hacía normalmente ningún calor.

52

Soplaba un viento fresco en aquel porche en que nos encontrábamos conversando y el padre Faro me pidió que fuera a su habitación a traerle una chaqueta. Fui, abrí el armario donde me había dicho que colgaba y, supongo que, por curiosidad natural, no pude evitar meter la mano en uno de sus bolsillos. Lo que mis dedos palparon entonces en el fondo de aquella chaqueta fueron, para mi sorpresa, las cuentas de un rosario. ¿Un rosario? ¿Sería posible que un hombre como el padre Faro, con su marcada acritud y animosidad frente a la Iglesia –algo, por cierto, no tan infrecuente entre sacerdotes católicos–, rezara a la Virgen a escondidas? El asunto me dejó tan impresionado como si hubiera encontrado en el fondo de aquella chaqueta, qué se yo, un fajo de billetes de mil dólares o una caja de preservativos. ¿Podría rezar una persona con tanto veneno dentro como el padre Faro, cuya crítica exacerbada y manifiesto rechazo a la Iglesia estaban más que probados? ¿Podría él invocar a la Reina y Madre de la misericordia? Decidí tenderle una trampa, de modo que cuando llegué junto a él, con la chaqueta en la mano, le extendí en la otra el rosario.

–De un bolsillo se ha caído esto –le dije, y se lo mostré.

El padre Faro guardó unos segundos de silencio en los que se atusó sus imponentes bigotes encanecidos y me miró con una tristeza dulce y ancestral. Parpadeó varias veces. Era evidente que no sabía qué responder.

–No sé cómo ha podido ir a parar a mi bolsillo este objeto –musitó al fin, tras manosearlo un poco, como decidiendo qué hacer con él–. Puede usted llevárselo o dárselo a quien quiera.

Y me lo devolvió. Ni siquiera quiso pronunciar la palabra rosario, pero en ese instante comprendí que el padre Faro no era ateo en absoluto y que no se limitaba a defender el mensaje del Evangelio como mero humanismo. Lo reconociese o no, él rezaba a la Virgen. Ese rosario era la prueba más fehaciente. Para mí era claro y, por ello, casi sin pretenderlo, le sonreí. Él enrojeció visiblemente en el acto, como quien es descubierto en una mentira. Y yo decidí no hacerle sufrir más, al menos por el momento, de modo que no volví a sacar el tema. Me limité a dejar el rosario donde lo había encontrado, a sabiendas de que, antes o después, también él lo encontraría allí.

En el camino de su cuarto al porche, que hacía agarrado a mi brazo, el padre Faro quiso aquella tarde, por primera vez desde que nos conocíamos, hacer una parada en la capilla.

—Entremos un rato —me dijo y, una vez dentro, me invitó a que me sentara junto a él en el primer banco.

Estuvimos allí unos minutos en silencio. Sólo se oía su quejumbrosa respiración. En aquel silencio fue cuando se me hizo claro que el sentido de todos aquellos encuentros que nuestros formadores nos instaban a tener con los marginados no era tanto la confrontación con la marginación misma, sino la relación íntima con algunas personas en una fase límite: el padre Faro, el minusválido Germán, Nano, el preso... Todos ellos, cada cual a su modo, me hicieron ver mi inmensa ingenuidad, por no decir abiertamente mi supina estupidez. Todos ellos, sabihondos, cínicos o amargados, habían sido verdaderos maestros para mí. Fue entonces cuando empecé a pensar que había algo en mí que siempre me ponía en actitud discipular. Que yo estaba en este mundo para aprender. Que me pasaría buena parte de la vida aprendiendo, sino toda ella. Y que si alguna vez llegaba a ser maestro en algo y para alguien sería gracias a que antes había sabido ser un aprendiz. Picaresca y tragedia: con estas dos palabras fue como más tarde tuve que describir mis primeras experiencias en la pastoral. Claro que quizá sean también las dos palabras que mejor definan el alma española.

—La Virgen es la Virgen, ¿no le parece? —me dijo de pronto el padre Faro desde aquel primer banco, mirándome por el rabillo del ojo.

Asentí. Creo que también le sonreí. Me hacía ilusión que, como yo, también el padre Faro creyera en Ella, que le tuviera devoción.

—No se lo diga a nadie, se lo ruego, pero tengo esa debilidad —y se encogió de hombros con la misma expresión, estoy seguro, que habría puesto millones de veces cuando de adolescente era descubierto in fraganti en alguna fechoría.

—Le guardaré el secreto —le respondí, y salimos sigilosamente de la capilla como si en lugar de un viejo sacerdote y un joven seminarista fuéramos dos espías que hubiéramos entrado a profanar un lugar sagrado.

Tras aquella tarde, el padre Faro y yo no volvimos a hablar más de la Virgen. Le había prometido discreción y la guardé. Pero hoy sé que aún en el corazón más envenenado late una debilidad. Esa debilidad es su secreto. Y ese secreto, por humilde o pequeño que sea, su esperanza.

El padre Faro, un misionero con osteoporosis prematuramente envejecido, era una especie de profeta con bastón en los jardines de una residencia sacerdotal. En algún momento de su vida había visto que todo, todo sin excepción para lo que había vivido hasta entonces, era una mentira; y se consagró en cuerpo y alma a desenmascararla y denunciarla. Pero, mientras lo hacía, como quien deja un ventanuco abierto por el que escaparse en caso de peligro, metía su mano en el bolsillo de su chaqueta y palpaba allí, en el fondo, ese pequeño objeto sagrado que, callada y misteriosamente, le daba el coraje y el tesón que necesitaba para su profecía.

53

A mi vuelta de las vacaciones, tras el voluntariado en la residencia de ancianos, descubrí que Merceditas, a quien tanto había echado de menos, se había marchado de Miraflores de la Sierra sin tan siquiera despedirse. A su padre, que era militar, le habían destinado a otra ciudad, y la familia, consecuentemente, había tenido que mudarse. ¡Qué desolada me pareció entonces la parroquia de Nuestra Señora de la Asunción! ¡Qué solo me sentí sin la voz cantarina de Merceditas y sin su vestido naranja, que tantas poluciones nocturnas habían protagonizado! No, no tuve tiempo para enamorarme de aquella chica rubia y desenvuelta que era Merceditas, sólo para desearla. La espita, en todo caso, había quedado abierta, y cualquier ser humano con faldas, ¡cualquiera!, habría suscitado en aquel momento mi más vivo interés. De manera que pronto, muy pronto, ¡el primer día del nuevo año de apostolado!, me fijé en otra chica que se llamaba Diana. Diana no lucía ningún ajustado vestido naranja, pero de ella sí que tuve tiempo más que suficiente para enamorarme como uno se enamora cuando tiene veintitantos años.

Diana era rellenita como una paloma y los vestidos le caían tan bien que parecían diseñados y tejidos exprofeso para ella. Eran vestidos de colores claros y pastel. Cuando la veía, me daba la impresión de que empezaba a sonar una música. Es más: sabía de su presencia porque primero empezaba a escuchar una música dulce y embriagadora. Cuando esa música empezaba a resonar en mis oídos me daba la vuelta y, sí, allí estaba ella. Quizá sea una propiedad que tengan algunas personas. Quizá sea un fenómeno más, entre tantos, de lo que conocemos por enamoramiento. Era una música deliciosa, quizá algo repetitiva, pero cautivadora. Hoy sería incapaz de escribirla o tararearla, pero la reconocería de inmediato si volviera a sonar en mi alma. Después he conocido a otras muchas mujeres, pero esa música no la he vuelto a oír. Es una lástima: es un fenómeno muy bonito e inofensivo, y me gustaría que se repitiera más a menudo.

Sobre la música de sus vestidos y sobre mi enamoramiento no quería pensar. ¿Para qué adelantar en el pensamiento –me decía– algo que, probablemente, nunca se verificaría en la realidad? Además, el asunto no se presentaría nada fácil, porque mientras que Merceditas era sólo una gatita –una de esas mujeres con quienes uno desea tan sólo pasar un buen rato–, Diana, en cambio, ¡ah, Diana era una auténtica tigresa! A mí siempre me han gustado las mujeres grandes y peligrosas; tal vez por eso he sido bendecido por los dioses y me he librado del matrimonio.

Como Diana era guapa y lo sabía, hizo conmigo lo que quiso: sábado tras sábado me conducía hasta el extremo del deseo carnal y, cuando me disponía a colmarlo, pues a todas luces me había dado su consentimiento para que lo hiciera, ella se retiraba arbitraria y caprichosamente, alargando aquel deseo mío hasta hacerlo físicamente doloroso y humanamente insostenible. Deseaba a esa chica como el hambriento la comida. El deseo por ella me atenazaba la garganta y el estómago. Nunca había experimentado algo así, tan agresivo como dulce, tan violento, tan apremiante. Dejé de ser quien había sido hasta entonces cuando ella entró en mi vida; todo en mí era ya, simple y llanamente, deseo de fusión con aquella chica.

Muchas noches de sábado de aquel año de 1986, terminada la oración en la parroquia, los jóvenes de Miraflores y de Colmenar subíamos juntos por la carretera de la Morcuera para tomar el aire y charlar de nuestras cosas. Como es natural, yo me las ingeniaba en aquellos largos paseos para ponerme junto a Diana y para, poco a poco, irme quedando con ella atrás, con el oculto pero más que evidente propósito de gozar de cierta intimidad. Eran esas las ocasiones que ella aprovechaba para torturarme con sus mohines e insinuaciones. Estaba jugando con fuego, pues yo, por muy seminarista que fuera, estuve tentado en más de una ocasión de arrojarla a la cuneta y, lo quisiera o no, desahogarme de una vez por todas de mis dos largos, larguísimos años de abstinencia.

Por mucho que nuestra formación fuera muy abierta –y «abierta» era entre nosotros una de esas palabras que se repetía muy a menudo–, a la hora de la verdad la llamada del espíritu y la de los sentidos se presentaba como contrapuesta y no había ni uno entre nosotros que no tuviera que vérselas y deseárselas para lograr entre ambos reclamos una convivencia pacífica. Buena espiritualidad es aquella que ni condena ni anula los sentidos, pero ¿existe en la práctica, en algún lugar del mundo, una espiritualidad así? Esta síntesis no la pueden dar los libros, sino sólo la experiencia; pero aún entonces, cuando uno cree que al fin ha llegado a una vivencia más tranquila, descubre –aterrado o irónico, según– la precariedad de esa supuesta síntesis que poco antes había estimado tan madura. No, no podemos vivir sin conflicto, pero podemos vivir el conflicto sin desgarrarnos, eso sí. La perfección es para mí la elegancia en la imperfección. Y elegancia es humildad y buen humor, dos virtudes que suelen caminar de la mano.

Una de aquellas noches, tras uno de nuestros paseos camino a la Morcuera y ya en el dormitorio que tenía para mí en la parroquia, me sucedió algo que no me había sucedido desde el descubrimiento de mi vocación, ni siquiera con Merceditas: me masturbé y aquello me trastornó –y no exagero– como si el suelo se hubiera abierto bajo mis pies.

–¡Dios mío! –exclamé, mirando mis manos de delincuente y tan espantado como un niño–. ¡Es semen!

Tenía veintidós años y llevaba meses sin acordarme de Gandhi ni de mi ideal de santidad. La joven Diana había borrado en pocas semanas mi consagración y mis deseos de entrega, mis ganas de comerme el mundo por la causa de la Iglesia.

Suena absurdo, pero hasta entonces no había pensado en serio que entrar en la Vida Religiosa comportara, entre otras muchas cosas, una consagración en castidad. Cuando me paré a recapacitar sobre ello, ya durante el noviciado, más que asustarme por la magnitud del compromiso, me alegré porque me quitaba de encima, y de un plumazo, toda esa pérdida de tiempo y de energía que comportan –se quiera o no– las llamadas relaciones sentimentales. Porque las relaciones amorosas me habían hecho sufrir tanto desde los ocho años, que fue la primera vez en que me enamoré, que casi consideraba una liberación quitarme todo eso de golpe con mi entrada en el seminario. Como cualquiera puede imaginar, la realidad era que no por entrar en una congregación y por hacer unos votos me había quitado todo ese asunto de encima, y mucho menos de un plumazo. No viviría una existencia protegida de la pasión erótica –como suponía–, ni libre de las angustias por no ser correspondido, como también imaginaba. La lucha contra la concupiscencia no había hecho más que comenzar cuando yo –ingenuo de mí– pensaba que esa batalla ya había sido vencida.

De modo que aquella noche, en Miraflores de la Sierra, corrí a lavar las huellas de mi delito y, mientras lo hacía, al mirarme al espejo con la respiración todavía agitada, vi al lobo estepario, el famoso personaje de la novela homónima. También en mí, como en Harry Haller, el famoso lobo estepario, habían empezado a convivir un lado espiritual y un lado atávico o animal. También yo, como él, buscaba lo excelso en los libros, por el día, y lo demoníaco en los sentidos, por las noches. Inadvertidamente, había empezado a experimentar lo que vivían los personajes de Hesse, de quien empecé a acordarme periódicamente y siempre para avivar mi vocación de escritor.

De nuevo en mi cama, arropado y compungido, recordé vivísimamente los consejos de don Emiliano: No te fíes de las faldas, lo emponzoñan todo. Acalla el cuerpo, flagélalo. El sexo es fango, huye de esa inmundicia y encomiéndate a la Virgen. ¡Ah! ¡Cuántas añoranzas sexuales han sido reprimidas con devociones marianas a la siempre Virgen María! Pero en el seminario donde estudié no había lugar, por fortuna, para todas esas mojigaterías y oscurantismos. Más aún, todo lo que sonaba a mojigatería y a oscurantismo era desarticulado de inmediato y, hasta tal punto, que ser pío o devoto era casi considerado como algo malo, o al menos peligroso.

El caso es que aquella noche pedí perdón a Dios con el corazón contrito y, diría, que hecho trizas. Lo hice con toda sinceridad, eso quiero recalcarlo, lo que no impidió que, a la noche siguiente, esta vez en el seminario, el lobo estepario volviera a hacerse presente y me encontrara con que de nuevo me había sucedido lo mismo al pensar en aquella peligrosa chica de melena rizada y ojos verdes. La espita había sido abierta, como ya he dicho, y ahora –traspasada esa frontera–, resultaba difícil volver a cerrarla.

De modo que, tras aquel largo periodo de continencia, volvieron mis duras erecciones de siempre y mis intensas y casi alarmantes poluciones nocturnas. Como si mi biografía no se hubiese enterado de mi vocación, la sexualidad se despertó en mí con renovada fuerza. Una vez más era el chico que había sido desde los trece hasta los diecinueve años, cuando mi vida quedó partida en un antes y un después de la llamada vocacional.

¿Todo como antes? No, no exactamente. Mi mundo interior no era ya el mismo, no podía serlo, y comencé a sufrir, como no imaginaba que podía llegar a sufrir, el dolor de la contradicción: querer una cosa y desear su contraria; ser atraído por un polo hacia un lado y por otro hacia el opuesto, desear el cielo y la tierra... ¡Qué tonto pude llegar a ser! ¡Como si eso no fuera lo más natural! ¡Como si eso no fuera lo que le sucede a todo hombre que tiene el corazón en su sitio!

54

En el seminario había dos formadores, el llamado padre maestro, que tanto se parecía a Oscar Wilde, y un tal Fermín, que estaba recién llegado de África, donde había estado unos años de misionero. Tuve que preguntarme si alguno de aquellos dos sacerdotes me entendería si, llegado el caso, le confesaba la flagrante violación de mis votos. Fermín era uno de esos curas que en los años sesenta y setenta, también en los ochenta, usaba las típicas gafas de montura negra y de cristal de culo de vaso. El pelo le crecía en la cabeza a mechas, pero no donde es habitual en quienes tienen alopecia, es decir, en la nuca y tras las orejas, sino en los lugares más inesperados, como si fueran postizos. Eran matas de pelos negros y canos y, por su aspecto, parecían hierbajos y uno sentía el impulso de cogerlos y arrancarlos, tal cual se hace con la mala hierba. De modo que su aspecto físico no era lo que se dice muy halagüeño, pero tampoco lo era –y eso era lo preocupante– el mental: si bien nadie discutía su probada virtud ni su bondad natural, lo cierto es que no era un hombre de muchas luces. De ahí, probablemente, que le hubieran permitido irse a las misiones, donde no solía enviarse –y es triste reconocerlo– al personal más cualificado.

Puestos a decir la verdad, aquel formador de seminaristas era lo que comúnmente se conoce como un idiota. Quienes estábamos bajo su custodia, nos preguntábamos, no sin sentido del humor, si es que en la congregación se elegía a los más tontos para ser formadores y superiores, o si es que era el cargo lo que los atontaba. Los más incompetentes –esos eran los hechos– regían la marcha y el destino de las comunidades, quizá porque los más competentes, como eran precisamente los más listos, se las ingeniaban para zafarse de toda encomienda o responsabilidad oficial. Lo que pasaba entonces y en pequeño en nuestra congregación, pasa hoy en grande en la Iglesia en general: las nupcias entre cargo eclesiástico y estupidez son un hecho más que evidente en la actualidad, nadie se cuestiona ya algo tan irrebatible y generalizado.

Entre otras muchas virtudes, la congregación en la que yo había entrado tenía una muy notable, y era que en su seno sólo permanecía la gente más o menos normal. Todos los demás, los demasiado piadosos, por ejemplo, aquellos que hablaban a toda hora de la Virgen o de la belleza de la liturgia, todos esos terminaban por marcharse y abandonar sus filas. No soportaban tanta mundanidad y, por ello, buscaban monasterios o conventos donde el propósito fundamental no fuera ser modernos y apostólicos, sino simplemente cultivar las virtudes morales y progresar en la vida espiritual.

Wilde, el otro formador, pertenecía a esa clase de personas que parecen haber nacido para ostentar cargos de alta responsabilidad. Era lo que se conoce como un hombre de la institución, alguien que por sistema justificaba a los de arriba, como si su palabra proviniera del mismísimo Dios. Había estudiado en la Sorbona y ponía todos sus instrumentos dialécticos al servicio de lo que le hubieran pedido desde Roma. Esta manera suya de ser, tan servil como irreprochable y metódica, me predispuso en su contra ya desde el noviciado. Porque también yo, como en definitiva todos los que vivíamos en aquel edificio de luz mortecina, éramos al fin y al cabo hombres de Iglesia; pero todos –unos más y otros menos, por supuesto– manteníamos nuestra capacidad crítica y, sobre todo, nuestra personalidad y nuestro temperamento. Por mi parte, ya desde joven apliqué frente a la institución eclesial la filosofía que Cristo propone ante el mundo: estar en ella, pero sin pertenecerla. Aceptar las reglas de juego, pero reservar un buen espacio para mi conciencia. No hace falta que diga los problemas que me ha comportado esta permanente reserva; pero la alternativa, la sumisión, me habría comportado seguramente bastantes más y, sobre todo, más radicales y profundos. El padre Wilde, además, era de derechas, lo que, para nosotros, los seminaristas, era en aquel tiempo casi un pecado mortal.

¿Fermín o Wilde?, me preguntaba yo, víctima de la pasión amorosa. ¿Qué podrían saber hombres como ellos de los tumultuosos deseos de un joven de veintiún años? Ellos habían cumplido ya treinta y treinta y cinco, y aquellos diez años que nos separaban eran para mí poco menos que un abismo insalvable. No, jamás habrían podido comprender que yo hubiese caído tan bajo a los pocos meses de haber renovado en público mi consagración. Esta dificultad para encontrar un confesor fue algo así como un presagio, pues en adelante no me sería fácil encontrar a un eclesiástico en el que depositar mi confianza. De modo que no me animé a sincerarme con ninguno de aquellos formadores y, en consecuencia, durante algún tiempo continué masturbándome y comulgando, lo cual, como me había enseñado en Estados Unidos mi viejo amigo Salmerón, era para mí la más aberrante de las contradicciones.

Toda esa desconfianza hacia los formadores tenía, desde luego, una más que razonable justificación. El día antes de la emisión de mis primeros votos, el maestro Wilde se comportó conmigo de una forma difícil de justificar y de perdonar. Tras convocarme en su despacho y sin apenas preámbulo, me aseguró que no me veía preparado para hacer la profesión religiosa de los votos. Faltaban pocas horas para la ceremonia, muy pocas, mis familiares y mis amigos estaban convocados y yo estaba tan nervioso e ilusionado como cualquier novio del mundo cuando se dirige al altar.

–Lo siento mucho, Pedro Pablo –me dijo en una pose inequívocamente clerical–, pero no estás preparado –y se puso a mirarse las yemas de sus dedos.

Quedé mudo, estupefacto, paralizado. No entendía la razón de semejante comentario –tampoco me lo explicó con claridad–; y ni siquiera era capaz de calibrar lo que todo aquello podría comportar. Además, ¿por qué me lo decía en aquel momento, cuando pocos días antes habíamos preparado juntos la ceremonia? Sin darme tiempo a reaccionar, el maestro de novicios comentó entonces algo sobre mi gusto por la literatura –que calificó de morboso– y sobre mi inestabilidad emocional y, conforme lo decía, sentí cómo mi rostro se arrugaba y cómo de un momento a otro iba a echarme a llorar. ¿Por qué me haces esto?, tuve ganas de preguntarle. ¿Por qué rompes mi sueño?

En un segundo me vi convertido en un niño pequeño. Quise esfumarme, volatilizarme, desaparecer no sólo de los ojos de aquel siniestro doble de Oscar Wilde, que me escrutaba impertérrito, sino de la faz de la tierra. Todo con tal de que nadie viera el espectáculo de mi desolación. Pero me limité a cubrirme el rostro con las manos y a sollozar como una nena. Estoy escuchando ahora aquellos desgarradores sollozos y estoy viendo, aún hoy, los ojos fríos de mi formador, contemplando impasible aquella patética escena.

Salí de aquel despacho tan confuso que, por un momento, no supe bien dónde me encontraba. Temía haber sido víctima de una broma de mal gusto o de estar protagonizando una terrible injusticia, algo así como si me hubiera convertido en un personaje de Kafka. Porque en mí, a los veintitantos años, había una extraña mezcla entre ductilidad y rebeldía, entre una enternece-dora humildad y un, cómo definirlo, afán de autoafir-mación. Escapaba en cierto sentido del molde común e institucional y pretendía –creo que con cierto derecho– uno nuevo y distinto, más propio y ajustado a mi per-sonalidad.

Poco después, ya en mi habitación, reaccioné como si me hubieran comunicado el repentino fallecimiento de un ser querido o como si me hubieran diagnosticado una enfermedad sin curación. No podía pensar. Ni si-quiera sentir nada en concreto. Pero la situación, por fortuna, no se prolongó. Oscar Wilde, el maestro, vino al cabo de unos minutos y, sin atreverse a sentarse en la silla que había frente a la mía, me pidió que no me preo-cupara y que me olvidase de cuanto me había dicho.

–Ha sido una prueba –me aseguró con el tono frío de un mercader–. Necesitábamos comprobar cuál era tu reacción si se desmoronaba la perspectiva de tu pro-fesión religiosa.

Con fría repulsión miré al hombre que tenía frente a mí como si fuera de otro planeta y me mordí los labios porque temía echarme de nuevo a llorar. Le vi tal y como era en el día en que me recibió en mi entrada al noviciado, tiempo atrás, y me pareció que sentía placer ante mi desgracia. ¿Una prueba? ¿Una prueba?, me re-petí. ¡Que un mal rayo te parta!, quise decirle. Pero me limité a rogarle que me dejara a solas para digerir aquel absurdo episodio al que, tan cruelmente, me acababa de someter.

Ignoro si aquel educador se arrepintió por haber ju-gado de esa manera tan cruel con mis sentimientos, pero lo cierto es que no volvimos a hablar del asunto ni ese día ni al siguiente, el de mi consagración. ¿Puede imaginarse a una novia que el día antes de su boda le dice a su novio que no se quiere casar sólo para comprobar cuál es su reacción? Sea por inconsciencia o por malignidad, la Iglesia ha sometido a este tipo de pruebas –y mucho me temo que siga haciéndolo– a muchos de los candidatos que desean ponerse a su servicio. No he recordado aquí nada de todo esto por ningún afán de revancha, sino para implantar justicia narrativa allí donde hubo abuso e injusticia histórica. No sé si la Iglesia me habrá dado la necesaria libertad de expresión o no, pero yo, ciertamente, me la he tomado.

55

Víctima de la flagrante y para mí intolerable contradicción entre querer entregarme a Dios y, al mismo tiempo, a esa preciosidad de mujer llamada Diana, algunas noches, confiando en que ninguno de los formadores lo advirtiese, me escapaba del seminario y, como un alma en pena, vagaba por la ciudad. Debo avisar que Colmenar era en aquel tiempo un pueblo relativamente pequeño y que todos conocían bien a los claretianos del lugar. Acostumbrado a una gran ciudad, me sentía por ello como un gato en una jaula: que todos supieran que yo era seminarista me coaccionaba hasta límites grotescos. No es que ocultase oscuros deseos, por supuesto, pero me desagradaba aquella involuntaria e indiscriminada popularidad.

Salía a escondidas del edificio por una puerta trasera que solía dejarse abierta y, una vez en el exterior, camuflado como un delincuente entre las sombras, caminaba por las calles del pueblo temeroso de que alguien me reconociera. ¿Adónde vas a estas horas, muchachito?, temía escuchar en cualquier esquina. ¿Te estás escapando de tu centro penal?, y escuchaba carcajadas imaginarias. No estaba haciendo nada malo, me estaba limitando a dar un paseo nocturno y solitario. ¿Qué podía reprocharme, después de todo, cualquiera que me viese? Y, sin embargo, la culpa se me había adherido como una lapa y yo, atenazado por dentro, imaginaba tontamente que la tensión cedería si dejaba atrás los muros del edificio. De modo que en aquella época sustituí mis largas y lacrimógenas oraciones en el oratorio por aquellas furtivas escapadas nocturnas, en las que mascaba una y otra vez mi desdicha y mi soledad.

El asunto se planteaba como sigue: Dios no había podido llamarme a una vocación para la que no me hubiese dado la gracia suficiente y, en consecuencia, si yo no vivía esa vocación con decencia no era porque Dios no me hubiese otorgado esa gracia, sino porque yo, pecador, la había desaprovechado. El argumento me parecía teológicamente impecable. Yo y sólo yo era el responsable de mi infortunio. En el mismo y único movimiento había sido infiel a mí mismo –pues traicionaba mi vocación–, a los demás –a quienes esa vocación mía iba dirigida– y al propio Dios, que era Quien me la había concedido. Cuanto más lo pensaba, más desdichado me sentía y más me sumergía en la noche. ¿Debía dejar el seminario y declarar mi amor a esa joven catequista? ¿Abandonar mi vocación?, me preguntaba lleno de congoja. ¡No, no, eso nunca!, exclamaba, envuelto por los sonidos amortiguados que me llegaban de la ciudad.

En mis inciertos y melancólicos vagabundeos, volví a identificarme con Harry Haller, el lobo estepario, y recordé que Hermann Hesse había sido enviado a un seminario siendo un muchacho, costumbre esta relativamente frecuente en las familias humildes de la Suabia de finales del xix. Al igual que yo, mientras residía en el antiguo convento cisterciense de Maulbronn, Hesse ya sabía, y así lo declaraba, que «sería poeta o no sería nada». De hecho, mostró interés por la música y por la pintura, lamentándose de que «para todo hubiera escuela menos para ser escritor». Pero el jovencito Hesse –y éste fue el recuerdo que me ensombreció– no soportó la venerable y anticuada tradición en que sus maestros evangélicos quisieron educarle y, en 1892, se escapó del internado: él se fugó al campo, yo a la ciudad. Un día después, quejumbroso y hambriento –lo relata él mismo–, regresó de su fuga y afrontó un severo castigo disciplinar. Al no resistir las horas de calabozo que le impusieron por su precario estado de salud, el atormentado Hesse fue devuelto a su hogar. ¿Sería ése mi destino?, me preguntaba yo mientras mi deambular, cada vez más apesadumbrado, me había aproximado a la ebullición nocturna de la ciudad de Colmenar.

Aquella música, la del mundo, empecé a escucharla con la nostalgia de quien la ha perdido y, más que eso, con la avidez de quien inútilmente quisiera recuperarla. No podía precisar qué era lo que tanto echaba de menos: las luces, las mujeres, la gente por las calles, la vitalidad... Creo que fue ahí, en aquellas escapadas nocturnas, tan dostoievskianas, donde comenzó mi experimento con la infelicidad. Digo bien al hablar de experimento y no de experiencia, porque en la juventud la infelicidad nos tienta casi con tanta fuerza como la felicidad. Los jóvenes, quienes de verdad son jóvenes, necesitan probar su sabor y ver hasta dónde les conduce; necesitan caer a ese pozo del que todos dicen que es tan terrible, e incluso ahogarse un poco en sus aguas, a ver cómo es eso de agonizar. Los experimentos con la infelicidad pueden ser inocuos si tienes suerte, pero también devastadores. Pocos escapan sin alguna secuela, esa es mi experiencia. No es posible meter las manos en el barro y no salir manchado. Yo las metí, aquí debo confesarlo. Yo me manché.

Deambulaba largo rato por las calles mal iluminadas de aquel pueblo –nunca menos de una hora– y, cuando me cansaba de caminar y de llorar, me metía en un bar, siempre el mismo, donde me bebía una cerveza como si fuera un proscrito. Ante mí, escrutándome por el rabillo del ojo, un barman cuya narizota de amplias aletas delataba su amor por las bebidas alcohólicas. Pagaba la consumición con alguna de las pocas monedas que lograba arañar al ecónomo de la comunidad, pues en razón del voto de pobreza a los seminaristas no nos permitían tener dinero en propiedad. Tenía tanto miedo a ser descubierto en aquel bar de mala muerte que ni siquiera disfrutaba de mi triste y solitaria cerveza. Pero de ninguna de las maneras estaba dispuesto a renunciar a esa cerveza, y tanto menos a mis escapadas nocturnas: necesitaba, o al menos creía necesitar, de un pequeño espacio de independencia y de rebeldía. Con aquel torpe acto de autoafirmación e indisciplina, pretendía demostrarme que yo seguía siendo yo y que la congregación en la que había ingresado no había anulado mi temperamento y personalidad.

Apostado en la barra de aquel bar, no pensaba en los compañeros que me habían marginado durante casi dos años por mis supuestos orígenes aristocráticos ni en mis pecados contra la castidad; ni siquiera pensaba en mi deseada Diana, aunque jamás supuse que un ser humano podía llegar a desear a otro de una forma tan descomunal. Sólo pensaba en la nebulosa y pesada tristeza que se concentraba dolorosamente en mi pecho porque ya no me parecía a Gandhi. Sólo en que ya no estaba en gracia. Sólo en que había puesto en juego lo más sagrado del mundo: mi vocación sacerdotal.

Hasta que me ordené sacerdote –resulta pueril– no sabía que los sacerdotes podían ser infelices. No era tan idiota como para no ver que había compañeros que, pese haber recibido las órdenes, llevaban una existencia tibia y mediocre. Pero, en mi ingenuidad, no creía posible que Dios consintiera que uno de sus ministros se hundiera en la miseria o podredumbre moral. Hoy sé que no es así: hay muchos sacerdotes infelices, demasiados. Posiblemente tantos como matrimonios fracasados, si no más.

Durante una de aquellas escapadas nocturnas –recuerdo que el viento soplaba con una fuerza inusual– me encontré caminando por los alrededores del campo de fútbol de Colmenar. No había ni una estrella en el firmamento, era febrero y hacía mucho frío. Salté una pequeña valla y caminé justo hasta el centro de aquel campo deportivo, donde me vino a la mente la pregunta que formulaba Judas Iscariote en *Jesucristo superstar*, la famosa ópera rock: ¿Por qué me elegiste a mí, Dios mío? Estaba totalmente solo: sin mi familia ni mis compañeros, sin Diana y sin Dios. Y lloré como si fuera el fin del mundo. ¡Al diablo con todo!, dije para mí hasta que, en medio de aquel llanto melodramático, me vino a los labios una canción que había aprendido en Nueva York: «Where have all the flowers gone? Long time passing». Sin querer, me puse a tararearla ahí mismo, mientras reemprendía el camino y, sin entender bien por qué, comencé a llorar mansa y suavemente, como una herida cuando drena. El llanto cesaba no bien dejaba de cantar, pero yo –tampoco puedo entenderlo– volvía una y otra vez sobre esas flores que se habían ido, o sobre ese tiempo que inexorablemente pasaba, para así, regodeándome en mi desdicha, llorar un poco más. Comprendía que es mejor tener emociones negativas que no tenerlas en absoluto. Sentía lástima de mí mismo, claro; me estaba enamorando, sin apenas darme cuenta, de mi personaje de maldito. Daba mis primeros pasos en mi experimento con la infelicidad. Pero ¿sentía de verdad todo aquel desamparo que parecía desprenderse de mis palabras o más bien estaba interpretando, quién sabe para qué público? ¿Era quizá víctima –no hay que descartarlo– de mis muchas lecturas existencialistas de aquel semestre?

Poco después, siempre en las inmediaciones de aquel campo deportivo, entoné algunos de los cánticos religiosos que había aprendido en el seminario, entendiendo por primera vez que el canto es una forma de orar más profunda, auténtica y sentimental que la mera recitación. Aquellas cancioncillas me llevaban al lugar del que pretendía huir; eran baladas muy ingenuas que, en su simplicidad, me aportaban un calor que me reconfortaba y una luz que poco a poco encendía mi interior. No eran lo que se dice composiciones memorables; pero, fuera por la emotividad de sus letras –que yo conseguía engarzar con mi propia experiencia– o por el ímpetu juvenil con que las entonaba, el caso era que, al cantarlas, glorificaba a Dios y reforzaba mi debilitada fe. Dios no me dejaba de su mano, aunque tardé mucho en darme cuenta de que era Él Quien ponía todas aquellas canciones en mis labios. Que era así, con la música –tal cual me había advertido mi amigo Abelardo– como

Él había logrado quedarse conmigo, dado que yo parecía tan empeñado en apartarme de su lado y en experimentar la infelicidad.

56

Tras aquella noche cantando y llorando en el campo de fútbol del pueblo de Colmenar, a la mañana siguiente fui a confesarme con el padre Pita, convencido de que ni Fermín ni el doble de Oscar Wilde lograrían entenderme. A Pita le encontré en el confesionario –donde pasaba muchas horas–, pero no fue allí donde me atendió y absolvió de mis pecados, sino en un banco del jardín. Además de por sus malformaciones físicas y por lo mucho que, pese a ellas, decía sentirse querido, el padre Estanislao Pita era famoso entre nosotros porque citaba siempre a un tal monseñor Scala, cuyas publicaciones –que habrían sido leídas en el mundo por dos o tres personas como máximo, incluido él– había aprendido de memoria. Muchos llegamos a pensar que aquel reverendo especialista en psicoanálisis era una de sus invenciones, pues no resultaba creíble que aquel escritor, psicólogo y sacerdote, tuviera una apropiadísima sentencia para cualquier circunstancia. Si por un casual Pita no le citaba, éramos nosotros quienes, entre bromas, le preguntábamos:

–¿Y no dice nada al respecto el reverendo Scala?

Él decía que sí, que naturalmente que lo decía, pero que no quería agobiarnos con la sabiduría de aquel egregio colega.

–Un hombre empieza a ser grande –nos decía cuando nuestras mofas subían de tono en el aula– cuando reconoce la grandeza de otro hombre.

–¡Psh! –me dijo al verme a la puerta de la iglesia–. Ven –y fui–. ¿Quieres confesar? –me preguntó, y salió del confesionario.

Fuimos a su lugar preferido del jardín, bajo un tilo, y allí, bajo esa gran sombra, nos sentamos. Comenzó hablando él, y me dijo que resultaba tan lamentable que en la Iglesia de antes se hablara tanto del pecado como que en la de hoy se hablara tan poco.

–¿Exagerado? –y se sonó los mocos–. Así piensan quienes carecen de sensibilidad religiosa y aquellos cuya moralidad ha quedado embotada por las múltiples y, en apariencia, irresistibles tentaciones de este mundo. –Pero luego cambió de tercio–. Ya verás como quien te escucha es mucho más pecador que tú –me dijo tras guardarse el pañuelo en su bolsillo, y eso, la confesión de su propio pecado, me animó a abrirle mi corazón.

–¿Usted también es un pecador? –le pregunté.

El sol se colaba por entre las ramas. Acababan de dar las once.

–¡Por supuesto! –me replicó, y se quedó unos segundos absorto en sus cavilaciones–. ¡Y de los grandes! Si ya fueras sacerdote, me confesaría contigo ahora mismo para que lo comprobases. Pero dime –y apretó los labios–, dime lo que te aflige.

Le miré a los ojos. Su mirada era oscura y buena. Era un profesor humilde, un sustantivo y un adjetivo que casi parecen contradictorios. Uno de los pocos que no necesitaba de la armadura que da la erudición ni de la seguridad que ofrece una buena dialéctica. Era alguien que se limitaba a exponer –con suma claridad– la belleza intrínseca de cada pensamiento y la potencia de los sistemas. Hablaba con el inconfundible y raro encanto de la sobriedad. Enseñaba consciente de que ésa era su misión y, por ende, con una atención y un esmero con los que ponía de manifiesto su amor. Así que me sinceré y se lo conté todo: lo de Merceditas y lo de Diana, lo de Josito y lo de Chema, lo de las escapadas al bar y al campo de fútbol y mis arrebatadas lágrimas nocturnas. Y, mientras se lo relataba, mientras me desahogaba, me preguntaba por lo que aquel sacerdote pensaría de mí. Si le estaría decepcionando..., si le estaría confirmando la idea que podría haberse forjado de mi persona..., si le estaba aburriendo con tantas menudencias. ¿Qué tenía aquel hombre sobre otros para que fuera a él a quien le abriera mi intimidad? Esa mueca que ponía, ese pequeño gesto que había hecho..., ¿me estaría entendiendo? ¿Querría verdaderamente Dios que le abriera mi corazón a ese misionero?

El padre Pita tuvo la delicadeza de no interrumpirme, de no preguntarme, de permitir que fuera sacándolo todo al ritmo que necesitaba. Sólo habló cuando estuvo seguro de que mi confesión había terminado, y entonces se le aflojó la lengua. Dijo que desde instancias oficiales se nos había querido transmitir a los sacerdotes que somos seres anormales por haber sido elegidos para una misión sagrada, incomparable con cualquier otra. Y dijo que con esta filosofía de fondo lo más normal era, como mínimo, degenerar en una lamentable patología. Dijo que sólo hay dos instancias comparables en el consuelo que da la religión, el arte y el amor, y que yo, seguramente, era una persona muy necesitada de consuelo, puesto que me veía urgido a explorar en las tres. Dijo que nadie que no sirviese para seglar serviría para sacerdote; que nadie que no sirviese para estar casado y ser padre de familia serviría tampoco para presidir una asamblea litúrgica. Y que lo que más necesitábamos hoy en la Iglesia eran curas normales, puesto que habíamos llegado a un punto en que, entre los curas, la normalidad era una virtud.

Aquellas palabras me gustaron tanto que me dejaron sin palabras. Le miré con admiración. Con respeto. Con agradecimiento. Con la seguridad de haber sido escuchado y de haber recobrado mis fuerzas, debilitadas por los inevitables avatares de la vida. Me dijo entonces, crecido por mi reacción, que el verdadero problema no era que la gente hubiera dejado de soñar, sino que ya ni se acordaba de cuando soñaba.

—¡Eres un tío grande! —terminó por afirmar, enroscando una pierna en la otra poco antes de darme la absolución—. Un tío grande —repitió, y entendí como nunca que aquel hombrecillo maltrecho y feo fuera tan querido por algunas personas—. Tienes un corazón de oro y vas a ser un gran sacerdote.

Acto seguido me explicó que toda su vida se la había pasado preguntándose por su imagen de Dios, a lo que Él le había respondido con otra pregunta no menos incómoda: la imagen que tenía de sí mismo. También me aseguró que mis debilidades me harían comprender las debilidades ajenas cuando me tocara escucharlas, no precipitándome a condenarlas, como hacen muchos sacerdotes indecentes (así les calificó). Y me insistió en que el pecado es ocasión para la gracia de Dios, puesto que es por su medio como Dios puede ejercer su perdón.

Mientras me decía todas aquellas cosas tan perspicaces y convincentes, yo le miraba y escuchaba hasta que de pronto, seguramente por la luz del mediodía que le envolvía y que hasta parecía emanar de su interior, vi en él al Magister Musicae, un personaje, quizá mi favorito, de la novela *El juego de los abalorios*. Según Hesse, este Magister Musicae vivía cubierto por su aura de sabiduría y arropado por su orla de paz y eternidad, como si ya habitara en el más allá. Un hecho tan llamativo como la iluminación física de un individuo no podía pasar desapercibido, de modo que aquel Magister contaba en su orden con un puñado de incondicionales admiradores. Gracias a su pedagogía y a los sublimes sonidos que era capaz de extraer de su instrumento musical, había logrado que el joven Knecht se rindiera ante su personalidad. Pues bien, el padre Estanislao Pita, iluminado también, fue en aquel instante para mí como ese maestro de música que, con la melodía de sus palabras, deshacía mis resistencias y reconstruía, frase a frase, mi ideal.

Ante tanta luz y sensatez, comprendí como nunca la belleza del ministerio de la reconciliación sacramental. Porque cuando alguien es comprendido hasta el fondo, siempre nace la esperanza. Y eso, justamente eso, fue lo que me sucedió en aquel momento: sentí que Dios no me dejaba de su mano, que de un modo misterioso había conducido mi vida hasta el punto en que me encontraba, que buena parte de las preocupaciones y angustias que había albergado durante los últimos meses habían sido en vano, pues Él es el Señor de la Historia. Sentí, por ello, que hay algo superior a las voluntades humanas y al destino ciego, Algo o Alguien que delicada pero eficazmente vela por el destino de la humanidad, y que en esos planes suyos, por atónito que esto pudiera dejarme, también entraba yo, pobre e insignificante mortal.

Aquella mañana aprendí de primera mano algunas lecciones prácticas sobre el sacramento de la confesión. Primera: que es importante que el penitente no olvide que también el sacerdote que confiesa es un pecador. Segunda: que hay que dejar hablar sin preguntar ni interrumpir. Tercera: que o se habla con el convencimiento que da la fe o es mejor no hacerlo en absoluto.

Y cuarta: que nunca debe permitirse que ningún penitente se marche sin un abrazo con el que entienda que, con pecado o sin él, Dios le quiere como es.

–Algún día confesaré a un pecador como usted me ha confesado a mí –le dije a modo de despedida.

El padre Pita quedó ahí, bajo el tilo, en el banco del jardín, mientras yo, de nuevo en gracia de Dios, me alejaba para entrar en el casón del seminario. Era la hora del ángelus.

57

Nuestros formadores decidieron que durante los meses de verano de 1988 no saldríamos del seminario para conocer de primera mano el mundo de los marginados, como era lo habitual durante el periodo estivo, sino que nuestra experiencia formativa consistiría en trabajar en nuestra casa y con nuestras manos.

–Trabajaréis como obreros de la construcción, como cualquier obrero de la construcción –nos dijeron, vendiéndonos las bondades del trabajo manual–, ocho horas cada día, cuatro por la mañana y cuatro por la tarde.

Los formadores trabajarían con nosotros –eso se daba por descontado–; también ellos se someterían a ese ritmo espartano, sobre todo para quien no está acostumbrado. Ninguno de nosotros habría aceptado tan alegremente semejante régimen, y más en los calurosos meses del verano, si ellos no hubieran predicado con el ejemplo. Por encima de la utilidad que nuestro trabajo iba a proporcionar, y por encima también del dinero que nos ahorraría –pues de este modo no habría que contratar a obreros profesionales–, ellos nos hicieron ver que lo importante era que supiéramos por experiencia propia lo que era la vida de la gente humilde, esa que tiene que ganarse el pan con el sudor de su frente y que llega exhausta a su casa por las noches, quemando sus días por un miserable jornal. En el ambiente pseudomarxista que allí respirábamos, todos acogieron aquella idea con una ilusión casi infantil. ¿Todos?

–Pero ¿pasaremos todo el verano en casa, trabajando? –me atreví a preguntar–. Pero ¿de verdad que en dos meses no vamos a salir en absoluto?

No íbamos a salir, estaba decidido. Había que construir una caseta para las herramientas y, lo que era más importante, había que pintar la larga, larguísima valla del seminario, situada en lo alto de un gran muro que rodeaba el edificio. Pintar aquella valla suponía lijar cada una de sus barras, darles una capa de minio y, por fin, otras dos de pintura. Por mi constitución física, más bien enclenque, fui asignado al trabajo de pintura, no al de la construcción de la caseta. Pero el trabajo de pintura, ¡ay!, no era tan fácil como parecía. De hecho, no lo era en absoluto, puesto que había muchas zonas del muro en las que había que subirse a altos andamios para acceder a esas dichosas barras. El acceso para lijar y pintar no era allí nada cómodo. Además, por la dificultad para quitar la pintura anterior (pero ¿para qué habría que quitarla?, sigo preguntándome hoy, ¿no habría bastado con pintar encima?), no eran pocos los tramos que exigían que pasáramos horas y horas frotando aquellas malditas barras hasta dejar el hierro al desnudo. Tanto froté y restregué yo aquellas barras en el verano de 1988 que, en más de una ocasión, tuve la impresión de estar serrándolas para escapar de aquella cárcel que era el seminario, aquella extraña cárcel en la que yo mismo y por propia voluntad me había encerrado.

Los seminaristas nos endosábamos unos monos llenos de salpicaduras de pintura cada mañana y, de esa guisa, íbamos a pintar la gran valla del seminario. El primer día estrené un cuaderno en cuya primera página rotulé: «Diario de la valla». Pretendía recoger mi experiencia como trabajador manual, mi acercamiento al Jesús Obrero, del que nos hablaban cada mañana tan encendidamente durante la liturgia. «Es una valla alta y larga como no he visto otra», fue mi primera anotación.

Bastaron dos días para que el implacable sol del verano, según registré en mi cuaderno, me tostara el cuello y los brazos; y menos aún, en realidad bastó un solo día (¡uno sólo!), para que aquel trabajo físico se tornara demasiado áspero y duro para mí. Prácticamente insufrible. Enseguida me salieron callos en las manos y me quemé toda la piel, sobre todo la del cuello. Enseguida tuve agujetas y un agudo dolor en el brazo derecho, a la altura del codo, acaso por las muchas horas que tenía que mantenerlo en una postura poco habitual. Tuve tortícolis y arriesgué una insolación. El sufrimiento físico, con todo, no fue lo peor. Lo peor, como siempre, fue el sufrimiento moral.

Durante la media hora de descanso que nos concedíamos por la mañana y la otra media que nos concedíamos por la tarde, el grupo de los veinte o veinticinco seminaristas que trabajábamos en la obra decíamos tacos, bebíamos botellines de cerveza y reíamos a risotadas como podría haberlo hecho cualquier otro grupo de obreros de la construcción. Yo bebía cerveza como los demás y vestía un mono tan sucio y salpicado de pintura como los demás; decía tacos como cualquier otro y trabajaba a destajo, cuatro horas por la mañana y otras cuatro por la tarde, según lo establecido. Pero cuatro horas por la mañana y otras cuatro por la tarde, para quien, como yo, nunca había trabajado con las manos –quizá también para los demás–, era una eternidad. De manera que, aunque bebía, fumaba, trabajaba y decía tacos, había algo que me faltaba: no me reía a risotadas como mis compañeros. El asunto no me hacía ninguna gracia; más bien al contrario: me llenaba de una sorda desesperación. El dolor del cuello, el del brazo, las infinitas horas de calor... Las bromas y los chistes que se contaban mis compañeros unos a otros en aquellas pausas me parecían desagradables y de mal gusto. Y me descubrí riendo con ellos, aunque sin ganas; me descubrí impostando mi risa y representando mi felicidad. No, aquel no era mi estilo ni mi lugar. No, yo no era un obrero, me había disfrazado con un mono sucio y me esforzaba por actuar como tal. No era feliz y por las noches, agotado porque había trabajado como un burro, con mi «Diario de la valla» apoyado en mis rodillas, miraba el crucifijo con tristeza.

–Ahora entiendo mejor al proletariado del mundo –me decía para animarme.

Pero aquello no me animaba nada.

–Tú eres un intelectual, Pedro Pablo –decía entonces una voz dentro de mí–, un escritor, un artista –y durante algunos minutos me dejaba engatusar por esa voz.

Pensaba en que un escritor, por ejemplo, y más si escribe sobre Dios, nunca debería ser prudente, sino comprometido. Pensaba que no se escribe para complacer, sino para poner los puntos sobre las íes y el dedo en la llaga. Pensaba que la literatura, como la teología, debe ayudarnos a crecer, no a dejarnos como estamos, confirmados en nuestras cuatro ideas, que no pasan de ser, casi siempre, meras justificaciones. Pero la otra voz, la del proletariado del mundo, no se dejaba avasallar y, al cabo, intervenía.

–¡No! Yo no soy eso –se defendía–. Yo soy un obrero, como Cristo. Yo soy como los demás.

–¿Como los demás? –volvía de decir la otra voz–. ¡No me hagas reír! –y se reía.

Y yo escuchaba aquella risa. Y estaba confundido como si en lugar de veinticinco años tuviera quince o dieciséis.

Conciliaba el sueño diciendo para mí: «Soy un trabajador manual, soy un trabajador manual, soy un trabajador manual...». Pretendía convencerme. Pero mis manos, la verdad, no había más que verlas, no eran las de un obrero, por mucho que aquel verano de 1988 trabajara durante dos meses a razón de ocho horas diarias. Mis manos eran las de un escritor, como dejé escrito con infinita tristeza, como si fuera una condena, en mi escuálido «Diario de la valla».

Estudié en un seminario en el que se idealizaba el trabajo con las manos y en el que se degradaba el intelectual. Nuestros profesores, sacerdotes y religiosos en su mayoría estaban tan contaminados de marxismo y de psicoanálisis, de existencialismo y sociología, que para ellos todo era pastoral. La teología apenas existía. La oración –no exagero– era simple dinamita para incentivar nuestra lucha contra la injusticia.

El cristiano debe comprometerse con el mundo, eso es claro; pero ¿de verdad que no existe otro cristianismo que el propugnado por la izquierda más radical? La lectura roja del Evangelio, como la facha, me parece tan improcedente como falsa y empobrecedora. No creo, francamente, que Cristo haya venido al mundo para traernos una ideología, por mucho que todas las ideologías podrían enriquecerse con su propuesta.

Mi generación en el seminario fue la heredera de los curas del 68 y tuvimos que pagar el precio de los descubrimientos que ellos habían hecho durante sus años de formación y ministerio. La generación inmediatamente anterior a la nuestra no trabajó; ellos se limitaron a gritar consignas, a ir a manifestaciones y a recoger firmas. Los que trabajamos fuimos nosotros, los que nacimos en los sesenta. A los de los cincuenta les correspondió la estética de la liberación; a nosotros, en cambio, y muy a nuestro pesar, la ética. Ha sido así y ellos lo saben muy bien, y por eso ninguno de nosotros vive ya con aquellas consignas ni con aquella engolada ética de la solidaridad y de la encarnación.

58

La primera tentación que tuve que superar fue la de ir corriendo al formador para decirle que yo no servía para ser obrero de la construcción.

«¿De verdad que es necesario pasar por todo eso para llegar al sacerdocio?», me habría gustado preguntarle.

No lo hice porque Chema, mi enemigo, vigilaba cada uno de mis movimientos. Con su mirada ladina, Chema estuvo siempre ojo avizor, por si yo aflojaba en mis esfuerzos. Habría jurado que deseaba que me rindiera o que cayera enfermo para humillarme a sus anchas y mofarse de mí ante todos.

«¿Adónde vas, duque de Ros? —me habría gritado él junto a sus compinches—. Nuestro pequeño burgués, ¿ya ha tenido suficiente por esta mañana?»

Ni él ni nadie me increpó nunca de semejante modo, pero tal era el temor de que aquella escena se produjese que, para el caso, era lo mismo: yo lo escuchaba, temía por ello, pagaba el castigo antes de cometer la falta. Era demencial.

«¡De Argüelles tenía que ser!», le habría faltado tiempo para decirme si hubiera tirado la toalla; y habría proclamado a los cuatro vientos mi rendición.

El mundo entero se habría enterado si hubiera dejado la valla: mis compañeros, por supuesto, pero también los profesores, y hasta el pueblo entero de Colmenar. Todo menos esa humillación. Debía aguantar.

Si no resisto este ritmo, escribí en mi «Diario de la valla», seré un predicador y un charlatán, pero no un seguidor de Jesús, trabajador pobre y humilde. Siguiente entrada: ¿Y no se puede ser cristiano y burgués? Porque en el fondo –ésa era la cuestión–, yo quería ser cristiano y burgués. Más aún: yo era, de hecho, cristiano y burgués. Y si lo era, ¿por qué no iba a poder serlo? ¿Tan malo era tener una religiosidad burguesa, tan terrible? ¿Dios no podía querer también a los de la clase media?

Una semana después de empezar a trabajar ya tenía las manos destrozadas, llenas de cortes y pequeñas heridas. Cualquiera habría dicho que, en lugar de pintando, había estado en una mina picando piedra. Mis manos estaban encallecidas y enrojecidas, daba pena verlas. A veces, aprovechando algún momento en que me quedaba solo, volvía al edificio del seminario y me encerraba en el baño para poner un rato mis manos bajo agua fría. Aprovechaba esos dos o tres minutos de receso para descansar; pero procuraba no pasar allí demasiado tiempo, no fuera que Chema se diera cuenta de mi ausencia, reuniera a los de su banda y acudieran todos en mi busca. Temía que me encontraran escondido en el cuarto de baño como una nena. Sabía que los comentarios envenenados volaban en el seminario como moscardones al mediodía.

–Protégete las manos con unos guantes –me había dicho Fermín, al ver lo hinchadas que las tenía.

Pero yo no me atrevía a ponerme guantes de ninguna clase por miedo a que mis compañeros, todos más recios y robustos que yo, se rieran de mis blancas y finas manitas de escritor. Si nadie utilizaba guantes, ¿por qué iba a utilizarlos yo?, escribí en mi diario. ¿Es que mi piel no era tan dura como la de los demás?, me preguntaba también. No, no lo era, resultaba evidente; pero yo me resistía a aceptarlo. Las manos que se extienden sobre el pan y sobre el vino para consagrarlos deben saber lo que es el trabajo manual, nos habían dicho.

–Sé que lo estás pasando mal, a mí no me engañas –me dijo una mañana el conde de Leurent–. Luego vienes a mi cuarto y te pongo un poco de música cíngara, que te alegrará.

Sólo desde la amistad podemos asomarnos a la verdad; cualquier otro acercamiento preferentemente intelectual podrá ser convincente, pero no arrastrará. Abelardo me tenía por un igual y me brindaba su compañía. También él lo estaba pasando mal, por supuesto; también él tenía las manos hinchadas y enrojecidas, aunque no tanto como yo. Resistía porque le habían asegurado que sólo se sufría durante el primer mes y que luego ya no se pensaba más en el sufrimiento. Le habían dicho que lo que había que hacer era no pensar y que lo ideal era llegar a ese estado de total embrutecimiento e insensibilidad.

Mi relación con Abelardo Leurent no era vista con buenos ojos por nuestros superiores, quienes la calificaron con una expresión que yo desconocía y que, por ser algo específico de la Vida Religiosa y monástica, me la tuvieron que explicar: una amistad particular. Así era: temerosos de todo lo singular y personal, que enseguida era visto como una amenaza para lo comunitario y eclesial, la complicidad y mutuo apoyo que Abelardo y yo manteníamos levantaba sus reservas entre nuestros formadores. Tanto Fermín como Wilde pensaban, y nos lo advirtieron –primero con insinuaciones tan sutiles que no comprendimos; luego de forma explícita, pero de buenas maneras; y por fin con severas advertencias y hasta prohibiciones–, que una amistad tan estrecha como la nuestra podría ser perjudicial no sólo para el buen funcionamiento del grupo, del que ellos se consideraban responsables, sino hasta para nosotros mismos. No es que sospecharan que fuéramos homosexuales, que es lo primero en lo que uno piensa ante semejantes prevenciones. Era algo más sencillo: los jefes, simplemente, no soportaban lo personal. Habían sido educados para tolerar sólo lo neutro y objetivo, de modo que lo subjetivo y afectivo, que es lo propio de la amistad, les resultaba inadmisible. Quien sepa de qué va este pastel lo reconocerá de inmediato; son patentes las desviaciones que, en nombre de la imitación de Cristo, ha llegado a provocar la llamada vida consagrada. Pondré un ejemplo de una violación clara del derecho de la intimidad. En mi propio noviciado, y no han pasado tantísimos años desde entonces, era el maestro de novicios quien recibía nuestras cartas, correspondiéndole a él decidir si nos las daba sin abrir, abiertas o no nos las daba. Entre nosotros se bromeaba a menudo en torno a lo de barrer las escaleras hacia arriba; pero si se bromeaba tanto era porque no habían pasado tantos años desde que nuestro propio padre maestro había ordenado eso mismo a sus novicios para probar con ello el grado al que había llegado su virtud de la obediencia.

No voy a seguir por esta vía, no me gusta. Lo que quiero contar es que la amistad entre el conde y yo no era bien vista, con lo que comenzamos a vernos a escondidas, por las noches, asegurándonos de que nadie advertía que él iba a mi cuarto o yo al suyo para ahí, contra lo que todos podían imaginar, no sólo desahogar nuestras penas, sino encender una vela, arrodillarnos ante ella y, como seminaristas devotos que éramos, ponernos juntos a rezar. Las oraciones más bonitas de mis años de seminario, las más intensas y fervorosas, fueron aquellas oraciones clandestinas junto al conde. Rezábamos en voz alta, de manera espontánea, dirigiéndonos a Cristo como a un amigo, solicitándole la conversión de esos superiores nuestros para quienes nuestra amistad —uno de los mejores regalos que puede ofrecer la vida— resultaba peligrosa. ¿Recuerdas, Abelardo, nuestras oraciones nocturnas ante aquella vela roja? Esta prevención frente a la amistad ha sido una de las dos o tres cosas que más me han escandalizado de la iglesia. Por fortuna, aunque joven, fui ya lo suficiente libre e inteligente como para desobedecer. Por fortuna, desde mi adolescencia comprendí que la obediencia no es siempre una virtud.

59

Cuando le visitaba por las noches, siempre encontraba al conde escuchando su música cíngara, ésa era su tabla de salvación. Pero ¿y yo? ¿A qué me agarraba yo? Quizá pueda sorprender, pero yo me apoyaba en Hermann Hesse, por quien durante aquellas semanas había sentido una intensísima nostalgia, como si fuera un familiar muy cercano a quien no hubiera podido ver durante años, o como si fuera mi yo más profundo que de pronto emergía, quién sabe de dónde, para reclamar algo que le pertenecía y que se le había arrebatado. De hecho, Hermann Hesse se me presentó abruptamente una de aquellas noches en mi cuarto del seminario. No es que fuera una aparición en sentido estricto, claro, pero como si lo hubiera sido, tal fue la intensidad de su presencia.

—Quieres escribir, ¿verdad? —me preguntó.

Él fue quien comenzó la conversación.

—Sí —le respondí yo—, lo echo mucho de menos.

—Escribir te ayudaría a sobrellevar lo que estás pasando —afirmó entonces, y se quitó sus lentes, echó vaho en los cristales y comenzó a limpiarlos, muy concentradamente.

Asentí.

—¡Pero yo nunca escribiré como tú! —protesté con ese deje de fatalidad que me caracteriza en mis horas más bajas.

También él asintió a eso, lo que en un primer momento me descorazonó. Enseguida me explicó lo que me quería decir.

—No tienes que escribir como yo y, antes o después, escribirás como sólo tú puedes hacerlo. Para lograrlo únicamente tienes que alimentar tu deseo y practicar.

—Alimentar mi deseo —recapitulé yo.

—Y practicar —me recordó él—. Tan importante es una cosa como la otra. Basta que no sigas ningún camino trillado o convencional.

Cuando ya parecía que me había dicho todo lo que tenía que decirme y que nuestro encuentro había terminado, Hesse, poniéndose de nuevo sus lentes y subiéndoselas por el tabique nasal, añadió todavía una frase más.

—No vas mal para tu edad.

Me pareció percibir un deje de ironía en este último comentario. ¿Realmente no iría tan mal? ¿Qué me habría querido decir exactamente y por qué se habría marchado de esa manera, tan desconsiderada? Porque en mi habitación ya no estaba, eso desde luego, si bien yo percibía en el aire cierta fragancia literaria, algo, no sé, un aire, una atmósfera que no existía un segundo antes, cuando para mí todo era desolación y nostalgia.

—No voy mal para mi edad —repetí; y también repetí eso de alimentar el deseo, que tanto me había gustado, así como lo de practicar, que me gustaba menos pero que comprendía bien que era necesario—. Debo practicar —me dije, como para darme ánimos; pero tenía las manos muy enrojecidas y cansadas como para ponerme manos a la obra de inmediato.

Aquella noche, la de la visita de Hermann Hesse al seminario de Colmenar, no escribí nada, pero extraje de uno de los cajones de mi escritorio uno de los álbumes que llevaba conmigo desde mi ya lejana entrada al noviciado: el cuaderno en el que había recortado y pegado los retratos fotográficos de mi admirado escritor. Pasé las páginas de aquel cuaderno y me entretuve largo rato escrutando cada foto. Ninguno de aquellos retratos coincidía exactamente con el Hesse fantasmal que me había visitado —mucho más real que el fotografiado—, pero algo de su espíritu estaba también ahí, por supuesto, y eso me consolaba.

Hesse y yo hablamos todavía un rato más, pero esta vez sin palabras, sólo con las miradas. Y al final de nuestro encuentro decidí colgar uno de aquellos retratos con una chincheta en la pared, cerca de mi cama. Así le tendría presente cada una de mis jornadas: él velaría mis sueños —como si fuera un santo o un ángel de la guarda— y yo no me olvidaría del compromiso que, secretamente, había adquirido ante él: alimentar el deseo y escribir. De las paredes de la habitación en que se alojó el propio Hermann Hesse cuando fue aprendiz de una librería de Tubinga, él había colgado fotografías y grabados de Goethe, Nietzsche y Chopin. Al Hesse adulto se le comprende mejor sabiendo que éstos fueron sus maestros durante su adolescencia.

–Practicaré –le aseguré al retrato que colgaba de la pared de mi cuarto, y cerré los puños en signo de mi firme determinación, como si acabara de sellar un solemne contrato.

Mientras que el conde Leurent se agarraba a su música, yo miraba por la ventana y soñaba con el día en que sería escritor. Pensaba, alentado por Hesse, en que algún día escribiría un verdadero «Diario de la valla», donde daría cuenta de lo que había tenido que pasar para llevar a cumplimiento mi vocación. Hoy sé que ese día es hoy. A decir verdad, este libro que ahora estoy escribiendo, este pasaje, lo tengo escrito en mi cabeza desde hace veinticinco años. En el fondo, me limito a transcribirlo. Este libro, que cuenta qué mediaciones me hicieron clérigo y qué ministerios eclesiales me hicieron hombre, lo escribí mentalmente durante las noches del seminario, mientras miraba la luna desde la ventana de mi cuarto. Primer capítulo: Josito y Chema. Segundo: El seminarista obrero. Tercero: Las manos encallecidas. Cuarto: Decir tacos y beber cerveza. Quinto: El conde dice que hay que llegar a un determinado grado de insensibilidad... Claro que aquí no me dejo en muy buen lugar y todo el mundo, de un modo u otro, vela por su reputación. Pero si en una novela no se dice alguna verdad, en medio de todas las mentiras que también dices, ¿dónde vas a decirla? Los novelistas que me gustan son todos muy impertinentes. Los novelistas que ponen cada palabra en su sitio, en cambio, los estrategas del lenguaje, me podrán deslumbrar algunas veces, pero no me alumbran. Lo que todo novelista desea es, en el fondo, parir su primera novela con cada libro que consigue que le publiquen. Nada hay como el primer amor o la primera novela. Todos los demás –amores o novelas– son intentos, necesariamente fallidos, de volver a los orígenes.

Volvamos a esos orígenes. Más que el dolor de manos, cuello y clavícula, y más también que ese grado de insensibilidad al que Abelardo me había dicho que había que llegar, lo que más me dolía era pensar que Chema y Josito, los malditos, tenían en el fondo bastante razón, puesto que mi ritmo de trabajo era mucho más lento que el de los demás. Podía beber cuanta cerveza quisiera y decir los mismos tacos que todos mis compañeros, pero lo cierto era que mientras que ellos lijaban y pintaban dieciocho barras en una mañana, yo, en el mismo tiempo, por poner un ejemplo, sólo había lijado y pintado ocho, o nueve a lo sumo, diez en una ocasión. Me avergonzaba infinitamente mi lentitud. Me avergonzaba mi torpeza. Y descubrí entonces, y ya nunca lo olvidaría, que mucho peor que el sufrimiento es la humillación, que la humillación es el gran tema del hombre y de la literatura.

60

Uno de mis principales temores era que llegara el momento en que la pintura se terminara y tuviera que abrir un nuevo bote, pues aquellos botes de pintura plástica estaban tan herméticamente cerrados que yo no era capaz de abrirlos sin ayuda. Aterrorizado por esta posibilidad, dilataba ese momento al máximo, para que fueran otros quienes lo hicieran. A veces, sin embargo, no había más remedio y tenía que ser yo quien fuera al garaje a por un nuevo bote de pintura. Y entonces..., ¿qué pasaría entonces? ¿Cómo confesar a esas alturas del verano que yo no sabía abrir aquellos botes si no me echaban una mano?

Recuerdo muy bien la primera (y única) vez que pude abrir uno de aquellos botes. Sentí tal alegría por algo tan elemental que miré ese bote de pintura como un trofeo. Sentí el orgullo que, seguramente, siente un obrero ante un trabajo bien hecho.

El cansancio era algunos días tan grande que, en cierta ocasión, pensé que me desmayaría. El calor comenzó a jugarme malas pasadas, pues mientras lijaba aquellas barras se me ocurrió la idea de escaparme de aquel seminario, como si allí me hubieran encerrado y retenido contra mi voluntad. La fantasía de la huida era mucho más embriagadora que la crudeza de la realidad, y me sobrevenía con frecuencia. Como si fuera una ola muy dulce, yo, víctima y cautivo, me dejaba arrastrar. Estaba tan cansado que ya no podía pensar ni rezar, y eso me confundía hasta dejarme sin saber quién era. Más que eso: me envilecía y me dejaba avergonzado de mí.

«Te estás embruteciendo, Pedro Pablo», me decía; y comencé a contar primero las semanas y luego los días que quedaban para que finalizase aquel inolvidable y cruel verano de 1988.

La eterna valla del seminario, el eterno muro tras el que me había encerrado, me esperaban fuera todos los días bajo un inhumano sol de justicia. Nos levantábamos a las siete, celebrábamos la misa y desayunábamos. Luego, obedientes a las consignas que nos habían dado, nos poníamos los monos de obrero y salíamos a ganarnos nuestro salario: el de poder celebrar un día la eucaristía como sacerdotes del pueblo y no como meros funcionarios de una religión.

Veía a mis compañeros salir a trabajar tan contentos, como si no pasara nada, como si todo estuviera bien y fuera, a escasos metros, no nos estuviera esperando el infierno. Les veía a todos tan conformes con la situación, tan acomodados a su vida de obreros de la construcción que, por un momento, uno de aquellos días, les miré como a extraterrestres para, enseguida, darme cuenta claramente de que el único extraterrestre entre todos aquellos jóvenes era por desgracia yo. ¿Por desgracia? Ellos se habían adaptado, sí, pero su felicidad me resultaba tan burda que no me parecía que mereciera ni siquiera ser contada. Mi desdicha, en cambio, aun en medio del dolor que me comportaba, se me antojaba dura, por supuesto, pero también digna de un novelista. La novela —así lo he visto desde joven— es siempre un experimento con la infelicidad.

Junto al exagerado terror que me producía que se descubriera mi incapacidad para abrir un bote de pintura, también me aterrorizaba el momento de subirme a los andamios, cuya instalación nunca me pareció lo suficientemente segura y fiable. Padecía vértigo y, como es natural, temía dar un paso en falso y precipitarme. «Joven seminarista muere al caerse de un andamio», imaginaba ya los titulares del periódico de Colmenar.

Desde lo alto de aquel andamio, poco antes de que sonase la hora de terminar, aquella tarde llegué a pensar en simular un desvanecimiento y dejarme caer para romperme una pierna. ¿Me libraría así de aquel trabajo por el resto del verano?, me preguntaba. Acaricié mucho aquella idea absurda y, si no la realicé, no fue tanto por miedo al dolor por esa supuesta pierna rota o por el de poder romperme la crisma en la caída, sino porque alguien pudiera estar viéndome en el momento en que cayese y se diera cuenta de que era una estratagema.

La idea de arrojarme al vacío desde lo alto de aquel andamio, la verdad, se me presentó durante todo aquel verano cada día. Ya no merece la pena que lo haga, me decía, me quedan sólo dos semanas, me queda sólo una. Pero ocho horas diarias durante cinco días era mucho, más en cualquier caso de lo que podía soportar. Y desde lo alto del andamio, cuando el sol apretaba hasta el punto de que me parecía que enloquecería, el vacío me llamaba como la única escapatoria para mi humillación.

Aquel eterno verano de 1988, sin embargo, llegó a su fin y, con él, nuestra así llamada experiencia obrera. La caseta de las herramientas había sido construida y la valla pintada, de modo que volvimos a nuestros apuntes y a nuestras clases. ¿Podré expresar alguna vez, con la suficiente plasticidad, la alegría de volver al trabajo intelectual? Recuerdo muy bien mis manos rojas e hinchadas sobre el blanco del papel el primer día de clase de aquel curso. Nunca antes había iniciado un curso académico con tanta ilusión, nunca antes había deseado tanto que terminase un verano. Cualquier libro que abría, por cualquier página... ¡me daba un consuelo tan grande, tan infinito! ¡Qué privilegio el de estudiar!, tengo escrito en la última entrada de mi «Diario de la valla». ¡Qué hermosas son las palabras!

Si aquel verano se hubiera prolongado estoy seguro de que habría sucumbido. Pero no hay que minusvalorar la capacidad de sufrimiento de los hombres, tampoco la mía. Fue en aquella circunstancia cuando comprendí que, por encima de cualquier otro don, el principal de los que Dios me había concedido era el de la voluntad. Soy más voluntarioso que inteligente, más voluntarioso que sensible o artista, más voluntarioso que cualquier cosa, que todo lo demás. Durante algún tiempo –¡estúpido de mí!– me lamenté de que esa virtud fuera, entre las mías, la principal. Habría preferido ser más listo o más carismático, más creativo o más popular. Pero con el tiempo me reconcilié hasta tal punto con este regalo del Cielo que hoy considero que la principal de las virtudes es precisamente la de la voluntad. Veo la obra de los grandes escritores y pensadores y pienso que, por encima de la inteligencia y de la sensibilidad que late tras sus edificios con palabras, lo que sobre todo hay detrás de todo ello es una increíble fuerza de voluntad. Veo la obra de los reformadores religiosos o de los líderes espirituales y, lo mismo: fuerza de voluntad, determinación inquebrantable, obstinación incluso. Tras esa voluntad late –es obvio– el orgullo por doblegar la realidad al propio deseo. Pero late también el impulso de un ideal y la legitimidad de una ambición. La voluntad. ¿Habré llegado a ser sacerdote precisamente por este don?

61

Algo había cambiado en mi relación con Diana, la catequista, cuando en una de las incontables noches en que caminábamos juntos rumbo a la Morcuera, me di cuenta de que yo no era el único que buscaba quedarse a solas con ella en una dulce, dulcísima intimidad. También ella, aunque disimulaba, hacía lo posible para que los demás nos dejasen solos, y aquello, como un fulgor, me llenó de una alegría rabiosa y demencial. Yo andaba en aquellas semanas más bien retraído, pues la primera vez que le había tocado el hombro, simulando un gesto de amistad, pero a sabiendas de que tanteaba otro terreno, ella dio un respingo y se alejó de mí de un salto. Como si mi mano estuviera cargada de electricidad. Pero el fin de semana anterior Diana me había dejado ver algunos cambios significativos. Por de pronto estaba mucho más seria y reconcentrada de lo que en ella era normal, y en más de una ocasión la sorprendí mirándome; además, ya no conducía mi deseo carnal hasta un extremo insostenible para luego, con una sonrisa coqueta, esfumarse y dejarme abatido con un mal de amores como no había conocido jamás. No, Diana había cambiado, y me lo demostró una de aquellas noches, cuando ya apuntaba el fin de aquel verano.

Concluía el periodo de vacaciones y en el aire flotaba la fragancia de las azucenas, que llenaban los jardines de las mansiones del primer tramo de la carretera. Yo estaba feliz porque había superado la prueba de ser seminarista obrero y porque del cielo, estrellado, colgaba aquella noche una luna de un tamaño descomunal.

Al poco de empezar a caminar, ya habíamos logrado separarnos del resto de los catequistas y, lejos al fin de los demás, comenzamos a charlar de nuestros sentimientos y de todo lo que nos preocupaba: de los problemas del pueblo de Miraflores, de los del mundo, de los de la Iglesia y de los de la Asunción, nuestra parroquia. No era la primera vez. Solíamos hablar de nuestro pasado, de nuestro futuro, de nuestras preferencias... Hablábamos de la fe, del amor, de las ganas que ambos teníamos –ella en la medicina y yo en el sacerdocio– de hacer algo en favor de la humanidad. Y hasta bromeábamos fantaseando que podríamos trabajar juntos en algún puesto de misión, lo que a mí se me antojó entonces no sólo como un sueño hermoso, sino como el mejor de los posibles. Me gustaba contarle mis cosas, me gustaba escuchar las suyas. Y al final, siempre nos sorprendía que hubiera pasado tanto tiempo cuando en nuestro corazón apenas habían transcurrido unos minutos. Volvíamos a nuestras casas –ella a la suya y yo a la parroquia, donde tenía una habitación– con los primeros rayos del alba. No habíamos hecho más que hablar y, sin embargo, resplandecíamos de felicidad. Habríamos seguido durante varias horas más, porque a los veinte años es cuando se tiene necesidad de hablarlo todo para luego, a los treinta, empezar a poner en práctica al menos un poco de todo aquello de lo que tanto se ha hablado.

Aquella noche de fragancia de azucenas, cerca ya del comienzo del nuevo curso, nuestra conversación discurrió por otros derroteros.

–Dentro de algunos años –comenzó diciendo Diana–, cuando me case –pues ella daba por supuesto que se casaría– me gustaría hacerlo con alguien como tú.

La lengua se me quedó seca en un segundo y se me puso cara de tonto, como siempre que la tenía cerca. ¿Era aquello una declaración? Ésa era la pregunta. No debía precipitarme. Debía asegurarme de lo que había oído.

–¿En qué sentido? –alcancé a decir–. ¿A qué te refieres?

Diana llevaba aquella noche una falda tan corta que nadie habría podido decir que aquello fuera una falda.

–Pues que me gustaría unirme con alguien –prosiguió ella, mirando a las estrellas– que se te pareciese.

El asunto iba por buen camino. Mi estómago dio un salto de alegría, pero seguía teniendo la boca muy seca.

–Nunca he hablado con nadie como lo hago contigo –continuó ella, retozona–. Eres alguien... –y se quedó pensando con qué adjetivo calificarme– ...especial.

Especial: me gustaba lo que había oído. No se había declarado abiertamente, eso debía reconocerlo, pero se había puesto en la pista de despegue para que yo, si lo deseaba, encendiera el motor. Lo encendí.

–A mí también –me costaba pronunciar cada palabra; tenía que sacarlas de mi boca como con una tenaza, por lo que hablaba más despacio de lo normal–, si tuviera que casarme –esta matización me parecía importante, pues no debía hacer ver que ponía en duda mi vocación religiosa–, lo haría sin duda con alguien como tú.

Como yo mismo poco antes, Diana quiso saber mis motivos.

–Eres una chica muy madura –empecé diciendo (¡menuda estupidez!). Eres creyente y responsable –dije también (¡Dios mío! ¡Cómo podía ser tan idiota!).

En mi favor diré que estaba desentrenado, que llevaba casi tres años sin tener una conversación mínimamente parecida a la que estaba sosteniendo. Más aún: desde mis charlas con mi dulce confidente, Pilar, a la puerta de su casa en Gaztambide, no había estado a solas con una mujer durante largos años. ¡Y ni siquiera lo había echado de menos!

–A mí también me gusta que tú seas creyente –continuó ella, tomando el testigo–. Te diré que ésa es de las cosas que más me gustan de ti. Tú eres alguien con valores –comenzaba a soltarse–, alguien que sale con una chica y lo primero que piensa no es en cómo meterle mano y otras guarrerías.

308

¡Dios mío!, pensé. ¡Era eso lo que estaba pensando! Porque Diana tenía los pómulos tersos y sonrosados, y daban muchas ganas de besarlos o, mejor, de pellizcarlos y darles un pequeño mordisquito.

–Todos esos chicos me dan asco –continuó ella con un mohín que me resultó tan terrorífico como encantador–. Tú, en cambio, eres un chico diferente. Eres especial, ya te lo he dicho. ¡Eres fantástico! –y me gustó tanto cómo dijo aquello que a punto estuve de, ahí mismo, echarme a llorar de puro amor y felicidad.

Pero no, yo no era un chico fantástico o diferente. Lo supe en aquel momento sin ningún género de duda. Yo era como todos los demás, puesto que mis deseos eran tan impuros como los de cualquier joven de veintitantos años. Y más pecaminosos si cabe, puesto que yo contaba con la gracia divina para superarlos y, sin embargo, ahí estaba con el asta tan levantada que hasta me producía dolor. Pensé en el campo de fútbol de Colmenar, en cuyas inmediaciones yo había cantado y llorado. Pensé en mi última confesión con el padre Pita, en el jardín del seminario bajo un tilo. Pensé en las manos rojas y encalladas de los obreros y en mis manitas blancas y finas de escritor. Por si la situación no fuera lo bastante embarazosa para ambos, Diana dio un paso con el que disipó todos mis pensamientos.

–¿Te importa si vamos de la mano? –me dijo.

Y yo:

–No, ¡qué va!

¡Qué necio era con veintidós o veintitrés años, Dios mío! Todo lo que le dije a Diana durante aquella noche me parece hoy de una inenarrable estupidez. Pero, estúpido o no, ella me tomó de la mano y yo me estremecí violentamente, como si más que darme la mano me hubiera dado un beso o, qué sé yo, como si me hubiera hecho una propuesta de matrimonio. Sentí cómo el tacto de aquella mano femenina se extendía por todo mi ser. Y, si esto era lo que me sucedía con una mano, pensé, ¿qué sería con todo el cuerpo? Pero no, no fue eso lo que pensé en aquel momento, embebido como estaba en la sensación, sino después, en el recuerdo. Porque nadie en el mundo sabe lo que el simple contacto de una mano –una mano amada, naturalmente– puede proporcionar. El mundo entero puede estar en una mano: la historia, el universo, la locura, la razón... Es lo que pasa con la felicidad, que cuando aparece, allí donde lo hace, se concentra hasta el punto que no le parece a quien la disfruta que pueda algún día sentir algo más hermoso y definitivo.

62

Caminamos largo rato de la mano y yo –huelga decirlo– no sabía qué hacer con mi cuerpo: temía que ella se diera cuenta de mi visible excitación y que, en consecuencia, me tachara de chico asqueroso que siempre piensa en guarrerías, como todos los demás.

Junto a este creciente temor, sin embargo, sentía una dicha desconocida y casi dolorosa. El cielo estrellado, la fragancia de las azucenas, Diana de mi mano y aquella luna bestial, colgada del cielo e iluminando mi felicidad.

Al final no lo resistí más y dije:

–Perdóname, no paro de decir tonterías.

–A mí no me parece que digas tonterías –me replicó ella.

–Es que estoy un poco nervioso –fue mi respuesta.

–¿Puedo preguntarte por qué?

Nos miramos. Tardé en responder.

—La verdad es que me caes muy bien —dije con una voz seca y descolorida, en la que no me reconocí—. Quisiera causarte una buena impresión.

Mi contestación pareció satisfacerla.

—A mí me sucede lo mismo. Es bonito cuando dos personas se caen tan bien, ¿no?

Nos estábamos acercando al núcleo de la cuestión. Yo estaba emocionadísimo. Me la habría comido a besos ahí mismo, en medio de aquella noche de principios de septiembre, tibia e inolvidable. Y, al tiempo, por nada del mundo habría querido que aquella conversación se terminase.

—Más que simplemente caer bien —me atreví a corregir—, lo que yo quisiera es que tú... —e hice una pequeña pausa— fueras muy feliz. Creo que te lo mereces.

No había dicho aquello por simple estrategia amorosa, lo sentía de verdad. Claro que eso no quitaba que me habría gustado mucho formar parte activa de esa felicidad que le auguraba.

—Eso es lo más hermoso que me han dicho nunca —contestó ella y, a pesar de que estaba bastante oscuro, me pareció que se sonrojaba.

Decidí tomar ventaja de la situación y profundizar en la idea.

—Me gusta contribuir a esa felicidad tuya —añadí—. Me gustaría... —debía tener cuidado, podía meter la pata— ...que me dejaras hacerte feliz.

Quizá había ido demasiado lejos. Me mordí la lengua. No estuve tranquilo hasta que ella intervino.

—Aunque nunca me dieras nada más —dijo ella en un hilo de voz—, ya me has dado mucho.

—También esto que me acabas de decir es precioso —contesté yo.

311

Éramos inagotables. No parábamos de cortejarnos, pero ni ella ni yo nos lanzábamos a dar el paso definitivo. Yo estaba a punto de morirme de gusto, y tanto era el deleite que, por un momento, pensé que eyacularía ahí mismo, sólo por efecto de aquellas maravillosas palabras que acababa de escuchar. Tuve que detenerme. El placer era demasiado grande como para continuar caminando. Cerré los ojos y me concentré, pues no quería eyacular en aquel momento: habría resultado demasiado embarazoso y...

–Pedro Pablo –oí.

Nunca me ha gustado tanto mi nombre como dicho con su voz de enamorada.

–¿Qué? –pregunté yo, y apreté las manos y hasta me incliné un poco hacia un lado para contener el semen.

El placer era inmenso, demencial.

–¿Te encuentras bien?

Me encanta recordar este diálogo. Pocas veces en mi vida he debido soportar una tensión pasional tan imposible y deliciosa.

–Enseguida estaré bien –contesté–. Es que me emociona lo que me dices.

Diana me miraba con sus ojos verdes, grandes, preciosos. El cielo debe parecerse a esa mirada verde, grande y preciosa, pensé. Luego me tranquilicé, porque lo de la eyaculación había sido una falsa alarma. Y hablamos de otras cosas, aunque regularmente volvíamos a lo bonito que era estar juntos y a la suerte que habíamos tenido al conocernos en las catequesis.

La vuelta al pueblo de Miraflores la hicimos en silencio, siempre de la mano, cada cual en su propio mundo que, por unos instantes, era seguramente el mismo. Al llegar al punto en que debíamos separarnos, sin mediar palabra, Diana se volvió hacia mí y, tras mirarme con unos ojos en los que resplandecía su pasión, rauda y dulcemente, me besó en los labios. Luego giró sobre sí misma y se marchó primero a buen paso y enseguida, pocos metros después, a la carrera. Me quedé como un pasmarote en medio de aquella noche de cielo estrellado. El beso había sido muy breve y casto –de niños–, como un grito de socorro o como una súplica para un amor que tanto ella como yo sabíamos que no era posible. Aquel beso abrió en mi corazón una puerta que hasta entonces nadie había abierto, una puerta que me dio paso a una estancia que desconocía. Y puedo decir ahora que ni uno de los besos que he recibido después –ni uno, por grande que fuera el amor que hubiera podido sentir por la mujer que me lo daba– me ha resultado tan dulce como aquél.

El de Diana fue un beso que tardó días en borrarse de mi boca. Humedecía mis labios y me los mordía para comprobar si aquel beso seguía ahí y, sí, ahí seguía. ¿Cómo es posible que un simple beso pueda reportar tanta alegría? No es una pregunta tonta. Es una pregunta importante, de las más importantes que podemos llegar a formularnos.

Contra todo pronóstico, a Diana no la volví a ver. Aquel año me destinaron a colaborar en otra parroquia, y luego en otra, y más tarde me hice sacerdote, y ella –lo supe, me informé expresamente– se casó con un médico y, como había soñado, se fue a trabajar al tercer mundo, a las misiones. Diana mía, ¡cuánto agradezco aquel beso que me diste furtivamente aquella noche, envuelto en la fragancia de las azucenas! ¡Cuánto te agradezco que me hayas hecho comprender lo que sólo un beso puede dar! ¿Estás leyendo esto, Diana mía? ¿Lo recuerdas?

Capítulo VII

Las montañas de Jutiapa

No hay religión verdadera sin riesgo. Los hombres verdaderamente religiosos –pertenezcan a una u otra religión– han vivido existencias profundamente inestables. Interior o exteriormente, es decir, metafórica o geográficamente han sido itinerantes. Han emigrado. Han cambiado. Han dejado sus órdenes religiosas y han fundado otras nuevas. Se han puesto en contacto con quienes pensaban diversamente. Han ido donde nadie quería ir. Han hecho cosas que desde la lógica del mundo resultan poco menos que increíbles. No se han agarrado más que a su fe, cada vez más desnuda. Casi toda la Vida Religiosa existente es –y me duele decirlo– una parodia de la verdadera religión.

La verdadera amistad es uno de los mejores regalos que la vida puede depararnos, de eso estoy convencido. Como también lo estoy, y cada vez más, de que la transmisión de la fe sólo se produce sobre la base de relaciones libres y gratuitas, es decir, amistosas, o, dicho de otro modo, que no hay mejor terreno para la evangelización que el de la amistad.

Quiero contar el mundo de la pobreza visto por un sacerdote de veintisiete años. Sin juicios morales. Sin propuestas sociales. Sin reflexiones metafísicas. Sin trampas para agrandarlo o empequeñecerlo. Sólo el dolor, sin más. Y la poesía que lo acompaña. Porque sin poesía el dolor no puede ser redimido y se enquista.

63

No se va a una misión religiosa simplemente para realizar un trabajo, sino para entregar la vida, y puedo presumir aquí que yo la entregué, que a mi modo la entregué como luego sólo me he dado a la meditación y a la escritura. A los pocos meses de ser ordenado sacerdote –todavía con el aceite de la unción reciente en mis manos–, tomé un avión rumbo a San Pedro Sula, destinado por mis superiores por unos meses, aunque en mi corazón yo deseaba que fuera para siempre.

Una bofetada de calor me recibió al desembarcar. Era el trópico, claro, pero una cosa es saberlo y otra muy distinta sentirlo en la piel. Los claretianos de Centroamérica, algunos de los cuales se habían formado en el seminario de Colmenar, llevaban meses organizando una misión popular, hacían falta refuerzos y, como me había presentado voluntario, determinaron que pasara algunos meses itinerantes y otros en la ciudad, desde donde podría atender, si es que aún me quedaba fuste, algunas de las comunidades cristianas de la ciudad y de sus alrededores. La misión itinerante, que también llamábamos de evangelización intensiva, la comencé en las montañas de Jutiapa, acompañado siempre por Fausto, un delegado de la Palabra, que es como en América Latina se designa a los más estrechos colaboradores de los sacerdotes. De ahí pasé a Tela, una pequeña ciudad costera, donde misioné en uno de los morenales. Concluí este periplo misionero en uno de los asentamientos humanos de la periferia de San Pedro Sula, el de la Rivera Hernández. Bajo un calor sofocante se concentraban allí, en chamizos de lata y de cartón, más de cinco mil familias emigradas del campo y aparcadas en el extrarradio por las autoridades municipales. Montaña, mar y ciudad: gracias a la programación de mis superiores podría conocer buena parte del país y prestar, en los ámbitos más variados, mis servicios como sacerdote.

A cada misionero se le asignaba un cristiano comprometido del lugar, de modo que siempre nos sintiéramos acompañados y asesorados. No es que Honduras fuera entonces un país peligroso, sino, por el contrario, el más pacífico de América Latina. Pero un nativo de confianza ahorraría algunos de los sinsabores que depara la espesa jungla a quienes no la conocen y, ciertamente, nos facilitaría el ingreso en los hogares más refractarios por la presencia de las sectas protestantes. A mí me asignaron a un campesino flaco como un alambre y fuerte como un toro. Llevaba una corbata de cuerda de esas que lucen en sus cuellos algunos vaqueros en las películas: un cordón negro y fino que unía a ambos cabos en un broche. De él hablaré mucho en estas páginas, pues para mí fue un compañero incomparable y, más que eso, un amigo y un hermano.

–A su servicio, padrecito, soy Fausto –se presentó.

Aquel recio hombretón, de caminares desgarbados y arruinada dentadura (más tarde comprobé que la mayoría de los hondureños tenía los dientes picados, seguramente por causa de la mala alimentación), me custodió durante toda la misión con una solicitud que en estricta justicia habría que calificar de maternal.

La primera vez que esa actitud suya se hizo manifiesta fue a las pocas horas de conocernos. Tocó atravesar una quebrada, la primera de las muchas que seguirían durante aquel día y los siguientes y, para que no me mojara, Fausto... ¡me cogió en volandas y, sin dejarme rechistar, me cruzó a la otra orilla!

—¡Pero Fausto! —protesté.

Él se limitó a sonreírme, dejándome ver el centelleo de sus dientes, empastados en oro.

Aquel mismo atardecer, poco antes de preparar el vivac, Fausto había descargado las mulas y preparado el fuego para calentar allí los frijoles y las tortillas, que había traído consigo en su morral. Yo le observaba admirado. Todo lo hacía bien, con sumo cuidado y concentración. En ningún momento habría podido valerme sin él en medio de aquellas azuladas montañas tropicales. Al mediodía, por ejemplo, un par de horas después de haber dejado el centro de capacitación, Fausto había estado abriendo con certeros tajos los pasos más complicados. No había maleza o tronco que resistiese a su machete, por grueso que fuera o enmarañado que estuviese. Fue en aquel momento, mientras él abría el camino, cuando comenzamos a hablar. Descubrí enseguida que era un hombre de una nobleza y de una integridad como no he conocido otro. Estaba entregado a la causa de la Iglesia como cualquier buen padre lo está a su familia. En todo momento me dio sobradas muestras de una capacidad de servicio y de abnegación mucho más allá de lo normal.

Veinticuatro horas después de haber estado trotando por aquellas impenetrables selvas, tórridas y lujuriantes como no creo que existan otras, me atreví a preguntarle si nos quedaba mucho para llegar a Jalán, el pueblo donde comenzaba mi trabajo misional y donde, según supe entonces, residía su familia.

—Ahí vamos a llegar —me contestó él, haciéndome suponer que quedaban pocos minutos para nuestro destino.

Una hora más tarde, todavía en medio de una selva que parecía extenderse sin fin, comprendí que no era así en absoluto. Y días después comprendería que ese «ahí vamos a llegar» con que los hondureños salen al paso siempre que se les pregunta por el tiempo que falta, es sólo una expresión que no quiere decir nada. Fue así como fui conociendo al pueblo hondureño, por medio del buen Fausto. Y debo decir aquí que nunca en mi vida he tenido algo tan parecido a un esclavo.

—Me han pedido que no le deje solo, padrecito —se justificaba él cuando yo protestaba—. Mi obligación es ahorrarle todo lo que pueda resultarle gravoso —me aseguraba también, mientras se cargaba mi mochila, que en ningún momento me permitió llevar.

Ante mis intentos por impedírselo me sonreía como quien sonríe ante la excentricidad de un extranjero.

Ni que decir tiene que en ningún momento quise o fomenté aquella inesperada y sobrevenida esclavitud, y que siempre traté a Fausto de igual a igual. Pero para él las cosas estaban claras: yo era el misionero; yo había venido desde muy lejos; yo me había entregado a su pueblo sin conocerlo, dejando atrás a mi familia y las comodidades de mi país. Todo eso debía resarcirse.

Me explicó todo esto a trompicones, pues Fausto no era de verbo fácil. Cuando se cansaba de hablar (en realidad era yo quien siempre se fatigaba; él podría haber seguido durante horas), se ponía a cantar a voz en grito las más horripilantes canciones de su folclore nacional.

64

–No soy el misionero que esperabais, ¿no es cierto? –me atreví a preguntarle después de aquel primer y fatigosísimo día de viaje.

Porque durante el reparto de misioneros –hecho en el llamado centro de capacitación por estricto sorteo–, había tenido la impresión de que Fausto no había quedado del todo contento. En sus facciones indígenas se había dibujado cierta decepción al conocer que yo era quien había caído en suerte a las comunidades que él representaba.

–¡No es eso, padrecito! –me respondió él, al tiempo que jaleaba a una de sus mulas–. Es que... –y de nuevo pude ver cómo centellaba uno de sus dientes en su boca.

Pero no me equivocaba. El icono del misionero era en Honduras, como en tantos otros países, el de un venerable anciano con una larga y respetable barba blanca. Yo acababa de cumplir los veintisiete y huelga decir que tenía cara de niño y que casi nadie me habría echado más de dieciocho o veinte.

–Es que...–contestó mi buen Fausto al fin, y desvió la mirada para ocultar su bochorno–. Esperábamos un misionero... ¡un poco más crecidito! –Pero acto seguido, supongo que al ver mi rostro de preocupación, me reiteró que su confianza en mí era absoluta.

Lo único que le mortificaba eran las sectas, que se habían hecho fuertes en su zona y que les estaban arrebatando buen número de feligreses.

–Se reirán cuando vean que nuestro misionero es tan joven –admitió, mirándome con sus ojos perrunos–. Y usted tendrá que demostrarles que juventud no se opone por fuerza a sabiduría.

No supe qué responder. Fausto iba delante de mí, tirando del cordel con que había embocado a la mula. Yo montado en ella, naturalmente, y fascinado por una vegetación como no había visto otra. Había troncos de una corpulencia descomunal, palmerales en extensiones infinitas, lianas que se enredaban haciendo entramados que imposibilitaban el paso, hojas de árbol tan grandes como alfombras. No exagero. Había hojas gigantescas y de todos los colores imaginables: verdes y azules, amarillas, rojas, blancas, marrones... Para mí era como si todas las especies vegetales se hubieran concentrado allí. No sabía dónde mirar de hermoso que era todo.

Los libros de Hermann Hesse –llenos de trenes, balnearios y enfermos de ciática– están ambientados en una atmósfera bucólica y pastoril. Por ello, no es infrecuente que sus protagonistas encuentren amparo en la naturaleza, ese útero materno en el que se muere y se renace. Como el mismo Goethe, a quien tanto admiraba, Hesse era un decidido defensor de la vida al aire libre. La naturaleza, que tanto contempló en la renovación de sus estaciones, le servía como emblema y estímulo para el cambio interior, su verdadera preocupación. Ahora bien, todo es tan bonito en las montañas, bosques y lagos que este escritor nos describe que puede uno llegar a pensar que el corazón del artista está exaltado o, sencillamente, que nos quiere engañar. En aquella selva hondureña entendí a Hesse desde dentro y supe, como sólo puede saberlo un escritor cuando se encuentra con otro, que en sus novelas no había un ápice de exageración o de impostura. Al escribir sobre la belleza natural, Hesse había dicho sencillamente la verdad, lo que se presenta ante los ojos de quien mira sin prejuicios. Me propuse entonces que, si un día yo escribía sobre Honduras, haría exactamente lo mismo.

–Son mala gente los evangélicos –añadió Fausto minutos después, cuando ya habíamos dejado de hablar sobre el desconcierto y la desilusión que le había suscitado mi juventud–. Pero tienen la ventaja de saberse muy bien la Biblia.

–¿Y cuál es para ti la diferencia entre la Iglesia y las sectas? –quise saber.

Fausto tardó en responderme. Un pájaro de pelaje multicolor atravesó el cielo dando un chillido.

–Son dos, padrecito. Una –y se giró para mirarme–: que los de las sectas hablan con mayor convencimiento que nosotros y cantan mucho más.

–¿Y la segunda? –le pregunté.

Sus ojos desprendían calor humano.

–Que sacan más pisto –y juntó el índice con el pulgar, refiriéndose al dinero–. ¿O es que no sabía que el objeto de las sectas es expoliar a sus adeptos?

De la pregunta de mi buen Fausto me sorprendieron tres cosas: la precisión de sus palabras (adeptos, expoliar...), la seguridad con que emitía sus opiniones y, sobre todo, la tristeza que se veía que le provocaba que su pueblo, pobre de por sí, tuviera que padecer también esta nueva plaga de las sectas, venidas fundamentalmente de Norteamérica, según me precisó.

Las referencias que hago a la vegetación –hojas gigantes, palmerales infinitos, lianas abigarradas y tupidas que hacían de la selva un mundo impenetrable– pueden parecer muy generales; pero Fausto era un hombre que lo sabía todo de su tierra y, como teníamos tiempo y soy de natural curioso, yo le iba pidiendo información sobre todas las plantas y los árboles que veíamos –en su mayoría para mí desconocidos–, así como sobre las aves, de una belleza tan solemne y majestuosa que, con franqueza, no imaginaba que pudieran existir pájaros así sobre la tierra.

Las muchísimas y variadísimas formaciones vegetales que vi eran posibles por la gran humedad de la zona, así como por sus constantes temperaturas altas. Los pinos y los abetos cubrían la mayor parte de las áreas, y ésos, por fortuna, los reconocí, pero me llamaron la atención porque sus troncos eran mucho más rectos y lisos que los de Europa. También había algunos cedros reales, que siempre me gustó descubrir, pues se escondían entre las florestas más frondosas, y guayabas y mangos, así como un sinfín de frutales cuyos frutos Fausto, que no tenía prisa en llegar (en realidad, nunca tenía prisa para nada), iba arrancando, abriendo con pericia y dándome a probar. La carne de la fruta estaba toda ella suculenta y jugosa, ignoraba que pudieran existir frutas tan sabrosas. Todo esto, los árboles caoba, los cocoteros, los increíbles árboles de María, según supe provenientes de Brasil, me parecía sacado de un cuento fantástico o de una película. Pero lo más llamativo de todo fueron las orquídeas, que parecían esculturas, y las plantas trepadoras, que unían todo con todo y que hacían casi imposible la diferenciación de las especies, pues todas estaban mezcladas en un único tupido verde y húmedo en el que millones de bichitos encontraban su guarida. Pese a la enormidad de muchos de los árboles con que nos topamos, en particular en una región llamada La Mosquitia –donde nos acribillaron los zancudos en un modo tal que parecía que hubieran organizado el ataque–, la mayor parte de ellos no tenían raíces profundas, sosteniéndose, como pude comprobar, sólo gracias a grandes contrafuertes o espolones.

Cuando fuimos acercándonos a Jalán, nuestro destino misional, vimos inmensos campos de maíz y de frijoles, que son los alimentos básicos de los hondureños, y allí, como si fuera un milagro, aparecieron ante nosotros un sinfín de libélulas gigantes y azules.

–¿Qué son? –quise saber, sorprendiéndome tanto de su descomunal tamaño como de su azul, tan intenso.

–Libélulas –respondió Fausto, mientras hacía un aspaviento para espantar a dos o tres que aleteaban en su entorno, como si se alegrasen de su regreso y se lo quisieran hacer saber.

–¡Qué hermoso es todo esto! –tuve que exclamar, asombrado por aquel mundo maravilloso y virgen, tal y como estaba, seguramente, desde hacía millones de años.

Tal y como lo había creado Dios.

–Es el paraíso –me respondió Fausto, levantando los brazos en agradecimiento al Creador–. Aquí vivo a cuerpo de rey. Es el jardín del Edén –completó, maravillado él mismo de su dicha; y comprendí entonces que no había exagerado nada cuando poco antes me había asegurado que en el mundo no podía haber muchas personas tan felices como él y su mujer.

Como si hubiera leído mi pensamiento, Fausto, a quien la cercanía del hogar parecía haberle soltado la lengua, me confesó entonces que su mujer y él hacían el amor todos los días.

–Nos gusta hacerlo de madrugada, cuando las pollitas duermen –pollitas era el modo en que se referían a sus hijas–. Pero a veces también nos gusta perdernos por aquí –y apuntó a una pradera verde, totalmente imposible en un clima como aquél, una pradera que se parecía a un campo de golf que hubieran trasladado desde Europa para implantarlo en aquel lugar–. Esta pradera es mi hogar –mi mula se había detenido; también ella, al parecer, quería admirarla–. Nadie viene aquí, ¿sabe?, nadie la conoce. Es sólo para Erlinda y para mí. Es la pradera del amor –me dijo también con voz más baja, como si quisiera que no nos escuchasen–, aquí es donde hemos concebido a nuestras hijas.

A la derecha de la pradera del amor, como también yo empecé a llamarla, encontramos algodón y pacaya, y un poco más allá plantas medicinales como la achicoria, el apazote y el bálsamo de Tolú. Por supuesto que yo no conocía todos estos nombres. Fausto me los dijo y me obligó a repetirlos para que los memorizara. Los campesinos los utilizaban también, según me dijo después, como productores de goma y de resina.

65

Hasta que llegamos a Jalán y a Entelina, no vimos ningún animal grande, sólo lagartos y miríadas de pájaros, así como algunos murciélagos por las noches. Insectos, en cambio, pululaban sin cesar a nuestro alrededor: los llamados zancudos, que allí son los más frecuentes, pero también jejenes, a los que cogí mucha tirria, avispas y hormigas voladoras, que se metían en los sobacos y entre la ropa. A decir verdad, siempre teníamos muchos animales encima, invisibles en su mayoría. Había que acostumbrarse, era una contrapartida incómoda pero inevitable. Más tarde, en otras misiones, vimos un tapir y un tigrillo, ante los que sentí, por mi desconocimiento, cierto reparo. Fausto me dijo que no debía temerlos, que los únicos que podían hacernos algún daño eran el pizote y el mapachín, que no llegamos a ver pero que él me dibujó para que los reconociese si nos topábamos con ellos. También me dibujó un oso hormiguero, puesto que Fausto dibujaba francamente bien, y una iguana, y una tamagás, además de un yaguarundí, que es como un puma pequeño, como de juguete. Conservo los dibujos, los puedo mostrar.

–Así los reconoce cuando los vea –apuntó Fausto, mientras dibujaba con gran detalle y, al tiempo, con gran facilidad, como si dibujar fuera su profesión.

Los animales no nos molestaban, iban a lo suyo. Algunos, como las lechuzas y los pájaros carpinteros, se asustaban cuando nos acercábamos y se alejaban en medio de los gritos más quejumbrosos. Los sonidos de la selva merecerían realmente un capítulo aparte.

Aunque yo me habría detenido a menudo, tanto para admirar el paisaje –que me parecía de otro mundo– como para descansar (aunque me avergonzaba decir que estaba cansado, yendo yo sobre el animal y él, en cambio, a pie), hubo veces en que la sed era demasiado ardiente y debía admitir ante mi acompañante que necesitaba beber o tomar alguna otra fruta. Con un primoroso sistema de correas que improvisaba cuando había necesidad, mi Fausto se subía en esas ocasiones a una palmera y, desde allí, saltaba de una rama a la otra como un auténtico trapecista, si bien temí en más de una ocasión que perdiera el equilibrio y se precipitara.

Al cabo, bajaba con un coco, como un trofeo, y me lo abría después con dos certeros machetazos. Acto seguido, sonriente y sudoroso, me entregaba una de sus mitades para que bebiera. Yo admiraba su ingenio y su habilidad, ya lo he dicho; pero lo que sobre todo admiraba era su felicidad y su alegría. Siempre estaba sonriendo. Siempre contento. Todo le parecía una oportunidad para servir. Si lo que yo deseaba era comer, por ejemplo, él me arrancaba un mango. Si me incordiaban los insectos o las moscas –que allí había a millares–, Fausto desplegaba y montaba una mosquitera para mí, tejida por él mismo. Él me afeitaba por las mañanas con una navaja afiladísima, que manejaba con envidiable destreza y preocupante velocidad. Y, por si todo esto fuera poco, escuchaba las confidencias que yo tuviera que hacerle y, si le insistía, me confiaba algo personal.

–¿Mi secreto? –me preguntó la segunda noche, cuando le pedí que me hablara de sí–. Le diré, padrecito, que me siento muy orgulloso de ser hondureño.

Me gustó esta confesión.

–Le diré que no creo que pueda haber en este mundo un hombre más afortunado y dichoso que yo.

Esto me lo dijo cuando yo aún no sabía que vivía en una chabola hecha con cuatro tablas.

–Tengo una mujer que me quiere y tres hijas preciosas: Dunia, Delma y Chavelita. Pronto lo comprobará.

Era verdad. La mujer le quería, no había más que ver los ojos con los que le miraba. Y también era verdad que sus tres hijas eran muy bonitas.

El mundo de los sonidos naturales, en realidad, no lo conocía hasta llegar a Honduras. Por el día eran abundantes, pero como andábamos enfrascados en nuestras conversaciones, no los escuchábamos; pero por las noches, ¡ah, por las noches eran sencillamente acojonantes! Había cientos, miles... Cuando realmente empezamos a percibir este mundo, asusta darse cuenta de todo lo que, por nuestra cerrazón, habíamos estado ignorando. El mundo es muchísimo más grande y rico de lo que podamos sospechar. Resulta increíble que podamos vivir tan inconscientes de todo lo que sucede a nuestro alrededor.

Tumbados en unas mantas mirando las estrellas –y las mantas las pusimos como prevención para que no nos atacasen los escarabajos y las hormigas–, Fausto iba identificando todos los sonidos uno a uno, dejándome maravillado por su sabiduría.

–¿Oye eso? Es un colibrí. ¿Y eso? Una especie de gorrión al que llamamos la viudita. ¿Y ese cri-cri del fondo? –Porque Fausto no tenía fin, se lo sabía todo–. Eso es un perico o un loro amarillo, una de dos.

–¿De verdad? –le preguntaba yo a cada rato, sospechando que pudiera estar aprovechándose de mi ignorancia y riéndose de mí.

Pero Fausto desconocía lo que significaba reírse de los demás. Eso era algo que, sencillamente, no entraba en su experiencia vital. Él estaba ensamblado por completo en toda aquella naturaleza, tan salvaje y esplendorosa, y todo lo demás le resultaba totalmente ajeno, como de otro siglo u otro planeta.

66

Fausto. Durante las semanas que compartimos me hizo descubrir y disfrutar de su tierra como ningún otro anfitrión podría haberlo hecho. Pero de todo lo que me enseñó en su infinito conocimiento y en la magnanimidad de su corazón, lo que más me gustó de todo fue él mismo, su persona. Nunca he conocido a nadie tan contento con la vida, tan presente e instalado en la realidad, tan capaz de responder a lo concreto y de entregarse del todo, como lo haría un niño. Si había que comer, comía; si había que dormir, dormía; si había que sacrificar a un animal porque estaba viejo y enfermo, lo sacrificaba. Para mí que estaba iluminado. Para mí que el silencio y la soledad de aquellas azuladas montañas le habían enseñado todo lo que debe aprender un hombre. Para mí que Dios, en pago a su nobleza y simplicidad, le había regalado, para uso exclusivo de su familia, aquella inmensa e inenarrable pradera del amor, donde cada noche, bajo las estrellas, se acostaba para disfrutar de los encantos de su Erlinda.

¡Qué guapa era Erlinda, Dios mío! ¡Qué bendecido tiene que estar un hombre para poder gozar de una hembra así cada día! Tenía el pelo malamente recogido en un moño que, quién sabe por qué, la hacía aún más atractiva. Porque Erlinda era una de esas mujeres que desprende sensualidad por todos los poros de su cuerpo y que, al tiempo, lo ignora. Esa mezcla entre sensualidad e inocencia enloquecía a Fausto cada noche. Y a mí, que alguna madrugada les escuché gemir a lo lejos, también, para qué ocultarlo, me enardecía. Me alegraba por Fausto y me alegraba por Erlinda, por supuesto. Me alegraba que disfrutaran de sus cuerpos y de sus almas en medio de los incontables sonidos nocturnos de los animales, para mí a cuál más aterrador, y bajo una imponente bóveda estrellada.

–¿Usted no echa polvitos? –me preguntó Fausto a la mañana siguiente, en el desayuno.

Me lo había dejado preparado para que yo, en cuanto saliese de la champita, lo encontrara todo dispuesto sobre la mesa. El desayuno consistía en un gran plato de frutas tropicales, todas ya peladas para que no me molestase, además de una taza de café muy negro, que los hondureños y hondureñas, como verificaría muy pronto, beben continuamente como si fuera agua.

–¿No echa polvitos, el padrecito? –me volvió a preguntar Fausto–, ¿no chinga? –me preguntó también, sospechando que quizá no le hubiera entendido.

No hizo falta que le respondiera. Continuó hablando y me hizo una proposición que me dejó pasmado.

–Aquí chinga todo el mundo, también los padrecitos. Chingar es necesario. También usted debería. Si lo desea, puede tomar a alguna de mis hijas.

Sobre el plato, Fausto me había preparado un festín de frutas tropicales, algunas para mí desconocidas. Había un tamarindo y dos naranjas, diferentes variedades de melón y una sandía. También un ramillete de ciruelas tronadoras y un marañón, que era lo que tenía en la boca cuando escuché semejante ofrecimiento.

Levanté la mirada. Fausto puso un pequeño tronco frente a mí y se sentó. Se veía que estaba hablando completamente en serio.

–Debería usted chingarse a la mayor, padrecito, o si prefiere a la mediana. Por mí le doy a las tres, si es que le resulta difícil escoger. Para ellas sería un honor, debe saberlo. Yo las conozco y sé muy bien que lo desean.

No sabía qué responder. ¿Qué podía responderle a ese hombre ante un ofrecimiento como aquel, tan generoso como inesperado? ¿Que no me apetecía? ¿Que sus hijas eran menores? ¿Que nuestra religión prohibía acostarse sin antes estar casado? Fausto era cristiano y no desconocía las tradiciones de nuestra Iglesia. Chingar está bien, me había dicho. Es necesario y todos los padrecitos lo hacen, me había dicho también.

Fausto se llevó a la boca una de mis ciruelas tronadoras y continuó.

—Pruebe el tamarindo —me animó—. Mañana le traigo una piña y algunos cocos que le calmarán la sed.

Pero no se olvidaba del asunto.

—Dunia es la mejor para usted, ya tiene casi dieciséis. Delma ya ha cumplido los catorce. Y a Chavelita no se la propongo porque sólo tiene nueve. ¿Sabe? —y continuó dando cuenta de las ciruelas, que masticaba con visible gusto—. Nos haría usted un gran favor. Lo he hablado con Erlinda, no se crea. Ella está de acuerdo, le diré que de ella es de quien ha partido la idea. Ninguno de todos esos zipotes —se refería a los muchachos de la zona, que obviamente rondaban por las inmediaciones y acosaban a sus hijas— les va a dar el amor que usted puede darles. Usted las va a tratar con respeto, lo sé. Usted no les va a hacer ningún daño. Usted les va a dejar un buen recuerdo y ellas se sentirían muy contentas de poder entregarle sus cuerpos.

Yo seguía sin responder.

—Usted no sabe cómo están las cosas aquí —continuó—. Aquí los hombres son muy violentos —dijo también—. Es importante que la primera vez sea una experiencia dulce, mejor con un adulto que no con un chico de su edad. ¿Qué me dice, padrecito? ¿Prefiere a Delma? ¿Le digo a alguna que le busque esta noche en su champita?

Delma era una adolescente de mirada oscura y pecho incipiente. Ni que decir tiene que era una chica preciosa. Dunia, más larguirucha, tenía unos ojos pálidos y borrosos que invitaban a sumergirte en ellos y, ahí, desaparecer. Su mirada era magnética: bastaba resistirla unos segundos para perder la voluntad. Por lo que se refiere a sus labios, eran carnosos y, por ello, habrían hecho las delicias de cualquier hombre. Pero yo, recién ordenado sacerdote, rechacé aquella oferta.

—No puedo, Fausto, se lo agradezco —dije en un hilo de voz, temeroso de estar ofendiéndole.

Pero también dije algo sensato.

—Si hiciera el amor con sus hijas una vez, luego querría hacerlo siempre, estoy seguro.

Y añadí:

—Confío que no se enojen. Encuentro muy bonitas a las tres —y seguí dando cuenta de los tamarindos y de los melones, confiando que aquel asunto no pasara de ahí.

Dunia, Delma y Chavelita, sin embargo, algo tuvieron que saber de mi negativa, pues a partir de aquel momento fueron mucho menos cariñosas conmigo. Me evitaban. Se marchaban cuando yo entraba en la champita. Sus risitas sofocadas del primer encuentro habían dejado de oírse. Ya no reían ni cuchicheaban entre sí al verme, como al atardecer de mi llegada. ¡Qué hermosas eran las tres, Dios mío! Las habría chingado con gusto a una tras la otra, pero no podía ser. La misión en aquellas montañas acababa de comenzar y yo debía concentrar todas mis fuerzas en la predicación y en la administración de los sacramentos, que me solicitarían en todas las aldeas. Además, ¿cómo habría podido decirle al buen Fausto que a quien yo verdaderamente habría querido chingar era a Erlinda, su esposa? Pocas mujeres he visto en el mundo que, como ella, irradiaran tanta sensualidad.

67

Como muchos de los pueblos que misioné, Jalán me recibió con música de fiesta y ataviado con sus mejores galas. No es un modo de hablar. Fue literalmente así. Los veintiocho habitantes de aquella población me esperaban en la plaza, todos de blanco, rodeando a una pequeña orquesta improvisada para la ocasión. Por mucho que nos habían advertido en San Pedro Sula, antes de la dispersión de los misioneros, del gran acontecimiento que suponía para aquellas aldeas la llegada de un sacerdote, en ningún momento esperaba ser acogido en olor de masas y con banderines multicolores. En efecto, los jalanenses, principal núcleo urbano de las montañas de Jutiapa, habían sacado quién sabe de dónde una trompeta, una viola y una trompa. Cuando Fausto y yo entramos en el pueblo, al principio total y sospechosamente desierto, comenzó a sonar, dándonos un susto de muerte, aquella banda municipal. Su melodía nos condujo a la plaza principal –el cruce de las dos calles que conformaban la población– y allí nos esperaba el resto de los vecinos en estricta formación, como si fuera un batallón militar.

Bajé estupefacto de mi mula, siempre con la ayuda de Fausto y, en cuanto lo hice, la música de la banda cesó. Un grupo de cinco niños se adelantó entonces y, dándose la mano, comenzó a cantar el himno especialmente compuesto para la santa misión: «Ha llegado el momento de abrir nuestro corazón a Jesús y a su mensaje, portador de salvación». Mientras tanto, las mujeres arrojaban pétalos de colores sobre Fausto y sobre mí. Una lluvia de color y de alegría me emborrachó al instante. «¡Qué hermosos son los pies del mensajero que anuncia la paz!», leí en una gran pancarta que presidía la comitiva.

En cuanto me dispuse a saludar a los vecinos allí reunidos, el más grueso de todos ellos, cuyo cuello estaba circundado por una corbata que, evidentemente, no se había puesto antes jamás, dio un paso adelante, extrajo una nota de un bolsillo, la desdobló con visible nerviosismo y empezó a leer un discurso de un sentimentalismo que me incomodó al principio, me abochornó después y me conmovió al final. Moviendo sus bigotes grandes y negros, habló del inmenso honor, incomparable, que suponía para Entelina, Quebrada Grande y Jalán, las tres principales aldeas de la comarca, así como para el resto de las poblaciones, ser visitados por un misionero español. Habló del año y medio que llevaban preparando mi visita, de las grandes expectativas que había en torno a mi predicación, de las esperanzas que albergaban en que pudiera hacerse frente por mediación mía a las hordas evangélicas —así las definió—, y habló, en fin, de la inmensa deuda que contraían con Dios por este regalo inmerecido. Al terminar —pensé que nunca lo haría—, me impuso sobre los hombros una gran banda en la que, en grandes letras de colores, se leía: «Bienvenido al misionero de la paz».

Quedé mudo y conmovido, pensando que esto ya lo había visto yo en alguna película, sólo que ahora me tocaba vivirlo como protagonista. Me sentía como un general victorioso y, al tiempo, como un impostor. Los sentimientos más encontrados se apiñaban en mi corazón hasta que, quién sabe cómo, decidí abandonarme a mi suerte y, sencillamente, disfrutar y agradecer aquella recepción. Pero no me dejaron dirigirles algunas palabras de agradecimiento, como comprendía que debía hacer. Una muchacha de blanco, de cabello muy oscuro y mejillas sonrosadas, vino hasta mí y, con una graciosa inclinación, me ofreció un jugo de fruta. Lo bebí.

De hecho, no fui consciente de lo sediento que estaba hasta que me lo bebí. Todo el pueblo estuvo en silencio viendo cómo me lo bebía y cómo, vaciado el vaso al fin, se lo restituía a la chiquilla. El ceremonial, sin embargo, no había acabado. Tras aquel gran vaso de zumo, otra mujer, esta vez de pelo cano, me ofreció una taza de café. También tuve que bebérmelo ahí mismo, por supuesto, y también ante el silencio de la concurrencia.

Cumplidos estos ritos iniciales, el pueblo entero desfiló ante mí como si yo fuera un general que revisa su tropa. Primero los varones, estrechándome la mano, supongo que por orden de edad o, al menos, de dignidad y de mando. Las mujeres después, inclinándose una tras otra leve y graciosamente ante mí. El momento era tan solemne que todo estaba previsto para que pasara a la posteridad. Porque nadie en aquellos pueblos montañeros era propietario de una cámara fotográfica, por supuesto, pero había un fotógrafo de oficio que acudía cuando se le llamaba. En la mañana de mi llegada a Entelina y a Jalán, aquel fotógrafo –un hombre de rostro rojo, tosco y picado de viruelas– estaba ahí, como es natural, dispuesto a sacar partido de la mejor ocasión profesional de toda su carrera. De modo que cuando todo el pueblo había desfilado ante mí, inició... ¡un segundo desfile! Ni qué decir tiene que no conseguí zafarme de una larga sesión de posado fotográfico. Porque ni uno de todos aquellos campesinos quería perderse la ocasión de hacerse un retrato, personal o familiar, con el misionero español.

Aquel fotógrafo ceremonioso insistió en hacerme también –cuando yo creía que ya todo había acabado–

algunas fotografías a mí solo. Tuvo buen ojo, pues tiempo después comprobé que, en todas las iglesitas de Jutiapa, en todas sin excepción, junto a la foto de Juan Pablo II –el pontífice de aquella época– ¡estaba mi propio retrato! Sí, allí estaba yo, fotografiado junto a Wojtyla. Experimenté un bochornoso rubor la primera vez que vi aquellas fotos. Al pie de algunas de ellas, en letras de molde, se leía: «Su Santidad, el papa Juan Pablo II, y nuestro santo misionero, el padre Pedro Pablo». Me llamaban «santo» en memoria de quien de verdad lo fue, el padre Subirana, primer evangelizador de Honduras. ¡Habían bastado muy pocos días para que todas aquellas gentes me canonizaran!

–Usted es el enviado por Dios –declaró Fausto, al ver que me había resistido tanto a ser fotografiado–. Y nuestro pueblo sabe agasajar a sus heraldos.

Enviado por Dios. Al pueblo. Un heraldo. Fue entonces cuando de veras me hice cargo de la envergadura de mi encomienda. Y como el profeta Jeremías en su día –según nos relata la Biblia–, también yo me sentí como un muchacho, abrumado e indigno para semejante misión.

68

Pocos meses antes, en Madrid, me había ordenado sacerdote, y la emoción que experimenté al vestirme de blanco en la sacristía y, más tarde, al verme junto a otros sacerdotes en el altar, fue para mí tan intensa que estuve a punto de echarme a llorar. El ministro encargado me ayudó a colocarme la estola, que hasta entonces había llevado cruzada, como es propio de los diáconos. Durante siete largos años había soñado con revestirme de aquella casulla blanca con un corazón de Jesús que ahora, por fin, lucía en mi pecho. Era sacerdote de Cristo. Había entrado en el gremio de los presbíteros. Dios me había escogido y segregado del pueblo –como había escrito Pablo VI– para enviarme de nuevo a él y para ser, entre la gente, un entusiasta testigo de su Reino.

El momento más memorable para mí fue aquel en que cada uno de los concelebrantes me impuso las manos en la cabeza después de que lo hiciera, larga y solemnemente, el señor obispo. Concluido este ritual, monseñor Aquilino, el presidente, me ungió las manos, empapándolas en aceite. Tras las vestiduras, la imposición de manos y la unción, tuve que postrarme rostro en tierra, mientras la asamblea invocaba para mí la protección de los santos de la Iglesia. Tumbado cuan largo era sobre aquella alfombra en la nave central de mi parroquia, revestido con los ornamentos sacerdotales, oía los alocados latidos de mi corazón, que galopaba salvajemente en mi pecho. Pensaba que mis veintisiete años se condensaban en aquel instante. Pensaba y sentía que todo aquello que me había empezado a suceder, sería lo que me marcaría de manera más decisiva: iba a ser sacerdote, iba a ser el hombre para los hombres. Y pensé entonces en la caravana helada de Poughkeepsie, junto a mi amigo Salmerón. Y en las carreras para llegar a tiempo a la misa de mi barrio, concluidas las clases de la facultad. Y en Aureliano hablando con los mendigos, a la puerta de un bar. Y en don Emiliano, con su scalextric. Y en mi cuarto impoluto del noviciado, así como en el hermano Julián, explicándome pacientemente el breviario. Pensé también en el padre Pita, bajo el tilo, mientras de fondo sonaba la música cíngara del conde de Leurent. Pensé en Chema y en Josito, en el tonto de Fermín y en el hombre que se parecía a Oscar Wilde; pensé en el cuaderno de las cuadrículas y en el armario de la pornografía, en *father* Martínez y en mi melodramático diario de la valla, en aquel amargo verano de 1988. De repente todos se habían congregado en aquel eterno segundo de las letanías: mi deseada Diana y el Cristo de la Piedad, en esa capilla lateral en la que tanto había rezado; el padre Faro con sus diatribas y Bruno y Germán, los minusválidos. Y la Pascua de Sierro, por supuesto, con Rafa leyéndome la Secuencia de Pentecostés; y Pilar, mi dulce confidente; y *El canto del pájaro* y las *Charlas acerca de la gracia*; y Merceditas y su vestido naranja; y otra vez el camarero de Vallecas, por supuesto; y la fragancia de las azucenas; y todas esas lecturas compulsivas e incomprensibles de la historia de la filosofía. Y junto a todo esto, que se me presentaba con toda nitidez, un chico que era yo y a quien habían crecido alas en la espalda, un chico que corría como un demente y gritaba: ¡Sacerdote, sacerdote, voy a ser sacerdote! Iba a serlo en cuanto me levantara de aquella alfombra y el presidente, don Aquilino, me estrechara entre sus brazos y me diera el ósculo de la paz. Por un instante creí que la emoción me había embargado de tal modo que no sería capaz de levantarme. Pero no: me arrodillé primero y me levanté después y, como si por fin fuera el hombre que estaba llamado a ser, con paso decidido me encaminé al presbiterio, donde me esperaba el señor obispo. Al caminar con la vista en el suelo, vi mis lustrosos zapatos negros, comprados para la ocasión, el bajo de los pantalones y, en fin, el movimiento rítmico de mis piernas, conduciéndome al presbiterio. ¡Qué vocación más increíble y maravillosa es la sacerdotal!

Poco después extendía mis manos recién ungidas para la consagración de las especies sacramentales y, enseguida, levanté la patena y el cáliz. Para terminar, todos se pusieron en fila para el besamanos. La fuerza de mi sacerdocio y la ilusión de mi juventud fueron tales durante al menos dos años que no sólo yo, sino también quienes me rodeaban, llegaron a creerse que, de proponérmelo, podría llegar a ser de verdad otro Gandhi, u otro Hélder Câmara, el obispo de los pobres, o –qué sé yo– un monseñor Romero, un Ellacuría, un nuevo Casaldáliga... ¿Qué pasó entonces después? ¿Cómo es que más tarde se fue apagando toda aquella luz? ¿Dónde quedaron las ínfulas de aquel jovencísimo ministro de la Iglesia, tan deseoso de servir al pueblo crucificado y de gastarse por la evangelización?

–*Sacerdos in aeternum* –me dijo en aquel momento don Emiliano, aplicando la fórmula latina que expresa que nuestra vocación es para toda la eternidad.

–Lo que yo hice en el frente, cuando me fui a la guerra, fue una incorporación –me dijo en el besamanos mi padre–; lo que tú has hecho ahora es algo mucho más sublime –y besó mis manos recién ungidas–. Lo tuyo es un seguimiento –y los ojos se le humedecieron. Antes de retirarse, sin embargo, añadió–: Si alguna vez te retractas, no olvides que tienes aquí a tu familia.

Seguía sin creer en mí. Seguía pensando que me echaría atrás. Pero una multitud de feligreses me rodeaba para felicitarme y agasajarme, y mi padre, sencillamente, se perdió entre los convidados a la ceremonia.

A la mañana siguiente, en la cantamisa, prediqué por primera vez y, a la salida, muchos se acercaron a la sacristía para felicitarme. No fue mi homilía lo que tanto les emocionó –hoy lo sé–, sino la luz que irradiaba mientras estaba en el altar y les dirigía la palabra: la luz de la gracia, por fin recuperada, esa aura de dulzura que envuelve al ser humano que se deja amar por Dios.

Porque yo era aún, milagrosamente, joven. El seminario no había podido con mi entusiasmo. Pero entonces, ¿qué pasó después?, vuelvo a preguntarme. ¿Cómo es que más tarde se fue apagando toda aquella luz?

69

Antes de que ni Fausto ni yo quisiéramos darnos cuenta, los chiquillos de Jalán habían descargado de la mula mi mochila, la habían abierto sin que nadie les hubiera dado permiso y jugaban con mis pertenencias, que circulaban ya de mano en mano por toda la aldea. Un chico llevaba una de mis camisetas puestas, por ejemplo; otro correteaba de aquí para allá cepillándose la dentadura con mi cepillo; un tercero abría y cerraba mi espejito de mano, fascinado por el mecanismo... Fausto se enfadó tremendamente con ellos y, entre gritos desaforados, les ordenó que me lo restituyeran todo de inmediato.

–¡Qué lindo es tu foco! –me dijo uno de aquellos chiquillos, al devolverme la linterna, un auténtico tesoro, casi incomprensible, para él.

Se la regalé, ¿qué podía hacer? Nunca una linterna le ha causado tanta alegría a un ser humano.

Cuando mi madre supo que iba destinado a una misión centroamericana, agobiada por los muchos peligros a los que, según ella, debería hacer frente, se perdió en frenéticos preparativos y quiso abastecerme con todo tipo de utensilios, supuestamente prácticos: insecticidas, mosquiteras, pastillas potabilizadoras, cremas solares y preventivas, cantimploras, linternas con pilas de recambio, frutos secos y galletas nutricionales, mochilas de distintos tamaños –para según como fuera la

343

expedición–, chubasqueros, petacas, navajas, gorros impermeables... Podría llenar páginas enteras con todo lo que mi madre me compró en aquella ocasión. Pero cuanto más me compraba ella –y me lo entregaba con tanta ilusión que no le rechacé nada–, tanto mayor era mi deseo de irme a las misiones sin nada. Estaba convencido de la imposibilidad de vivir una existencia auténticamente religiosa instalado en el círculo de confort propio de la vida burguesa. De que para vivir religiosamente había que salir de ese círculo y caminar por fuera del mismo. De que no hay religión verdadera sin riesgo. Los hombres verdaderamente religiosos –pertenezcan a una u otra religión– han vivido existencias profundamente inestables. Interior o exteriormente, es decir, metafórica o geográficamente han sido itinerantes. No se han hecho fuertes en una convicción, un estilo, un lugar. Han emigrado. Han cambiado. Han dejado sus órdenes religiosas y han fundado otras nuevas. Se han puesto en contacto con quienes pensaban diversamente. Han ido donde nadie quería ir. Han hecho cosas que desde la lógica del mundo resultan poco menos que increíbles. No se han agarrado más que a su fe, cada vez más desnuda. Casi toda la Vida Religiosa existente es –y me duele decirlo– una parodia de la verdadera religión. Claro que entonces yo no pensaba todo esto, pero de igual modo estaba persuadido del ideal de la pobreza evangélica.

La primera estación en la misión itinerante por las montañas de Jutiapa fue en casa de los Ibarra-Gálvez, donde apenas pude hacer uso de ninguno de todos aquellos utensilios que mi madre me había comprado en Madrid. Fausto me había dejado en manos de esta familia cuando empezaba a anochecer y, al igual que poco antes los animales, también los seres humanos empezaban a disponerse para dormir. La señora de la casa, doña Celsa, me extendió un plato de frijoles en el que flotaba algo parecido a un trozo de pollo.

–Cene usted, padrecito –me dijo.

Tenía el pelo muy blanco, recogido en una coleta. Los pechos muy caídos, acaso por los años y porque había tenido que dar de mamar a muchos hijos: diez, doce, quizá más. La prole de aquellas mujeres era siempre indeterminada.

–¿Y ustedes? –le pregunté yo–. ¿No cenan?

Doña Celsa me miró con sus ojos negros. Parecía una india apache más que una campesina hondureña.

–Nosotros cenaremos después –me respondió, y se dio la vuelta para dejarme comer a solas.

Esto fue una de las cosas que más me sorprendió de Honduras y, para mí, una de las más incomprensibles. Una cultura comunitaria como la suya, donde se reunían para absolutamente todo, hasta para dormir, comían, sin embargo, por separado, cada uno por su cuenta. Cogían de la mesa su plato, se daban la vuelta como si sintieran vergüenza de que alguien les viera y, lo más deprisa posible, devoraban lo que hubiera en el plato hasta dejarlo reluciente. Por mi parte, tuve que comerme algo de aquella ración que me habían preparado. Los frijoles, duros y negros como nunca he visto otros, eran incomestibles, y lo que benévola y prematuramente había llamado pollo, que alzaba sus huesos sobre los frijoles, tenía un sabor extremada y sospechosamente dulzón. ¿Debo comerme esto?, me pregunté, temeroso de que se me revolviera el estómago; pero mi buen Fausto no estaba a mi lado para sacarme del apuro. Así que tuve que responderme yo. Debo, e hinqué el diente en aquella carne que más bien parecía de perdiz o acaso de algún mamífero desconocido. Comí todo lo que pude; más aún, creí habérmelo comido todo. No fue así. El pequeño de los Ibarra-Gálvez –en aquella champita vivían al menos quince– chupó más tarde los huesos y rebañó mi plato.

Los delegados de la Palabra habían dado en las aldeas instrucciones precisas sobre cómo tratar a los misioneros. La champita de los Ibarra-Gálvez, siendo la más espaciosa de toda Entelina, había sido elegida por ello para hospedarme. Tenía dos estancias: una grande con el recibidor y la cocina, y otra pequeña, en teoría el dormitorio de la familia. Yo dormí en la cocina en una gran colchoneta que se instaló junto al fogón. Ellos, los demás miembros de la familia –padres, tíos, hijos y hermanos– se apiñaron como pudieron en la otra habitación, la pequeña.

–¡Pero no puede ser! –protesté como un niño que sabe que no se le concederán más caprichos.

Doña Celsa volvió a mirarme con sus ojos negros de vieja india.

–¡No nos haga ese feo, padrecito! –Y como vio que iba a ponerme jabato, como ellos decían cuando hablaba en un tono algo más alto, añadió–: ¡Para nosotros es un honor!

Todos los misioneros del mundo emprenden sus viajes pensando que van a entregarse a los necesitados. Pero todos los misioneros del mundo descubren pronto, si están donde deben y hacen aquello para lo que han sido llamados, que a lo que han ido es fundamentalmente a recibir. Ésta es la primera lección que se aprende con los pobres, y fue en ese momento cuando yo la aprendí.

70

Dormí, o lo intenté, en el colchón que habían colocado en aquel recibidor-cocina, mientras que todos los demás –dos o tres mujeres y un número indeterminado de niños– se apelotonaban en la otra. Una de las mujeres, quizá doña Celsa, respiraba muy fuerte. Tres o cuatro niños, a quienes pude distinguir pese a la oscuridad, se asomaban de vez en cuando para espiarme y ver cómo se desnudaba, se acostaba y se dormía un misionero. Se reían por lo bajo. Se metían los dedos en la boca. Se amontonaban unos sobre otros. Se dormían en las esquinas, sucios, descalzos, con mocos, semidesnudos. Algunos hablaban entre sí, pero yo no podía entenderles. No era castellano lo que hablaban, sino un lenguaje suyo, inventado, que se parecía al de los pájaros. Los niños. Pocos minutos después todos ellos dormían como benditos. Podía deducirse de la profundidad de sus respiraciones y ronquidos. También las mujeres se durmieron pronto y también a ellas pude oírlas respirar acompasadamente. Aquella casa, la selva entera, dormía como el palacio encantado de un cuento. Yo, por contrapartida, no pude conciliar el sueño durante varias horas. Primero porque me asaltaban imágenes del recibimiento del día anterior, en Jalán, poco antes de que conociera a las tres hijas de Fausto –Dunia, Delma y Chavelita– y a su madre, Erlinda, la hermosa. ¿No te las quieres chingar?, recordé que me había preguntado Fausto mientras me daba un banquete de fruta. Aquí todos los padrecitos chingan, me había dicho también, y me daba la vuelta en el colchón, buscando una nueva postura. Vi entonces a la muchacha que me ofreció un zumo de frutas; y a la señora que poco después me obsequiaría con una taza de café, negrísimo y amargo, tras una graciosa inclinación; también al campesino gordo leyendo su discurso inequívocamente latinoamericano, es decir, exagerado y sentimental; y a la orquesta municipal, recibiéndome en medio de un festín de banderines. En aquel duermevela vi el letrero descolorido de la Coca-Cola colgado de un mango; y el cadáver del pollo que había cenado aquella noche, sobre una montaña de frijoles duros y dulces; los niños, en aquella pesadilla en vela, seguían jugando con mi cepillo de dientes y con mi linterna, y Fausto no se cansaba de regañarles con gritos desaforados; y luego aparecían otra vez sus hijas, Dunia, Delma y Chavelita, y sobre todo Erlinda, la hermosa, y las libélulas gigantes y azules volando en torno a Fausto y a la mula, como dándoles la bienvenida.

También me asaltaron otras imágenes aquella noche eterna, como la de los campesinos de Entelina, quienes, tras saludarme muy ceremoniosamente, habían tomado asiento en círculo, cediéndome el puesto de honor y guardando un, para mí, misteriosísimo y prolongado silencio que pensé que era preparatorio de alguna ceremonia trascendente y tribal. Aquel fue un silencio muy largo, larguísimo, de al menos quince o veinte minutos; y yo estaba muy tenso y azorado, casi a punto de echarme a llorar, pero sin ningún motivo. Pensaba en si debía o no debía intervenir, me lo pensé muchas veces, ensayé incluso posibles intervenciones y, al cabo, dije algo, no recuerdo qué, cualquier tontería, una banalidad en medio de aquella noche misteriosa y trascendente y tribal. Me esforzaba por darles conversación, como hacemos los occidentales, los malditos occidentales, que casi nunca nos enteramos de qué va la fiesta. Pero acabé por comprender que ellos disfrutaban con el simple hecho de estar juntos, así, en silencio, en aquel silencio nocturno en el que no se hacía otra cosa más que estar y fundirse con la noche. No hablaban. Tampoco creo que pensaran. Ninguno parecía pensativo. Algunos fumaban sus cigarrillos y, los demás, simplemente estaban juntos, compartiendo el tiempo y la vida y el cansancio y el ritmo de la respiración. Luego, también en silencio, unos antes y otros después, todos fueron retirándose, cada cual a su champita. Algunas mujeres se tomaron un último café, que bebían a todas horas y que tenía un sabor muy acre que no olvidaré. Y empezaba entonces el silencio de la noche, que para mí era tanto como el estruendo del mundo.

El insomnio de aquella noche en Entelina, sin embargo, tuvo otra razón: un chancho, de un tamaño muy superior al que yo imaginaba que podían tener los chanchos, había entrado en la habitación en que yo dormía, o lo intentaba con todas mis fuerzas, y gruñía a escasos centímetros de mí, casi a mi vera. No me afligía sólo la repugnancia, sino el miedo, casi el terror. Pero ¿qué temía yo exactamente de aquel cerdo? ¿Que me atacara? ¿Que metiera su hocico en mi cama y que se restregara contra mí? Aquel pánico era del todo infundado porque los cerdos no atacan, nunca se ha oído de algo así, y aquel chancho, en cualquier caso, aquel chancho asqueroso y descomunal, tras husmear un poco en mi mochila, terminó por abandonar la champita, para dar paso, aunque también ellas acabarían por enmudecer, a las gallinas y a los ratones, que corretearon durante casi una hora por el tejado. Inagotables se perseguían unas a otras, ¿adónde irían? Lloré porque también tenía miedo a las gallinas y porque aquel miedo me parecía una inmensa y solemne estupidez. Lloré porque el mundo entero dormía menos yo, porque yo era el único que no podía dormir, porque ya no me dormiría nunca y porque aquellas montañas se habían apoderado de mi cabeza y de mi corazón, que devoraban como si ellas fueran un monstruo inmisericorde y yo su indefenso manjar.

Con la partida del chancho y el silencio de las gallinas y de los ratones no llegó ni mucho menos la paz, pues sin sus gruñidos, sin sus carreras y pasos agitados por el tejado, comencé a distinguir los innumerables e inenarrables sonidos de la noche en una selva tropical. Eran sonidos desconocidos, desconocidísimos: insectos, grillos, pajarillos, bichitos... Una inmensa orquesta de sonidos animales se concentró a mi alrededor, como si a todos los que vivían en aquellas montañas les hubieran convocado en la casa de los Ibarra-Gálvez, quizá para que también ellos pudieran darme la bienvenida. O acaso para devorarme como el monstruo hambriento e inmisericorde de las montañas. Para mí eran sonidos terroríficos. Cualquiera de ellos, en cualquier momento –o eso pensaba–, empezaría a oírse más próximo: el tapir que habíamos visto, el loro rojo que cruzó el cielo por la tarde, el sapo que la mula había estado a punto de pisar, o un animal desconocido, pero en cualquier caso maligno –lo estaba viendo– buscaría mi cara entre las sombras, la encontraría y, eso era lo que me aterraba, me la picotearía una y otra vez hasta dejarla despedazada e irreconocible. Es lo malo que tiene ser escritor: que, por la demasiada imaginación, el temor adquiere unas formas espantosamente concretas. Yo no quiero estar aquí, con los Ibarra-Gálvez, me dije entonces casi tan enfadado como asustado. De pronto me había venido la rabia, la indignación. ¿Quiénes son, después de todo, los Ibarra-Gálvez?, me pregunté. No quiero estar aquí –insistía–, perdido en medio de esta jungla, cenando un pollo infecto, espiado por los ojos de los indios. Y daba mis razones, por si alguien en mi conciencia me escuchaba. Acosado por los niños. Devorado por el monstruo de las montañas. Atacado por esas libélulas azules y gigantes que tan hermosas e inofensivas me habían parecido por la mañana. ¡No, no quiero estar en casa de los Ibarra-Gálvez!, le gritaba a mi madre mientras ella, diligente, me preparaba la mochila con todos los utensilios que me había comprado para el viaje. Claro que esto ya era en el sueño, pero ella me respondía de todas maneras. Vas a ser un buen misionero, me decía. Vas a comerte todo el pollo y todos los frijoles que te pongan.

La mayoría de aquellos sonidos nocturnos no los identifiqué ni siquiera en los días sucesivos, pero aún sin saber de qué animales procedían, sólo por oírlos repetidas veces, dejaron con el tiempo de resultarme amenazantes y, oh milagro, me familiaricé con ellos como se familiariza el ser humano con todo lo que se repite.

71

Las aldeas de Jutiapa donde entonces me encontraba forman parte todavía hoy de la vicaría de San Isidro de la Ceiba. Al este limitan con la diócesis de Trujillo y al sur con el departamento del Yoro. La costa atlántica, adonde bajaría después, concluida la misión en aquellas montañas, está poblada de morenos y ladinos, los llamados garífunas, con quienes también viviría mis aventuras. En aquel momento atravesábamos la cordillera montañosa Del Nombre de Dios, una zona muy fértil que Fausto, siempre solícito, me enseñó.

–Estos pueblos de carretera –y los apuntó–, son los que le han asignado el comité organizador de la misión.

Íbamos rumbo a Quebrada Grande y las bestias, por lo empinado de los cerros, se negaban a menudo a continuar subiendo. Fausto las cacheteaba con gran fuerza, a veces más de la necesaria, o así al menos lo estimaba yo. Y en una ocasión, sin venir a cuento, sin nada externo que lo justificase, le oí reírse, primero entre dientes y luego abiertamente.

–¿Por qué te ríes? –le pregunté, tras oír su carcajada.

–No lo sé, estoy alegre –me respondió.

¡Qué límpida suena en la selva la carcajada de un hombre alegre sin un motivo aparente!

Experimenté entonces una súbita y arcana corriente de profundo afecto por el hombre que me acompañaba, un sentimiento cálido y agradable que, a falta de un nombre más adecuado, llamaré amistad. La verdadera amistad es uno de los mejores regalos que la vida puede depararnos, de eso estoy convencido. Como también lo estoy, y cada vez más, de que la transmisión de la fe sólo se produce sobre la base de relaciones libres y gratuitas, es decir, amistosas, o, dicho de otro modo, que no hay mejor terreno para la evangelización que el de la amistad, donde la palabra de Cristo siempre es fecunda.

–Aquí nunca ha estado nadie –me dijo mi amigo Fausto algunos minutos más tarde–. Usted será el primer misionero, el primer español, el primer occidental. Todos estos terrenos –continuó, al ver que no glosaba su comentario– fueron cultivados por la compañía Standard, ¿le suena?; pero los abandonaron una vez que los habían explotado –y me miró, buscando mi complicidad–. Al final nos los devolvieron como tierras nacionales. Pero nuestra desgracia fue que los terratenientes los acapararon para dedicarlos a la ganadería.

A esta fatalidad, según sabría después, había que sumar que casi toda la zona solía inundarse por las lluvias. También supe que la mayoría de la gente llegaba allí desde el interior del país, en busca de tierra; pero que, para conseguirla, no tenía más alternativa que desmontar la selva: un trabajo lamentable desde un punto de vista ecológico, pero necesario para subsistir.

De pronto, sin darnos tiempo a reaccionar, nos topamos de bruces con dos adolescentes vestidas de blanco que me parecieron duendes o hadas, seres venidos de otro mundo. Aparecieron en aquel sendero de la nada, como caídas del cielo. O como si llevaran allí un siglo esperándonos. Ambas llevaban una diadema de flores en el cabello y, sin darnos tiempo para saludar, formaron un impecable dúo que más parecía sacado de una academia vienesa que de una selva tropical.

–¡Qué bonitas son las manos del sacerdote! –cantaron–. ¡Qué bonitas son cuando las extiende sobre el vino y sobre el pan!

Mientras cantaban –ninguna llegaría a los quince– tenían su mirada gacha.

–¡Si usted supiera, padre –me dijeron al terminar–, el honor que es para nosotras que haya venido a visitarnos! –y se pusieron a reír como si les hicieran cosquillas.

Bajé de la mula. Nos dimos la mano, pues Fausto me había advertido que para saludar no abrazara, como hacemos en España, y mucho menos que plantara dos besos en las mejillas, puesto que los hondureños son muy penosos, es decir, se sienten muy vergonzosos y apocados ante los desconocidos.

353

Aquella recepción de las adolescentes vestidas de blanco, cantándome una canción, me emocionó casi más, por su sencillez, que la que me habían brindado en Entelina y en Jalán, donde había visitado todos los hogares y celebrado una solemne eucaristía final. También me emocionó constatar cómo organizaban aquellos campesinos su economía de subsistencia.

–Lo hacemos mediante los consejos o comités eclesiales –me explicó Carlos Hugo, un viejo amigo de Fausto y, como decían ellos, un guardián de la salud–. Disparar la creatividad social no es sólo importante para estas tierras, sino la principal urgencia –matizó, mientras comenzó a mostrarme el poblado.

Comprobé cómo en las casas, en su mayoría de tierra, no había luz. Y cómo buena parte de ellos –no sólo los niños, que se escondían tras las faldas de sus madres– se alejaban o al menos se apartaban cuando me veían aparecer. No era sólo por pena o vergüenza, también era por miedo. Quebrada Grande era una población tan primitiva que la sola visión del hombre blanco a muchos de ellos les aturdía. Hay que tener en cuenta que eran personas que no habían salido nunca de sus pueblos natales y que ya sólo la palabra «misionero» sonaba en sus oídos como podría sonar en los nuestros, cuando éramos niños, la palabra «astronauta» o, mejor aún, «extraterrestre». Poco más o menos –estoy seguro– eso era lo que toda aquella gente sintió ante mí.

Fueron saliendo de sus hogares poco a poco, como en un cuento de Andersen, y al principio, como ya he dicho, se mantuvieron lejos, como para familiarizarse conmigo y constatar que no era peligroso. Ajustándose sus gafas atadas con hilo, Carlos Hugo me hizo saber que, hasta el presente, a esas montañas en que vivían sólo habían llegado la Iglesia católica y la Coca-Cola.

Uno de sus carteles publicitarios, algo descolorido, colgaba de la rama de un mango. Fue el único cartel publicitario que encontré en aquellas aldeas.

Fausto y Carlos Hugo, de cuyo cuello colgaba un collar con una cruz tan grande como la de un obispo, me pidieron poco después que me sentara en la plaza, lo que llamaban la plaza, y que me armara de paciencia con los paisanos, puesto que allí no era como en Jalán o en Entelina, donde ya habíamos pernoctado y donde estaban algo más acostumbrados a las visitas.

Cuando a mi regreso a España conté este episodio, algunos se resistían a creerlo. Les parecía imposible que en Honduras existieran todavía núcleos de población cuya forma de vida no se distanciase ni un ápice de la que en esas mismas tierras habían podido tener hacía siglos. De hecho, los quince o veinte vecinos de aquel enclave –y ninguno superaría los cuarenta años, aunque muchos parecían viejos– no sólo se me fueron acercando poco a poco, sino que, una vez a mi lado, antes de hablarme, me tocaron la cara y los brazos llenos de curiosidad, como cerciorándose de que yo, pese a mi chocante apariencia, era un ser humano. Me quitaron la gorra. Me metieron los dedos en la boca, quizá para comprobar que yo también tenía dientes y lengua. Pasaron las manos por mi cabello y se rieron, pues algo de mi cabello, como también de mi barba, les hacía mucha gracia. Sólo después de esta lenta inspección corporal, se relajaron, pero sin hablarme si yo no lo hacía primero. Aunque en teoría se dirigían a mí en español, yo apenas pude adivinar alguna de sus palabras. Les costaba entender, según me explicaron cuando nos sentamos a conversar, que una persona como yo, que lo tenía todo, quisiera visitarles a ellos, que no tenían nada. Porque así les habían explicado Carlos Hugo, el guardián de la salud, y Fausto, el delegado de la Palabra, lo que era un misionero.

—Es alguien que viene de muy lejos para compartir.

Aunque intenté imprimir normalidad a nuestras conversaciones, el hecho de que yo estuviera ahí sin buscar ningún beneficio a cambio, sólo para visitarles y acompañarles algunas jornadas, les maravillaba hasta el punto de sentirse en deuda conmigo.

72

Quien empezó con lo de los regalos fue una mujer llamada Chila. Supe que tenía cincuenta y tres años, aunque por su aspecto nadie en España habría dicho que tenía menos de cien. Tras explicarme que ella no era de Quebrada Grande, sino del Zapotal, se puso a revolver en un cesto lleno de trastos hasta que encontró lo que buscaba. Extrajo un paquetito, lo puso entre mis manos y me pidió que lo abriera. Así lo hice. Era una pequeña vasija de barro, una herencia de su madre.

—Quiero que esto lo tenga usted —me dijo aquella viejuca de rostro arrugado—. Para mí es un tesoro.

Acaricié la vasija primero y luego el rostro de la anciana, abrumado por la generosidad de quien, no teniendo nada, te ofrece lo más precioso.

Acto seguido conocí a Yonoris, una joven de unos veinte o veintidós años, aunque yo no le hubiera echado menos de cuarenta. Para mi sorpresa, me regaló un tubo de pasta de dientes y un calzoncillo.

—¡Gracias! —exclamé yo, bastante desconcertado, mientras Fausto y Carlos Hugo, custodiándome en pie, uno a mi derecha y otro a mi izquierda, asentían y organizaban la fila de quienes querían hacerme algún presente.

Porque a todo esto debo decir que yo seguía sentado en una banqueta que me habían puesto en el centro de la plaza y que, de frágil que era, sentí que se descompondría bajo mi peso. Al saber que yo aceptaba los regalos que me hicieran –Fausto me lo aconsejó–, la gente se había puesto a esperar humildemente su turno para agasajarme con algunas ofrendas. ¡Qué cantidad de cositas me regaló aquella gente! Monederos, muñecos, plumas, calendarios, lazos de colores, toallas, cuadernos... No creo que haya muchos hombres sobre la faz de la tierra que en un solo día hayan recibido tantos regalos como yo aquella tarde.

Astolfo, un adolescente de ojos llamativamente juntos, me hizo entrega de dos lempiras. Se veía que le costaba dármelas, su mano apretaba con fuerza aquellos billetes arrugados, quizá los únicos que tenía.

Dalila, una joven de ojos acuosos que vino después, puso en mis manos una funda de almohada.

–Usted nunca será pobre –me dijo de repente–. Usted siempre tendrá un lugar al que volver.

Dalila tenía razón: aunque pudiese llevar mi solidaridad hasta el extremo más radical y aunque me mezclara con todos los desheredados y plantase mi tienda entre ellos, la verdad es que yo nunca, nunca conocería su pobreza. Nunca podría mirar el mundo con esos ojos acuosos, llenos de tristeza, con los que Dalila lo miraba.

Desplegué la funda de almohada que me había regalado. En ella había bordado un rostro de Cristo resucitado y un texto que rezaba así: «Jesús vive en el corazón». Carlos Hugo me contó más tarde que Dalila era una de las prostitutas de esas montañas.

Chila, la anciana de cincuenta y tres años con aspecto de centenaria, llegó de nuevo a mí, pero esta vez con sus dos hijos, a quienes quería a toda costa que conociese. Uno era tuerto y el otro cojo, y ambos parecían aún más viejos que la madre. Ver el espectáculo de la vejez, representado en aquellos tres patéticos personajes, fue para mí algo inolvidable y, cómo decirlo, embarazoso. El hijo tuerto me abrazó –«enroscó» sería una palabra más precisa– con unos brazos largos y huesudos que parecían tentáculos. Cuando me tuvo a su merced, me cubrió la cara de besos, lo que no me produjo la menor repugnancia. Todo lo contrario, le besé yo también, y todos se rieron mientras nos besábamos. El hijo cojo, mientras tanto, estuvo balanceando nerviosamente el pie. Sus pequeños ojos porcinos brillaban con inexplicable socarronería.

Siguieron desfilando y saludándome, la mayoría sin palabras. Todos inclinaban sus cabezas ante mí como si fuera poco menos que una autoridad real. Como si una estela de querubines hubiera descendido a mi cabeza desde el cielo. Se morían de vergüenza, se morían de agradecimiento y de ilusión. Y algunos me tocaban –pude sentirlo con claridad– como si esperaran que de aquel toque furtivo pudiera surgir algún milagro: que dejaran de ser pobres, por ejemplo, o que recobraran la salud, que ya tenían muy deteriorada, o qué sé yo, que esa rencilla entre hermanos, alimentada durante años, se resolviera de una vez por todas... Yo me dejaba tocar, por supuesto; me parecía que quizá había venido a esas tierras sólo para que me tocaran, para sembrar alguna esperanza entre toda aquella población, aunque fuera vana. Me parecía posible –sí, debo confesarlo– que algún milagro se produjese, ¿por qué no? Estaba rodeado de niños y a mi lado había un cojo, un ciego, un enfermo... Había una prostituta que se llamaba Dalila y que me miraba desde lejos. Para mí era como una escena del Evangelio. Astolfo, el de los dos lempiras y los ojos muy juntos, no se separaba de mí. Tampoco Chila, la mujer que había recibido en herencia aquella vasija. Éstos son los pobres, pensaba para mí mientras miraba mis manos con una funda de almohada, un cepillo de dientes, un calzoncillo, unos billetes... Eran pobres pero hermosos. Estaban sucios e iban desarrapados, pero en sus ojos brillaba la humanidad. No eran cultos ni correctos, como nosotros, tan pervertidos por esa corrección, tan detestable, que absurdamente llamamos cultura y que tanto nos ha alejado de la verdadera humanidad.

Terminada aquella interminable procesión de regalos, me condujeron a una escuelita de corte y confección, donde ocho adolescentes, sentadas unas frente a las otras en una gran mesa, aprendían a coser. Entré en el cuarto al que con tanta generosidad llamaban «escuela» y reparé en las chicas, que me miraban con sus pupilas descaradas y llenas de curiosidad. Había algunas fotos de carné pinchadas en una pared desconchada.

–Es el cuadro de la primera promoción –me dijo la maestra, que hablaba como si alguien le hubiera dado cuerda–, ¡las pioneras!

¡Qué orgullo quise ver en los retratos de aquellas muchachitas fotografiadas! ¡Y qué ridículos se me quedaron entonces, ante esas pequeñas fotos de carnet, los flamantes títulos extendidos por las universidades más prestigiosas!

73

Como en el resto de poblaciones que misioné, en Quebrada Grande bendije los hogares, empezando siempre por los más humildes; visité a los enfermos (a decir verdad, casi todos padecían alguna enfermedad), celebré la eucaristía –siempre al atardecer– y, en fin, bauticé a los niños que, por no haber pasado por allí ningún otro sacerdote, estaban sin sacramentar.

Como la fila que se formó para hacerme regalos, la de los bautizandos –la mayor parte en brazos de sus padres y padrinos– era muy larga. Todos estaban allí, también campesinos de algunas poblaciones vecinas, pues nadie quería perderse la gran celebración de un bautismo masivo. Había entre los presentes criaturas de pocos días y niños de hasta siete u ocho años, de modo que enseguida se me hizo claro que debía celebrar una liturgia comunitaria expedita. A los latinoamericanos, en general, les gusta que las ceremonias religiosas sean largas y con muchos cantos. Nunca tienen prisa. Pero yo, en vez de repetir el ceremonial entero ante cada niño, decidí sacramentar a todos a la vez, así como ungirles y entregarles el cirio y la capucha blanca en el mismo y único momento. Debía ser así para que el acto no durara más de dos horas, si bien el bautismo en sentido estricto debía ser individual, como prescriben las rúbricas.

El pueblo fue llegando y yo, revestido ya con los ornamentos y espantando moscas, fui preguntándoles a los adultos, conforme pasaban, el nombre que habían decidido dar a sus criaturas. Acto seguido, vertía el agua bendita sobre sus cabezas y, no sin solemnidad, pronunciaba las palabras establecidas: «Yo te bautizo en el nombre del Padre, y del Hijo y del Espíritu Santo».

–César Antonio –escuché de labios de una joven pareja.

–César Antonio, yo te bautizo en el nombre del Padre, y del Hijo y del Espíritu Santo.

La gente estaba encantada porque lo de derramar agua sobre los pequeños les hacía, por alguna razón, muchísima gracia. Todos se ponían delante para verlo de cerca y no perderse ningún detalle; pero entre lo apelotonados que estábamos todos y que era mediodía, el calor comenzaba a resultar asfixiante.

–Edwin.

–Edwin, yo te bautizo en el nombre del Padre...

Alborada, Esmeralda, Lautaro, Alondra, Reina-Marina, Gisela, Alba, Salomé... Eran los nombres que, por aquella época, estaban de moda por las telenovelas. Claro que aquella gente no veía ninguna telenovela (estaban demasiado lejos de la civilización, ni tan siquiera tenían cable eléctrico); pero eran los nombres que habían escuchado en la gran ciudad los pocos que bajaban una vez al mes al mercado o a la misa.

–Bill Clinton –escuché entonces.

–¿Bill Clinton? –pregunté yo.

–Sí –me respondió una mujer de tez muy blanca y cabello muy oscuro que, por el contraste, me hizo pensar en un personaje de novela, sin saber muy bien por qué razón–. Sí, queremos que nuestro hijo se llame así en honor del presidente de los Estados Unidos de América.

Y miró a su marido. Su marido tenía un rostro desprovisto de cualquier emoción, casi daba grima mirarlo.

–¿También con el apellido? –me costaba creerlo; pero el hombre de rostro insulso que estaba frente a mí asintió con una fuerza que ni correspondía a sus facciones ni me vi en disposición de discutir.

De modo que, sin ponerle más objeciones, le bauticé.

Lo que sucedió poco después fue antológico y puede parecer una broma. Una pareja de campesinos –ella no tenía dientes y él llevaba una camisa ajustadísima– se puso ante mí con una criatura en brazos. Pretendían que la bautizara nada menos que con el nombre de... ¡Pedro Pablo Ros!

–¡Pero será sólo Pedro Pablo! –exclamé yo, al saber que pretendían darle a ese pobre bebé mi nombre y apellido.

Y ellos:

–¡No, no, padrecito! ¡Con el apellido! Es para rendir homenaje al santo misionero –me explicaron apuntándome–. ¡Nos sentimos tan honrados de que haya venido a visitarnos!

Tuve que esforzarme. Al no haber, al menos por el momento, ningún Ros en el santoral –les expliqué–, su niño, de recibir el nombre que me habían pedido, carecería de la protección que le prestaría un santo patrón en toda regla. El padre, cuya camisa parecía a punto de explotar, se esforzó por brindarme una sonrisa; pero no estaba satisfecho con mi argumentación, no le convencía. El semblante de la madre, la mujer sin dientes, se ensombreció al saber que su hijo no podría llamarse Ros, como yo. Pero se resignaron.

74

Terminada la ceremonia, a la salida, como hormigas que salen de su hormiguero, me encontré entonces con un sinfín de campesinos a los que no había visto desde el interior de la capilla. Pertenecían sobre todo a las aldeas que, por ser muy pequeñas o estar muy alejadas –perdidas en los cerros–, yo no podría visitar. Querían hablar conmigo, dijeron –platicar con el padrecito, decían–; y de nuevo hubo que poner una banqueta, esta vez a la sombra, y otra vez se hizo, para que les atendiera, una larga fila. Porque yo nunca decía que no, porque yo quería entregarme hasta el final, porque escuchar, escuchar y escuchar a mis semejantes lo he sentido siempre, junto a escribir, como mi primera obligación. Así que escuché durante horas.

Yo sabía que lo más necesario en una relación de ayuda es darle al otro seguridad mediante la creación de una atmosfera cálida. Sabía –por sensatez, pero también porque lo había estudiado– que lo esencial en la escucha es imaginarse en el mundo subjetivo del otro y activar sus fuerzas internas, y que eso es precisamente crear un ambiente religioso. Sabía que es primordial no sentirse superior. Que si el otro no te interesa, es imposible que le ayudes. Sabía también que compartir significa participar en la experiencia ajena y ofrecer la propia, y que sólo así es posible el apostolado. Sabía, en fin, que no tenía ni tengo derecho a emitir un juicio moral o religioso sobre nadie. Todo cosas, evidentemente, elementales, pero que en aquella circunstancia era conveniente recordarlas. Me senté, pues, en el taburete que habían dispuesto para mí, preparado para ponerme al ritmo del otro, pues eso es pastoral. Yo había leído que, sin comunicación humana, no hay posibilidad de fe. Y que sólo nos pondremos metas u objetivos adecuados si tenemos una imagen realista de nosotros mismos. También había leído que la misión consiste en crear las condiciones para la autonomía personal. Y que se trata de confiar en la capacidad humana de clarificación y de solución de los propios problemas. Finalmente, la primera persona de la fila –una adolescente que pocas semanas atrás había sido violada por su cuñado– se sentó frente a mí; quizá tuviera yo demasiadas cosas en la cabeza como para escucharla como necesitaba. Me estrenaba como confesor y deseaba –no sin nervios– transmitir un cristianismo vitalista, no doctrinal.

La joven, cuyo rostro ardía por la emoción, empezó a hablar y a los pocos segundos, casi desde el comienzo, sentí que yo era ella. Había logrado, en un minuto, lo que en los años de seminario nos habían presentado como ideal: no ya convertir al prójimo, sino convertirme en él. La llamaban Vilma, la loca, y tenía el rostro marcado por la violencia y las vejaciones sufridas.

Tras ella, otra chica, poco más o menos de su edad y de quien no pude averiguar el nombre, me contó que había intentado envenenar a su marido, un borracho que se la pasaba bebiendo y pegando a los niños. De buena gana le habría dicho a esa muchacha lo que Hermann Hesse aseguraba a quienes le escribían para consultarle sus problemas personales, convencidos de que él era la persona más indicada para guiarles: «Yo sólo soy un vagabundo desorientado y, al igual que usted, camino en la oscuridad, si bien conozco la luz y la busco».

Acto seguido le llegó el turno a un campesino con un brazo en cabestrillo. Recuerdo muy bien sus ojos desorbitados cuando se sentó frente a mí, y cómo evitaba mi mirada, como un asesino evita la de su víctima. Recuerdo muy bien el aire caliente de su boca en mi oído cuando me susurró que, en el monte, cuando se quedaba solo y le entraban ganas, chingaba con las cabras. Yo escuchaba todo aquello y me rascaba compulsivamente los tobillos, donde incontables garrapatas habían encontrado poco antes su festín. Escuchaba y me preguntaba por lo que les debía responder. ¿Que envenenar era un asesinato y que no estaba bien? ¿Que denunciara al cuñado por violación? ¿Qué la bestialidad es un pecado muy grave y que la sexualidad debería ser expresión del amor? Casi nunca me ha sorprendido radicalmente el mal ajeno; casi siempre he descubierto que algo de ese mal –por terrible que fuera– también latía en mis adentros. No es agradable saberlo, pero resulta útil: te ayuda a comprender y a solidarizarte con las penurias ajenas y, sobre todo, a ser algo más indulgente contigo mismo cuando descubres las tuyas.

Los campesinos se habían puesto sus mejores galas y la comunidad estaba de fiesta, pues el misionero había celebrado dieciocho bautismos y Dios –así lo habían escrito en una gran pancarta– había visitado aquel lugar. Pero, en medio de aquella celebración campestre –muchos se habían puesto a cantar y empezaba a correr la bebida–, supe que por muy esplendorosa y lujuriante que fuera aquella selva y por muy bucólica y alegre que pareciera esa fiesta, lo que se escondía detrás, como siempre, era el dolor, aunque en este caso un dolor en estado muy puro, un dolor sin matices, un dolor virginal: niñas violadas, adolescentes explotados y atropellados por los camiones de la municipalidad, mujeres exprimidas por el trabajo en los campos, soledad, miedo, ignorancia, analfabetismo y enfermedades tropicales, y más incestos, y más aislamiento, y más explotación.

Sexo y violencia. En estas dos palabras podría concentrarse todo lo que escuché aquella tarde en Quebrada Grande, y lo que escucharía la siguiente en Tomalá, y la siguiente, y la siguiente, y la siguiente también, y en Río de los Jutes, y en Agua Caliente, y en el Portillo, La Jigua y La Sirena, y así en todas las aldeas que visité durante aquella misión de Honduras. Siempre era igual. En Las Delicias, en Berlín No. 1, en Cantor, Cefalú, en El Manchón y en no sé cuántas aldeítas más. Sexo y violencia. Siempre sexo y violencia. Después de todo, quizá no estuvieran tan desencaminados nuestros profesores del seminario cuando se empeñaban en hacernos estudiar marxismo y psicoanálisis. ¿Qué hacer con la violencia, qué hacer con la sexualidad? Yo había dado mi respuesta, me había ordenado sacerdote. Escuchaba a las viejas, visitaba a los enfermos, hablaba con los jóvenes, bautizaba a los niños. ¿Era eso lo que se suponía que debía hacer? ¿Era ésa mi respuesta a la agresividad, mi respuesta al sexo como forma de opresión y violencia sobre los demás? Bautizar es muy hermoso, es abrir a la vida. Es decir a las familias que sus niños, en medio de un mundo terrible, pueden tener alguna oportunidad. Que la gracia es esa oportunidad. Que pueden vencer la violencia que les rodea. Que deben confiar. También escuchar a las viejas es importante. Ves cómo actúa el paso de los años sobre las conciencias y adviertes cómo la esperanza puede olvidarse y cómo se entra en contradicción. Escuchar a las viejas es como bautizar: abres a los ancianos a la vida que les espera. Les dices que sigan confiando, creyendo, apostando; les das las gracias por tantos años apostando y confiando y entregándose a la vida en la multitud de sus formas. Visitar a los enfermos también es decisivo, también es capital. Es la única manera de no dar la espalda al dolor y estar en la realidad. La forma para que el sacerdocio no degenere en un mero funcionariado. La forma para que cuando se habla del Evangelio y del amor, se haga con alguna credibilidad. El sacerdocio era mi respuesta, pero ¿lo era verdaderamente? ¿Me quedaría ahí, entre toda aquella gente –y aquella fue la primera vez en que me lo planteé– o me volvería a Europa, para meterme en una parroquia perfecta y en un despacho perfecto desde donde escribir, para que el mundo se enterase, libros perfectos que testimoniaran que yo había visto y tocado lo imperfecto que era el mundo? ¿Me quedaría en Centroamérica para vivir –me pregunté aquella tarde en Quebrada Grande– o me volvería a Europa para escribir porque la vida era demasiado intensa e insufrible para mí? Fui joven mientras sentí que cada sitio que conocía era bueno para empezar una vida nueva.

75

Tras mi ordenación sacerdotal me pareció que toda esa luminosidad que con diecinueve años creía ver en el mundo, el mundo había empezado a verla en mí. Todos me escuchaban con sumo respeto y amabilidad; todos querían ser mis amigos y apoyarme en lo que emprendiera. Lo comprobé en todas partes, también en Honduras, pero sobre todo con los agentes pastorales de Móstoles, Fuenlabrada y Alcorcón, en cuya formación colaboré durante algunos meses para la gestación de una nueva diócesis.

Los alumnos que tuve allí poco antes de irme a las misiones eran casi todos adultos, trabajadores manuales, empleados por cuenta ajena y amas de casa. Les impartí algunas nociones básicas de cristología, de Biblia y de historia de la Iglesia y de las religiones. Aquél fue mi verdadero bautismo como sacerdote, algo así como un entrenamiento para la misión. Nunca he sido escuchado como me escucharon aquellas mujeres, porque sobre todo eran mujeres, del sur de Madrid. Me miraban con arrobo, con devoción, me miraban con agradecimiento porque a los cuarenta años, a los cincuenta, les estábamos ofreciendo la oportunidad de formarse y estudiar.

–¡Me voy a clase de teología! –decían a sus maridos, que se quedaban en casa cuidando de los niños.

Nunca he visto a nadie tan orgulloso como a esas mujeres por ser estudiantes, tan emocionadas; se les llenaba la boca diciendo palabras como liturgia, Sagrada Escritura, patrística, pastoral... Muchas de ellas apenas habían concluido sus estudios básicos y, sin embargo, allí estaban, dispuestas a adquirir alguna formación que les permitiera echar una mano a la Iglesia, más allá de vestir santos y de barrer y fregar el templo. Daba gusto verlas tan ávidas de saber y de servir. Daba gusto oír cómo hablaban de Cristo y del compromiso con los pobres.

Muchas de ellas echaban unas cuantas horas semanales en las parroquias: en el coro o en el ropero, en los prebautismales o en la confirmación, o en los grupos de liturgia o en el consejo pastoral. Yo acudía a esas aulas con mis esquemas recién aprendidos en el seminario y los transcribía en la pizarra; los explicaba lo mejor que podía, con la retórica que me habían enseñado, y ponía ejemplos, repartía fotocopias, las animaba a participar. Todas me formulaban sus preguntas, sus objeciones al planteamiento, sus reservas y sus ganas de aportar sus propias experiencias y puntos de vista. Tomaban notas: lo transcribían todo, lo subrayaban, ¡lo memorizaban! Eran mujeres que vestían mal, con colores chillones y horteras. Lucían collares, pulseras y anillos baratos, comprados en cualquier mercadillo de las rebajas. Se pintarrajeaban la cara para parecer más jóvenes y me miraban como al hijo que les habría gustado tener o como al marido con quien, evidentemente, no se habían podido casar. Sus esposos, que las esperaban en casa para cenar (más bien para que les preparasen la cena) eran tipos rudos y sencillos, no ese joven de modales suaves pero firmes que era yo, bueno y culto, padre e hijo al mismo tiempo. Porque ésa es la cuestión: la explosiva y necesaria mezcla entre la filiación y la paternidad.

Muchas mujeres se enamoran de los sacerdotes –lo supe a los pocos meses de mi ordenación– porque encuentran en ellos la encarnación del padre y del hijo en la misma figura. Muchos varones –aquellos que no son imbéciles por completo– no quieren por este motivo que sus esposas ronden demasiado por las sacristías. Les molesta, y con razón, que el sacerdote conozca los secretos de alcoba de sus esposas.

Si quienes critican a la Iglesia por sistema conociesen la inmensa generosidad de la que se alimenta eso que ellos tanto critican, si conocieran la buena voluntad que alienta a la inmensa mayoría de los cristianos, su boca –estoy seguro– quedaría sellada en el acto. Porque nadie discute que haya personas y facetas de la Iglesia que merezcan las críticas y condenas más duras e implacables, pero nunca jamás las merecerá la Iglesia en su conjunto. En medio de sus innegables oscuridades y tibiezas, en medio de sus flagrantes contradicciones, yo sé que el corazón de la Iglesia es bueno y es auténtico. Todavía más: ningún colectivo en la historia de la humanidad ha desplegado, a lo largo de los siglos –que yo sepa–, tanta misericordia y tanta piedad. ¡Mi Iglesia! Yo la he ido amando cada vez más.

Cuando me destinaron a Honduras, toda aquella buena gente del sur de Madrid lo comprendió muy bien y, para cerrar el año, me organizó una fiesta de despedida con patatas fritas y Coca-Cola.

–Ellos son más pobres que nosotros –me dijo una mujer de labios pintados de un rojo fosforescente–. Ahí haces aún más falta que aquí.

Algunas lloraron al verme partir. Yo no. Yo tenía ojos sólo para el futuro. Con sólo pensar «Me voy», ya temblaba de felicidad.

76

–¿Quién es Jesús? –Ésta fue la primera pregunta que lancé a mi auditorio infantil, veintidós niños que se habían puesto en pie a mi entrada en el aula y que me miraban con los ojos como platos, esperando alguna enseñanza que garabatear en sus cuadernos.

La maestra, apenas cinco o seis años mayor que ellos, me había presentado poco antes diciendo que venía de muy lejos. Los niños no sabían lo que era un misionero, hasta que un chico de pelo rapado levantó la mano.

–¡Es el que trae la Palabra de Dios! –dijo con aplastante seguridad; y mi ardillita interior se rió en voz baja.

En aquella pequeña escuela de El Naranjo, regentada por las religiosas del Santo Ángel, organicé algunas reuniones con jóvenes y dos charlas de formación para sus maestros, cuyo nivel de instrucción era muy precario. Más que impartir contenidos propiamente religiosos –como ellos esperaban y me pidieron–, ayudé a que se plantearan y debatieran algunos de sus más acuciantes problemas comunales o laborales. Algunos fueron encuentros muy largos y, en ocasiones, acalorados; y en más de una ocasión tuve la sensación de haberme metido en un embolado del que no me sería fácil salir airoso.

Con los niños, en cambio, todo fue como la seda desde el primer instante. Primero les repartimos los confites y caramelos blandos que les habíamos comprado. La distribución no pudo ser más caótica: todos se agolparon a mi alrededor con sus brazos en alto, repartiendo empujones a diestro y siniestro. Bibi, una encantadora negrita de tres años, se puso a llorar; Josué, por su parte, tras hacerse con un caramelo, se atrevió a pedirme unos cuantos más. Una vez que el orden se hubo restablecido y todos estuvieron contentos, les conté la vida de Jesús, que atendieron como ningún público del mundo podría haberlo hecho. Conversé con ellos con suma seriedad, puesto que a los niños nunca hay que tratarlos como a niños, sino de igual a igual. Les entretuve con toda clase de canciones y juegos, ante los que quedaron boquiabiertos. Y al final les enseñé la señal de la cruz, que practicaron como pudieron. Terminamos la catequesis cantando y dándonos la paz. Me despidieron con esta frase:

—¡Vuelva pronto, señor misionero!

A la salida de la escuela, tras despedirme de sor Goretti, sor Panchita y Élida Lemus, la superiora, vi a dos hombres descendiendo por una de las laderas en medio de esa lluvia torrencial que sólo el trópico conoce y que deja todo inundado y lleno de lodo. Los ríos se habían desbocado, según supimos después, y los rayos iluminaban el cielo partiéndolo en dos. El sendero por el que aquellos hombres avanzaban era un auténtico torrente —como una cascada, hasta el punto que había tramos en los que parecía que nadaban—; pero estaban lo bastante próximos como para que yo pudiera distinguirles y apreciar que uno de ellos, como quien custodia una valiosa reliquia, traía... ¡un termo! Sí, aquellos campesinos habían caminado varias horas, desde Entelina y pasando por Quebrada Grande, sólo para darse el gusto de ofrecerme un café, puesto que durante la misión yo les había dicho lo mucho que esta bebida me gustaba.

—¡Están totalmente chiflados! —comenté con Fausto, admirado por aquel gesto descabellado.

—Es sólo agradecimiento —me respondió él—. Sólo agradecimiento.

Apenas hay lugar en el mundo al que haya viajado que no haya suscitado en mí esta pregunta: ¿No sería yo feliz aquí? ¿No podría empezar de nuevo en este lugar? Porque aquella misma mañana, apenas unas horas antes, muchos de los aldeanos de Quebrada Grande me habían acompañado hasta El Naranjo, la siguiente aldea que me tocaba misionar. Querían entregar a su misionero a la comunidad cristiana vecina. Querían que vieran que ellos habían sido unos anfitriones ejemplares.

Partimos con dos caballos muy mansos, puesto que, si bien para el primer tramo podíamos avanzar por una carretera asfaltada (la única de la comarca), luego había que subir por unas quebradas muy empinadas que, a pie, nos habrían costado horas. Con el propósito de que la comitiva se parase unos segundos frente a su casa para rezar una salve, algunos de los vecinos que vivían algo alejados de la aldea habían improvisado pequeños altares junto a la puerta de sus viviendas: una mesa, un mantel y unas flores, eso era todo. A veces también un cuadrito con una estampa de la Virgencita de Suyapa. En un lento caminar, de uno en uno, avanzábamos en paralelo a una vieja vía férrea, ya en desuso. A los laterales de los raíles sólo se veía un abismo muy pronunciado. No había otro camino. Poco antes de llegar a Tomalá, aquella carretera estaba sembrada de cruces.

–Todas estas cruces –quise saber–, ¿qué son?

Fausto confirmó mis peores sospechas. Muchos niños habían sido atropellados en aquella zona. De hecho, muchas madres de familia no permitían ya que sus hijos transitaran por ahí sin un adulto que les acompañara.

Algo después –los de Quebrada Grande ya habían regresado a sus hogares–, entramos sin darnos cuenta en un potrero. Yo montaba una yegua y Fausto me escoltaba a mi derecha. De pronto oímos un relincho y el sonido de un caballo aproximándose al galope. Ver a aquel macho sin capar dirigiéndose como una flecha hacia mí me produjo tal pánico que emití un grito entrecortado. Fue un grito femenino y vergonzoso, como el de un pajarito asustado. Pero, en un alarde de reflejos, Fausto agarró una estaca y espantó a la bestia con grandes aspavientos. La yegua, al fin más tranquila, prosiguió después al trote por aquella senda. Pensé en Tintín, el famoso personaje de los cómics de Hergé, y en cómo mis aventuras estaban empezando a parecerse preocupantemente a las suyas. Me sentí tan agradecido por estar fuera de peligro que, olvidándome de Fausto, recé en mi interior una salve y un avemaría.

77

Al llegar al Zapotal, algunos kilómetros antes de El Naranjo –donde pasaríamos la noche–, recorrí puerta tras puerta muchos de los hogares, invitando a todos a participar en los actos de la misión, que se desarrollarían por la tarde. Una niña coja iba tras de mí, siguiéndome a todas partes y esforzándose por no perderme de vista e ir a mi paso. Entre asustadas y contentas, las doñitas abrían las puertas de sus casas, nos dejaban entrar y asentían a todo lo que yo dijera. Los hombres, más reservados, si es que alguno estaba en casa, se quedaban siempre atrás, como guardando una distancia prudencial.

En una de aquellas casas vi a un hombre abanicando con una hoja de gran tamaño a sus cuatro hijos, cuya calentura era atroz. Uno junto a otro, los cuatro yacían en el catre, un verdadero revoltijo de prendas. El tierno —que es como allí llaman a los bebés— respiraba con visible dificultad en una hamaca de cuerda trenzada para así evitar el calor del contacto con los tejidos.

—Mis zipotes tienen dengue y fíjese que yo tengo una gran *bolencia* —me explicó aquel hombre apuntando su hígado.

Estoy viendo su frente grande y sus labios finos, su mirada entre triste y extrañamente irónica, su pelo blanco echado para atrás.

Abrí el estuche litúrgico y, sin palabras, preparé los santos óleos, disponiéndome para administrar la extremaunción a los cinco, todos ellos víctimas de una calentura del demonio. El fantasma que furtivamente me había visitado en Quebrada Grande, durante las confesiones, volvió en aquel momento. Lo reconocí de inmediato, pues su aparición, sin dejar de ser sutil, fue mucho más evidente. Era un fantasma blanco que me llenaba de pesadumbre y de cansancio. Ese fantasma me trajo el pensamiento de ciudades perfectas con casas perfectas con despachos perfectos e incólumes, y totalmente equipados, donde sacerdotes muy bien preparados —con estudios en el extranjero y varias carreras—, escribían libros perfectos e incólumes, y muy bien equipados, sobre lo importante que es vivir bien, como Dios quiere. ¿Quería yo ser un sacerdote así, blanco, bien equipado, incólume y perfecto? ¿Quería yo convertirme en un sacerdote escritor o debía ser un misionero, a pie de calle, a pie de selva, con las manos manchadas y los pies embarrados, con una mochila a la espalda y un machete en la cintura? ¿Debía irme al campo de batalla –ese tierno y sus tres hermanos, ese hombre de sonrisa extrañamente irónica– o mantenerme en una retaguardia caliente y segura desde donde poder contar –para que el mundo lo supiera– lo duro que es vivir con niños que se mueren entre los brazos en medio de la selva?

Este libro, este relato sobre mi experiencia misionera, responde a todas estas preguntas. Este libro –no podría haberlo escrito de otra manera– cuenta cuál fue, finalmente, mi elección. Claro que más tarde descubrí que también un escritorio puede ser un campo de batalla y, lo que es peor, que también una misión en el tercer mundo puede ser un campo seguro y perfecto, incólume y bien equipado, donde el misionero, bien atendido y alimentado hasta reventar, es servido por su feligresía como un pequeño dios. No es fácil saber de antemano cuándo hay que coger la pluma, la azada o el rosario. Seguramente hay tiempo para los tres y, seguramente también, al final, cuando queremos darnos cuenta, no hay tiempo para casi ninguno.

Impuse mis manos de sacerdote sobre aquellas cabezas calientes por la fiebre: primero la del tierno, que seguía respirando agitadamente, luego las de sus hermanos, que me escrutaban sin moverse; por fin la del padre, el hombre de la frente grande y el pelo blanco echado para atrás. ¡Había tanta vida y tanto dolor en aquella habitación que tuve la sensación de que la plegaria salía sola de mis labios, a borbotones!

Al salir de aquella champita pasé por una pulpería y decidí entablar conversación con la niña coja que me había estado acompañando todo el rato desde lejos. Saqué un lempira de mi portamonedas y, consciente de que eso no era lo que debíamos hacer los misioneros, se lo extendí.

–Para que te compres un refresco –le dije.

Ella miró el billete y luego me miró a mí. Una película de sudor recubría su cara.

–¿Le importa si, en lugar de un fresco le compro dos huevitos a mi hermana?

Me enterneció ver a la pequeña Idalia estirar sus brazos por encima del mostrador, tomar los huevos que la dependienta le despachó y alejarse a la carrera, cojeando, con un huevo en cada mano. Idalia: aún me acuerdo de su nombre. No sé qué les había empezado a pasar a mis ojos para que todo, aun lo más insignificante o más dramático, me resultara poético y hermoso.

El dolor sólo había empezado a atisbarlo. El festín del dolor me esperaba, y bajo las formas más variadas, en multitud de platos abundantes y suculentos. Pero, curiosamente, la visión del dolor –otra cosa habría sido, seguramente, su padecimiento directo– no me embruteció, como es lo más habitual entre sus víctimas; tampoco despertó en mí, como ha sucedido y sucede en otros misioneros, el sentido de la indignación y la protesta ante la injusticia social. No, el dolor, como he dicho, me pareció bello. Descubrí que el dolor, visto con amor, ¡es poético! Que el sufrimiento puede ser hermoso, pues descubre en el ser humano una dignidad que de otro modo no podría ser descubierta. Más aún: que sólo el dolor contiene la belleza necesaria.

Pobreza y belleza: eso fue Honduras para mí. Un binomio imposible y exacto. Quizá el binomio por excelencia de los cristianos. Lo que quiero contar en estas páginas, lo que ya estoy contando, no son las peripecias de un misionero. Mucho menos los horrores de la humanidad, que otros ya han contado, y seguro que mucho mejor de lo que yo pudiera hacerlo. Quiero contar el mundo de la pobreza visto por un sacerdote de veintisiete años. Sin juicios morales. Sin propuestas sociales. Sin reflexiones metafísicas. Sin trampas para agrandarlo o empequeñecerlo. Sólo el dolor, sin más. Y la poesía que lo acompaña. Porque sin poesía el dolor no puede ser redimido y se enquista. Quiero hablar del dolor de un pueblo como sólo puede hacerlo un cristiano: metiéndome en él, participando de su misterio, invocando a Dios ante su omnipresencia, guardando humildemente silencio a la espera de que nos revele ese secreto que esconde y que no es otro que el de la vida.

78

Instalado ya en la habitación que me habían asignado las monjas, me asomé a la ventana y vi a sor Goretti, la religiosa más joven de la comunidad, haciendo sus prácticas de bicicleta. La noche era muy oscura y ella vestía un hábito muy blanco y pedaleaba solitaria y en silencio en el patio de la escuela la Milagrosa. No imaginaba que yo la veía –por supuesto–, pero para mí fue un poema contemplar, sobre el cielo negro de aquel mes de agosto, un hábito blanco deslizándose, como si tuviera vida propia, sobre una bicicleta.

Me acuerdo bien porque para mí fue la noche del síndrome de abstinencia. En aquel entonces yo era un empedernido fumador y, si durante aquellas semanas había conseguido sobrellevar esta privación, había sido gracias a la intensidad de la actividad en la misión. Pero en aquel crepúsculo ya no lo resistí más, el ambiente me parecía más seguro y, como un delincuente, salí de mi cuchitril en La Milagrosa para fumar. En aquella época –quizá todavía hoy– estaba muy mal visto en Honduras que un sacerdote fumara. Pero decidí correr el riesgo, confiado en que las sombras de la noche me protegieran. ¡Qué poco conocía yo aún al pueblo hondureño!

Caminé sigiloso hasta la quebrada más cercana, atravesando el patio por el que poco antes sor Goretti había montado en bicicleta. A unos cien metros de la aldea, extraje mi arrugado paquete de tabaco y mis cerillas. La primera cerilla, por los nervios, se me apagó. La segunda, en cambio, iluminó totalmente la noche hondureña. Como si hubiera encendido una antorcha. Eso me asustó y me hizo aspirar el humo con rapidez. Di sólo dos o tres caladas, largas y profundas. Pero, fuera por el temor a ser descubierto o por la ansiedad con que me tragué el humo, pronto comencé a sentirme mareado y decidí regresar cuanto antes a la escuela. Me tambaleaba como si estuviera ebrio, creo incluso que di un traspiés.

–¿Se encuentra bien el padrecito? –oí justo cuando iba a rodear el patio y entrar en el edificio.

El corazón me dio un vuelco.

–He salido a tomar el aire y... –alcancé a decir al ver junto a mí a un hombre cuyas facciones, por las sombras de la noche, no pude distinguir.

Sólo le vi las manos, inusitadamente blancas, como si todo el resplandor de la luna hubiera ido a depositarse ahí.

–Ya. A tomar el aire –me respondió él, haciéndome ver que había sido descubierto y que había dilapidado mi reputación.

Vislumbré en ese instante a otro individuo un poco más atrás, al que hasta entonces no había visto. Y oí –cuánto me turbó aquello– cómo uno de los dos –imposible saber cuál– se reía entre dientes.

–¡El aire! –le dijo al otro.

Y era verdad. ¡Ni una brizna soplaba aquella noche!

–No fume usted aquí, padrecito –me aconsejó Fausto días más tarde, cuando yo confiaba que el episodio había quedado atrás.

Tuvo la deferencia de dejar dos o tres días entre el hecho y su advertencia, para ahorrarme la humillación.

–No fume usted aquí en absoluto –se corrigió–. Los evangélicos le desacreditarán si llegan a saberlo.

Bajé la cabeza.

–Yo no soy nadie para corregirle a usted, padrecito. Ya sé que en su tierra las costumbres son distintas, pero aquí... –y dejó la frase colgando.

–Gracias –le respondí, preguntándome cómo demonios haría en adelante para fumar, puesto que aquel era un hábito al que por nada en el mundo estaba dispuesto a renunciar.

¡Había tanta humildad en las palabras de Fausto! ¡Se veía que le había costado tanto decirme lo que me acababa de decir!

Dos noches más tarde, todavía en El Naranjal, tuve que afrontar un peligro más grave. Íbamos sin linterna y la barba amarilla –una especie de peligrosísima boa que sólo sale por las noches y cuya mordedura es mortal– había matado a un hombre pocas semanas antes en aquel mismo paraje. Por ello, cada vez que tenían que pasar por las inmediaciones, los campesinos echaban a correr, seguros de que la guarida de aquel temible bi cho no podía andar lejos. ¡Cómo corrí yo aquella noche, Dios mío! Como si me estuviera persiguiendo el mismísimo Belcebú. Mi respiración, agitada y jadeante, llenaba mis oídos, y el corazón me palpitaba como una campana anunciando peligro. Golpeándome con el follaje, perseguí los oscuros bultos de mis compañeros, quienes me habían dejado atrás. Sólo Fausto me esperó hasta que logró tomarme de la mano y arrastrarme a una velocidad demencial. Yo diría que me llevó en volandas –pues tenía fuerza para ello–; pero no, no podía ser, puesto que las ramas crujían a mis pies, y años después de todo esto, sigo oyendo aquel crujido. El corazón se me subió a la garganta, eso lo recuerdo bien. «¡Mira que si todo terminara devorado por una culebra! –pensé–. ¡Señor, ten piedad de mí –recé también–, que nada más llevo un mes de sacerdote!»

79

Aquella noche, como en realidad todas las noches, examiné mi conciencia, asaltada por las muchas imágenes que me había brindado la jornada: conversaciones, miradas, ceremonias, llantos... Esa noche no podía conciliar el sueño –como casi todas las noches, en realidad, y así ha sido hasta hoy–. Pero en aquella ocasión era porque sentía dentro de mí, en el pecho, una rabiosa alegría y una inaudita felicidad. «Gracias, Dios mío –le recé a mi Señor desde mi cama–. Gracias por Fausto y por Carlos Hugo, por la niña de los huevitos, Idalia, y por todos los niños de El Naranjal. Gracias por los tres campesinos que me trajeron un termo desde Entelina, por los niños a los que ungí con los santos óleos y por el padre que les abanicaba. Gracias por sor

Goretti en bicicleta, por los chiwines que murieron en la carretera, por quienes me tocaron en Quebrada Grande como si de mí pudiese emanar un milagro. Gracias por Erlinda, la hermosa, por las libélulas azules y gigantes y por haberme librado de la picadura mortal de la barba amarilla. Gracias, gracias, gracias, gracias», y así estuve aquella noche, agradeciéndolo todo hasta que fui poco a poco quedándome dormido mientras el Dios de los pobres, desde su hondura, velaba mi sueño agradecido.

Los campesinos caminaron durante horas desde sus aldeas para asistir a la eucaristía aquella noche, la última de mi estancia en las azuladas e inolvidables montañas de Jutiapa. Celebramos al aire libre. El motivo que nos congregaba no era sólo el final de la misión en aquella comarca, sino una boda. No creo que haya nada más hermoso que beber todos de la misma copa y comer todos del mismo pan; porque quienes comen y beben juntos, en la misma mesa, habiendo compartido las necesidades del cuerpo, están en las mejores condiciones para compartir también las del alma. Siempre que me he sentado a comer y a beber con alguien, he resuelto mis diferencias con él. La comida y la bebida no sólo llenan el estómago, sino que vacían la cabeza y ablandan el corazón, además de aflojar los bolsillos, lo que siempre es muy conveniente para que los seres humanos puedan entenderse. La religión cristiana es tan sabia que nace en esa fiesta de bodas que fue Caná y culmina en una cena, la última; en ambos casos, y eso es lo hermoso, el vino es el protagonista. Una religión cuyo fundamento está en el vino no puede estar muy lejos de la verdad.

Mientras llegaba desde Tomalá, adonde había ido a unas visitas y a unas unciones, oí sobrecogido el canto de los pobres:

—Somos campesinos, somos marginados —cantaban—. ¡Delegados, adelante, liberación! ¡Misioneros, adelante, liberación! Vamos toditos a escuchar con valor. Vamos toditos, la Palabra del Señor.

Por un momento, al compás de aquella música ranchera, soñé que la liberación del pueblo era posible. Que la corriente de vida y de entusiasmo que se había despertado con la puesta en marcha de todas aquellas comunidades eclesiales de base —algo sin precedente en la historia de la Iglesia— lograría cambiarlo todo. Por un momento pensé que, por encima del pecado estructural, lo que sobre todo existe es una gracia estructural. Y ¿qué puede hacer un sacerdote sino estar en esa gran marcha, codo a codo, con su pueblo?

Mientras me revestía para aquella boda nocturna y al aire libre, recordé la primera vez que, en el noviciado, tuve que ponerme el alba para la ceremonia de los votos. La ocasión lo requería, pues era muy solemne, pero yo no me atreví a compartir con nadie mi ilusión por lucir aquellas vestiduras sagradas. Tontamente me avergonzaba de ella, llegando a considerarla infantil. Pero aquella tarde en el noviciado, al ponerme el alba y verme en el espejo —¡y faltaban todavía siete años para mi ordenación!—, al verme como me verían mis futuros feligreses cuando por fin fuera sacerdote, los ojos se me humedecieron y me dije: «¡Qué ilusión, Dios mío, qué ilusión!». Todavía hoy me pregunto cómo podía vivir yo entonces con una ilusión tan persistente y violenta.

Esa misma ilusión, o una muy parecida, fue la que se agitó aquella noche en mi interior cuando besé el altar, lleno de flores, frutas y velas que ardían chisporroteando, y cuando alcé la vista y vi, como telón de fondo, las imponentes montañas de Jutiapa, ahora negras. La claridad de la luna nos iluminaba con suavidad, tiñéndolo todo de una bondad azul. Fue un acto muy sencillo. Canto y silencio. Un «te quiero». Otro «te quiero». Un «para siempre». Un «para toda la vida». Un beso y algunas sonrisas. Un hombre y una mujer.

En el momento del ofertorio, uno de los campesinos trajo coco; otro café y piña; un tercero, una bolsa de huevos frescos. Tampoco faltaron las mazorcas de maíz ni las tortillas. Emocionaba ver el tributo de todo su trabajo ahí, sobre la mesa, junto al cáliz y a la patena, para ser ofrecidos. Y percibí que era el pueblo entero quien ponía su historia en mis manos para que yo se la ofreciera al Dios que había venido a anunciar. En la elevación de la Hostia, por detrás del follaje que nos cobijaba, vi el cielo negro y oí el silbido de algunas aves nocturnas. ¿Seré algún día capaz de olvidarme de todo esto?, me pregunté.

Un tropel de niños vino en el rito de la paz a besarme. Nos abrazamos y unimos nuestras manos en el padrenuestro. Hombres y mujeres rezaban con los brazos en alto. Yo disfrutaba al máximo de la situación; me daba cuenta y me recreaba en mi disfrute. Al final de la misa, los recién casados, radiantes, fueron agasajados y aplaudidos. Ante el espejo roto de la sacristía, tras quitarme los ornamentos de la liturgia, se escapó de mis labios esta expresión: ¡Qué bonito es vivir, Dios mío, qué bonito! Y enseguida, como si fuera en mis propios ojos donde lo leyera: Tengo el alma llena.

Capítulo VIII

El morenal de Tela

Todos los misioneros del mundo emprenden sus viajes pensando que van a entregarse a los necesitados. Pero todos los misioneros del mundo descubren pronto, si están donde deben y hacen aquello para lo que han sido llamados, que a lo que han ido es fundamentalmente a recibir. Ésta es la primera lección que se aprende con los pobres.

Ese momento en que un joven toma una decisión y se pone en camino para hacerla realidad es sin duda el más hermoso que una vida pueda brindar.

Todo hombre, pobre o rico, es un necesitado. Cuando se aprende esto, y más si tienes dieciocho o diecinueve años, el corazón empieza a cambiar y el mundo se convierte en el apasionante escenario donde desplegar la propia acción en favor de los demás.

80

Abandonamos las montañas de Jutiapa al día siguiente en un carro de doble tracción porque la carretera, llena de piedras y socavones, era infernal. Conducía el jeep monseñor Porfirio, desafiando con gran habilidad los obstáculos y baches con que topábamos a cada rato. Inesperadamente, tuvo que sortear un socavón y, antes de que quisiéramos darnos cuenta, el carro ya había caído en la cuneta. No hubo forma de salir de aquella zanja: las ruedas delanteras no tocaban el suelo y, al girar en vacío, impedían la tracción. Salimos del vehículo temiendo que el eje se hubiera partido. Por fortuna, no había sido así. Pero no quedaba sino esperar. Nos sentamos bajo un mango y, aprovechando que Fausto se había ido a recoger alguna fruta, el obispo de San Pedro Sula, a quien todos los sacerdotes y feligreses llamábamos simplemente Porfirio, me formuló un par de preguntas.

–Pedro Pablo –me preguntó a bocajarro–. Tú, ¿a qué has venido a esta misión?

Era un tipo de mediana edad y pulcros modales que irradiaba una imagen de extrema competencia y seguridad. Inspiraba confianza, al menos a nivel profesional, tanto que daban ganas de ponerlo todo en sus manos.

Quizá por eso le habían encomendado aquella tremenda responsabilidad. Nos habíamos conocido poco antes de que me hubiera ido a las montañas. Pero entonces no habíamos hablado.

Es posible que no esperara la respuesta que le di, quizá sólo pretendía conversar informalmente un rato.

–Busco un lugar en el que entregarme –le respondí–, un lugar en el que morir –le dije también; y me quedé tan ancho.

Suena exagerado, pero hablaba completamente en serio. Estaba tan entusiasmado con el sacerdocio y con la misión de Jutiapa que deseaba inmolarme de verdad. Deseaba entregarme al mundo, pero no en una ofrenda continuada y sufrida, como querría hacer cualquier adulto, sino en un acto único, puro y absoluto, mostrando con ello mi inmadurez y juventud. Porque más que redimir a los pobres de su pobreza, por ejemplo, lo que quería era ser pobre como ellos y pudrirme a su lado en su miseria. De locos. Una exageración. Pero ése era el son con el que palpitaba mi corazón de joven sacerdote.

–Bien –me respondió Porfirio entonces, acaso desconcertado por tanto ardor–. Veremos qué se puede hacer contigo –me dijo también, y tuve la impresión de que por fin había encontrado a un hombre que me tomaba en serio.

–Si sabes dónde quieres ir es más fácil llegar, ¿no le parece? –dije para concluir aquella conversación.

–Sí –me respondió él–, pero casi nadie sabe lo que verdaderamente quiere.

Aquel obispo sabía que los grandes ideales se demuestran en las acciones de cada día, no en el debate de las palabras, que pueden quedarse vacías. Por eso ni se molestó en replicarme. Se limitó a asignarme unas cuantas parroquias de Tela, que en aquel entonces era una extendida ciudad costera de unos veintitrés mil habitantes.

Tras hora y media de espera, Porfirio, Fausto y yo nos habíamos contado nuestras vidas y, cuando empezábamos a figurarnos que se habían olvidado de nosotros, distinguimos en el horizonte a tres campesinos montados a caballo. Los vimos venir desde tan lejos que tardaron bastante en llegar hasta nosotros. Se presentaron mientras descabalgaban. Eran empleados de uno de los más prósperos terratenientes de la zona. Con sorprendente habilidad, aquellos hombres prepararon un entarimado de ramas que colocaron estratégicamente bajo las ruedas para que dejasen de girar en el vacío. Después amarraron los caballos al carro y los jalaron. Al cabo, el jeep salió del agujero y nosotros pudimos reemprender la marcha.

Las construcciones de la ciudad de Tela eran en su mayoría de una sola planta y se extendían por los cuarenta y un barrios o colonias que la configuraban. En otros tiempos, aquella población había sido una floreciente urbe gracias a la presencia de la Compañía Transnacional Bananera. Pero cuando los americanos se fueron retirando, allí sólo quedó una fábrica de cajas de cartón y otra de confección de ropa para la exportación. Y comenzó la decadencia. La gente malvivía en subempleos o estaba parada. Comenzó también la inmigración permanente de la zona rural. Los afortunados encontraron posición en el comercio o en la educación, pero la mayoría debía dejar su sudor en las plantaciones de palma africana. Quitando la zona céntrica, los demás barrios eran bastante nuevos y extensos, aunque de difícil acceso por no estar asfaltados. Porfirio me lo iba explicando todo. Fausto, detrás, nos escuchaba con atención, pues aquí no estábamos en su territorio. Ambos lucían gorras blancas con el emblema de la United Fruit Company.

81

Así como en las aldeas montañeras estuve alojado en las distintas casas de los lugareños, a cada cual más humilde, durante los meses que pasé con los negros garífunas, me hospedé en un único lugar: la casa de don Felicísimo Mallía y su esposa, doña Jacqueline, sita en una colonia de unas cien familias llamada Alfonso Lacayo. Fausto también estaría allí, a mi lado, por si tenía alguna necesidad. A don Felicísimo nunca le conocí, pues estaba siempre en la mar. Por lo que se refiere a doña Jacqueline, basta pensar en la negra que aparece en la película *Lo que el viento se llevó* para hacerse una idea bastante aproximada de cómo era.

Nos instalamos en pocos minutos y salimos enseguida al centro, pues había habido una revuelta en una fábrica y, al parecer, se requería la presencia de monseñor Porfirio. Mientras nos dirigíamos allá, siempre en el jeep del obispo, Porfirio me advirtió de que cualquier interferencia en la actividad pública por parte de los sacerdotes era tildada de comunista. Me informó, pues no lo sabía, que algunos compañeros de ministerio estaban fichados y que –por mucho que pensara que eso era un verdadero honor, pues empezaba a conocerme– había que andarse con cuidado. Claro que nada de todo esto le impidió a él, en cuanto llegó, tomar el megáfono y, desde el propio jeep, dirigir unas palabras a los cuarenta obreros que se habían puesto en huelga para protestar por la repetida violación de sus derechos.

—Es un conato de huelga —me explicó monseñor, mientras algunos de los trabajadores, en realidad no más de dos o tres, golpeaban la carrocería de nuestro coche—. Debemos ir a hablar con el capataz.

Fuimos, por supuesto, y nos encontramos con un tipo de espesos bigotes que, al saber que había venido monseñor y uno de los misioneros españoles, hizo parar las máquinas y convocó en un gran salón a sus trabajadores.

—Las cosas de Dios son las cosas de Dios —dijo aquel capataz tras saludarnos con una amabilidad que no lograba ocultar cierta picardía.

Una vez en el gran salón de la fábrica, tuve la impresión de que más que ante un grupo de obreros del sector textil, estábamos ante los presos de un penal.

—¿No querías predicar? —me dijo entonces el obispo con su bello timbre de barítono—. ¡Pues ahí tienes! —y me señaló a la masa de hombretones sudorosos que aguardaban nuestras palabras.

No podía creer lo que estaba viviendo. Debía dirigirme a todos aquellos hombres. No sabía qué podía decirles alguien como yo y, por eso, como si fuera un niño, se lo pregunté directamente a mi superior.

—¿Qué les digo?

Él me presentó. Dijo que mi nombre era Pedro Pablo Ros, que venía desde Madrid y que había estado unos meses en las montañas, con los campesinos; también les dijo que ahora les iba a hablar, y me extendió el micrófono.

No recuerdo bien qué les dije. Les hablé de Dios, por supuesto. Pero también de los derechos sociales y de las condiciones necesarias para un trabajo digno. Les hablé de la diferencia entre competencia y colaboración, de la época en que habían vivido como empleados de la transnacional bananera. Les hablé de Jesucristo, de las bienaventuranzas, de su Pasión. Les hablé hasta que me di cuenta de que la mayoría me escuchaba cabizbaja, como si se sintieran culpables. Yo quería que preguntasen e intervinieran, como me había sucedido en otros colectivos, pero ellos tenían miedo a las represalias. Allí no eran libres para decir lo que pensaban.

Nunca me parecí tanto a Gandhi como en aquella misión de Centroamérica y, en particular, como aquella tarde en la fábrica textil de Tela: coger en brazos a los niños, encabezar las procesiones, soltar encendidas arengas a la multitud, como había hecho poco antes, o ir por las montañas de aldea en aldea, con una mochila a cuestas y hablando de la justicia y de la paz..., todo eso era para mí el reflejo más claro y fiel de lo que el propio Gandhi habría hecho de haberse visto en una situación similar. Soy como Gandhi, me decía yo a cada rato durante el tiempo que estuve en las misiones; y esta idea, que nunca compartí con nadie por vergüenza, me ayudaba a sacar fuerzas de flaqueza. Quiero dar la vida por este pueblo, me decía también, y quería darla de verdad, lo juro por lo más sagrado.

A menudo recordaba mis años de seminario, en particular los largos y encendidos debates de los conciliábulos.

«Somos proletarios, tenemos que apoyarnos.» Así lo pensábamos. ¿Cómo podíamos ser tan ingenuos para creer algo así?

En aquellas reuniones no fueron pocos los compañeros que, en medio de nuestros debates, me advirtieron que tendía a ser demasiado taxativo y, por ello, intransigente y poco democrático. Con el calificativo de taxativo apuntaban al tono rotundo de mis afirmaciones, que achicaban a quienes me escuchaban, pervirtiendo de este modo la naturaleza propia de una dinámica comunitaria; con poco democrático, en fin, huelga decirlo, subrayaban mi manera directiva de comportarme y, en este sentido, la poca confianza que mostraba en la vida propia de toda comunidad. Se ve que las muchas lecturas me habían hecho fuerte en mis posiciones. Aunque me resistí como gato panza arriba frente a todas estas acusaciones, con el tiempo me ayudaron a introducirme en una concepción de la Iglesia más horizontal y menos jerárquica, y en una idea de Dios menos monolítica y paternalista y, por el contrario, más respetuosa y plural. No es una herencia pequeña. Mi Dios sería distinto si mi juventud no hubiera transcurrido entre los claretianos.

Pero yo estuve en Honduras en calidad de poeta, no de teólogo o reformador social. Ni siquiera estuve como sacerdote, puesto que en el fondo no buscaba redimir aquella realidad, sino sólo meterme en ella para luego poder contarla. No fui en sentido estricto un misionero, sino un poeta en trazas de misión.

Por si mi fuego necesitara más leña, en las pocas jornadas de descanso que me concedía –nostálgico del seminario y de sus conciliábulos, ¡quién iba a decirlo!– leía a Gustavo Gutiérrez y a Leonardo Boff, cuyos textos me encendían mucho más que la Biblia. Leía sus libros y sus ideas galopaban en mí como bestias salvajes. Tomaba nota de todo aquello en mis diarios, donde un día tras otro confesaba mis deseos más exaltados: ser apresado, torturado, urgido a negar mi fe, derramar mi sangre... ¡Qué bonito sería morir por todo esto!, escribía a cada rato. De haberse presentado de veras una ocasión para el martirio, lo más probable es que yo hubiera huido como un conejo; pero eso no quitaba que en mi corazón de veintisiete años lo que yo ansiaba era inmolarme en holocausto. ¡Era tan joven en aquellos días! Probablemente nunca fui tan joven como entonces.

82

El balneario al que fuimos a bañarnos a la mañana siguiente –y que tanto nos habían ponderado– era una simple cala, como hay tantas en cualquier ciudad costera. Conocimos allí a un pescador manco, quien al poco de entablar conversación nos mostró la inmensa mandíbula de un tiburón –tres filas de dientes en forma de sierra– que él mismo había pescado el día anterior. Nos sonreía lleno de orgullo, apuntándolo a cada rato con su muñón, del que yo no podía desviar la mirada. Estando en ésas, se nos acercó un adolescente que nos contó precipitadamente que su hermano se había ahogado en esas aguas.

–¡Fue todo tan rápido que no pude hacer nada! –comenzó diciéndonos, sin que mediara entre nosotros ninguna clase de presentación–. ¡No logro borrarme la imagen de su cuerpo, flotando en el agua! –nos dijo también, señalando el punto del accidente–. ¿Me puede dar algún consuelo, padrecito? –me dijo poco después a mí, mirándome con ojos inocentes–. ¡Dígame algo, por favor!

Miré a Fausto en busca de ayuda, pues yo seguía sin comprender que me pasaran semejantes cosas. Y hablé con el muchacho, desde luego. Dimos un paseo por la playa. Le dije que estaba seguro de que su hermano estaba ahora en los brazos de Dios y que, desde donde estaba, le miraba y le sonreía.

–¡Gracias, padrecito! –me contestó él, dando por buena mi explicación y alejándose, misteriosamente satisfecho, dando grotescos saltos.

Le vi perderse a lo lejos, envuelto en la luz solar.

El calor de aquella tarde era tan sofocante que enseguida nos pusimos el bañador y, descalzos, nos acercamos al cenagal a darnos un chapuzón. Yo entré en el agua dolorido por pisar la grava y los afilados guijarros del fondo, mientras que un grupo de garífunas, adolescentes y escultóricos, saltaban a nuestro lado como gamos de una piedra a la otra.

–Los europeos somos definitivamente distintos –le dije a Fausto poco después, al ver mis excesivos remilgos.

Nos habíamos sentado a la orilla a comer una suculenta sopa de caracol, preparada por el pescador manco.

El trabajo apostólico en el morenal de Tela fue menos fructuoso que el desarrollado en las montañas de Jutiapa porque los garífunas son, en general, bastante más vividores que los campesinos y, sobre todo –no lo digo por ofender–, más perezosos. No es que los garífunas no estuvieran bien dispuestos para la misión evangelizadora que yo representaba, pero hubo dos factores que, claramente, dificultaron mi trabajo. El primer factor era evidente: bastaba que cualquiera de aquellos negros diera con una lata o una caja de cartón para que, sin poder evitarlo, empezara a golpearla con cierto ritmo. Eso fue precisamente lo que sucedió en aquel momento en el balneario donde habíamos comido sopa de caracol. Salidos de quién sabe dónde, al pescador manco se le unieron de pronto dos o tres compañeros, pertrechados con sus precarios pero rítmicos instrumentos de percusión. Y, como era de esperar, poco después salieron también unas cuantas mujeres, jóvenes y viejas, guapas o feas, para, sin preámbulo de clase alguna, ponerse allí mismo a bailar, sin que fuera un día de fiesta o hubiera un motivo especial. Entre todas aquellas mujeres —y aquella era una colonia de no menos de un centenar— no había ni una —puedo atestiguarlo— que no bailase magníficamente el llamado «punta», que es un baile de ritmo africano que consiste, en esencia, en el movimiento repetido y circular de las caderas. Entre tantas mujeres negras bailando con frenesí, resultaba difícil —hay que entenderlo— concentrarse en cualquier mensaje evangelizador. Así que decidí probar suerte yo mismo y, ni corto ni perezoso, yo, sí, yo, también yo... ¡empecé a bailar! Juzgué que lo hacía discretamente (el rol sacerdotal me pesaba), pero lo cierto es que no hubo ni un garífuna que no me aplaudiera al final.

83

La segunda dificultad con que me topé en mi campaña evangelizadora —ciertamente más difícil de superar que la primera— se llamaba Blanca, y era la negra más hermosa de cuantas haya visto jamás. Tan guapa como Erlinda, la hermosa, la mujer de Fausto, tan guapa como no creo que exista en el mundo otra negra. Tan es así que, en cuanto la tuve frente a mí, quedé mudo, como si me hubiera caído de un guindo, como se dice popularmente, o como si me hubiera dado un aire. Creo que todos se dieron cuenta en el acto, pero es que aquella negra era tan bella que me habría gustado echarme a llorar, o a gritar, o morir allí mismo, a sus pies. Para mí era, sencillamente, la chica más bonita desde la creación del mundo. Pero tú, ¿quién eres?, le habría preguntado. Pero ¿de dónde has salido?, habría querido saber. ¿Eres de este mundo? También le habría dicho, después de todas estas preguntas y aun sin sus respuestas: Ven, casémonos; y la habría tomado de la mano para, dulcemente, llevármela conmigo. Ven, olvidémonos de todo. Comencemos algo juntos nosotros solos.

Quizá esto haga reír, pero fue así como lo viví. Porque hay mujeres que son como un fulgor y que, al verlas, uno cree haber asistido a una revelación. De no haber sido sacerdote, ¡ah, de no haber sido sacerdote vive Dios que allí mismo, sin importarme nada del pasado, la habría cogido de la mano y me la habría llevado de inmediato a un lugar reservado para allí, en una dulce y necesaria intimidad, haber hecho todas esas cosas que hacen un hombre y una mujer cuando se aman! Pero me contuve, huelga decirlo. Y no llevé a la práctica nada de lo que dictaban mis deseos y que, en mi imaginación, tan entrenada por mi oficio, se dibujaba con abrumadora claridad. Claro que esto no significó que me resultase fácil liberarme de mi Blanca, el nombre menos apropiado para una negra tan negra como aquélla. Y, si no fue fácil, fue porque ella, inexplicablemente, quiso ver en mí los mismos e irresistibles encantos que yo había visto en ella. No lo digo por presumir, pero aquella preciosidad me seguía a toda hora y no me perdía de vista.

Una tarde hablamos. Ahora comprendo bien que hicimos muy mal en hablar. Las palmeras, perezosas, recortaban el paisaje caribeño, y Blanca, en medio de aquel paisaje de ensueño, se soltó las trenzas y se peinó con un cepillo de vivos colores. Sentada en un tronco escupido por las olas del mar, pasó largo rato cepillándose como si no tuviera que hacer otra cosa en todo el día. Como si cepillarse el cabello fuera lo más importante del mundo. Como si hubiera nacido sólo para eso. Yo estaba fascinado viéndola así, tanto que la idea de poder estar lejos el uno del otro me parecía inconcebible. Fue entonces, sólo entonces, cuando entendí la expresión «Perder la cabeza». Yo estaba a punto de perderla, la había perdido ya, es lo más seguro; ahí había un hombre sin cabeza, con sólo deseo y corazón. ¿Debía renunciar a ese sueño de amor que había nacido en un solo segundo y que en un solo segundo había llegado a su esplendor? ¿En un segundo? El amor, o al menos la pasión, crecía y crecía cuanto más nos veíamos. Y creció mucho aquella mañana en la que la vi peinarse con aquella deliciosa parsimonia.

Como nos veíamos a cada rato –puesto que aquel morenal era pequeño y porque nuestros ojos se buscaban sin querer–, llegó el momento en que la situación resultó prácticamente insoportable. No teníamos ojos más que el uno para el otro. No queríamos ni podíamos ver a nadie más. Ella, más liberada que yo, quería acostarse conmigo a toda costa. Me lo dijo expresamente, pues además de guapa, Blanca era la chica más clara y explícita de cuantas he conocido hasta ahora.

–Sólo una vez –me pidió, y me miró con sus ojos salvajes, oscuros y excitantes.

–Una vez no –le respondí yo, consciente de que, si la poseía una vez, querría luego poseerla muchas.

–¡Pues muchas! –me replicó ella, dejándome ver sus senos, que asomaban peligrosamente por el escote.

Sus zalamerías me sentaban la mar de bien, lo reconozco. Pero yo –¡quién sabe cómo pude!– a esa última observación respondí que eso no podía ser, puesto que yo era sacerdote. Entonces yo era todavía virtuoso, incomprensiblemente virtuoso, y dije que no a una formidable tentación.

–He hecho unos votos y debo cumplirlos –le expliqué, arrepentido por primera vez de aquellos votos y preguntándome (sí, me lo pregunté) si de verdad sería tan grave si los violase, aunque sólo fuera, como ella decía, una vez.

Su cuerpo me atraía como un imán. Nunca cuerpo humano me ha atraído como el de aquella negra. Ella tenía veinticuatro años, yo veintisiete. Todavía me sigo preguntando cómo pude resistir aquella tentación tan bestial. Pero no me arrepiento de mi decisión, casi me enorgullezco. Aunque –para qué ocultarlo–, ¡habría sido tan dulce e intenso!, ¡habría sido tan devastador!

–Las mujeres tienen el demonio en el cuerpo –me había advertido años atrás don Emiliano–. Por eso nos tientan, pequeño –y, tras decir aquello, me había mirado con sus ojos brillantes, llenos de fuego–. Por eso hay que mortificar la carne y domar los instintos –dijo también, y desvió la mirada hacia el cielo, como buscando inspiración–. Tú, ¿te mortificas, pequeño?

Insistía en lo de pequeño.

–Yo... –le repliqué, pero no sabía qué replicar.

–Conviene mortificarse –don Emiliano me pareció en ese instante más viejo que nunca–, y yo te enseñaré cómo –y abrió el cajón de su escritorio, de donde sacó un cilicio que, según supe después, él se aplicaba en el tobillo y en la muñeca.

La luz amarilla y enfermiza de un quinqué titilaba en su despacho. Ningún escenógrafo del mundo habría pensado para aquel momento una iluminación mejor.

–Esto es muy útil –me dijo él señalándolo, pues lo había depositado sobre el escritorio–. No te lo mostraría si no te considerara preparado para verlo –y me habló, acto seguido, de los terribles sufrimientos que había padecido en su pasión Nuestro Señor Jesucristo y de cómo por medio de ellos había redimido al mundo–. Quien quiera ser discípulo mío que coja su cruz y me siga, eso es lo que dijo el Señor –me recordó–. ¿Lo recuerdas, pequeño?

–Lo recuerdo, padre, lo recuerdo perfectamente –le respondí yo.

Tenía la boca seca. Estaba preparado para todo, hasta para que don Emiliano sacara de aquel cajón una gran cruz para que también yo la cargara a mi espalda.

–No sólo es importante orar –prosiguió, cada vez más envejecido a mis ojos–. También es importante sufrir, ¿lo entiendes?

–No –tuve que admitir.

Pero a eso él me respondió de forma insólita.

–Entiendo que no lo entiendas, casi nadie lo entiende. Yo mismo no lo entiendo a veces, me resisto a entenderlo. No nos gusta que las cosas sean así.

Acto seguido se hizo un silencio muy largo. Yo ignoraba cómo proseguiría aquello. El cilicio de muñeca y tobillo, en medio de la mesa que nos separaba, absorbía toda mi atención. Don Emiliano empezó a juguetear con él.

–En el fondo –prosiguió–, no importa mucho entenderlo o no. El gesto crea la fe, no la fe el gesto. Yo me pongo el cilicio y, aunque mi cuerpo se resienta, a mi alma le hace bien –y se lo ajustó en la muñeca, como para hacerme una demostración.

–¿Duele? –quise saber.

–No es para tanto. Es sólo un picor. Un recordatorio. Así no te olvidas de dónde debes tener tu corazón. ¿Quieres probarlo?

–Me da respeto –le respondí.

–¿Ni una vez?

–Quizá más adelante –volví a responder.

Me daba miedo y un poco de asco. Era un cilicio muy viejo y parecía muy usado.

–Perdóname, Pedro Pablo –me dijo entonces don Emiliano, dejándome muy desconcertado–. Me he equivocado al hablarte así. Tú eres aún demasiado joven. Pero para mí es importante y quería que lo supieras. Todo está en el misterio del dolor –dijo también, lo recuerdo como si fuera hoy–. El misterio del dolor es el mismo que el del amor –también recuerdo esto muy bien–. Si te dispones a sufrir, si te rindes y dejas de resistirte, la batalla está casi ganada –y suspiró.

Parecía que acabara de librar esa batalla de la que estaba hablando.

–Serás un gran sacerdote –me dijo poco antes de levantarse–, mucho mejor sacerdote que yo mismo. No he sido malo del todo, pero muy lento –me confesó–. Dios –y su mirada se reblandeció– ha sido ¡tan paciente conmigo!

Luego, en el umbral de su despacho, me estrechó la mano con mucha fuerza, según su costumbre, y me pareció que tenía los ojos llorosos. Ya fuera, me quede unos segundos como alelado, sin saber qué pensar o sentir. Sabía que había presenciado algo importante y en mi cabeza daban vueltas el cilicio de don Emiliano sobre la mesa de roble, sus ojos acuosos, la frase evangélica que había citado y, sobre todo, ese dictamen final en el que había asegurado que yo sería un gran sacerdote.

84

Una de las primeras mañanas en aquel morenal, tras hablar con el grupo de catequistas, convocamos a un tropel de niños en la playa para escenificar el Evangelio en un teatrillo. René, uno de los chicos más avispados, interpretaba a Mateo, el recaudador de impuestos. Marcial, nuestro particular Jesús-negro, sanó a un ciego de nacimiento. Fina, la más pequeña, pero sin duda la mejor actriz, pedía limosna mientras José Cartagena, el responsable pastoral, exclamaba una y otra vez: «¡Qué bueno! ¡Qué bueno!». No salía de ahí. Todo le apasionaba. También quienes vieron aquella humilde escenificación estaban entusiastas y, a su término, nos lo agradecieron dando palmas.

Tras el teatrillo, Elsa, la adolescente más animosa, tomó el megáfono y cantó «Supremo Amor», la canción de moda. Por la seguridad y gracia con que movía sus caderas y por el sinuoso juego de sus brazos, desnudos y morenos, más que una jovencísima catequista me pareció una profesional de la canción en espera del más rotundo de sus éxitos. Formaba parte del nutrido grupo de jóvenes cristianos teleños.

–Cristo está a la puerta de mi vida –cantaba Elsa, dirigiéndose a los doscientos jóvenes allí reunidos–. ¡Yo quiero ser feliz y llenar mi vida de juventud!

Yo también quería ser feliz. Yo también quería llenar mi vida de juventud. Yo también quería todas aquellas cosas bonitas que aquellos jóvenes cantaban con tanto brío, pero lo que quería por encima de todo era estar con Blanca, mi negra. Estaba enamorado. Más aún: estaba ofuscado. Pero doña Jacqueline, a quien no se le había escapado lo que estaba sucediendo entre nosotros dos, decidió tomar cartas en el asunto y resolver cuanto antes aquel complicado dilema. En realidad, todos en aquel morenal estaban de acuerdo en que o Blanca se marchaba de la colonia durante las semanas que durara la misión o tendría que marcharme yo. De lo contrario, este asunto terminaría donde todos sabemos que terminan esta clase de asuntos, sin que para ello haga falta ni una pizca de imaginación.

Doña Jacqueline, mi anfitriona, se las ingenió para que mi negra tuviera que dejar la Alfonso Lacayo –que era donde me hospedaba– con la excusa de no sé qué familiar lejano que se había puesto enfermo en otro morenal. Por si esta medida de alejamiento fuera insuficiente, para mantenerme entretenido doña Jacqueline comenzó en aquellos días a darme clases de lengua garífuna. Su propósito, bastante peregrino, era que al término de la misión pudiera yo ofrecer a su colonia una misa en su lengua materna. Pero su propósito de fondo era, según comprendí después, evitar mi melancolía.

–*Loguliri ugu chilí, labú irage luma afygu, gunfuliti, ítarala.*

Eso fue lo primero que aprendí en el dialecto de los morenos hondureños. En el nombre del Padre, del Hijo y del Espíritu Santo, es lo que significa.

Una mosca zumbaba contra el cristal de la ventana y doña Jacqueline se esforzaba para que pronunciara su lengua afroamericana con la máxima corrección.

–*Lubáragi veféduhani lererun uabúreme harita gua wama uafigón.*

(Antes de celebrar estos misterios, reconozcamos humildemente nuestros pecados.)

Nuestros pecados. Aquel atardecer, tras la clase con doña Jacqueline, me senté en la desembocadura del río Ulúa lleno de un extraño cansancio y, por primera vez desde que estaba en Centroamérica, con nostalgia por mi país. A medida que oscurecía, se me ensombrecía el ánimo. La brisa vespertina acariciaba mi rostro y yo, preso de una corriente ingobernable, pensaba en el amor y en sus dulzuras. Me acordé de Merceditas, la catequista de Miraflores de la Sierra, la del vestido ajustadísimo de color naranja. Me acordé de Diana y de nuestros paseos nocturnos, camino de la Morcuera. Me acordé de Pilar, mi confidente, del afecto que me había profesado durante largos meses sin que yo me diera cuenta de nada. Me acordé, en fin, de todas las mujeres a las que había deseado y a las que habría podido amar. De Dunia, Delma y Chavelita, por ejemplo. O de la joven Elsa, que esa misma mañana había cantado ante doscientos jóvenes «Supremo Amor». Y de pronto, entre todos aquellos recuerdos, me sentí irremisiblemente solo. Me parecía que el río Ulúa me traía a todos esos fantasmas femeninos para enseguida, tras recordarme mi soledad, llevárselos de nuevo.

A la mañana siguiente era domingo, y algunos de los jóvenes que habían participado en el festival del teatrillo y de las canciones –Elsa entre ellos– fueron conmigo al penal, para que allí celebrase una misa. Habían preparado algunos sándwiches con el propósito de repartirlos entre los presos y atraerlos a la ceremonia. Ingenuo de mí, dejé la bandeja con todos aquellos sándwiches en manos de un funcionario a la entrada del edificio. No sin una mirada de reproche, el joven Mauro me lo censuró.

–Usted no sabe lo que es la corrupción de las instituciones en este país –me dijo algo después, superado el control policial.

Por lo visto, en más de una ocasión, aquellos guardias se habían apropiado de los víveres que los jóvenes de la parroquia llevaban cada domingo a los presos.

Ya en el patio penitenciario, distinguí a una veintena de hombres semidesnudos bañándose en una alberca de aguas amarillas. Uno de los reclusos, un retrasado mental, salió de aquellas aguas al verme a lo lejos y se puso a dar saltos desgarbados y a vociferar como un salvaje.

–¡El padrecito, el padrecito! –y corrió hasta mí para lanzarse a mi cuello, obligándome a retroceder.

Hablé un rato con aquel preso subnormal. No sabía muy bien qué decirle, pero pese a todo le hablé. Se fue tranquilizando poco a poco, como si mis palabras –que no puedo recordar– le hicieran algún bien. Era joven. Una herida le sangraba en el labio superior. Estaba muy flaco y abría mucho los ojos, como si estuviera muy sorprendido por lo que le estaba sucediendo. Al final le pregunté su nombre.

–Pedro Pablo –me respondió él; de modo que aquel preso que me había recibido con patéticos y desgarbados saltos se llamaba como yo.

A la salida del penal vimos a un grupo de militares que circulaban por la ciudad luciendo sus fusiles y ocultando sus ojos tras sus gafas oscuras, que destellaban por el sol. Estaban reclutando muchachos para el servicio en el ejército, según dijeron. Los jóvenes –a algunos les pudimos ver– huían por los callejones o se escondían en los soportales cada vez que distinguían el morro de algún jeep militar. El viento había empezado a soplar y jugaba con la basura desparramada.

85

El último día de la misión en la Alfonso Lacayo todo el morenal se reunió al caer la tarde en la playa. Los tambores llevaban ya largo tiempo convocando a la gente para la eucaristía. ¡Ran, ran, ran rataplán!, un nuevo redoble. Impresionaba mucho el sonido de aquellos tambores.

–En el nombre del Padre y del Hijo y del Espíritu Santo –comencé aquella liturgia solemne cuando todos estuvieron en su sitio, sentados en la arena.

–*Itaralá* –me respondió la asamblea como un toro que se dispone a investir.

Itaralá significa amén en garífuna. Era una palabra que a los garífunas les gustaba tanto que, en la liturgia, la recitaban a toda hora, aun cuando no correspondiera.

Todos me miraban con suma atención, admirados de que un blanco oficiara en su idioma. No era para menos. Que yo sepa, aquélla fue de hecho la primera misa católica, íntegramente en garífuna, de la historia.

–*Uarísara uguchili lebuiduti teinke uamutibu* –dije.

–*Itaralá* –me respondieron otra vez, aunque no era eso lo que entonces se debía responder.

Aquellos *itaralás* indebidos, sin embargo, además de hacerme mucha gracia, me animaron a continuar. Era el modo en que aquellos negros aprobaban mi pronunciación. Más que eso: era la alegría que sentía la comunidad cristiana al oír el rito de la misa en su propia lengua. Por eso me interrumpían a cada rato con aplausos y con redobles de tambor.

–Ran, ran, ran rataplán. Ran, ran, ran rataplán –dos veces.

Jacqueline, mi maestra garífuna, envuelta en la emocionante fragancia de la despedida, sonreía como nunca la había visto sonreír, dejando ver una inmensa hilera de dientes blancos, que refulgían en la noche.

Al final, tras la bendición, los tambores volvieron a redoblar durante largo rato, y todos se pusieron a bailar punta. ¿Todos? No. Yo no. En aquella playa tropical y bajo una luna enorme y blanquísima, yo, víctima del mal de amores, seguía sin olvidarme de mi negra, que casi me hizo enloquecer. ¡Si la hubierais visto! ¡Si sólo hubieseis podido ver lo hermosa que era!

En el fragor de aquella fiesta nocturna, un hombre de mi edad, aunque de aspecto mucho más adulto, se acercó hasta mí y se situó a mi lado. Pasaron algunos segundos antes de que se decidiese a hablarme.

–Blanca Mallía es mi esposa –me dijo al fin.

No añadió nada más.

Quedé tan mudo y estupefacto como cuando vi a Blanca por primera vez, aunque mucho más aterrorizado. En mi vida se me había secado la garganta de un modo tan total e inmediato. Sin autodominio de clase alguna, allí mismo me eché a temblar, y de un modo tan acelerado que pensé que me desplomaría. Se apoderó de mí, en un segundo, una alarmante y desconocida debilidad. Aquel hombre negro, guapo y grande me miraba con sus ojos negros mientras que yo, blanco como la leche, respiraba afanosamente. Tuve que apoyarme contra la pared para no desvanecerme. ¿Me asesinaría por haber tonteado con su negra?, pensé. ¡Quién sabe de lo que aquel negro sería capaz!, pensé también. Y maldije a mi adorada Blanca, quien nunca me había advertido de que era una mujer casada.

El caso era que aquel negro grande y guapo, que me miraba con sus ojos grandes y hermosos, y seguramente malvados o al menos ofendidos, había pasado varias semanas fuera, pescando en alta mar. Ahora había regresado y, si había ido a buscarme y si estaba frente a mí, no era, desde luego, para felicitarme por mi trabajo sacerdotal. Aquel negro estaba ahí parado como un viejo árbol vencido por la tempestad. Los minutos caían sobre mí con lentitud letal. No he hecho nada con su negra, quise decirle. Pero las palabras no acudieron a mi garganta y ambos nos mantuvimos en un terco y prolongado silencio. ¿Cuánto tiempo pasaríamos ahí, uno frente a otro, sin decirnos nada en absoluto? Porque aquel negro grande y guapo ni se marchaba ni hablaba. Sólo me miraba con sus ojos grandes y hermosos, quizá malvados. Miré su mirada negra (hice ese esfuerzo). No reflejaba odio (podía descartar el asesinato), sino tan sólo tristeza o impotencia. ¿Tristeza? ¿Impotencia? Sí. Porque yo era blanco, culto y adinerado. Él, en cambio, pobre, analfabeto y negro. Con sólo chasquear los dedos, de haberlo querido, yo habría podido llevarme a España a su negra. Aquel negro grande y guapo se habría quedado entonces solo, y si había venido hasta mí era únicamente para decirme, con su mirada, que me largara y les dejase tranquilos.

Unos minutos después se dio la vuelta y se marchó. Yo, agotado como si hubiera tomado parte en una carrera, me senté en la arena y recuperé poco a poco el ritmo de mi respiración. Aquélla era mi última noche en esa misión, de modo que a la mañana siguiente abandoné con Fausto la colonia de Alfonso Lacayo y la ciudad de Tela. ¡Si hubierais visto a esa negra! ¡Si hubierais podido ver lo hermosa que era!

Capítulo IX

Los pobres de la tierra

Existe una fuerza desconocida y benéfica que puede adueñarse de los hombres y que, cuando lo hace, multiplica los frutos de sus obras, haciéndolos germinar de forma portentosa.

La teología, por extraño que parezca, no habla de espiritualidad, lo que no significa que no contenga afirmaciones interesantes y hermosas que, precisamente por ser tan interesantes y tan hermosas, pueden embaucarnos, alejándonos de la única Fuente que realmente nos puede saciar.

Quien va a los pobres y no se quiere quedar con ellos es que no les ha mirado bien. Se ha quedado fuera, ha puesto su corazón a buen recaudo. El mundo no se conoce si no se ha estado alguna vez en el tercer mundo. Porque todo pobre, bien mirado, nos recuerda al pobre que nunca habríamos debido abandonar. Por eso sentimos vergüenza si le miramos bien.

86

Al no ofrecer condiciones mínimas de salubridad, a los misioneros se nos desaconsejaba pernoctar en el asentamiento humano de la Rivera Hernández, que era como se llamaba la zona en la que se enclavaba la villa–miseria en que me correspondió trabajar durante mi último periodo en Honduras. En aquel asentamiento de San Pedro Sula, tan infamante y terrible como puedan ser los que circundan los núcleos urbanos de São Paolo o de Buenos Aires, la miseria presentaba un rostro bastante menos humano y benévolo que el de los campesinos de las montañas de Jutiapa o el de los pescadores del morenal de Tela. Por encima del hedor y de las moscas, que pululaban en aquel lugar en número inimaginable, lo más insoportable era el calor. Nunca sudé tanto como durante aquellas semanas. Fue allí donde descubrí qué era el calor. El riesgo de deshidratación era tan grave que los responsables locales no nos permitían traspasar las cercas de entrada si no íbamos provistos de botellas de agua o cantimploras. Unas cinco mil familias llegadas del campo a la ciudad habían sido aparcadas por el municipio en aquel extrarradio carente de higiene, sanidad y posibilidades de educación. En medio de aquel espantoso chabolismo, ni que decir tiene que no había alcantarillado ni electricidad. El agua potable, por otra parte, se reservaba para unos pocos privilegiados. Con todo, eso no era lo peor. Lo peor eran las basuras, que se quemaban en cualquier esquina y a cualquier hora, por lo que todo estaba impregnado de un hedor nauseabundo, tanto que parecía imposible pasar allí algunas horas. Desde el minuto uno empecé a sudar de forma alarmante y a espantar a un sinfín de moscas que nos atacaban.

–¿Tenemos que trabajar aquí? –le pregunté a mi fiel Fausto.

–Mucho me temo que sí, padrecito –me respondió él, evidentemente nostálgico de sus montañas y de su familia.

Porque el contraste entre la selva donde vivía, exuberante y maravillosa, y el horror de aquellas chabolas en las que resultaba inimaginable que la gente pudiera vivir, era brutal. Esto era el infierno, directamente. Aquello, en cambio, con todas esas plantas frondosas y esos magníficos árboles frutales, con esas libélulas azules y gigantes, el paraíso. Aquello era la pradera del amor, ya lo he dicho.

–No podía usted marcharse de nuestro país sin ver la otra cara –me dijo Fausto, mientras unas cuantas moscas, de un verde brillante, le atacaban a los ojos.

En medio de aquel horror de miseria y podredumbre, un sinfín de niños y de adolescentes chapoteaban en el agua estancada. ¿Cuántos niños habría allí? ¿Cien? ¿Doscientos? ¿Trescientos niños? ¿Mil? Miraras donde miraras, oleadas de niños te salían al paso: grandes, pequeños, sucios, diminutos... Niños blancos y negros, tostados, amarillos por alguna enfermedad. Niños como yo no podía imaginar que hubiera tantos en el mundo. Solos. Sin sus padres. Arrojados a ese lugar infernal. Al verles a las puertas de los chamizos de cartón, plástico o lata, al constatar que ni siquiera se daban la vuelta cuando entraba bajo su techo –tal era su pobreza moral–, supe que, mientras que la pobreza del campo puede llevarse con dignidad, la de las ciudades clama al cielo por sus cotas de inhumanidad. Un desecho de seres pasivos deambulaba fantasmalmente de un lado al otro en aquel asentamiento, dejando que los días transcurrieran sin esperanza.

–¿Por dónde empezamos? –le pregunté a Fausto al distinguir a unos cuantos hombres en camiseta, jugando a los naipes en el interior de una chabola.

Oímos algunas blasfemias y, como un milagro, el canto de una mujer, que descolgaba una ropa tendida. Nuestro ánimo se cifraba en una evangelización *in extremis*, como solía designarla monseñor Porfirio.

–No lo sé, padrecito –me respondió él–, usted manda –e hizo un ademán con el que quiso indicar que trabajo allí no nos iba a faltar.

Los misioneros nos habíamos repartido el área por sectores; a Fausto y a mí nos había correspondido el número dieciséis. El protocolo era siempre el mismo: llegábamos ahí a primera hora de la mañana en un autobús de ventanillas grasientas, de esos de desecho, enviados por Estados Unidos. Como si no lo supiéramos ya, el conductor nos advertía a diario que un par de décadas atrás sólo había veinte kilómetros asfaltados en todo el país, los que iban del aeropuerto a Tegucigalpa, la capital. Tras una oración matutina –una lectura bíblica, un cántico y unas preces–, nos metíamos en faena. Yo sentía que delante de mí tenía el mundo entero. Íbamos de chabola en chabola, visitando a sus inquilinos, recogiendo sus necesidades más perentorias y conversando con las mujeres. Con sus compañeros sentimentales y padres de sus hijos, en cambio, apenas podíamos charlar. Los varones abandonan en su mayor parte a sus familias al no poder hacerse cargo de ellas. Algunos, los que eran humanamente más sólidos, mantenían el núcleo familiar. Pero pasaban el día fuera del asentamiento y regresaban sólo al anochecer, tras haber deambulado por la ciudad, ocupados en pequeños trabajos ocasionales –los menos– o, simplemente, dedicados al trapicheo y a la mendicidad. Porque el sistema familiar hondureño era, en 1991, de los más desestructurados del planeta. Por costumbre y tradición, las parejas no contraían matrimonio hasta pasados muchos años de convivencia. Y, al no haber compromiso de permanencia –aunque sí, evidentemente, prole–, lo más habitual era que los núcleos familiares estuvieran constituidos por una mujer y muchos niños de distintos padres. De estar presente, el varón que residía allí era sólo el progenitor de los más pequeños. Para nosotros era importante hablar con aquellos hombres. Hablar con las mujeres, sin embargo, no servía más que para consolarlas, pues ellas estaban sometidas por completo y nada hacían sin el permiso de sus machos.

87

Lo primero que hicimos fue instalar una gran carpa que nos sirviera como templo, escuela, centro de salud y central de operaciones. En cuanto Fausto y yo nos pusimos manos a la obra, surgió de la nada un hombre que se puso a trabajar con nosotros.

–Soy el chino –nos dijo–, ¿qué hay que hacer?

Tenía los ojos rasgados, parecía normal que le llamaran así. En su mano derecha le faltaba el pulgar, y aquella era una ausencia tan notoria como incómoda. Aún sin quererlo, en la conversación uno se encontraba mirando su mano mutilada y malamente se resistía la tentación de preguntar por el dedo que le faltaba. El caso es que al principio miré a ese hombre con cierta desconfianza, pero Fausto, al comprobar lo musculosos que eran sus brazos, no se animó a desdeñar su ayuda.

Fausto y el chino trabajaron buena parte del día cavando los hoyos donde más tarde se apuntalarían los contrafuertes, así como restaurando la vieja lona que nos habían dado y que nos cubriría del sol y de la lluvia. Nadie sabía muy bien de dónde había salido aquella lona, como tampoco supimos bien quién había descargado allí esos contrafuertes. Por mi parte, ignoro hasta de dónde salió el pico y la pala que nos hicieron falta para acometer la obra. Todo eso, sencillamente, estaba ahí. Quizá alguien lo había preparado de antemano para que pudiéramos disponer de todo en el sector dieciséis.

El trabajo físico fue durísimo. Fausto y el chino se aplicaron hasta un punto que a mí me pareció inhumano. Resultaba difícil creer que pudiera trabajarse tanto a esa tórrida temperatura. Resultaba difícil hacer cualquier cosa sin antes, entremedias y después, espantar un enjambre de moscas. Yo, avergonzado por mi poca destreza y escasas fuerzas, hacía lo que podía. Acercaba el martillo. Buscaba los clavos. Pasaba la cantimplora a mis ayudantes, pues ahora tenía dos. Extendía la lona...

—¿Por qué hace esto? —le pregunté al chino al verle cargar uno de los contrafuertes sobre sus hombros.

Se había deslomado de sol a sol. En su camiseta —fue entonces cuando lo observé— había dos manchas de grasa: una en forma de sol y otra en forma de luna. Parecían hechas ex profeso y, por ello, llamaban mucho más la atención que si hubieran sido irregulares.

—Cuanto más participe en la santa misión —me respondió él, echándose el aliento en las manos y estrellando sonoramente una contra la otra—, más fruto sacaré de ella, ¿no es cierto, padrecito? —y se las frotó, como si se estuviera disponiendo a un combate más que a una conversación.

Le miré con admiración, sorprendido por lo grande que puede ser el espíritu en algunas personas.

—¡Primeramente, Dios! —añadió él y, tras dar un respingo, se cargó a los hombros otro madero de gran tamaño.

Cuando la carpa estuvo más o menos montada, apareció, como surgida de la nada, una muchedumbre de miserables que pretendía que les extendiéramos vales de salud con los que poder ser atendidos en una clínica construida en el sector catorce en memoria del misionero Julio Vivas, un sacerdote asesinado en circunstancias oscuras. Meses atrás y para colmo de sus desdichas, muchos de los presentes habían padecido la «llena», una inundación que, además de llevarse sus pocas pertenencias, había implantado el cólera en el asentamiento. Necesitaban esos vales con urgencia. Debíamos proporcionárselos, pero ¿qué podía hacer yo, si no los tenía, si ni siquiera sabía que existían?

La cuestión se resolvió con una tromba de agua que, como si fuera el castigo de algún dios, cayó en aquel momento en el asentamiento. ¿Algún dios? Sí, seguramente era Él, que lloraba sobre nosotros. Aquella tarde, la primera de nuestra misión en la Rivera Hernández, llovió de forma tan desaforada que pensé que se había desencadenado un nuevo diluvio universal. Llovió más que en las montañas, más que en el morenal, más de lo que yo imaginaba que podía llover en alguna parte alguna vez. Caía a chuzos una lluvia deprimente y fría. Algunos de los palos de la carpa se fueron cayendo. Primero uno, luego otro, un tercero poco más tarde. Todo el trabajo de las últimas ocho horas se perdió en unos segundos. La desvencijada estructura de nuestra carpa se vino totalmente abajo. Yo no daba crédito, me daban ganas de llorar. Fausto, por su parte, miraba la escena consternado. Nunca le había visto esa expresión. Parecía un niño al que le hubieran arrebatado un juguete o un cuaderno. Un niño que no comprende lo que sucede y que no sabe dónde mirar para que se lo expliquen y se tranquilice. Al chino, en cambio, me pareció verle sonreír en medio de aquel desastre. Tenía las manos en jarras. Estaba empapado, como nosotros, pero él no se había refugiado bajo ninguna techumbre y contemplaba la devastación con los pies hundidos en el fango hasta los tobillos. Por la cara que ponía, cualquiera hubiera dicho que esperaba que sucediera algo así, que casi lo estaba deseando.

La violencia de la tormenta terminó por destruirlo todo: la lona, las pilastras, la mesa que habíamos instalado para que hiciera las veces de altar... Todo se convirtió, en cuestión de pocos minutos, en un revoltijo de basura y de lodo. Pero, en medio de aquella devastación —y esto es lo que aquí quiero contar— sucedió algo totalmente milagroso. Algo que me reveló, en un segundo, quién era aquel hombre a quien habíamos conocido unas horas antes y a quien llamábamos el chino. El chino –quién sabe cómo– atrajo a medio centenar de niños y mujeres que pululaban por ahí hasta la lona caída. Y ahí, todo aquel gentío, bajo aquellos cántaros de agua que seguían cayendo como si se hubieran abierto las compuertas del cielo, ahí, ante la carpa caída e irreconocible, todos esos pobres levantaron los brazos a lo alto y... ¡se pusieron a bailar! Primero fue el chino solo; luego, enseguida, instigados por él, todos los demás.

–¡Están bailando! –le dije a Fausto, perplejo por la reacción, maravillado, asombrado por aquella inesperada respuesta.

–¡Éste es mi pueblo –me contestó él, lleno de orgullo–, mi pueblo! –y se fue corriendo hacia la carpa caída para unirse al baile del chino junto a todos aquellos niños y mujeres.

Así era el chino. Aún no le conocía, aún no sabía que aquel hombre era como los gatos: tenía siete vidas y siempre caía de pie. Ahora danzaba con su pueblo, ante mis ojos admirados. ¿Qué era en realidad lo que estaba viendo? Me lo pregunté entonces y me lo pregunto ahora. La vida, hoy lo sé. Simplemente la vida. Pero como rara vez la vemos: en estado puro.

Al día siguiente, después de que el colectivo nos hubiera dejado en la cerca del sector dieciséis, construimos de nuevo, como el chino nos había prometido que haríamos, una carpa más grande y mejor, pues resistió el embate de la tormenta de esa tarde y de las siguientes. A media tarde, ya en la nueva carpa, convocamos a las mujeres de nuestro sector, aun a sabiendas de que era inútil, puesto que no eran ellas, sino sus compañeros ausentes, quienes debían escuchar los consejos que íbamos a darles. Les hablábamos de la importancia de la unidad familiar, como nos habían instado que hiciéramos en el periodo de capacitación para la misión. También les dimos algunas normas básicas de higiene y les hicimos una pequeña encuesta para hacernos cargo mejor de su situación vital y para alarmar a los responsables sanitarios si veíamos signos preocupantes (algo que, para mí, no fue fácil discernir, pues todo me parecía muy alarmante).

Mientras conversábamos con ellas, una multitud de niños, a nuestro alrededor, chapoteaba –todos desnudos– en los charcos. Sus vientres estaban hinchados, probablemente llenos de parásitos, lo que delataba la precariedad, por no decir inexistencia, de un sistema de control sanitario.

88

Los líderes y catequistas del centro de capacitación, así como los médicos, misioneros y trabajadores sociales vinculados a la misión nos juntamos a la mañana siguiente –como se hacía cada viernes– para comentar cómo estaba funcionando la campaña de evangelización en cada sector. Hablamos de la instalación de las carpas, por supuesto, así como de las necesidades sanitarias más apremiantes que habíamos detectado. Hablamos de la necesidad de escolarizar a los niños y, cómo no, de la deuda externa y de la implacable lógica de la economía de mercado. Hablamos también de cómo creer en Dios era, en esas condiciones, un acto definitivamente heroico.

Cuando llegó mi turno, en la larga puesta en común que hicimos para compartir nuestras experiencias, yo dije que no tenía un minuto libre, lo que tranquilizaba y exaltaba mi conciencia a partes iguales. Que confesaba, bendecía, aconsejaba y actuaba como intermediario en las familias que estaban desunidas; y que el día anterior había ayudado a resolver una vieja rencilla (como había visto hacer a Rafa, el seminarista, en Sierro, el pueblo andaluz donde viví mi primera Pascua). Terminé comentando que me había permitido recriminar a los responsables comunales que, teniendo un dispensario, lo tuvieran casi siempre tan desorganizado y desprovisto. No tenía tiempo para ser infeliz, ése era el resumen de mi tiempo en la misión.

—Sé que el pueblo tiene la razón —dijo aquella mañana, después de que yo hablara, monseñor Porfirio, que se había unido a nosotros y que intervino cuando le llegó el turno, como uno más–. Y sé, sobre todo —y se quitó su gorra amarilla–, que al final habrá justicia porque la verdad es de Dios.

Un hondureño de pantalones remangados y a quien no conocía levantó el brazo entonces y tomó la palabra. Tenía las manos apoyadas sobre un mantel de cuadros blancos y azules y, al hablar, miraba esas manos suyas, curiosamente inmóviles.

—La misión está siendo para mí lo más lindo que me ha pasado en la vida —nos dijo, alzando la vista de aquel mantel de cuadros blancos y azules.

Vinieron entonces, en plena reunión, a buscarme al centro de capacitación. Dijeron que había un hombre en el sector dieciséis que se estaba muriendo, que si yo podía ir, que si podía darme prisa, que si era posible llevar el viático y los santos óleos para administrarle los últimos sacramentos. Me incorporé y fui de inmediato, desde luego, y al llegar al catre de aquel agonizante, tras recorrer un mundo infinito de casuchas malolientes y miserables, comprendí que había llegado a tiempo, aunque al hombre que ahí yacía, exangüe, no podían quedarle más que unas pocas horas o incluso minutos. Se le marcaban mucho las costillas en el pecho, su respiración era muy agitada.

–Ya se lo he explicado –comentó quien presumí que sería su esposa, una mujer repugnante–. Sufre porque los enfermos pagan con el dolor sus muchos pecados –Me volví para mirarla–. Fíjese, padre –me dijo, mientras recogía las migas de un hule–, que siempre son los grandes pecadores los que padecen las enfermedades más horribles.

–¿Quién le ha dado esa explicación? –pregunté yo, controlando la rabia que me suscitaba semejante comentario.

La vivienda era un cubículo de no más de cuatro metros cuadrados y olía a ratones.

–Doña Corina –me respondió aquella mujer, pasándose los dedos por su cabello, liso y grasiento–, la dueña de la cadena de radio Miramar. Fue antigua diputada en el Parlamento, ¿sabe? –y cruzó las manos en el regazo, como si no pasara nada.

Procuré no mirarla, me enfermaba mirarla. No sólo por su fealdad física, sino por la moral, que yo había intuido nada más verla y que acababa de ponerse de manifiesto.

–Pues dígale a doña Corina –le dije al fin, tras calibrar mis palabras– que está muy equivocada en eso que dice de la enfermedad; y que Dios no permita que deba comprobar en su propia carne lo poco convincente que resulta esa teología.

La mujer se quedó callada.

–Ése no es el motivo por el que sufre –dije yo entonces al moribundo, que me miraba implorante desde su lecho.

Ahuyenté las moscas que correteaban por entre sus labios y que él, por falta de fuerzas, no podía espantar.

–Jesús también sufrió muchísimo –continué en un tono aún más suave– y Él, puedo asegurárselo, no era un gran pecador, ¿no es así? –le argumenté.

–Sí, pero Él era el hijo de Dios –me respondió una vez más aquella señora malintencionada y quisquillosa desde atrás.

Me volví una vez más y le rogué que nos dejara a solas. Ella, con un gesto de displicencia, se retiró. Pero no cerró la puerta y vi, puedo decir que lo vi, cómo se colaba en aquella habitación un visitante con el que ya había comenzado a familiarizarme, pero del que todavía no había querido hablar con nadie, no fueran a pensar que el calor me había trastornado. Había escrito sobre él a menudo en mi cuaderno de notas. Ahí había dejado que ese visitante se explayase. Era el fantasma blanco y hacía al menos dos o tres semanas que me visitaba con regularidad, llenándome la cabeza de ideas al tiempo que me secaba el corazón, dejándolo arrugado y encogido como una uva pasa. Era un fantasma blanco –ya lo he dicho–, y su visita sobrevenía de la forma más inesperada. Pensándolo bien, solía coincidir cuando estaba ante un cuadro de injusticia o de dolor. O cuando debía administrar el sacramento de la penitencia o el de la extremaunción. También cuando me quedaba a solas, por las noches, agotado por el trajín, o cuando escuchaba el llanto de un niño durante largos minutos, a veces durante horas, sin que nadie acudiera a consolarle o a darle un beso. Era un fantasma metafísico, pues me hacía muchas preguntas, irresolubles siempre, como son las verdaderas preguntas. Y era un fantasma que me dejaba exhausto, con los miembros muy pesados y con una clara sensación de derrota. Como si ya no se pudiera ir mucho más lejos. O como si, aun pudiendo, no mereciera el esfuerzo. Solía reconocerle nada más al llegar; solía saludarle y permitirle que hiciera en mí sus estragos. Y eso mismo hice en aquella ocasión. Sabía que habría sido inútil resistirse.

—No haga caso a doña Corina ni a su esposa —le dije entonces al enfermo, cuya agitada respiración daba al cuadro el justo tono del horror—. Yo soy sacerdote, misionero, y de esto sé mucho más que ellas dos —y comencé a acariciarle la mano y a enjugarle el sudor—. A todos nos llega la hora de sufrir, antes o después y... —e imprimí a mis palabras toda la dulzura posible—, y en ese momento lo importante no es preguntar por qué sufrimos sino cómo podemos hacerlo para que no nos destruya.

Quise ver en sus ojos un rayo de luz.

—Podemos sufrir con ira, con rabia, con desesperación... —Volví a enjugarle el sudor—. Pero también podemos hacerlo con serenidad y esperanza.

Como si le gustara lo que estaba oyendo, aquel hombre consumido inclinó la cabeza a un lado. Tenía los labios resecos. Su respiración se había serenado. Interpreté que me pedía que continuara.

—Usted no está a solas en su dolor porque Cristo ha pasado por ahí, de modo que es a Él a quien podemos encontrar cuando sufrimos.

—¿Cómo? —alcanzó a decirme en un hilo de voz.

Me estaba entendiendo. Me estaba siguiendo. Estaba acompañando a un ser humano en su último trance y para mí era la primera vez. Por la garganta le burbujearon algunas palabras inconexas, que no pude descifrar.

–Basta que usted diga –fue lo que yo le dije– «Jesús mío, ten misericordia de mí». Jesús mío, ten misericordia de mí –le repetí; y una tercera vez:– Jesús mío... Esta frase puede operar milagros si la repite con fe –y puse mis manos entre las suyas, como para animarle a que la rezara–. Hay un misterioso vínculo entre el nombre de Jesucristo y su persona –le insistí–, puesto que al invocar su nombre termina por acudir su persona.

Porque yo sabía muy bien que la repetición del nombre de Jesús, realizada con unción, posee una fuerza incalculable. Que el poder de transformación del nombre de Jesús es el más grande que podamos imaginar, que no hay un poder mayor. Yo sabía que la vida de cualquier ser humano, aun de los más degradados, cambia hasta límites insospechados con la sola repetición –alerta y devota– de esta invocación. Pero ¿le sería útil todo esto a ese pobre agonizante?

–Jesús mío –dijo entonces él con los ojos cerrados, e hizo una pausa que no creí que llegaría a romper–, ten misericordia de mí –concluyó.

Tras aquel «ten misericordia de mí», como si su espíritu se hubiera pacificado y se hubiesen disipado las sombras que se cernían sobre él, el hombre cuyas manos tenía entre las mías las aflojó. Luego, muy dulcemente, inclinó la cabeza hacia un lado de la almohada y, sencillamente, expiró. Sucedió entonces algo muy extraño, quizá imposible, aunque yo sé que sucedió, puesto que yo estaba ahí y sé que sucedió. De pronto, en medio de aquel asentamiento humano, en aquel cuartucho en el que aquel hombre acababa de extinguirse, todas las moscas de la Rivera Hernández dejaron de zumbar. Fue algo muy claro, aunque, al estar yo solo, no lo pude compartir con nadie para contrastar aquel milagro. El permanente sonido de las moscas, al que estábamos habituados en el sector dieciséis –como imagino que en los demás–, enmudeció entonces y se hizo un silencio muy, muy extraño, casi mágico, acaso sobrenatural. Como si el mundo se hubiera parado para que al menos durante un segundo fuéramos conscientes de él. Algo después, quizá una eternidad, el viento comenzó a jugar con unas latas de tomate dispersas por el suelo. Era un sonido hermoso, como el de una sinfonía. Luego, un segundo después, o quizá una eternidad, volvió el horrible zumbido de las moscas y una fue a posarse en el rostro del difunto, donde estuvo paseándose por el labio superior primero y por el inferior después, hasta que entró en el negro de su boca.

Miré aquella escena con cierta aprensión o, mejor, con una extraña mezcla entre el agradecimiento por haber podido estar ahí y la aprensión. Tomé la mano del difunto entre las mías una vez más y pensé en que era así como morían los pobres; creo que hasta dije esta frase en voz alta. Es así como mueren los pobres. Era el primero que moría en mis brazos, el primero de los muchos que más tarde, años después, morirían ante mí tras recibir el consuelo del sacramento o la recomendación del alma.

Al salir de aquel agujero asfixiante, di a su mujer algunos lempiras para que comprara el ataúd.

–Se llamaba José Omar –me dijo ella con los billetes entre los dedos.

89

Fue entonces cuando la vi. Era una niñita de un año y medio, quizá de dos. Lo nuestro fue un flechazo. Era septiembre, principios de septiembre, cuando aquella criatura, desde la puerta de su chabola, me miró con sus ojos negros azabache, abriéndome a un misterio que, ni aun queriendo, habría podido comprender. Sin palabras, sólo con sus ojos, me ordenó que la abrazase y, como si este mandato me lo hubiese dado el mismísimo Creador, y no la mirada de una de sus criaturas, fui hasta aquella desconocida niña, la tomé entre mis brazos, pregunté a su madre cómo se llamaba y, sin tan siquiera pedirle permiso, cogí un barreño, lo llené de agua del caño y la bañé.

Muchos niños y niñas del asentamiento –no menos de cincuenta, quizá un centenar– acudieron a ver cómo bañaba el misionero a la pequeña Marisela. También se acercaron algunos adultos: una con una pastilla de jabón, otra con un harapo que alguna vez habría sido una toalla. El cuerpecito de Marisela estaba muy sucio, como si no la hubieran bañado en semanas; también, por supuesto, el de la mayor parte de los niños y de las niñas que asistían al espectáculo de aquel baño lo estaba, pero sólo los ojos de Marisela, o al menos sólo con esa intensidad, me habían llamado para abrazarla. Marisela, envuelta en el olor mareante y nauseabundo que reinaba en el asentamiento, tenía moscas en su cara cuando me llamó con sus ojos azabache. Porque aquello había sido una llamada, quizá incluso una vocación.

Limpia al fin, besé el cuerpo de aquella niña de abajo arriba y de arriba abajo, sin importarme lo que pudieran pensar de mí. Yo la besaba y ella reía. Ella reía a todo pulmón y yo, un yo que no había conocido hasta entonces, lloraba sin saber muy bien por qué razón. Estaba descubriendo una emoción nueva, distinta, intensa, necesaria. Marisela me pareció lo más hermoso que hubiera visto nunca: el absoluto en carne humana, la belleza misma, sin atributos, humanada al fin. Dios mío, no podía dejar de besarla como un desquiciado, no podía; tampoco de estrecharla con fuerza en mi pecho para protegerla de cualquier amenaza. Protegerla de la lluvia torrencial, que también se desplomaría esa tarde sobre el asentamiento, convirtiéndolo en un lodazal. Protegerla de las moscas que la atacaban voraces e incansables y que se cebaban sobre ella cuando dormía. Protegerla de la maldad de los pobres, más voraz aún, cuando se desencadena, que la de los ricos. Y mientras yo la tenía en mi seno, mientras entraba en un mundo nuevo, los demás niños se metían desordenadamente en el barreño y se bañaban y se salpicaban y se reían como si el mundo fuera una fiesta.

A los pobres, hasta entonces, yo les había predicado y aconsejado, les había bautizado, les había confesado, había celebrado con ellos la misa y habíamos tomado juntos sus tortillas y su café. Pero Dios no permitió que me marchara de Honduras sin hacer lo que realmente hay que hacer con cualquier ser humano al que se quiere: tomarlo entre los brazos, estrecharlo en el propio seno y colmarlo de besos, bañarlo si está sucio, y reír y llorar con él. ¡Cuánto reí y lloré yo con Marisela en los días que compartimos! A decir verdad, no hicimos otra cosa.

El cuerpo de un niño pequeño, Dios mío, su carne sonrosada, sus movimientos torpes y graciosos, sus gorgoteos y dientecillos... ¿Cómo puede caber tanto Dios en algo tan pequeño?, me preguntaba. Desde aquel septiembre de 1991, mi niño Jesús, en Navidad, es hondureño y se llama Marisela.

Mi buen Fausto, presente en todo momento, me dejó actuar siempre con toda libertad. Tal era la intensidad de lo que estaba viviendo que él, sorprendido, comprendió que no podía intervenir. Nada ni nadie en el mundo habría osado interrumpirme cuando estaba con Marisela; tampoco su madre, la viva imagen de la tristeza, o los adultos que presenciaron nuestro amor. Porque, ¿qué puede hacer uno cuando se encuentra con Dios en forma de niño? ¿Qué puede hacer sino lavarle si está sucio, estrecharle entre los brazos, susurrarle al oído y colmarle de besos? Todos los presentes –también los demás niños y niñas– intuyeron que lo que estaban viendo era algo sagrado. Intuyeron que yo era en aquel momento un hombre libre. Un hombre libre, así de grande y de sencillo. Sólo cuando estamos ante un ser necesitado e indefenso descubrimos qué es eso de la libertad.

Por la madre de Marisela, una mujer, flaca, tísica y canija, supe que su padre había abandonado a la familia al poco de que ella naciera; supe también que aquella mujer se ganaba la vida «lavando ajeno», es decir, que estaba empleada por horas en los hogares de los compatriotas ricos o de los gringos; supe, en fin, que la mayor entre las hermanas –que aún no habría cumplido los diez–, era quien cuidaba de las pequeñas cuando la madre se marchaba por la mañana a trabajar. Las seis –junto a miles de familias en sus mismas condiciones– malvivían bajo aquel techo de latón, abrasadas por el calor.

90

Un colectivo nos recogía a los misioneros cada tarde en nuestros respectivos sectores y, aquel atardecer, al volver del asentamiento y mientras mis compañeros –entusiastas o contrariados– se contaban lo que les había deparado la jornada, yo empecé a acariciar una de las ideas más locas que haya acariciado nunca: adoptar a Marisela. Adoptarla, sí, llevármela conmigo y sacarla de aquel infierno de moscas y de sudor.

–¿Pero te has vuelto loco? –me dijo el responsable de la misión al conocer mis intenciones–. ¿Lo has hablado con Fausto? ¿Lo sabe el señor obispo?

Aquel responsable se llamaba Reinaldo y, aunque era una buena persona, al tiempo era uno de esos tipos a los que si uno se encuentra en un callejón solitario por la noche sencillamente se da la vuelta y se aleja, tal era el terror que su aspecto infundía. Quizá fuera por un mechón de cabello rubio –que, como una llamarada de fuego, lucía en mitad de la cabeza–, o por el tamaño de sus orificios nasales, bastante más grandes de lo normal. Su apariencia, por tanto, no dejaba indiferente a nadie y él, consciente de todo ello, disfrutaba de las reacciones que suscitaba y hasta podría decirse que casi las buscaba. El caso es que él fue el primero que supo de mis intenciones.

Me lo planteaba de veras, me sentía incapaz de abandonar a esa criatura indefensa en medio de tanta podredumbre y desolación. Pero ¿qué fue, exactamente, lo que tanto me conmovió? ¿Sus ojos implorantes? ¿Su llanto quedo pero desgarrador? Hoy sé bien la respuesta a esta pregunta que me formulé en aquel autobús: lo que me conmovió fue el propio Dios. Porque yo creía que había ido a Honduras para bautizar mi sacerdocio. Pero no. Yo no estaba ahí sólo para un bautismo, sino para un nacimiento, para una Navidad. Había tenido que recorrer más de ocho mil kilómetros para descubrir que Dios se hace niño, niña en mi caso. Para comprender que el absoluto tiene carne y hueso, piel, vísceras, entrañas... Que el absoluto se ha encarnado en la humanidad. Porque es muy diferente creer en la encarnación que haberla experimentado y visto. En la pequeña Marisela, yo vi la encarnación de Dios. Sí, lo afirmo con toda rotundidad. En ningún otro ser humano la había visto antes ni la vería después con tanta evidencia y tanta claridad. Una niña que apenas sabía hablar ni caminar. Una niña que sólo sonreía y que miraba el mundo con ojos oscuros y entristecidos. Una criatura pequeña que, con infinita gracia, movía sus bracitos y sus piernas. Todos deberíamos experimentar alguna vez, aunque sea por poco tiempo, lo que significa ser padre natural.

A lo largo de aquellos días, en la Rivera Hernández, fui comprendiendo muchas cosas gracias a Marisela, mi niña. Cosas que ignoraba y que todo hombre debería saber. Cosas básicas, pero esenciales: mirar, besar, tocar, contar un cuento, cambiar los pañales... ¡Cosas de ese Dios nuestro, tan locamente humanizado! Dios se llama Marisela, escribí una de esas noches en mi diario. Y si se llama Marisela –escribí en el siguiente párrafo–, es que también se llama Juan Manuel, Héctor, Concha, Ricardo... Sí, también habría tenido que abrazar a la pequeña Concha y meterla en un barreño; también habría tenido que lavar al infortunado Juan Manuel y cubrir su cuerpo de besos; también habría tenido que preguntar cuántos hermanitos tenía Ricardo y cómo es que a Héctor, el albino, le faltaba un ojo. ¡Tantos dioses me había perdido! ¡Tanto amor me estaba llamando y yo, ciego, espantosamente ciego y encerrado siempre en mi miserable egoísmo y en mi necia oscuridad!

–¡No puedes adoptarla! –me insistió el responsable–. Los papeles para llevártela serían muy complicados. No hay precedentes en otros misioneros y...

Podía haber arreglado esos papeles por mi cuenta y riesgo, aun en contra de la voluntad de mis superiores.

Podía haberme llevado a Marisela conmigo, aun a expensas de que me expulsaran de la orden o de que me suspendieran *a divinis*. Podía haber obedecido mi impulso más profundo, pero no lo hice.

En el avión de vuelta a Madrid, algunas semanas más tarde, asistí a una singular batalla nada menos que entre Hermann Hesse y Mahatma Gandhi en el escenario de mi corazón. Ambos querían mi alma y, ¿quién vencería de los dos? ¿Por qué aquel combate?, quise saber y, más radicalmente aún, ¿no habría sido más sencillo que Gandhi y Hesse, pacifistas ambos, se hubieran estrechado la mano y hubiesen caminado a la par, en lugar de cada uno por su lado? No, no era posible, aún no. La juventud es una etapa demasiado dialéctica como para hablar de una posible reconciliación, y mucho menos para vivirla. De modo que Gandhi sacó el arma de la rueca, que fue con la que venció al mundo, y Hesse la de la pluma, que fue con la que contó lo difícil que es cualquier victoria, y yo, perplejo ante ambos, decidí, o decidió alguien dentro de mí, que la balanza se inclinara por la pendiente de las letras. Así fue como Gandhi, muy poco a poco, se fue alejando de mi horizonte; y así fue como su inconfundible imagen de hombrecillo calvo y bueno fue empequeñeciendo en mi interior: como si algún dios se complaciera en reducirla y en agrandar, por contrapartida, la de Hesse, que creció hasta que se convirtió en una especie de demiurgo que me vigilaba desde sus grandes lentes. No, aquel no fue un combate entre buenos y malos, lo fue entre mística y poética, entre arte y religión.

En ese avión de vuelta, junto a Hesse y junto a Gandhi, mi corazón estaba poblado también por los cientos de hondureños que había conocido durante la misión: sus rostros, hermosos, sus ojos, implorantes, su aplastada fatalidad, su permanente agradecimiento... Veía sobre todo a los niños, brincando en los charcos, tirando piedras a los mangos y durmiendo semidesnudos en el suelo sobre una estera. Veía a los niños en las aldeas y en las ciudades, en el suburbio y en la montaña, llenándolo todo con sus carreras y con sus llantos, con sus risas. Veía en todos esos niños el espejo más perfecto de eso que llamamos humanidad. El rostro de todos esos niños –incontables–, el de Walter y el de Ricardo, el de Bibi, la negrita, y el de Juan Manuel, el de la pequeña Concha, el de Idalia, la coja, ese rostro era siempre, siempre el de mi pequeña Marisela, sucio y lleno de mocos. Tenía que habérmela traído, me reprochaba yo en aquel avión. Tenía que haber desafiado a la congregación. Y me recriminaba por mi cobardía. Pero ¿deseaba de veras adoptar a esa niña? Más que traerme a Marisela a España, lo que de verdad habría deseado era quedarme yo allí: encarnarme en su pueblo –como había hecho el propio Jesús con el suyo– y hacerme hondureño.

–¿Allí? ¿En medio del asentamiento? –quiso saber mi superior, ya en Madrid–. ¿Querrías realmente vivir allí?

Aquel superior me miraba atónito con unas gafas cuyos cristales agrandaban sus ojos, dándole un aspecto de sabio desvalido que, sin esas gafas, seguramente no habría tenido.

–Sí, sí, sí –le respondí yo, un sí para cada una de sus tres preguntas.

Porque la respuesta asistencial, que consiste en tapar los agujeros del subdesarrollo con pequeñas obras de promoción, se me había mostrado claramente insuficiente. Y porque quien va a los pobres y no se quiere quedar con ellos es que no les ha mirado bien. Se ha quedado fuera, ha puesto su corazón a buen recaudo. El mundo no se conoce si no se ha estado alguna vez en el tercer mundo. Porque todo pobre, bien mirado, nos recuerda al pobre que nunca habríamos debido abandonar. Por eso sentimos vergüenza si le miramos bien. Pero, mientras yo le decía todo esto a mi superior de aspecto desvalido, y mientras le decía aquel triple sí, tan generoso, comprendía al tiempo la imposibilidad de mi utopía: ser como Jesucristo, como Gandhi. Hacerme uno con los pobres. Ser tomado como uno de tantos. No redimir a nadie de su pobreza, sino ser pobre yo mismo. Mirar como miraban aquellos niños de Jutiapa o de la Rivera Hernández, meterme en esos ojos suyos, puesto que era ahí donde Dios habitaba. Entregarme de una vez por todas y morir. ¿Para qué esperar a cumplir cuarenta años, a tener cincuenta, a ir en una silla de ruedas convertido en un viejo cascarrabias? ¿Para qué arriesgar a que el paso del tiempo, como sucede casi siempre, se llevara conmigo, quién sabe adónde, toda mi fuerza juvenil?

–¡Volveré! –me juré en aquel avión de vuelta–. ¡Volveré, volveré a la misión de Honduras! –me decía a cada rato, como si se tratara de un mantra.

Pero no volví. La realidad es que no volví.

Lo que en aquel avión de vuelta estaba dirimiendo –lo supiera o no– era si volver a Honduras para estar con Marisela o si quedarme en Europa para ser un sacerdote perfecto, en una ciudad perfecta, en una parroquia perfecta, en un despacho perfecto y bien equipado. Estaba decidiendo –tardé tiempo en darme cuenta– entre ser un misionero o un escritor, entre uno que vive o uno que, simplemente, escribe, uno que ayuda o uno que, desde la retaguardia, cuenta cómo se ayuda.

Marisela y Honduras se habían fusionado en mi corazón. Marisela era la encarnación de Honduras, de modo que tomé a Honduras entre mis brazos, la abracé con fuerza y la bañé en un barreño de agua del caño, ante un centenar de niños que me miraban con ojos como platos. Niños de todos los colores. Niños que reían y lloraban en el mismo acto. Niños con mocos, con piojos, con parásitos. Niños de padres desconocidos y de madres adolescentes y madres niñas. Niños que sólo conocían el fango y las moscas y el calor, pero que no sabían lo que era un beso. Tomé a Honduras entre mis brazos y, sí, arrebatadamente, loco al fin, la colmé de apasionados besos. Como si quisiera apropiarme de ella, entregarme a ella para ser uno con ella y luego morir. Pero después, sin pensarlo, sin querer tener tiempo para pensarlo, dejé allí a esa niña que se llamaba Honduras y tomé el avión de regreso, rumbo a Madrid. Decidí ser escritor. Decidí quedarme en un despacho perfecto, acondicionado y con vistas a un jardín. Decidí escribir libros y olvidarme de los pobres y de la misión. No volví, Marisela. Tú ahora eres mayor y lo sabes. No volví, Dios mío, ¿por qué no volví?

(2013-2016)

Oración

Señor y Dios mío, no tengo ni idea de adónde voy.
No veo el camino que se abre ante mí.
No puedo saber con certeza dónde terminará.
Tampoco me conozco realmente a mí mismo,
y el hecho de pensar que estoy cumpliendo tu voluntad
no significa que la esté cumpliendo realmente.
Pero creo que el deseo de agradarte, de hecho, te agrada.
Y espero tener ese deseo en todo cuanto hago.
Espero no hacer nunca nada que se aparte de ese deseo.
Por eso confiaré siempre en Ti.
Aunque parezca estar perdido y en sombras de muerte,
no he de temer, pues Tú estás siempre conmigo
y jamás vas a dejarme solo frente al peligro.

THOMAS MERTON

Índice